吉林外国语大学学术著作出版基金资助出版

本书系 2024 年吉林省教育厅科研一般项目"新时代中国科幻国
(项目编号:JJKH20241523SK)成果;吉林外国语大学校级一般
符号学课程建设研究(项目编号:JW2023JSKYB025)成果

外国文学经典研究

丁卓 著

延吉·延边大学出版社

图书在版编目（CIP）数据

外国文学经典研究 / 丁卓著 . — 延吉 : 延边大学出版社 , 2024.8. — ISBN 978-7-230-07055-3

Ⅰ . I106

中国国家版本馆 CIP 数据核字第 2024UZ8060 号

外国文学经典研究

著　　者：丁　卓
责任编辑：翟秀薇
封面设计：文合文化
出版发行：延边大学出版社

社　　址：吉林省延吉市公园路 977 号	邮　编：133002
网　　址：http://www.ydcbs.com	E-mail：ydcbs@ydcbs.com
电　　话：0433-2732435	传　真：0433-2732434

印　　刷：三河市嵩川印刷有限公司
开　　本：787 毫米 ×1092 毫米　1/16
印　　张：14.5
字　　数：250 千字
版　　次：2024 年 8 月第 1 版
印　　次：2024 年 9 月第 1 次印刷
书　　号：ISBN 978-7-230-07055-3

定　　价：88.00 元

目录

第一章　古希腊罗马文学

第一节　古希腊文学　002

第二节　神话和《荷马史诗》　007

第三节　抒情诗和寓言　016

第四节　古希腊悲剧　019

第五节　古希腊喜剧　034

第二章　中世纪文学

第一节　欧洲中世纪文明简史　039

第二节　北欧神话传说　043

第三节　盎格鲁—撒克逊史诗《贝奥武甫》　053

第四节　法兰西史诗《罗兰之歌》　057

第五节　德意志民族史诗《尼伯龙根之歌》　063

第六节　新时代文学的曙光——但丁　067

第二章　文艺复兴文学

第一节　文艺复兴运动　081

第二节　意大利作家　085

第三节　西班牙作家　088

第四节　法兰西作家　095

第五节　英格兰作家　103

第四章　启蒙主义文学

　　第一节　启蒙运动　　　　　　　　　　　　　125

　　第二节　英国启蒙文学　　　　　　　　　　　127

　　第三节　法国和德国启蒙文学　　　　　　　　132

　　第四节　歌德和《浮士德》　　　　　　　　　135

第五章　浪漫主义文学

　　第一节　英国浪漫主义文学　　　　　　　　　151

　　第二节　德国浪漫主义文学　　　　　　　　　154

　　第三节　法国浪漫主义文学　　　　　　　　　156

　　第四节　美国浪漫主义文学　　　　　　　　　158

第六章　现实主义文学

　　第一节　法国现实主义文学　　　　　　　　　161

　　第二节　英国批判现实主义文学　　　　　　　177

第七章　20世纪的西方文学

　　第一节　托马斯·曼　　　　　　　　　　　　187

　　第二节　劳伦斯　　　　　　　　　　　　　　196

　　第三节　海明威　　　　　　　　　　　　　　201

　　第四节　艾略特　　　　　　　　　　　　　　212

第一章
古希腊罗马文学

从考古学来看，在埃塞俄比亚发现的一具人类骨骸距今约有300万年，这就是著名的"露西少女"，其出土地是东非大裂谷。露西少女作为人类文化学上的"大母神"，开启了人类祖先从非洲东部向世界各地进发的旅程。这些原始人类靠两条腿行进，一边迁徙一边狩猎采集，同时又经常停留居住，或与其他部落竞争火并，在生存本能的作用下，人类的生命火种逐渐遍布欧亚大陆。可以想象一下，一支支小部落先来到北非和西亚，一部分人留下来，为以后的古埃及和美索不达米亚文明奠定了基础；另一部分人则继续向东，到了今天的南亚次大陆，成为古印度的祖先；还有一部分人到了东亚，定居在两条大河流域，成为古华夏的祖先——他们是人类古老文明在欧亚大陆最东端的守护者。四大文明的创造者基本各就各位。露西少女的后代随心所欲地游走于世界，并非单一地前往某个特定地点，在古代四大文明区域之外，更多的人还在四处游荡冒险。

在80万年前，有一支部落从小亚细亚半岛北上，坐皮筏子渡过了狭窄的土耳其海峡，抵达今天的欧洲。虽然这片海峡现在由达达尼尔海峡、博斯普鲁斯海峡和马尔马拉海组成，并不辽阔，但对当时的原始人类来说，不啻为一次伟大的探索壮举。另外一支部落经过北非的摩洛哥、突尼斯，渡过同样狭窄的直布罗陀海峡，也到了欧洲。这些人演化成了欧洲人的祖先。在以后的欧洲人先祖中，比较有名的是尼安德特人。1848 年，考古学家在直布罗陀附近发现了某些原始人的遗骸。1856 年，考古学家在德国杜塞尔多夫的尼安德特山山洞里，又发现了大量同时代的原始人遗骸。这些人被称为尼安德特人，距今至少有 12 万年的历史。如同世界各古代王朝的更替一样，人类的部落也是一拨人代替另一拨人，通过相互交流和血腥厮杀，人类的原始族群新陈代谢、不断进化。尼安德特人在 5 万多年前到了今天的希腊地区，古希腊的历史由此开启。

第一节 古希腊文学

尼安德特人被后来的智人部落排挤，逐渐消亡，而少数尼安德特人与晚近的智人部落相融合，形成新的部落。新的部落具有强大的文明力量。同时，希腊的地理位置为人种交流提供了便利条件，原来定居在埃及和美索不达米亚的人们，无论走海路还是陆路，都可以相对方便地来到希腊及其周边岛屿。迁徙来的人们把早已熟练掌握的耕种、养殖和航海知识带给希腊的部落。在距今 9000 年前，希腊本地部落已经学会了种植麦子、饲养牲畜、烧制陶器、建造房屋和基本的航海术，经济的发展促进了社会的进步和人类文明的发展。最重要的是，人们祭神时向神进行的"汇报"或展现奇迹与力量的魔法符号，逐渐成为人际交流的工具，书面文字诞生了。

经过数千年的演进，古希腊原始社会开始向奴隶社会过渡。众神、英雄、凡人交织弹奏着古希腊的权欲之歌，具有代表性的神话传说是"白牛之祸"。大约在 5000 年前，也就是公元前 2800 年左右，地中海上的克里特岛出现了大量小型邦国，它们都是从部落聚合而来，一城即一国。其中最有名的是米诺斯，所以克里特岛的文明形态也被称为"米诺斯文明"。在古希腊神话中，米诺斯是主神宙斯与腓尼基公主欧罗巴的儿子。米诺斯建立了米诺斯城邦，他以公正著称，但又非常小气。海神波塞冬送给米诺斯一头白牛，又要求他以之为祭品。米诺斯舍不得这头白牛，就用一头普通的牛掉了包。于是愤怒的波塞冬施展法术，让米诺斯的王后爱上了白牛。当欲求不满的王后接近白牛时却遭到白牛的拒绝，于是王后让能工巧匠代达罗斯将自己伪装成母牛，然后与白牛结合，生下了怪物米诺陶诺斯。最早的传说中认为米诺陶诺斯是人首牛身，后来又演变成牛首人身。但无论这头怪物何种面貌，它都是为非作歹、暴虐凶狠的象征，成为克里特岛上的祸患。米诺斯不得不让代达罗斯修建一座迷宫，困住了米诺陶诺斯。后来，古希腊的大英雄忒修斯来到克里特岛，在米诺斯的女儿阿里阿德涅送的线团的帮助下闯入迷宫，杀死了米诺陶诺斯，为民除害。而代达罗斯自忖惹祸上身，想逃离克里特岛。于是他制作了翅膀，并用蜡将其粘在自己和儿子伊卡洛斯身上，虽然飞离克里特岛前他再三叮嘱伊卡洛斯不要靠近太阳，但伊卡洛斯忘记了父亲的叮咛，在飞翔中离太阳太近，蜡被烤化，跌入大海而死。在这则克里特岛的神话中，英雄忒修斯不是最主要的亮点——虽然神话中的英雄本身就是不可或缺的元素，但真正重要的是两个父亲都失去了他们的儿子，国王及其臣僚是始作俑者，而他们的儿子却相对无辜，只有献出了"替罪羊"，白牛引发的祸患才能平息。因此，忒修斯只是一个随时可以被替换的"行刑手"，阿里阿德涅的"助手"身份才更耀眼。历史上，米诺斯文明与古埃及文明、古巴比伦文明相互交流，贸易往来频繁。总体来看，克里特岛文明与古埃及文明、古巴比伦文明不相上下，并在海军实力上强于它们。可以说，克里特岛文明与古埃及文明、古巴比伦文明一道对欧洲文明起源贡献卓著。但由于遭到从北方大陆渡海而来的蛮族部落的入侵，以及海啸、火山等自然灾害的摧残，克里特岛的小文明圈在公元前1480年前后逐渐毁灭，后来成为传说中的大西洲的原型之一。

灭亡克里特岛文明的蛮族部落是阿卡亚人。阿卡亚人是部落集团，而非单一部落或种族。公元前2000年，他们沿着原始人类先行者行进的路线从北向南游荡，在希腊中部和南部建立众多小城邦，其中最有名的是迈锡尼。所以，阿提卡半岛和伯罗奔尼撒半岛上新兴小城邦共同创造发展的文明，被称作"迈锡尼文明"。据传，迈锡尼是古希腊英雄珀尔修斯建立的。一条神谕降给珀尔修斯的外祖父，预言他的王位将被后代篡夺，他便将新生的珀尔修斯和他的母亲装进一个箱子，扔到水中顺流漂走。但珀尔修斯没有死，长大后见到共享一只眼睛和一颗牙齿的三位女巫，要挟她们预言自己的未来。他又斩下了戈尔贡三姐妹之一的美杜莎的头颅，之前有许多人因与美杜莎的目光相对变成了石头，在美杜莎的鲜血中诞生了飞马帕伽索斯。珀尔修斯成为"飞马英雄"，他骑着帕伽索斯来到埃塞俄比亚，国王刻甫斯与王后卡西奥佩娅正要把自己的公主安德洛墨达献给海怪刻托——海神波塞冬的儿子之一。珀尔修斯用美杜莎的双眼对准海怪，海怪也变成了石头。在珀尔修斯的故事中，主要人物都变成了天上的星座，如英仙座、仙女座、英后座、英王座，连飞马帕伽索斯也变成了飞马座，而所谓的海怪就是海中的鲸鱼，化为天上的鲸鱼座。

"飞马英雄"的故事要比"白牛之祸"复杂。在故事中，珀尔修斯从始至终掌控着情节发展的节奏，并串联起三个故事，即"婴儿漂流""身体变形""英雄救美"。英雄救美是故事的终点，安德洛墨达得以生还，是珀尔修斯征服女巫、美杜莎和刻托的成果，标志着对权力的夺取和世界永久和谐。但飞马英雄的故事并非迈锡尼人首创。迈锡尼文明和克里特岛文明一样，都受到古埃及文明和古巴比伦文明的影响，此外，还受到了北非的腓尼基人和西亚的小亚细亚地区文化的熏陶。腓尼基文明启导了迈锡尼线型文字的产生，腓尼基文字有22个字母，迈锡尼文明对其进行改造，形成了古希腊字母。文明的相互滋养和熏陶，让后起之秀迈锡尼迅速强大起来，文学艺术也随之兴盛。当时，克里特岛文明仍然处于强盛期，两强相遇，必有一战。战争的起因是米诺斯等城邦强迫迈锡尼文明的邦国进贡童男童女。考古发现米诺斯王宫确实有所谓的迷宫，而且有童男童女的骨骸，从其他遗址中也发现了大量被食用后的人骨。因此有学者推断克里特岛可能存在食人的习俗，但这些食人习俗或许不是因为遭遇灾荒的被迫行为，更有可能是某种类似宗教的仪式。这样看来，珀尔修斯击败摧残人类的美杜莎，跨海击杀刻托，解救苦难中的人民，或许其中隐含着迈锡尼文明各城邦对克里特岛讨伐战的历史遗痕，而后者的败亡也让克里特岛文明的成果融入迈锡尼文明中。

古希腊前期文明大致由克里特岛文明和迈锡尼文明组成，因为它们面朝爱琴海，也合称为"爱琴文明"。关于爱琴海名称的起源有多种解释：其一，源于古代的城邦"爱琴"；其二，源于亚马逊女王"爱琴"，她葬身于这片大海中；其三，与大英雄忒修斯有关。忒修斯的父亲是雅典国王埃勾斯，忒修斯去克里特岛前与父亲约定，归来时如果船上挂白帆，说明他安然无恙，如果挂黑帆，说明他已经命丧他乡。等忒修斯杀死米诺陶诺斯后，船至家门口，误将黑色船帆升起，埃勾斯误以为儿子忒修斯已死，悲痛欲绝，跳海自尽，他所跳入的海就以"埃勾斯"命名，中文翻译为带有浪漫色彩的"爱琴"。但在古希腊语中，爱琴海指波涛翻滚的大海，可见在古希腊人眼中，爱琴海本身不像它的中文译名那么美，而是一片泛着惊涛怒浪的大海。

爱琴文明是古希腊文明的早期阶段，属于原始社会末期走向奴隶社会的转折阶段。迈锡尼文明和克里特岛文明一样，也遭受了自然灾害和外敌入侵，入侵者是另一个来自北方的民族——多利安人。克里特岛文明和迈锡尼文明的灭亡也与其上层统治者的剥削有关，当时正是私有制兴起的重要阶段，统治阶层大量掠夺被统治者的生存资源，造成了严重的贫富分化和阶级对立，从内部耗尽了城邦发展的力量。公元前12世纪后，出现了一个长时间的文明中断期，即文明的断崖。侵入迈锡尼文明的多利安人，没有很好地传承上一代的文明成果，连最光辉的线型文字都差一点失传了。因此，这一段历史被称为"黑暗时代"。然而，唯有雅典是个例外，它在接收了大量逃亡难民的基础上，延续着迈锡尼历史文化的火种。古希腊城邦经过长时间的发展，氏族制城邦逐渐演变为国家式城邦，贵族集团代替氏族首领成为统治者，公民和奴隶成为被统治者。此外，黑暗时代的文字记载出现部分断档，却没有彻底阻碍后人对当时社会历史的了解，因为口传记录部分弥补了文字记载的不足，而口传记录的代表作品是大约出现在公元前12世纪到公元前7世纪的《荷马史诗》。所以，黑暗时代也被称为"荷马时代"。此外，由于荷马传唱的古代传说的主要人物是英雄，这一时代也叫英雄时代。一个时代同时拥有黑暗、荷马、英雄三个名字，折射出了它的复杂内涵。

大约在公元前8世纪到公元前6世纪，多利安人在新征服的地区完全站稳了脚跟，人口增加，力量壮大，于是向四周开拓领土，大量移民，因此，这一时期被后人称为"大移民时代"。在公元前6世纪到公元前4世纪，希腊文明进入最辉煌的时期，哲学、科学、文艺极为繁荣，成为古代世界的典范楷模，所以被后代称为"古典时代";又因为这一时期的政治和文化中心是雅典,所以也叫"雅典时代"。在公元前4世纪末到公元2世纪,古希腊文明区域边缘之地马其顿王国的亚历山大大帝,击败希腊的宿敌波斯,将希腊文明传播到埃及、西亚、中亚、欧洲中部和南部,甚至一度远播到印度。古希腊的文明成果波及的地区,几乎占据了当时大部分人类文明世界,其他文明的成果也反过来影响到古希腊文明,双向的交流转化使这个时期被称为"希腊化时代"。

从克里特岛文明到希腊化时代,古希腊人沿爱琴海建立聚居区和城邦。爱琴海是古希腊人的"母亲",古希腊人在外敌入侵时退入大海并寻机歼敌,在地窄民疲时跨过大海寻找生机,"母亲"的宽博包容,总能让他们在历史的危机时刻寻找到新的出路。"希腊",英语是Greece。事实上,希腊这块土地上的古代部落对其有自己的称呼,他们称自己脚下的土地叫Hellas,他们自己就是Hellines。古希腊人认为自己的祖先是赫楞(Hellen),上述两个词都是从Hellen演变而来的。据神话传说,古希腊天神进行了数次造人,形成不同的时代,分别是黄金时代、白银时代、青铜时代和黑铁时代,但人类代际的堕落无可避免,最后宙斯发动大洪水,摧毁了最为邪恶的黑铁时代的人类——大洪水是神话的通用主题之一。普罗米修斯的儿子丢卡利翁和儿媳皮拉向身后丢石头,丢卡利翁扔出的石头变成男人,皮拉扔出的石头变成女人,新生的人类尊奉丢卡利翁和皮拉的儿子赫楞为祖先。Greece是意大利罗马文明对阿提卡半岛西北部落的称呼,后以偏概全,成了所有部落的统称。由于英语在近代取得了绝对的优势地位,Greece代替了Hellas,但是中文仍用古老的原始称谓,翻译为Hellas,即希腊。

总体来看,地理条件、人口迁移和文化传承造就了古希腊文明。虽然前一个文明灭亡了,但文明成果并没有全部被消灭,而是融进了下一个文明阶段,在激荡融汇中不断新生。古希腊文明有自己独特的原始宗教体系,但它的独特气质是对外探索和浪漫冒险,强调人的现实力量和勇气,并由此产生了大量的哲学、科学、艺术成果。在这个意义上讲,古希腊文明是欧洲现代文明的源头之一。

第二节　神话和《荷马史诗》

当代有人误把神话等同于迷信，如同5000年后的人类看待21世纪的科学和思想时，或许也会认为今人所珍视和信仰的东西是迷信。古希腊神话既真又假——"真"，是真在神话反映了希腊先民对世界的认识程度；"假"，是假在要将这些神话作为一种人类文明进程中的象征形式，进而敬仰原始先民的创作成果，最终消除把神话当成迷信的误解，将它还原成人类的一种思维方式。质言之，神话是古希腊人的认知形式、情感状态和信仰模式。古希腊神话是人类神话篇章中的极致，它是公元前21世纪到公元前12世纪的古希腊文明，在从原始氏族社会向奴隶社会的转变中，以神和英雄为核心人物，以吟唱为基本形式，以诗歌为传承载体，对所处时代的政治、经济、思想、宗教、科学和文艺进行大综合后的文化成果。

古希腊神话是人类思想认识的起点之一，首先表现为较完整的体系性。一方面，与古老的古埃及和古印度神话相比，古希腊神话的各个故事之间都或多或少有一定的关联，神和神、神和英雄、英雄和英雄、神和怪物，都有密切稳固的亲缘关系。另一方面，相比于《圣经》神话的修补者，如教士、僧侣等，古希腊神话的增补者一般没有冒犯神灵、被打成异端的忧虑，这就吸引人们不断付出努力，探索完善它的路径。当然，18世纪欧美文明开始征服世界，也为古希腊神话的研究打下了坚实的经济、政治和社会基础。其次，古希腊神话中神和人的关系是神人同形同性。所谓"同形同性"，指神和人外形相同、性格一致。古希腊神话脱离了兽形妖灵的状态后向人性化发展，虽然神高于人，但也有人的形体、性别和性格。相比于希伯来神话中外为光、内为爱的上帝，古希腊神话中的诸神像人那样生活，有欢乐，有烦恼，有七情六欲，人性十足，神和人都受到命运的控制。

目前，已知最古老的古希腊文学作品是《荷马史诗》，但关于其创作者的生平和创作的基本情况记录极少，后人几乎完全靠猜测。即使有几篇关于荷马的传记作品，也被考证是伪造的。据传说，荷马大概生活在公元前12世纪至公元前

7世纪之间。关于荷马的籍贯，有来自雅典、阿尔戈斯等城市的多种说法，还有说他来自爱琴海中的某些岛屿。荷马之谜给人最大的烦恼，是其身份模糊不清，连是否真有其人都难以确认。有人认为，所谓的《荷马史诗》不是荷马所作，而是他搜集整理了人们的口头传唱，又进行了修改加工。也就是说，《荷马史诗》是集体创作的结晶，荷马只是编纂者。又有人认为，《荷马史诗》依托某位保护人的名号，荷马作为个体是个空壳。还有人认为，荷马不仅确有其人，而且是《荷马史诗》的第一创作者。荷马的特征是眼盲，至于是先天还是后天原因导致的则不得而知，但作为盲诗人，荷马独自创作和编纂了《荷马史诗》。更有一种观点认为，荷马参与到《荷马史诗》的创作中，是众多创作者之一。

《荷马史诗》主要记录的是比它产生时代早很多的迈锡尼文明的历史事件，并穿插叙述了大量古希腊神话故事。从结构上看，《荷马史诗》分为《伊利亚特》和《奥德赛》两个部分，也可以称为《伊利昂纪》和《奥德修纪》。《伊利亚特》和《奥德赛》都是24卷，前者有15693行，后者有12110行。《伊利亚特》的主题表面上是战争，却暗中隐藏着神的谱系和权力欲念；《奥德赛》的主题是回家，但神的控制欲却无所不在，导致了主人公归来的延迟。

"伊利亚特"是"伊利昂之歌"的意思，伊利昂是古希腊著名城邦国家特洛伊的别称。特洛伊城在历史上是真实存在的，《荷马史诗》中提到的特洛伊，可以指特洛伊国家，但由于当时是国家式城邦制度，"国家即城市"，特洛伊也用来指特洛伊城。根据《荷马史诗》的提示，德国人海因里希·谢里曼在1871年通过考古发掘，发现了特洛伊城遗址。这座城市分为多个层级区域，城墙高大而厚实，非常坚固，早期主城直径约120米，扩建后更为宏大，遗址中还出土了大量的金银文物。通过研究发现，特洛伊地区在公元前3000年就有人类居住，但特洛伊建城立国是在公元前16世纪。希腊本土土地贫瘠、多山岭，只能种植麦类、橄榄、葡萄等少量作物，所以必须通过商贸活动维持城邦日常所需，还要不断殖民，建立更多的海外定居点。这样既能缓解本土的人口压力，又能建立更多海外基地，为商业发展提供便利和保护。

史诗《伊利亚特》中出现"伊利昂"时，多指这座城池是由海神波塞冬修建的。在古希腊神话中，波塞冬和自己的姐姐德墨忒尔生下了儿子神马伊利昂，于是波塞冬把建好的新城以"伊利昂"命名，"伊利昂"带有神圣的意味；而当出现"特洛伊"时，多指城池坚固，难以被攻破。这就是"神圣的伊利昂，坚固的特洛伊"的由来。由此来看，特洛伊既是神圣之城，也是坚固之城，不仅反映出特洛伊建造工艺极为出众，更折射出特洛伊人的自信以及背后强大的军事实力。

在公元前14世纪时，特洛伊成为一个强盛的城邦国家，其军事和商业盛极一时，甚至威胁到希腊本土的城邦国家，因此引发了特洛伊战争。战争的导火索是"选美与海伦"，即金苹果之争。起初，特洛伊王普里阿摩斯收到神谕，预言自己的儿子帕里斯会给国家带来祸患，于是普里阿摩斯将其遗弃。帕里斯长大后成了一个健硕英俊的青年，认祖归宗，恢复了王子身份。古希腊的天神们参加了英雄珀琉斯和忒提斯的婚宴，不和女神埃里斯因为没被邀请，就在宴会上放了一个金苹果，上面写着"献给最美丽的女神"。主神宙斯的妻子、天后赫拉、宙斯的两个女儿——智慧女神和女战神雅典娜、爱与美的女神阿佛洛狄忒，都想夺取金苹果。争执不下之际，有三个女神来找帕里斯评判，为此赫拉许给帕里斯权势，而雅典娜许给他智慧，阿佛洛狄忒承诺给他最美的人间女子。帕里斯把金苹果给了阿佛洛狄忒。事后，阿佛洛狄忒帮助出使斯巴达的帕里斯勾引斯巴达国王墨涅拉奥斯的妻子海伦，并把这位人间最美的女子带回了特洛伊。于是，墨涅拉奥斯找到自己的兄长、迈锡尼王阿伽门农，两人联合希腊本土各个城邦，组成希腊联军，远征特洛伊。

"金苹果"只是一种神化的符号，从社会历史原因来看，所谓的特洛伊战争可能是商业竞争引发的——以迈锡尼及其盟友为一方，以特洛伊及其盟友为另一方，因竞争的摩擦引发了贸易争端，进而爆发了战争。战争双方都属于古希腊文明圈，战争是希腊本土和希腊殖民地矛盾激化的结果。特洛伊战争持续十年，旷日持久。特洛伊城易守难攻，同时特洛伊人也联合了友邦组成联军。战争双方英雄众多，猛将如云，结果是伤亡极其惨重。《伊利亚特》的人物关系复杂、事件繁多，写作难度很大，但作为史诗的创作和编写者，荷马非常明智地没有从整个战争的开端写起，而是只写战争的最后阶段。史诗开篇时这场持久战已经打了十年之久，诗歌就从十年战争最后五十一天写起，又抓住五十一天中最关键的若干个瞬间加以深入刻画。纵观整部《伊利亚特》，最复杂的关系要数神的谱系，理顺了主要的神的谱系，就等于抓住了《荷马史诗》的主干，同时能观审古希腊神话的体系性和属人性。

《伊利亚特》透露出古希腊诸神的四代神族：

元生代神族。元生代神族的代表是混沌神卡俄斯。混沌是人类对羊水的原始记忆遗存。卡俄斯具有"自创生能力"，即可以单独生育下一代。他生下了大地女神盖亚、爱神厄洛斯、黑夜女神尼克斯、黑暗女神厄瑞玻斯。这些神后来在神话中渐渐隐退了。此外，卡俄斯还创生了地狱塔耳塔洛斯。塔耳塔洛斯既是地点，又是怪物，二者合一，这是"地点"崇拜的典型例证。

第一代神族。大地女神盖亚生下乌拉诺斯。乌拉诺斯和母亲盖亚结合，再生下六男六女的十二提坦神。所谓"提坦"，即"战栗者"，包括许佩里翁、忒娅、科伊俄斯、福柏、克利俄斯、忒弥斯、玛托斯、俄开诺斯、伊阿佩托斯、谟涅摩叙涅、瑞亚，最小的叫克洛诺斯。此外还有三个独眼巨人、三个百臂巨人，共有十八个后代。这是典型的"亲属乱伦"故事型。悬置"亲属乱伦"的生物学解释，从权力意识和文化意识形态角度来看，这是对控制力的绝对强化，由此带来权力的唯一性追求，生成另一个故事型——"长幼仇杀"。乌拉诺斯仇恨自己所有的后代，将他们塞回盖亚的子宫。神的乱伦行为和对后代的态度，是原始人类动物性本能的表现，但也掺入了明显的权力意识。愤怒的盖亚给了克洛诺斯一把弯刀，当乌拉诺斯和盖亚交欢时，克洛诺斯在盖亚体内抓住乌拉诺斯的生殖器，把它割掉了。乌拉诺斯因此死去，他的身体化作天王星，他的血液中诞生了复仇女神、巨人和仙女，他的生殖器被抛进大海，从泡沫中诞生了爱与美的女神阿佛洛狄忒，附近升起一座岛叫塞浦路斯。这一系列变形，比珀尔修斯等人化为星座更为接近人间世界，是典型的"形体变异"故事型。阿佛洛狄忒可能是古希腊从其他部落借用的神，但已经被同化为古希腊神谱中的一员。克洛诺斯和其他十一提坦神都被从盖亚的体内解救出来。乌拉诺斯死前预言克洛诺斯的统治将被其儿女推翻。

第二代神族。克洛诺斯和其他提坦神、阿佛洛狄忒成为第二代神族。克洛诺斯和姐姐瑞亚结合生下了女灶神赫斯提亚、农业与丰收女神德墨忒尔、婚姻与生育女神赫拉、冥神哈迪斯、海神波塞冬、雷电神宙斯。儿女们甫一降生，克洛诺斯马上将他们吞食，但瑞亚用塞进襁褓中的一块石头替换下了宙斯。长大后的宙斯暗中给父亲克洛诺斯下了呕吐药，使他把儿女们和那块作为宙斯替身的石头一起都吐了出来。这块石头后来成为希腊神庙特尔斐的圣物。宙斯和兄弟姐妹联合了部分提坦神，与克洛诺斯和其他提坦神进行了十年大战，双方分别以奥林匹斯山和奥蒂尔斯山为根据地，相互攻伐，这就是"提坦之战"。在僵持阶段，宙斯听从祖母盖亚的建议，解救出盖亚体内没被克洛诺斯释放出来的独眼巨人和百臂巨人。得到生力军的宙斯终于获得了胜利，他把克洛诺斯和其他提坦神关在地狱塔耳塔洛斯的最深处。从此，波塞冬控制大海，哈迪斯控制冥界，宙斯控制天空，这也暗示了古希腊先民试图以人的思维了解并掌控世界的蓬勃雄心。

第三代神族。宙斯成为第三代主神，建立了奥林匹斯神系。名义上三代神族奉行一夫一妻制度，但宙斯的妻妾情人众多，生育了数量庞大的三代神族成员。以宙斯为核心向外辐射，可以分为两类：

第一类是宙斯与女神结合生育的后代。宙斯和姐姐赫拉结合，生出了工艺神赫淮斯托斯、战神阿瑞斯、青春女神赫柏。赫柏是古希腊大英雄赫拉克勒斯的第二任妻子，也是宝瓶座中的扛瓶者，瓶中之水就是智慧之水。宙斯与智慧女神墨提斯结合后，担心生出的后代会危及自己的统治，就吃掉了墨提斯，于是从宙斯头部跳出了新的智慧女神与战争女神雅典娜。宙斯与正义女神忒弥斯结合，后代是时序三女神荷赖。宙斯与另一位姐姐德墨忒尔结合生下了珀尔塞福涅，珀尔塞福涅被冥神哈迪斯抢走，做了冥界王后。德墨忒尔爱女心切，恳请宙斯出面干预，最终珀尔塞福涅得以每年四个月在冥界，其余时间回人间看望母亲，古希腊人以此作为四时变化、谷物丰收的原因，这也是较早的"天地复活"故事型。宙斯与女神迈亚结合，生下了神之使者和工商业守护神赫尔墨斯。迈亚是十二提坦神伊阿佩托斯的孙女，也就是举起天空的擎天神阿特拉斯的女儿。宙斯与堂姐勒托生下了太阳神阿波罗、美德与贞洁女神阿尔忒弥斯。

第二类是宙斯与低等仙女或人间女子结合生育的后代。宙斯勾引了原海神涅柔斯的女儿忒提斯，就是上文说过的英雄珀琉斯的妻子，宙斯与忒提斯生下了阿喀琉斯。忒提斯通过命运女神的预言，知晓儿子阿喀琉斯未来会战死疆场，于是倒提着阿喀琉斯浸泡在冥河斯提克斯中，使其刀枪不入，可惜阿喀琉斯的脚踵却没有沾到河水，这是文学中非常经典的"英雄弱点"故事型。宙斯化作一头白牛挑逗腓尼基国王阿革诺耳的公主欧罗巴，欧罗巴被白牛诱引，生了三个儿子，即米诺斯、拉达曼提斯和萨耳珀冬，其中米诺斯是克里特岛米诺斯城的国王，而拉达曼提斯和米诺斯两兄弟相争，最后被驱逐，死后做了冥界的判官。欧罗巴生儿子的地方以她的名字命名，这就是欧洲的来历。欧罗巴的兄长、腓尼基的王子卡德摩斯杀死了恶龙，这是人类早期的"勇者斗恶龙"的传说之一。卡德摩斯还将腓尼基字母传给希腊人，促进了文明的交流，在寻找妹妹欧罗巴的过程中，他建立了底比斯，也叫忒拜，并生了女儿塞墨勒。宙斯化作人形，将塞墨勒勾引到手，天后赫拉妒忌，就让人鼓动塞墨勒，要她看宙斯的真身，宙斯禁不住塞墨勒的哀求，显出了自己天神的形态，塞墨勒被宙斯显形时迸发的闪电活活烧死，但塞墨勒此时已怀有身孕，腹中胎儿被宙斯取出。为了阻止赫拉的进一步迫害，宙斯把胎儿缝进自己的大腿里，等孩子长成后才将他取出。宙斯的大腿起到了子宫的作用，而这个苦命的孩子也降生了两次，长大后做了酒神，这就是古希腊神话中著名的酒神狄奥尼索斯。宙斯还霸占了赫拉的女祭司伊娥，赫拉施法术将伊娥变成一头牛，让她受尽苦难、四处流浪，最终发疯。宙斯不忍心让伊娥受苦遭罪，便让她恢复人身，并定居在埃及，他们的后代就是埃及人的始祖。宙斯变成黄金雨勾引阿尔戈斯国王的女儿达那厄，生下了智勇斩妖大英雄珀尔修斯。珀尔修斯的孙子叫安菲特律翁，娶了阿尔克墨涅为妻。宙斯趁安菲特律翁外出打猎，变成他的模样和阿尔克墨涅交欢，阿尔克墨涅因此生下了巨无霸大英雄赫拉克勒斯。宙斯还变成天鹅勾引了斯巴达的公主勒达，生下了人间第一美女海伦，但海伦名义上的父亲是廷达瑞奥斯。

英雄都是神的后代，所以在《荷马史诗》中提到他们时经常有一个定语"神样的"。更重要的是，参加特洛伊之战的英雄都是神的后代，这场战争是兄弟之战，延伸出许多支线故事，组成古希腊神话的全貌，同时形成"兄弟阋墙"故事型。从古希腊神族谱系中可以得到如下启示：其一，神话中从近亲结合到有了血缘意识和伦理禁忌，表现出人类正从原始社会的蒙昧状态向文明社会转变。主神宙斯象征人类的直系祖先，祖先是伦理之基，古希腊神话体现出希腊人的伦理秩序。其二，男神与女神的矛盾，体现了父系氏族社会代替了母系氏族社会的历史进程，男权社会的建立进一步凸显了更悠久隐蔽的性别压迫，人类的性别压迫比其他压迫更久远。其三，主神对自己后代的仇视反映出原始人类食人的风俗，更表现了氏族社会中酋长对自身权力的维护，这种权力的实质就是阶级特权。其四，所谓的国王和英雄，他们将自己看作神的后裔，以此维护统治的合法性。总之，古希腊神话体现出人类原始社会的发展历程和权力意识。

《伊利亚特》开篇写大战末期阿喀琉斯和希腊联军统帅阿伽门农的争端。特洛伊城的使者也是太阳神阿波罗的祭司前来求和，并请求联军释放自己的女儿。这个女子原来是阿喀琉斯的俘虏，被送给阿伽门农，但阿伽门农不愿交还，阿喀琉斯要求阿伽门农以此时的战争局面为重，与特洛伊谈判。这就惹火了阿伽门农，他答应放还祭司的女儿，但要夺走阿喀琉斯的女俘作为补偿。这引起了阿喀琉斯的第一次愤怒，他退回自己的营帐，拒绝再次加入战争。

希腊联军同特洛伊军队继续开战，联军先胜后败，一溃千里，被逼到海边，主要将领都身受重伤，全军危在旦夕，而联军的第一大英雄阿喀琉斯又不愿再为阿伽门农卖命。阿伽门农听从老英雄涅斯托尔的建议，派联军的主要指挥官奥德修斯、埃阿斯、福尼克斯等人游说阿喀琉斯。他们向阿喀琉斯传递阿伽门农的承诺——打败特洛伊军队后，阿喀琉斯可以得到黄金、宝器、骏马，阿伽门农归还抢走的女俘，并附赠七位美女，同时阿喀琉斯可以最先挑选战利品，附加二十位美女和七座城市作为额外补贴。奥德修斯还请求阿喀琉斯为希腊联军着想。但是，阿喀琉斯对此不屑一顾。阿喀琉斯不是贪得无厌之辈，而是将荣誉看得最为重要。

在古希腊神话中，不畏命运的英雄有三大特质：武功卓著，珍视荣誉，同时又有无法克服的弱点。阿喀琉斯的母亲忒提斯曾阻止阿喀琉斯前往特洛伊，但阿喀琉斯为了荣誉，不愿在家乡安逸终老，他义无反顾地随联军远征。而衡量英雄荣誉的最重要指标之一，是包括战俘在内的由他所夺取的战利品。因此阿伽门农夺走阿喀琉斯的女俘，不仅是对他私有财产的侵吞，更是对他荣誉的侵犯。

当希腊联军几乎败局已定时，阿喀琉斯让自己的好朋友、宙斯的后裔帕特洛克罗斯出战。帕特洛克罗斯穿戴阿喀琉斯的盔甲上阵厮杀，力挽狂澜，但自己却被特洛伊王子赫克托尔杀死。阿喀琉斯为此第二次愤怒，他出战杀死赫克托尔，并将其尸体倒挂在战车上拖着绕特洛伊城狂奔，辱尸示众。特洛伊国王普里阿摩斯乞求阿喀琉斯宽恕，阿喀琉斯交还了赫克托尔的尸体。《伊利亚特》在赫克托尔的火葬中落下帷幕。在《伊利亚特》中，阿喀琉斯是名副其实的主人公，代表了古希腊文明的行动力量，他的愤怒更显示出对不可控的外在力量的强烈权力欲念。

回到历史中进一步审视，一方面，特洛伊战争发生的年代，私有制已经出现。史诗中阿喀琉斯的两次愤怒都是由于他个人私有财产遭到损失，荣誉和私产紧密联系在一起。史诗中的其他主要人物，也将荣誉和私产结合在一起，阿伽门农与阿喀琉斯的矛盾最终归结到财产的分配上。而赫克托尔在形势不利的情况下也不愿向联军屈服，既是要维护家族名誉，也是为服从特洛伊的城邦发展和统治者的既得利益。另一方面，史诗又突显了古希腊人的命运观。人物处于命运的控制下，主要英雄都知道自己的命运，与阿喀琉斯一样，赫克托尔也从预言中得知自己必将战死，但仍然奋起抵抗，英勇战斗。这是古希腊文明对命运的思考：凡人皆有一死，但仍要坚强面对宿命，保持自己的勇气、荣誉和尊严。这是西方文学的主旋律之一。史诗没有过多地表现出宿命论的悲观情绪，而是不断展示英雄人物的无畏气概，让这部史诗在悲壮的氛围中洋溢着浪漫的英雄主义气息。

"奥德赛"原意指"奥德修斯的战争"。史诗《奥德赛》只是奥德修斯个人的冒险经历，人物数量比《伊利亚特》少，但结构更加复杂，在叙述中不断添加回忆性文本，而且存在双线结构：一条线索是奥德修斯的返乡历程，另一条线索是奥德修斯家人的等待和坚守。伊塔卡岛国王奥德修斯在特洛伊战争后乘船回家，但因为得罪了海神波塞冬，在海上漂泊了十年。与《伊利亚特》一样，《奥德赛》也只写了十年中最后四十二天的事，史诗开篇时奥德修斯已经在仙女卡吕普索的岛上逗留了七年。在宙斯的命令下，卡吕普索才放走奥德修斯，后来他向营救他的菲埃克斯国王阿尔基诺斯讲述自己的冒险经历，由此展开回忆文本，形成"故事套"。故事套指一个故事套在另一个故事中。奥德修斯的叙述套在史诗的叙述中。他在海上的冒险绝非为追求惊险刺激，而是通过航行来寻找陆地回到家乡。但奥德修斯随军出征本身又展现出西方早期文明中即已蕴含的拓殖精神。一直以来人们将西方文明说成是"海洋文明"，对海洋的探索被赋予了某种浪漫想象，但西方先民探索海洋，不单纯是被海洋所吸引，更重要的是通过横渡海洋发现新的陆地，并在新大陆上进行开拓和殖民。就此而言，笔者认为与其说西方文明是海洋文明，莫不如说是"拓殖文明"，这更接近其行为本质。

在奥德修斯的自述中，他是一个极富探索精神的英雄。首先，他在先知提瑞西士的帮助下游历了冥府，见到了死去的英雄战友，预知了自己的未来。游历冥界是古代西方文学的重要主题，许多民族的神话中也有类似的情节，不妨称之为"冥界旅行"故事型。其次，奥德修斯抵抗住了用歌声诱人坠海的人首鸟身女妖塞壬，他听到塞壬魅惑的歌声，却平安渡过了危机，这显示出古希腊人探索未知的精神。最后，面对海上最大的危机——他必须在海中巨怪斯库拉把守的海峡或巨大的海上漩涡卡律布狄斯中选择其一。斯库拉有女人的上半身，下半身却是六头十二足，还有一条猫尾，她原本是老一代海神福耳库斯的女儿。她的姐妹有美杜莎三姐妹，守护金苹果果园的赫斯帕里得斯姐妹，波吕斐摩斯的母亲图斯，共享一只眼睛和一颗牙齿的格赖埃姐妹。最终，奥德修斯船上的六名船员被斯库拉吃掉，以少换多，为集体牺牲个体，最终使大部分船员幸免于难。

在史诗中，国王听了奥德修斯的讲述后深受感动，送他回到故国。在奥德修斯十年漂泊的同时，他的妻子佩妮洛普和儿子特勒马科斯苦苦等他回家，但传闻说奥德修斯已死于海难，许多觊觎他财产的求婚者逼迫佩妮洛普改嫁。佩妮洛普假托给奥德修斯缝制殓尸衣，反复拆织，拖延时间。儿子特勒马科斯出海寻找奥德修斯，在女神雅典娜的眷顾下两人相遇，一起回到家乡。奥德修斯在考验并确认妻子的忠心后，用弓箭射杀了所有求婚者，史诗以大团圆的结局收尾。经历了重重磨难的奥德修斯，有勇有谋、机智过人，相比于《伊利亚特》，《奥德赛》更侧重从个体角度出发揭示对待命运的态度，因此《奥德赛》可以被称为"一个人的史诗"。但是，奥德修斯的品质并不完美，他也有心胸狭隘、睚眦必报的一面。在希腊联军远征特洛伊之际，阿伽门农派老英雄涅斯托尔和帕拉墨得斯来邀请他，但奥德修斯不愿离开家乡伊塔卡，就装疯卖傻，把牛和驴套在一起犁地，把盐巴当种子撒到地里。但帕拉墨得斯将奥德修斯的儿子、还年幼的特勒马科斯扔到将要被牲口犁起的田垄上，奥德修斯怕孩子受到伤害只能屈服。后来他诬陷帕拉墨得斯受贿通敌，唆使众将把忠心耿耿的帕拉墨得斯杀死。不过，从社会阶级身份变化来看，《奥德赛》是迈锡尼文明晚期历史中的事件，这个时代处于由原始公社社会向奴隶社会的转变中，史诗中与奥德修斯关系最密切的人，除了家庭成员，就是船员和奴隶，而不再是其他氏族酋长。人物身份和人际关系的变化暗示着新的阶级产生，即奴隶主贵族开始代替氏族酋长，也就是说，奥德修斯成为早期奴隶主的代表。因此，妇女、奴隶和财产就明确地归属于个人之下，他在展示普遍的人性人情、运用一切力量对抗命运的同时，还必须不择手段地保护自己的财产。这不仅是人所承担的社会功能增加，也是人内涵的丰富化，体现了文学创作的进步。

第三节　抒情诗和寓言

在大移民时代，社会阶级分化重组，氏族社会基本解体，奴隶制度逐渐建立。爱琴海沿岸先后出现了二百多个城邦国家，奴隶制下的专制型城邦或民主制城邦体制得以确立。较有名的城邦是古希腊文化中心雅典和以勇武著称的斯巴达。在各个城邦中，原有的阶层分裂，新兴的贵族奴隶主成为统治者，而原先的大部分氏族成员都成为被统治者，即自由民或奴隶。社会矛盾体现为城邦专制或民主贵族集团、上层自由民与中低层自由民、奴隶之间的多重失衡，体现在文学上是存在诗歌和寓言两种不同的文学体裁。由于权力和利益分配不均，文化也随之产生分化，人们对现实的恐慌、对未来的期待，与对现状的不满、对往昔的留恋，混杂在一起，不少人在不如意的现实中尚保留一丝对理想的期待。由此可见，社会现状和人们心态的变化促成了文学形式和内容的新发展。

在黑暗时代之后，虽然长篇史诗对历史的描述和对神与英雄的崇拜仍影响着人们，但相对缩短了的抒情诗更加符合奴隶制城邦中奴隶主和一部分上层自由民的口味。古希腊抒情诗与现代诗歌不同，是用于歌唱的，既有独唱，也有合唱，同时要有竖琴为之伴奏。因此，可以把歌唱者自弹自唱的称为独唱体琴歌；由他人弹琴、若干位歌唱者合唱的称为合唱体琴歌。尽管不能把古希腊的抒情诗称作歌词，但这些诗也不完全是私人化写作，最终要面向公众演出。诗人进行创作的目的是要在城邦的公共场合或公共节日里进行表演，可以说，古希腊抒情诗是城邦生活的产物。因此，古希腊抒情诗人创作诗歌抒发自己的真实情感，并通过演唱向城邦的公民宣传自己的感情和思想。可见，所谓的抒情诗既有情歌情诗，又有颂歌赞歌，后者近似于基督教的赞美诗，只不过它赞美的不是上帝，而是奥林匹斯诸神，并崇尚人的力量和精神。

古希腊最有名的抒情诗人是被古罗马教育家昆体良誉为希腊"抒情诗人之首"的品达罗斯（公元前518年—公元前438年），简称品达（Pindar）。他的抒情诗多是合唱体琴歌，形式严谨、立意高远、富有哲理，主题是歌颂城邦，鼓舞军队士气，赞美竞技运动。他一生大约创作了17卷诗歌，现存4卷完整的竞技胜利者颂歌（即凯旋之歌，简称凯歌），共计45首。品达的诗歌代表着奴隶主贵族的价值取向，诗中的城邦、军队、竞技胜利者象征着奴隶主集团的权威、秩序、力量与统治的合法性。品达表现的正是奴隶主贵族的理想。

以独唱体琴歌表现情感的抒情诗人中，较著名的是阿那克瑞翁和萨福。阿那克瑞翁（约公元前570年—公元前480年）是位长寿的诗人，据说他的诗歌有5卷，但流传到现在的只有几部残篇。阿那克瑞翁的诗歌风格优雅，情感单纯，歌颂生活的美妙幸福，赞美贵族的生活与高贵情操，因而被后世的模仿者称作"阿那克瑞翁体"。萨福被称为欧洲第一位女诗人，因为她的诗歌多写缠绵的爱情，凄婉哀伤、美艳华丽、才气逼人，所以，萨福又被人称为"第十位缪斯"。九位缪斯女神，是十二提坦神之一的谟涅摩叙涅与宙斯结合所生，她们各掌技能，如史诗、悲剧、占星术、几何等。此外，萨福的诗歌富有韵律，形式整齐，每节都只有4行，前3行都是11个音节，第4行只有半行，后世的模仿者把这些歌唱爱情又有韵律的诗歌称为"萨福体"。下面是她的诗作《给所爱》中的一节：

　　他就像天神一样快乐逍遥，

　　他能够一双眼睛盯着你瞧，

　　他能够坐着听你絮絮叨叨，

　　好比那音乐。

　　萨福的诗歌原本有9卷，但据说传到中世纪时，被基督教徒当成异端邪说烧毁，只有一些残篇流传，上面引用的就是其中之一。萨福除了诗歌出名，还被人们认为是第一位女权主义者和女同性恋者，传说她在莱斯波斯岛（Lesbos）上建立了一座女子学校，传授女弟子诗歌创作方法、音乐技艺、贵族礼仪和针织工艺。她和自己的女弟子们成为同性恋人，所以日后人们把莱斯波斯岛的人称为Lesbian，即女同性恋。传说，萨福在被一个她暗恋已久的青年女子拒绝后，心碎投海而死。此外，这一时期的古希腊诗歌还包括讽刺诗、牧歌等体裁，但都仅存残篇，甚或连残篇都没有，只能从其他历史文献中知道它们的大致内容。

　　在这一时期，有一种与抒情诗不同的文学形式是寓言。抒情诗重视格式、韵律和遣词造句，在演唱时不仅需要伴奏，而且需要演唱者具有相应的技能。也就是说，抒情诗作品和民众之间有一定的距离，强调某种权威或者"准入机制"，而只有有资格得到专门培养和训练的人，才能够驾驭诗歌。诗歌是比较高雅的艺术形式，与它相比，寓言则非常贴近现实和民众。寓言的文字简短精练，故事生动有趣，想象力丰富，又含有一定的道理。因此，寓言是民间流传的、具有一定生活经验和教育哲理的小故事，体现出大众化倾向。

　　这一阶段的寓言有很多，都被归结到一个叫伊索的奴隶名下。与荷马的情况类似，历史中很可能有伊索这个人，但他只是寓言故事最好的讲解者；也可能根本没有这个人，"伊索"单纯是一个代称。总之，《伊索寓言》可被视为集体创作的结晶，而且后世一直有人在不断补充和完善。至于古希腊寓言的原始面貌，恐怕今日已难觅真容。这也是大众化倾向过于明显的作品的特点，参与创作的无名氏太多，不像诗歌那种贵族倾向浓厚的作品，不易遭到过度修改。至于《伊索寓言》的内容，比如《农夫和蛇》《乌鸦和狐狸》《狼和小羊》《狐狸和葡萄》《龟兔赛跑》等，流传很广，影响深远，一直被人们传诵。必须提及的是，这些寓言体现的是城邦中大多数自由民和奴隶的思想情感。

第四节　古希腊悲剧

抒情诗比较精致、贵族化，而寓言比较简朴、大众化，但都有一定的表演成分。如果再进一步，有意识地表演给人看，并且故事情节、转折设置、人物性格等要素都更加鲜明，就在向戏剧转变了。可以说，古希腊的抒情诗、寓言与戏剧的界线，根本没有后人想象的那样鲜明，而是都侧重神话叙事、共享神话资源。由此来看，古希腊文学是一个有机整体。

戏剧的起源是公共仪式和市场中的滑稽模仿。古希腊的戏剧包括悲剧、喜剧、羊人剧（或叫萨提洛斯剧）和模拟剧（或叫拟剧）。

羊人剧，来自对古希腊神话中的萨提洛斯（Satyras，半人半羊、居住在树林中的神）的祭祀。萨提洛斯简称萨提，形象是羊头人身，有羊的四蹄，也有说是长着人的脑袋，但头上长有羊角。这里所说的古希腊羊人剧，就是演员扮成萨提的样子，说笑话、表演滑稽动作，博观众一笑，是正戏前面或中间的串场戏，起到调节气氛的作用。

模拟剧，是对城邦自由民日常生活的模拟，题材包括诉讼、爱情、说媒、家庭小矛盾等，还可以表现挨打、通奸以及神秘传说和奇闻逸事等。模拟剧通常结构完整、短小精悍，有一定的韵律，风格低俗但接地气，受到民众的欢迎。从形式上看，模拟剧把抒情诗和寓言代表的两种倾向进行了较好的结合；从内容上看，模拟剧反映了古希腊城邦社会的真实风貌，具有很强的现实主义气息。现存的古希腊模拟剧有12部。

相比之下，更能代表古希腊文学成就的是悲剧和喜剧。

古希腊悲剧起源于祭祀，表现神和英雄的言行，以达到净化的目的，是古希腊文学较完美的艺术形式，现存33部。古希腊悲剧最初起源于对酒神狄奥尼索斯的祭祀。狄奥尼索斯是宙斯勾引人间女子塞墨勒生下的半神。塞墨勒是腓尼基王子、底比斯建国者卡德摩斯的妹妹及欧罗巴的嫂子，被宙斯身上携带的闪电烧死了，而她和宙斯的孩子狄奥尼索斯被宙斯缝在大腿里救走。或者是怕被天后赫拉进一步报复而装疯卖傻，这个孩子长大后饮酒纵欲，及时行乐，成为酒神。希腊地区的人把酒神叫狄奥尼索斯，而非希腊地区的人管他叫巴克科斯。

　　从名称和象征意义来看，酒神原型很可能是从西亚传来的，希腊文明赋予了他悲苦和欢乐相结合的特性。悲苦，来自他的身世，不被神族社会承认，是个法力有限的小神。欢乐，来自狄奥尼索斯的疯癫状态，唱歌跳舞、饮酒作乐，纵欲无度，是众神中人性化程度最突出的，基本没有神的权威或规则约束。具有神的身份，却没有神的蛮横严厉，法力有限且与人亲近，和人一起纵欲狂欢，让人们暂时脱离苦难，进入迷醉状态，酒神形象因此受到人们的喜爱，甚至是狂热地追捧，尤其是女性——这或许与彼时女性地位低下，因而与同样地位不高、法力有限的狄奥尼索斯共情有关。实际上，这种悲苦、欢乐的二元性，是辩证存在、相互依赖的，不仅是狄奥尼索斯的特性，也是文学的特征。

　　酒神狄奥尼索斯与缪斯女神相交甚欢，她们共有九位，分别掌管各项技能，如哲学、绘画、音乐、诗歌等，体现了极强的专业性分工。太阳神阿波罗看不惯缪斯女神与狄奥尼索斯鬼混，就把她们召集在自己身边，她们从此成为太阳神的伴女。到这里，文学艺术已经具备了两种基本特质——阿波罗代表信仰和道德的光辉，狄奥尼索斯代表对狂欢和迷醉的超越。但和缪斯女神相比，狄奥尼索斯却没有被抬高到陪伴主要神祇的高度，他仍然在人间穿行游荡，连人间的国王都能追杀他的信徒并驱逐他，完全是个落魄、憋闷、借酒消愁的形象。所以，人们在被他的纵欲和欢快吸引、对他的逍遥自在进行赞美的同时，更对他的不幸予以同情，这其实是人们用狄奥尼索斯的经历和生活状态来自比。

　　神话是古希腊悲剧产生的根源，就历史而言，古希腊悲剧的雏形原本就是宗教祭祀的一部分。在早先，赞美和祭祀酒神是古希腊人的一项广泛而长久的仪式活动。传说在公元前6世纪时，在酒神赞美大会上，一个叫阿里翁的诗人用临时编写的诗歌回答合唱队队长的发问，内容是关于酒神狄奥尼索斯的传说，这就是古希腊悲剧的最初原型。古希腊悲剧最开始也是一个人演，若干个人合唱，合唱队的作用是烘托气氛、表明场次更换、抒发情感和表明作家的态度。

悲剧是那个年代的新兴事物，具有划时代的意义，可以说，是古希腊悲剧让那些带有原始仪式色彩的滑稽表演演变为严肃的艺术，所以，古希腊悲剧开启了古希腊戏剧。没有古希腊悲剧，就没有古希腊戏剧的蓬勃发展，也就没有今天的现代戏剧。古希腊悲剧很快就突破了酒神狄奥尼索斯题材，演员的地位也逐渐得到加强。"演员"一词在古希腊语中原意为"回答者"，也就是回答合唱队问题的那个人。随着戏剧的不断发展，演员的数量也由少到多。悲剧作家埃斯库罗斯将演员增加到两个，到索福克勒斯那里又增加到三个，形成了人物之间的复杂关系，古希腊戏剧发展到这一步才基本有了现代戏剧的轮廓。

悲剧表演大赛中的优胜者能获得相应的奖品，通常是一只山羊。宗教祭祀中常常用山羊作为祭品，所谓的祭品不仅仅是人类赠送给神的礼物，更重要的是通过这一礼物，获得神的恩典和宠爱，消弭自身的罪责，避免遭受神的惩罚。所以，这只羊也常常被称为"替罪羊"。可见，悲剧从一开始就与宗教密切相关，而悲剧（tragoidia）一词最初的意义就是"山羊之歌"。

古希腊悲剧重点不在于表现"悲伤"，而在于表现"严肃""庄严"。古希腊哲学家亚里士多德认为悲剧是对一个严肃、完整、有一定长度的行动的模仿。这里所说的"模仿"，是指仿照英雄的言行。悲剧主要通过人物的动作来模仿，而不是演员站在台上讲故事。悲剧的目的在于通过充满怜悯的恐惧和充满恐惧的怜悯净化人的心灵。换句话说，古希腊悲剧在于使公民通过心灵震撼受到道德教育。古希腊悲剧具有鲜明的社会指向性。早期古希腊悲剧通常以三部曲的方式呈现，但在实际演出时是四部，叫"四联剧"，即三部悲剧中间有一部羊人剧，也就是滑稽搞笑的萨提洛斯剧。萨提洛斯剧类似于中场休息，能让观众缓口气，以免弄得太紧张焦虑。当然，四联剧的正剧是三部有前后关联的悲剧，这三部悲剧组成一个按照时间顺序排列的有机整体，同时体现出人物简单完整的行动。三联装的规模和结构，其实是古希腊人按照人的身体结构划分的，即头、身体、尾巴（明显的返古倾向）三大部分。三部曲按照开端和铺垫、剧烈转折、尾声来设置，直接引导了哲学上提出问题、阐述问题和解决问题的分析模式或三段论的立论模式。

但是，随着悲剧艺术的成熟，后来的悲剧不再以三部曲的形式出现，比如索福克勒斯和欧里庇得斯就放弃了这种形式，使用了单部剧，但单部剧仍是按照三部曲的三个步骤来展开剧情。无论是三部曲还是单部剧，问题的最终解决一般都是以人世间最宝贵东西的毁灭为标志。

合唱队是一群由歌唱演员组成的、为悲剧配唱的队伍。关于合唱队的问题，素来被人们忽视，尤其是我国的外国文学研究者。合唱队由队长和队员组成，队长除了唱歌，还兼作发问者。实际上，合唱队担负的是一个万能角色，可以是剧中人，比如在埃斯库罗斯的《乞援人》中，合唱队就担任达那奥斯的 50 个女儿；也可以是悲剧故事的叙述者。合唱队虽然有烘托气氛、表明场次更换、抒发情感和表明作家的态度等诸多作用，但这些作用拿一个演员或旁白也能应付，可以节省剧团成本和演职员的精力。最重要的是，歌唱艺术和叙事艺术在戏剧中是存在张力的，相互依靠，也相互排斥。随着戏剧的发展，音乐歌舞的节奏韵律和讲故事、言行模仿的平实直白之间的矛盾越来越突出。音乐歌舞对于情节的把握没有平实的表演那么直接，以人物对话和行动为主要情节推进手段，能更好地吸引观众的注意力。在公元前 5 世纪之后，由于演员的表演日益重要，合唱队的作用不断被削弱，逐渐成为点缀，他们的唱曲被亚里士多德称为"插曲"。合唱队退出历史舞台成为必然。但是，戏剧的插曲还存在，而且在演出过程中插入歌曲的形式在当今时代也比较常见，比如印度电影往往会打断剧情叙事而插入歌舞，可见，不同民族对音乐和剧情的理解是有差别的。

悲剧的台词是诗歌体，优美凝练，朗朗上口，既能激发人的情感，又能展现行动意义；悲剧情节紧张，环环相扣，矛盾集中，强烈地吸引观众的注意力；悲剧是创作者、演员和观众合力创作的结果，观众直接接受悲剧的情节和意义，并不断激发作者和演员的创作灵感和表演激情。悲剧是古希腊最完美的艺术形式。在古希腊，有许多优秀的悲剧作家，但现在能收集到的是三大悲剧家埃斯库罗斯、索福克勒斯和欧里庇得斯传下来的部分作品，一共只有 33 部，其他剧作家的作品基本都散佚了。

埃斯库罗斯（公元前 525—公元前 456 年），被称为古希腊最伟大的悲剧作家，享有"悲剧之父"的美誉。他出身贵族家庭，受过良好的教育，参加过希波战争（公元前492年—公元前449年）中的多次战役，如马拉松战役、萨拉米海战，建立过功勋。埃斯库罗斯生活在古希腊奴隶主贵族统治向奴隶主民主制转变时期，所以他的剧作中有对民主制度的歌颂。

据传说，埃斯库罗斯在青年时期就开始戏剧创作，写有悲剧90部左右，但流传下来的只有7部，分别是《乞援人》《波斯人》《七将攻忒拜》《被缚的普罗米修斯》和《俄瑞斯忒斯》三部曲（即《阿伽门农》《奠酒人》《报仇神》）。《俄瑞斯忒斯》三部曲情节完整，艺术手法成熟，是埃斯库罗斯在创作手法和创作思想上登峰造极的经典悲剧。作品讲述的是阿伽门农家族的故事。阿伽门农是迈锡尼王，他的兄弟是斯巴达王墨涅拉奥斯，两个人都是珀尔修斯的后代。从珀尔修斯开始，迈锡尼王传到坦塔罗斯这代发生了变故，开始对神不敬。坦塔罗斯自以为强大富有，曾窝藏赃物，拒不交还天神。为了试探天神的态度，他宴请天神，席间把儿子佩罗普斯杀死烹熟，端上饭桌。众神识破坦塔罗斯的阴谋，将他打入地狱，给予他喝不到湖水、吃不到果实、随时可能砸下巨石三重惩罚。佩罗普斯被天神复原，但他的肩头肉被神吃掉了，只能用象牙填补。佩罗普斯后来有三个儿子，大哥阿特柔斯和二哥梯厄斯忒斯因为妒忌小弟，竟然杀害了他，从此迈锡尼王族遭到众神的诅咒。

阿特柔斯的妻子和梯厄斯忒斯通奸，暴怒的阿特柔斯杀死了梯厄斯忒斯所有的儿子，还把他们的肉拿给梯厄斯忒斯吃，并将梯厄斯忒斯关押起来。在这里出现了"父食儿肉"故事型。梯厄斯忒斯暗中将自己的女儿佩罗匹娅强奸，然后将其嫁给阿特柔斯。婚后，佩罗匹娅生下了自己和父亲梯厄斯忒斯的儿子，但阿特柔斯以为这是自己的亲骨肉，取名为埃癸斯托斯。埃癸斯托斯知道自己的身世后，杀死阿特柔斯，迎自己的亲生父亲梯厄斯忒斯为迈锡尼王。由此来看，这部悲剧以误会、悖论、对权力的争夺和神秘的命运作为主要支撑，以兄弟阋墙、相互迫害为主要情节，完全可以称为是特洛伊战争的预演，也表现出信仰缺失必然会引发内斗和悲剧。

阿特柔斯的儿子阿伽门农和墨涅拉奥斯侥幸生还，逃到外邦斯巴达。阿伽门农娶了斯巴达王廷达瑞奥斯和勒达的女儿克吕泰涅斯特拉,而他的弟弟墨涅拉奥斯娶了斯巴达王的另一个女儿海伦,后来坐上了斯巴达的王位。阿伽门农依靠岳父的力量击杀了梯厄斯忒斯,为父报仇,自己登上了迈锡尼王位。但阿伽门农没有斩草除根,留下了后患埃奎斯托斯,后来他的王后克吕泰涅斯特拉和埃奎斯托斯勾搭成奸。

海伦事件后,阿伽门农出征特洛伊,来到一座海岛暂时驻扎。阿伽门农在岛上打猎时夸口说自己的猎杀技术高超,连月亮女神、女猎神和贞洁女神阿尔忒弥斯都比不上他。于是,被激怒的阿尔忒弥斯掀起风浪,使阿伽门农的战船无法出海航行。为此,阿伽门农不顾妻子克吕泰涅斯特拉的反对,将女儿伊菲革涅亚作为祭品献给阿尔忒弥斯,但阿尔忒弥斯将祭品换作一只鹿,用一阵风把伊菲革涅亚救走了,从此伊菲革涅亚杳无音信。原本受苦于政治婚姻的克吕泰涅斯特拉,为伊菲革涅亚的失踪而痛恨阿伽门农,便报复性地投入埃奎斯托斯的怀抱。十年大战后,阿伽门农顺利回到迈锡尼。为掩盖出轨的事实,也为给女儿伊菲革涅亚报仇,克吕泰涅斯特拉在情夫埃奎斯托斯的唆使和配合下,将从特洛伊凯旋的阿伽门农杀死在浴缸中。以上便是《俄瑞斯忒斯》三部曲的第一部《阿伽门农》的内容。阿伽门农在结束十年大战后顺利回家,却死于阴谋,神话和悲剧中都认为这是他的家族因为屡次冒犯神而受到的诅咒。而从今天来看,阿伽门农的结局是他个人优柔寡断、志大才疏、放过仇敌的结果。

《俄瑞斯忒斯》三部曲的第二部《奠酒人》讲述的是阿伽门农的儿子俄瑞斯忒斯为父报仇,杀死了自己的母亲和埃奎斯托斯。而在第三部《复仇神》中,由于俄瑞斯忒斯犯了弑母大罪,受到复仇女神的追杀,逃到陶里斯岛,被岛上的人俘获,送到阿尔忒弥斯神庙要被处死献祭。但阿尔忒弥斯神庙的女祭司正是俄瑞斯忒斯失踪多年的姐姐——伊菲革涅亚,俄瑞斯忒斯因此获救,后来在雅典娜主持的公审下,获得了无罪的判决,摆脱了复仇女神的追杀。从《俄瑞斯忒斯》三部曲的情节来看,有浓重的宫廷权谋倾向,环环紧扣,步步惊心。从这部剧的主题来看,一方面,反映的是父权制对母权制的最终胜利,弑母罪得以赦免,女性的权利已然处于绝对的弱势;另一方面,反映出民主法治对氏族血亲复仇的最终胜利，社会法已经高于自然法，审判问询制度在希腊城邦成为一种潮流。从《俄瑞斯忒斯》三部曲的内涵来看，俄瑞斯忒斯处于两难境地——为父报仇或保护母亲，这是哈姆莱特"To be or not to be"的源头之一，许多古希腊神话和文学作品中的人物，都处于两难境地。在不同的前提下，人的行为各自具有合法性，但当将人的两种行为放到一起，不可避免地会发生矛盾冲突，这就是悖论。悖论是对人的生存困境的审美表现和哲学反思。事实上，世界上大多数民族的神话都有对悖论意识和人生困境的展示，这是人对自身生存状态的思考，在古希腊神话中尤为突出。德国哲学家黑格尔也赞赏这部悲剧，认为它从人物行动的悖论中突出道德的困境和人的选择力量。埃斯库罗斯的悲剧以崇高的天神或英雄为主要人物，人物塑造类型化，性格缺少变化；戏剧风格庄重严谨，雄浑有力，善于依靠合唱队和布景营造宏大神秘的舞台氛围；台词古朴，与荷马一样都爱用比喻，但有时晦涩难懂；突出教育意义，宣扬古希腊尤其是雅典的民主、自由和法治，这是文学寓教于乐的源头之一。

索福克勒斯（公元前496年—公元前406年），被誉为"戏剧艺术的荷马"。他出生于雅典西北郊科罗诺斯乡，父亲是一个富有的兵器制造商。他家教非常好，诗歌和音乐造诣极高，很有创作天分，据传他一生共创作了130部悲剧，现传世7部。索福克勒斯生活在雅典民主制度的巅峰期，民主政治深入人心，对人的力量的认识不断提高，社会经济文化获得长足发展。索福克勒斯属于民主温和派，积极参与政治活动，热心政治改革，还做过将军、执政委员会委员和祭司。索福克勒斯性情温和，思维灵敏，活到了高寿，被人认为是"灾难来临之前"与世长辞，因为在他去世两年后，雅典在与斯巴达的伯罗奔尼撒战争（公元前431年—公元前404年）中彻底败北，连雅典城也被斯巴达攻陷。

索福克勒斯倡导民主精神，反对贵族僭主的专权，强调人民的行动选择。但由于处于奴隶制社会，社会生产力较为落后，索福克勒斯又相信上天的神谕。因此，在索福克勒斯的戏剧中，人的精神力量和行动能力十分强大，但同时又无时无刻不受到命运的控制，最终被命运摧垮，从而演绎出一幕幕悲剧，凸显出人和命运的抗争关系。索福克勒斯的名剧《俄狄浦斯王》就是最佳的印证。

《俄狄浦斯王》被亚里士多德誉为"十全十美的悲剧",相对于埃斯库罗斯的悲剧,《俄狄浦斯王》虽然只是单部剧,但故事情节更加复杂曲折。悲剧一开始,忒拜(又被翻译为"底比斯",为与埃及同名城市相区别,所以称为忒拜)国王俄狄浦斯正在调查本国瘟疫的起因,由此引出原本是忒拜王子的俄狄浦斯的故事。俄狄浦斯一出生,就被父亲拉伊俄斯用铁丝刺穿了脚后跟,还被抛弃到荒郊野外。这种弃子主题在神话中并不少见,同属于"婴儿漂流"故事型。俄狄浦斯之所以被抛弃,是因为拉伊俄斯听说过一则神谕,说他的儿子必将弑父娶母。但俄狄浦斯没有死掉,而是被邻近王国科林斯的国王救起。后来,俄狄浦斯被辗转送到科任托斯国,恰好国王和王后无子,就认他作王子,俄狄浦斯也以为自己是他们所生。长大成人后,俄狄浦斯得知弑父娶母的神谕,以为自己会杀死所谓的亲生父母,于是连忙逃离科任托斯国。在命运的安排下,俄狄浦斯阴差阳错地在一个狭窄的岔路口遇见一个带着随从的老人,双方发生争执,俄狄浦斯杀死老人及其部分仆人,而此老人正是忒拜国王拉伊俄斯。这一系列情节的发展动力是误会,文学作品中的误会的本质,是人认识世界时发生的错位。在悲剧中,误会解开之际,悲剧高潮来临。

不明就里的俄狄浦斯继续行进,遇见危害忒拜的怪兽斯芬克斯。斯芬克斯向过往的旅人提问,答不上来的人就要被他吃掉。在古希腊神话中,斯芬克斯是百蛇头巨人提丰和蛇妖厄喀德那之子。提丰属于第一代神族,他是大地女神盖亚和地狱塔耳塔洛斯之子。斯芬克斯还有若干怪物兄弟姐妹,比如许德拉、百首龙、三头犬、涅墨亚钢筋铜骨狮、高加索鹰。在古希腊神话中,人神同性、人地同性、人兽同性是很常见的。从斯芬克斯的体貌特征来看,似乎与埃及的狮身人面像极为相近,而狮身人面像是法老的保护神,并不会与普通人发生交集。斯芬克斯的问题是:什么东西早晨四条腿、中午两条腿、晚上三条腿?俄狄浦斯在机智地回答出斯芬克斯的谜题后,斯芬克斯跳崖而亡。俄狄浦斯铲除了怪兽,被失去国王的忒拜人立为新王,并娶了拉伊俄斯的王后伊俄卡斯忒,也就是俄狄浦斯的亲生母亲。到此,俄狄浦斯身上的神谕都成为现实,但他还浑然不知。在他的辛勤治理下,忒拜城欣欣向荣,他也有了自己的后代。然而登上王位十六年后,瘟疫笼罩忒拜，按照神的暗示他必须找到杀害前任国王的凶手，否则全城人将死于瘟疫。俄狄浦斯开始追查凶手，在先知和当年逃走的仆人作证下，俄狄浦斯最后发现凶手竟是自己，所有努力都没能逃脱命运的捉弄。他羞愧难当，悲痛欲绝，刺瞎双眼，浪迹天涯。一代英雄就这样毁灭了。

俄狄浦斯具有多重身份，内涵复杂：他是个有能力的英雄，是智勇双全的半神，尤其突出的是具有足以击败斯芬克斯的智慧；他是个不幸的孤儿，被亲生父母遗弃，虽被人收养并拥有了王子的地位，却不得不出走，浪迹天涯；他是个悲惨命运的承担者，在漂泊中意外遇见亲生父亲，人生不幸接踵而至，直至将他打入万劫不复的深渊。《俄狄浦斯王》是对古希腊文学与文化精神的最佳展现，它以艺术手法诠释了古希腊人对命运的思考。

奥地利精神分析学家弗洛伊德在《梦的解析》中指出，俄狄浦斯的悲剧是一种人类根深蒂固的情结导致的，这种情结是以性本能为基础的控制欲，在人的儿童时期显露出来，表现为对父亲的敌视和对母亲的占有。弗洛伊德称之为俄狄浦斯情结或恋母情结。在《奠酒人》中阿伽门农有四个儿女，三个女儿是伊菲革涅亚、厄勒克特拉和克律索忒弥斯，以及小儿子俄瑞斯忒斯。而厄勒克特拉爱上了阿伽门农，有一次她趁母亲克吕泰涅斯特拉不在家，与父亲同房交欢。因此，恋父情结也被称为厄勒克特拉情结。

俄狄浦斯也成为"替罪羊"的象征。所谓"替罪羊"，起源于古代的宗教仪式，就是用作牺牲的动物，多以羊来代替人遭受灾祸。在索福克勒斯的悲剧中，俄狄浦斯从头到尾都是一个受迫害的无辜形象，他从出生起就被抛弃，然后又因为神谕被迫离开养父母，接着在路上遇到生父拉伊俄斯的主动挑衅，最后杀死生父娶了母亲。他完全处于被动和无知的处境，极为倒霉地成为破坏伦理秩序的罪人。从神话学的角度来看，索福克勒斯这部悲剧的焦点不在于俄狄浦斯弑父娶母，而是那则神秘的神谕，正是它开启了主人公的悲惨命运。而这则神谕是人类社会残酷法则的原型，那就是牺牲一个人换来大多数人的平安，而神话则是对这一残酷法则的掩饰，抹去了被牺牲的无辜者难以磨灭的冤情。

《俄狄浦斯王》以俄狄浦斯刺瞎双眼、离开故国流浪为结尾。几乎与《俄狄浦斯王》齐名的悲剧《安提戈涅》，主要讲述俄狄浦斯的女儿安提戈涅的故事，其情节与埃斯库罗斯的悲剧《七将攻忒拜》基本一致。俄狄浦斯与母亲/妻子伊俄卡斯忒生了两个勇武的儿子，即厄忒俄克勒斯和波吕尼刻斯，他们在俄狄浦斯刺瞎双眼出走后商定轮流执政，但先执政的厄忒俄克勒斯在任期已满后不愿将权力交给波吕尼刻斯。这一情节暗示民主制度的衰落和专制的形成。兄弟争权，波吕尼刻斯引兵围攻忒拜，军队中有六位英雄，加上波吕尼刻斯，所以叫七将攻忒拜。

在战争中，厄忒俄克勒斯和波吕尼刻斯决斗，双双战死，他们的舅舅克瑞翁趁机成为新的忒拜国王，并将波吕尼刻斯判定为叛徒，不许人们为他收尸。古希腊人认为，人死之后没有入土为安，灵魂无法进入阴间。波吕尼刻斯的妹妹安提戈涅则不顾禁令，埋葬了波吕尼刻斯。克瑞翁震怒，要处死安提戈涅，安提戈涅便自杀而死。克瑞翁的儿子海蒙原本爱慕安提戈涅，听闻心上人的死讯，自尽殉情。克瑞翁的妻子听说儿子死了，也自杀身亡。黑格尔认为，《安提戈涅》表现了一种影响深远的悖论——安提戈涅要下葬自己的兄弟是天经地义，而克瑞翁将波吕尼刻斯作为勾引外地人入侵的叛徒，禁止埋葬他的尸首也有法理依据，这是自然法同社会法的冲突，二者都代表不同前提下的善，善与善的矛盾是一切矛盾中最深刻的。

由此可见，古希腊悲剧通过悖论引发的深刻思考来揭示生命的意义。悖论是两种合理性的撕扯，势必在情节上对读者或观众产生刺激或震撼，进而引发共鸣。在《安提戈涅》中，安提戈涅作为一个普通的弱女子，她的抉择意味着在剧作中更彻底地毁灭，也让她在读者或观众心中更完美地永生。

《特拉基斯少女》这部悲剧讲述的是大英雄赫拉克勒斯之死的故事。特拉基斯少女是悲剧的合唱队，悲剧以此为名。赫拉克勒斯是宙斯和阿尔克墨涅的私生子，但阿尔克墨涅怕天后赫拉毒害新生儿，将他遗弃在荒郊野外，后来被雅典娜捡到，送给赫拉哺乳，因为赫拉克勒斯咬疼了赫拉的乳头，又被送还给阿尔克墨涅抚养。从"出生—被遗弃—回到母亲身边"这一情节看，赫拉克勒斯的经历与希伯来的英雄摩西颇为相似。宙斯曾许诺迈锡尼王珀尔修斯的后代将统治迈锡尼，原本王位第一继承人应该是赫拉克勒斯，但赫拉怨恨宙斯的私生子，让珀尔修斯的另一个后代欧律斯透斯先出生，成为迈锡尼的统治者。后来，欧律斯透斯想置赫拉克勒斯于死地，迫使他做许多不可能完成的任务，但赫拉克勒斯却都完成了。这就是十二大伟功，其内容有：

其一，擒杀涅墨亚钢筋铜骨猛狮；

其二，杀死九头蛇许德拉；

其三，生擒赤色母鹿；

其四，生擒危害庄稼的野猪；

其五，清扫埃利斯国王奥革阿斯的牛圈；

其六，射杀斯廷法利斯湖怪鸟；

其七，夺取亚马逊女王希波吕忒的腰带；

其八，杀死克里特岛的白公牛；

其九，驯服食人马群；

其十，夺取伊比利亚地区的牛群，并杀死大地女神之子安泰俄斯；

其十一，拿到赫斯帕里得斯的金苹果；

其十二，带回冥界三头巨犬刻耳柏洛斯。

从这十二大伟功中可以看到，作为古希腊神话英雄的代表，赫拉克勒斯是一个与不幸命运抗争、英勇不屈、为民除害、争取荣誉、喜好冒险的人物形象，尽管赫拉克勒斯有缺点，但他是古希腊文明中力量最强、最富传奇色彩和正义感的英雄，正是他解救了每天被鹫鹰啄食肝脏的普罗米修斯。在赫拉克勒斯死后，他被接到奥林匹斯山，成为大力神，并帮助众神战胜了大地女神盖亚派来攻击圣山的巨人。

《菲罗克忒忒斯》是一部非同寻常并发人深省的个人悲剧。特洛伊战争前夕，神箭手菲罗克忒忒斯被毒蛇咬伤，伤口化脓发出恶臭，他呻吟不止，引来同伴厌烦，被同伴遗弃在一座荒岛上。特洛伊战争进入僵持阶段，有神谕说没有菲罗克忒忒斯，希腊联军不会获胜，奥德修斯等人只好去荒岛上寻找菲罗克忒忒斯。菲罗克忒忒斯虽然在荒岛上奇迹般地活了下来，但他因为被遗弃而心生怨恨。最后在赫拉克勒斯灵魂的感召下，菲罗克忒忒斯明白了英雄必须维护荣誉，这才重上战场，帮助联军作战。在战场上，特洛伊的王子赫克托尔已经战死，而阿喀琉斯也被阿波罗引导的帕里斯射的暗箭所伤，命中了身上唯一的弱点——脚踝，英勇战死。现在，对战双方势均力敌，特洛伊一方还有智勇双全的埃涅阿斯和神射手帕里斯，希腊联军一方也有埃阿斯、奥德修斯、墨涅拉奥斯和阿伽门农等人。而菲罗克忒忒斯的加入，使胜利的天平向希腊联军倾斜。他一箭射伤了帕里斯，此箭是当年赫拉克勒斯射中九头蛇许德拉的那支，沾上了许德拉的毒血，中毒的帕里斯命悬一线。败退回特洛伊城的帕里斯通过神谕知晓曾经的结发妻子俄诺涅可以救自己，但帕里斯勾引海伦得手后就休掉了俄诺涅。俄诺涅对帕里斯憎恨不已，当面对帕里斯的苦苦哀求时，俄诺涅拒绝了他。帕里斯绝望了，最终箭疮恶化，痛苦而死，被人们放在柴堆上火化。但是俄诺涅内心仍深爱帕里斯，她跳入焚化帕里斯的火堆，与这个负心人一起化为一阵青烟。

总体看来，索福克勒斯创作的悲剧中的主人公性格丰满、注重荣誉、拥有理想、不畏强权，敢于与命运抗争，在一系列困境中展现了人的存在价值和生命意义，代表古希腊文明对人理解的新高度。这既是数百年来古希腊文明滋养的结晶，也是索福克勒斯所处时代民主氛围重视人性的结果，具有人文主义的光辉是索福克勒斯作品最重要的特点。在作品情节上，索福克勒斯注重展现悲剧的冲突和突转，并将情节有机地联系在一起，去除不必要的枝蔓，减少抒情表白，尽量让人物用动作和语言表现内心世界。在悲剧改革上，用"场"代替三部曲，并将演员增加到三个人，突出了人物的复杂关系，为戏剧发展奠定了良好的基础。因此可以说，索福克勒斯的悲剧拥有永恒的魅力。

欧里庇得斯（约公元前480年—公元前406年），出身贵族，一生创作了90多部悲剧，流传下来的有17部悲剧和一部萨提洛斯剧。青年时期的欧里庇得斯醉心于哲学，他曾在古希腊哲学家阿那克萨哥拉门下求学。所以，欧里庇得斯的悲剧中有很强的怀疑、反思和批判精神，对神的权威产生了强烈的质疑和排斥。这里所说的"批判"，指通过分析和判断，个体或团体依据新的理想对现存制度体系进行部分或整体性的否定。批判中既有批评、分析和判断，也有破坏、斥责和新理想。

亚里士多德认为,索福克勒斯是按照人应当有的样子来写,而欧里庇得斯是按照人本来的样子来写。所谓"应当有的样子"和"本来的样子",指的就是人的一般规律和人的现实状态。应该说,他们都发现了人性的复杂内涵,然而方式不同,其原因在于尽管欧里庇得斯与索福克勒斯生活的年代相同,但他们的政治观念大相径庭。欧里庇得斯和索福克勒斯的观念冲突是贵族改革派和商人求稳派之间的矛盾。在欧里庇得斯看来,对内方面,雅典的贵族寡头派和工商业民主派的争权夺利,使专制主义甚嚣尘上,雅典的贫富分化越来越严重,奴隶的生存处境更加悲惨,自由民和中小贵族也不满足现状,想要争取更多的利益;对外方面,雅典和其他竞争对手的关系急遽恶化,斯巴达步步紧逼,雅典也想成为希腊霸主,双方各自建立同盟,最终爆发了伯罗奔尼撒战争。在这样的内忧外患中,早期民主制度的不成熟和极权思想的膨胀,造成了政坛不稳和社会动荡,雅典陷入经济崩溃、道德沦丧、人心躁动不安的境地。欧里庇得斯悲剧的特质是抨击雅典行政当局的内外政策,体现出更强的现实主义倾向,悲剧人物不再是命运控制和迫害下的牺牲品,而是社会因素影响下的不幸者。

欧里庇得斯最有名的悲剧是《美狄亚》和《特洛伊妇女》。《美狄亚》取材于古希腊神话伊阿宋的故事,悲剧的情节和原来的传说基本一致。主人公伊阿宋原本是王子,在他父亲忒萨利亚国王埃宋被其同母异父的弟弟珀利阿斯废黜之后,伊阿宋想索回父亲的权杖和财产。珀利阿斯以此要挟他,只有他为珀利阿斯取回金羊毛,才能重新拥有财产。这一情节有两方面拓展:一方面,在古希腊神话中经常出现这一幕,即上一代人的缺陷或矛盾无法解决,总是让下一代人来承担,缺陷或矛盾随着家族而延续,最终会导致不幸或矛盾总爆发。另一方面,财产标志着一个英雄的荣誉,伊阿宋没有办法,只能去寻找金羊毛。而金羊毛是中立性的宝物,对主人公意义重大,但又不属于主人公和对立面任何一方。宝物经常出现在不同的神话作品中,虽然形式不同,比如圣杯、三宝、黄金、宝剑、美女、金苹果,但总是发挥着相同的作用。

据说神使赫尔墨斯送给人间一只长有双翼的金羊,人们将金羊献祭给宙斯,拔下的金羊毛被严密地看护起来，成为许多古希腊王公贵族想要得到的绝世珍宝。伊阿宋召集了众多英雄，如赫拉克勒斯、忒修斯、俄耳甫斯、珀琉斯等，乘坐一艘由造船师阿尔戈设计的大船出征了，他们以造船师的名字将自己的队伍命名为"阿尔戈英雄"。阿尔戈英雄一路东行，开始了冒险之旅。他们到过许多岛屿，访问过不少王国，比如在只有女人居住的雷姆诺斯岛，和岛上的女人夜夜笙歌；又到了珀布律喀亚岛，和凶残的国王进行拳击赛；躲过大海上的"撞岩"和天空中神鸟的羽箭；避开亚马逊女战士的锋芒。这些冒险情节，虽然内容不同，但其实都是对同一种功能的重复，即突出夺取金羊毛的困难，同时显示出伊阿宋故事中的冒险和航海的主题。经历了一系列的冒险，阿尔戈英雄终于来到科尔喀斯王国。国王埃厄忒斯正是金羊毛的守护者，他拒不交出金羊毛。国王的小女儿、王国的女祭司美狄亚在天后赫拉的法术下，疯狂地爱上了伊阿宋。看守金羊毛的是喷火的巨龙，美狄亚施展魔法将巨龙催眠，帮助伊阿宋盗走了金羊毛。国王埃厄忒斯大怒，亲自率兵追赶，追兵中还有美狄亚的兄长，美狄亚帮助伊阿宋杀死了自己的兄长，然后又把他的尸首切成碎块扔到山上，趁父亲埃厄忒斯悲痛欲绝地搜集尸块时，美狄亚和伊阿宋等人逃脱了追杀。

但是伊阿宋回国后却没能用金羊毛换回父亲的财产，原本被囚禁的父亲埃宋也被珀利阿斯害死了。美狄亚想出一个计谋，她把一只老公羊切成碎块扔进一锅沸腾的水中，念动咒语，顷刻间从锅里跳出一只小羊羔。珀利阿斯看见后大为惊讶，在他看来美狄亚有返老还童的法力。于是为求青春，珀利阿斯竟然也让美狄亚把自己切成碎块入锅，可美狄亚切完后就逃走了，珀利阿斯则被煮成了肉汤。之后，伊阿宋和美狄亚跑到忒拜王国避难。日久天长，美狄亚人老色衰，而恐惧于美狄亚魔法的伊阿宋竟然爱上了忒拜国王克瑞翁的女儿，两人订婚。被抛弃的美狄亚对忘恩负义的伊阿宋万分痛恨，便献给公主一件美丽的金银衣衫，公主穿上后被衣服上的剧毒毒死，国王在俯身抱起公主时也中毒而亡。狂怒不已的伊阿宋前来追杀美狄亚，正撞见美狄亚杀死了他们的两个儿子。报复完伊阿宋，美狄亚乘上龙车升上天空，而伊阿宋自刎而死。

至于美狄亚的结局，据说她逃到了雅典，嫁给了雅典国王埃勾斯。埃勾斯婚内无子，因而惧怕自己有五十个儿子的弟弟帕拉斯。埃勾斯来到特洛伊国王庇透斯家中做客，与他的女儿结合，并留下宝剑和一双鞋作为信物。埃勾斯回到雅典后，庇透斯的女儿生下一个男孩，取名忒修斯。忒修斯在五岁时见过到访的赫拉克勒斯，他长大后带着宝剑和鞋去雅典与父亲埃勾斯相认，途中也像赫拉克勒斯一样为民除害。这时美狄亚已经成了埃勾斯的新王后，不想忒修斯认父成功，妨碍自己控制埃勾斯，于是想毒杀忒修斯。但忒修斯和父亲顺利相认，赶走了美狄亚。最终，美狄亚回到科尔喀斯，和父亲埃厄忒斯重归于好，并帮助埃厄忒斯杀死篡位的儿子，让他重新成为国王。

欧里庇得斯将美狄亚和她的保姆、仆人作为主要人物，通过她们的描述与对话，来回溯整个事件的经过。这样的方式既是自白，也是旁白。自白是人物向舞台上的人诉说自己看到或经历的故事；旁白是人物向观众诉说自己看到或经历的故事。在悲剧开始时，美狄亚已经被抛弃，正处于何去何从的最后关头。欧里庇得斯让美狄亚和她的保姆、仆人分别展开叙述，相互补充，让观众对伊阿宋远征、获取金羊毛、美狄亚被抛弃等事件都有了详尽的了解。但欧里庇得斯最高明的地方在于，通过人物的叙述，让观众了解美狄亚的内心所想，突出她面对负心人冷酷的行径时内心的恐惧、痛苦、焦虑和仇恨，形成了台上台下的情感互动，引发了观众和人物共鸣。自白和旁白的运用，可以产生作者、人物和观众的共鸣互动，拆除了舞台上人物和观众之间的"第四堵墙"，形成鼓动效应。《美狄亚》引导观众参与到戏剧中，进一步体会美狄亚心灵的痛苦，并启发他们思考悲剧的原因。因此，《美狄亚》被赞誉为"妇女心灵破碎的悲剧"。

欧里庇得斯更突出的地方在于他选取了女性作为主人公，这在男性权力掌控社会的古希腊是不可想象的。即便在较开明的雅典，女性和外邦人等也没有政治权利，仅仅是工具、摆设或者奴隶。欧里庇得斯不是想通过改编古老的神话故事来表现女性曾有的反抗经历，而是希望通过美狄亚的不幸对不平等的现实进行控诉。古希腊神话中的英雄伊阿宋成了忘恩负义的势利小人，美狄亚则是受苦受难者的代表。人世间的不幸在她身上一一上演，但她不是毫无办法、懦弱妥协，而是进行了激烈决绝的抗争，这是欧里庇得斯在暗示某种正在酝酿的社会反抗。

欧里庇得斯面对社会的动荡和民众的不幸，已经对所谓的奥林匹斯诸神产生了质疑，神不能帮助人们战胜困难，只是贵族施行统治的借口和依据，对社会改革毫无意义。所以，在《美狄亚》中，原来神话故事中天神的作用被降为次要，集中力量展示了人的悲剧来自社会。对神的质疑和斥责表现在欧里庇得斯的悲剧中，神的地位下降、数量减少、力量减弱，成为人的对立面，引来嘲讽和诘责。因此，对神的质疑和斥责，既是社会发展后人的力量的彰显，也是对强权和压迫的反抗。欧里庇得斯的悲剧在这一点上更具有进步意义。

相对于美狄亚单个的悲情故事，欧里庇得斯又创作了悲剧《特洛伊妇女》，展现了女性集体不幸的命运。这部剧可以说是对《美狄亚》的悲剧性的深入挖掘，多角度、全面地反映了妇女的不幸命运，同时影射了雅典在公元前416年对米洛斯岛反抗者的大屠杀。欧里庇得斯通过再现特洛伊城被希腊联军攻破后，特洛伊女性的悲惨经历，揭露了战争的残酷。在这部作品中，特洛伊公主波吕克塞娜被联军杀死，以此祭奠阿喀琉斯的灵魂；战死的王子赫克托尔的妻子安德洛玛克，想给阿喀琉斯的儿子做妾，以换取自己和赫克托尔的儿子阿斯提阿那克斯活下去的机会。但这样的付出毫无意义，无辜的孩子阿斯提阿那克斯竟被阿喀琉斯的儿子、希腊将领皮洛斯扔下特洛伊城楼，活活摔死；公主卡珊德拉被阿伽门农带回迈锡尼，但阿伽门农被害死后，她也随即被杀。由此可见，从欧里庇得斯的悲剧中再也看不到古希腊神话传说中伟大勇敢的英雄，更多的是热衷杀戮的战争狂人，像波塞冬、雅典娜这样的天神要么虚伪冷酷，要么无能为力，这和早先的《荷马史诗》中的描写有天壤之别。悲剧的主人公是一群没有力量打击侵略者的女性，但她们没有屈服于敌人的淫威，而是保持了自己独立的人格，坚守了对亲人和同胞的真情与忠诚。

第五节　古希腊喜剧

古希腊悲剧和喜剧都崇尚自由与复活主题，在"凡人必有一死"的命运面前，给予人们永生不死、预知一切和全能超越的能力。但是，古希腊喜剧更突出狄奥尼索斯自由自在、百无禁忌、饮酒欢歌的一面，而他作为小神的命运、未来等方面则被暂时"屏蔽"。从文艺心理学的角度来讲，喜剧起源于这样一种心理：用一时的放纵消除人生命中的愁苦。由于在狄奥尼索斯的行为中，欲望、生殖、交欢是主要内容，所以，喜剧的早期形式也以生殖崇拜为显著内容。人们集体行进，装扮成神仙鸟兽，一路吃吃喝喝，载歌载舞，边走边闹，是一场放纵的、没有任何规矩可言的狂欢大聚会。希腊文"喜剧"一词就是"狂欢歌舞"的意思。游行领队或聚会主角对公众演唱，唱的是对天神的颂歌，也歌唱日常生活中的滑稽故事，酒神往往作为压轴人物出场。经过一段时间的发展演化，集体游行的形式没有了，人们在固定的地点进行歌唱和朗诵，合唱队成为不可或缺的组成部分。与当时正兴起的悲剧不同，这一新的戏剧项目引起了人们的广泛关注和重视。在公元前487或公元前486年，喜剧第一次成为狄奥尼索斯庆典仪式上的比赛项目，参与组织、创作和演出喜剧的人越来越多，喜剧的内容随之扩大，形式也不断变化。喜剧的发展大致分为三个时期：

前期（公元前487年—公元前404年）。雅典等城邦的民主气氛较为热烈，各阶层矛盾和政治斗争非常激烈，改革与反改革、战争与妥协、利益再分配等问题，使全社会人心浮动，政治派系和普通大众急需某种文艺形式自由地表达自己的观点，而用插科打诨、嘲弄取笑的滑稽表演进行间接表达，也能避免让冲突失去控制，讽刺本身就是政治斗争的策略之一。由此，喜剧发挥了独特的作用。所以，这一时期的喜剧又被称为政治喜剧，代表作家有阿里斯托芬、克拉提诺斯、欧波利斯三位，但只有阿里斯托芬的作品流传下来。然而，随着雅典在伯罗奔尼撒战争中败北，喜剧的政治讽刺性很快受到打压。

中期（公元前404年—公元前320年）。公元前404年是古希腊文明的转折点，民主的雅典被专制的斯巴达彻底击败，建立了由斯巴达扶植的"三十僭主"专制。由于受到专制的斯巴达的控制，雅典原先的民主制完全崩溃，所以，这一时期的喜剧作家为了避免受到迫害而较少谈论政治，讽刺的对象换成了哲学家、诗人、祭司和普通人，对神话的戏谑模仿与见闻琐事成了流行主题。尽管缺少政治讽刺力量，但中期喜剧把关注点转向了更广泛的日常现实生活。

后期（公元前320年—公元前120年）。后期喜剧处于古希腊历史的"希腊化时代"。古希腊各个城邦都被马其顿征服，亚历山大大帝和继业者王国的统治者们都是军事强人，所以对文学艺术较为苛刻。但是随着马其顿对外战争的胜利，希腊文明成果也更广泛地与邻近地域的文明形态交流，形成东西方文化交相辉映的局面。这一时期的喜剧将前两个阶段的讽刺力度降为最低，常常塑造机灵的伙计、诡诈的女性等形象，更多地以家庭生活、爱情故事和市井见闻为主，强调社会伦理，淡化社会矛盾。可以说，后期喜剧的喜感很充沛，几乎成了闹剧，而原先那种抨击政治人物的力量荡然无存，而且由于不需要合唱队为演员烘托造势、表明立场，合唱队的歌唱成了一种可有可无的摆设，与剧本内容没有太大关联，更多是起到分幕的作用。所以，在内容和形式上的差别，使这时的喜剧被称为"新喜剧"，前期和中期的喜剧被称为"旧喜剧"，喜剧新旧之分的概念由此出现。

但必须指出的是，不能因为新喜剧的政治批判性减弱就认为古希腊后期喜剧一无是处。事实上，新喜剧更加接近世俗世界，崇尚个人化的倾向更强，同时这时的喜剧也更成熟，形成了"四化"的特点，即演员表演专业化、喜剧人物类型化、表演程序规范化、喜剧内容劝诫化，这就为古罗马喜剧和文艺复兴时戏剧的新发展提供了借鉴。新喜剧的著名作家是古希腊诗人米南德，代表作是《恨世者》《萨摩斯女子》。后世的莎士比亚、莫里哀都曾模仿米南德来创作，以喜剧反映市民阶层的生活情趣。

从西方经典喜剧的发展历程来看，喜剧的成就不亚于悲剧，只是喜剧与它的前身——单纯搞笑的滑稽剧过从甚密，影响了人们对喜剧内涵的发掘，社会批判意义可能在搞笑逗乐中被贬值。一方面，从喜剧和悲剧的关系来看，喜剧和悲剧形异质同。真正的喜剧都是悲剧，真正的悲剧有时以喜剧的面貌出现。也就是说，喜剧和悲剧一样都关注人类社会发展中的重大问题，怜悯人的不幸命运，痛惜生命意义的毁灭，只是表现方式不一样：悲剧将有价值的东西打碎给人看，歌颂崇高，并用恢宏悲壮的气氛感染人，引发观众的怜悯和同情；而喜剧则以滑稽的方式展示貌似伟大的东西身上的缺点，以调侃、嘲讽的方式对人性的虚伪进行批判。另一方面，从喜剧和闹剧的关系来看，喜剧与闹剧形同质异。喜剧有滑稽搞笑的形式，但其功能和目的是为揭示人性的弱点，并引起哲学思考和实际行动；而闹剧是单纯为逗人发笑，比如滑稽剧、搞笑剧或肥皂剧，都是相对低级的戏剧形式。古希腊喜剧作家阿里斯托芬的作品，说明了喜剧、悲剧、闹剧的联系。

阿里斯托芬（公元前446年—公元前385年），生活在雅典城邦民主政治的末期。他并不代表贵族和地主的利益，而是代表自由民中的农民的利益。这时的古希腊城邦已经严重分化瓦解，受益最大的是一向被边缘化的西北王国马其顿。由于构成古希腊主体文明的斯巴达和雅典相互内耗，马其顿得以迅速崛起，并填补了斯巴达和雅典衰败留下的权力真空，古希腊各城邦相继受到君主专制的强权控制。阿里斯托芬一生目睹了古希腊城邦衰败和解体的历史，感受到民主环境的急遽恶化和长久动荡生活带来的不幸。社会历史环境造就了阿里斯托芬的艺术特色，他的喜剧讽刺风格非常鲜明。相传他写了44部喜剧，现存的有11部，主要有两大主题：一是反战争，即反对以雅典为首的提洛同盟和斯巴达为首的伯罗奔尼撒同盟之间的战争；二是反独裁，即反对雅典政治生活中专制和不公正的社会现实。

《鸟》是阿里斯托芬最优秀的作品，而且是一部经典的政治讽刺喜剧。在喜剧《鸟》中，主人公老头子佩斯特泰罗斯为逃避债务，和朋友一起逃离雅典寻找世外桃源，他们和途中遇到的一只戴胜鸟商量，戴胜鸟推荐的好去处他们都不满意，后来佩斯特泰罗斯干脆自己建立了一个鸟国。他召集群鸟开会，赞扬它们是宇宙的最初统治者，劝说它们听从自己的指挥，收回被神和人类篡夺的权力。佩斯特泰罗斯很快获得了原本带着怀疑和敌意的鸟类的拥护。原本落魄的无名小卒佩斯特泰罗斯由此建立了群鸟共和国，叫"云中鹁鸪国"。

佩斯特泰罗斯还想出来一条妙计，利用鸟类处于神和人类之间的有利位置，威胁天神说要阻断人类向上的朝贡之路，又恐吓人类说要带领鸟类大军从天而降攻打他们的城市，逼迫外强中干的天神和人类求和。海神波塞冬和大英雄赫拉克勒斯连忙跑来协商，佩斯特泰罗斯趁机迫使天神把女神巴西勒亚嫁给自己。巴西勒亚掌管着主神宙斯的霹雳，同时也掌管明智、公正、谦逊和津贴等，是宙斯至高无上的权力的代表，娶了她就等于间接控制了宙斯，并有资格日后成为神。喜剧结尾是佩斯特泰罗斯登上王位，众天神一起为他庆贺新婚大喜，但极具讽刺性的是，宴会上的美食大部分是烤鸟肉。

《鸟》这部喜剧共有 11 场，分为上、下两部分：上部分可以叫作"建立鹁鸪国"，主要讲述佩斯特泰罗斯如何说服鸟类服从他的统治；下部分可以叫作"战胜众天神"，讲述佩斯特泰罗斯战胜天神，赢得最终胜利。这是一部典型的政治讽刺剧，结构严谨，风趣幽默，具有深刻的思想内涵。首先，影射雅典的政治。在雅典奴隶制统治下，劳动者像鸟一样，创造了劳动价值，创造了城邦文明，却被一小批狂妄虚伪的政客压迫，成为他们钩心斗角或狼狈为奸的牺牲品。其次，表现民众的力量。一旦民众觉醒并组织起来，就会爆发出巨大的力量，让统治者闻风丧胆，不得不妥协。建立人民自己的共和国并不难，鸟类的云中鹁鸪国是对现实中受压迫者的巨大鼓舞。最后，揭示压迫的本质。极具讽刺意味的是：鸟类建国之后，似乎是摆脱了天神和人类，从此扬眉吐气、骄傲自豪，但云中鹁鸪国却由人类管理；原本是共和国，佩斯特泰罗斯却以国王身份掌管一切；说好的鸟类当家做主，到头来不少鸟却成了盘中餐，供天神和人类享用，这就是新压迫的开始。

从一盘散沙，到有组织地反抗，再到建立共和国，最后接受新的统治者，阿里斯托芬通过神话故事揭示出权力争夺和反抗斗争的复杂性，暗示雅典民主政治的不完善，尽管剧中没有道破客观历史发展条件制约了民主的发展，但还是让人能感受到作家通过幻想和巧妙构思表达的对人间乌托邦的期待和对未来的忧虑。从历史发展规律来看，只要有人，就一定有利益纠纷，只要有利益纠纷，就一定涉及权力争夺，关乎权力争夺的，无外乎压迫和被压迫。权力是衡量人生存的重要维度，压迫是人类社会的基本状态，人是争夺权力的动物，压迫是人际关系的恶变，压迫的极端化就是国家败亡和社会的瓦解。由此来看，阿里斯托芬的这部喜剧作品《鸟》，以艺术形式象征了人类社会难以扭转的弊端。

第二章
中世纪文学

中世纪（Medieval Ages 或 Middle Times），又称为中古，是对古典时代和近现代之间若干个世纪的总称，大致从公元476年西罗马帝国灭亡，到公元1453年东罗马帝国灭亡或者公元1492年哥伦布发现新大陆，跨度1000年左右。对中世纪最常见的评价是"黑暗的中世纪"（Dark Ages）。漫漫千年历史，真如许多学者所认为的那样黑暗无光，没有任何文明创造吗？也没有留下任何堪称文学经典的永恒诗篇吗？

第一节　欧洲中世纪文明简史

中世纪的历史要追溯到罗马帝国中后期。在罗马帝国的巅峰时代，地中海成为它的内湖，北方的边界已经延伸到不列颠。在罗马帝国的强力打击下，周边的强大国家，如萨姆尼乌姆、伊庇鲁斯、迦太基和帕提亚，不是败亡，就是衰落。而欧洲的蛮族虽然不断侵扰罗马边境，但被一次次击败。在康茂德及其继任者上台后，罗马帝国盛极而衰，乱象逐渐显露。从根本上说，罗马帝国的生产方式已经不适应生产力的发展，奴隶制度无法满足社会进步的需要，大奴隶主兼并土地，过度集中社会资源，自由民和普通市民等中产阶层纷纷破产。奴隶不断暴动，国家的实力下降，多神教体系渐渐瓦解，罗马帝国在军人政变和蛮族入侵中濒于毁灭。在此期间，罗马帝国进行的经济改革没有取得成功，反而在思想和行政领域上赢得了两项重大改进：其一，停止打击基督教，逐渐放弃罗马神系信仰。罗马帝国早期对基督教徒严酷迫害，但随着基督教在罗马帝国境内的不断发展，信众已经达到境内总人口的三分之一，并得到帝国上层人士的大力支持，一神教和博爱思想使其比多神教更具生命力。公元312年，帝国内战，君士坦丁尝试重新统一意大利，在"四奥古斯都"之战中，看到"天空中出现闪亮的十字"，以此为号召击败强敌。在坐稳皇位后，君士坦丁发布米兰敕令，宣布基督教合法。公元380年，帝国皇帝狄奥多西一世下令，基督教成为帝国国教。两年后，罗马主教成为帝国境内宗教最高领导者，为以后教宗的出现奠定了基础，而传统的罗马多神教从此被完全废弃，其田产由基督教会受领，帝国还额外赐给基督教会大量产业。其二，公元293年，罗马皇帝戴克里先首创"四帝共治"制，将罗马帝国分为四个区域，自己和另外三位将军分别任西区皇帝和副皇帝、东区皇帝和副皇帝。皇帝名号为奥古斯都，副皇帝名号为凯撒。尽管后来罗马帝国有过短期统一，但很快又再次分裂，永远地一分为二。公元395年，狄奥多西一世将帝国分为东、西两大疆域，分别由他的两个儿子统治，这就是被后人俗称的"西罗马帝国"和"东罗马帝国"。西罗马帝国首都是拉文纳和米兰，罗马城仅为名义首都；东罗马帝国首都是君士坦丁堡，官方语言为拉丁语和希腊语。总体来看，在这两大疆域中，基督教会各有国王作为后台，彼此之间已有利益分别，且因事实意义上的地理阻隔，神学、礼仪、语言等方面的差异也日渐显著，这为中世纪教会的分裂埋下了隐患。分而治之的方式没有缓解民众的不满和反抗，也未能完全抵御外敌的入侵。公元476年，西罗马帝国在外敌入侵和内部政变中灭亡，但东罗马帝国免于覆灭，又延续了1058年（395—1453），为欧洲文艺复兴保留了大量的古希腊罗马文化典籍。

在公元2世纪，欧洲已经有历史典籍记载了一批类似匈奴的部落定居在里海沿岸，有学者推测这可能是被迫西迁的匈奴人。但由于缺少佐证，我们还是按照学界通识称其为"匈人"。此时，在东欧、中欧、北欧的广袤土地上，散居着大量部落，以日耳曼人为最强。匈人的到来，侵占了日耳曼人在德涅斯特河、莱茵河、多瑙河等母亲河流域的生存空间，迫使其向西逃亡，这就形成了罗马帝国的"蛮族移民潮"。所谓蛮族，指没有文明开化的民族。蛮族是和文明民族相对的称谓，没有文明民族，也就没有所谓的蛮族。反之亦然。古代欧洲有三大蛮族——凯尔特、日耳曼、斯拉夫。蛮族有三个重要的特征：居无定所，不事农耕，没有文字。这里所称的日耳曼人，是中北欧蛮族部落的组合体，各部落在神话、语言、宗教和文化风俗上比较相近。但这些蛮族部落却各有各的称谓，"日耳曼"这个名字，只是从凯撒开始对生活在罗马边境的异族部落的总体称谓，意思是"邻居"。如果从人种学上来看，日耳曼人属于高加索人种。

匈人、日耳曼人、凯尔特人及其他蛮族，像多米诺骨牌一样倒向罗马帝国。以莱茵河为北方边界的罗马帝国，在早年强大之时就与日耳曼蛮族反复厮杀，今天又要以内忧外患之躯承受更频繁的蛮族入侵。日耳曼蛮族在欧洲大地上不断游荡，形成暂时的势力范围，彼此既有合作，也有争斗。今天为了对抗罗马帝国或匈人能以兄弟相称，合兵一处、共同战斗，明天为了金银财宝或统治利益也能离心离德、拔刀相向、血腥残杀。在罗马帝国末期的蛮族移民潮中，实力最强、最有代表性的是六个日耳曼蛮族部落：西哥特、东哥特、汪达尔、勃艮第、法兰克和盎格鲁—撒克逊。从公元376年西哥特人获准进入罗马帝国的色雷斯地区居住，到451年日耳曼人分别为罗马帝国和匈人卖命成为雇佣兵，再到用一次次暴动反抗罗马帝国，最后在476年控制帝国军队并废黜了西罗马帝国的最后一个皇帝，日耳曼人部落在欧洲大陆上横行无忌，造成了极大的破坏。这100年的历史是"六蛮乱欧洲"的时代。

这样来看，中世纪是真正的黑暗千年。但是，光明总能在灾难中孕育和喷薄而出。中世纪不仅有黑暗，也有光明与希望。

中世纪是基督教大行其道、奠定思想统治地位的时代，这种主张一切人只要相信上帝耶和华，就能获得关爱、平等、得救的思想，受到上至君王、下至奴隶的广泛认同，教会的实力空前壮大，教会的精神控制深入人们生活的方方面面。自然科学和文学艺术离不开基督教思想的影响，政治、道德和伦理也以基督教教义为主导，其影响一直持续到现在。即使有人怀疑教会的合法性，但仍然虔诚地相信基督教的合理性，通过不断更新对上帝和天国的理解，追求自由与救赎的可能。尤其是中世纪后期，人们逐渐意识到应该用理性代替盲信，这样才能更好地认识上帝。弘扬热情似火的人性本能、心理、欲望和身体，博爱包容的上帝逐渐代替了冰冷的神性和惩罚性的上帝。文艺复兴的曙光在中世纪末已然来临。

在欧洲移民潮后，蛮族逐渐定居下来，建立了王国统治，并融入欧洲各民族文化中。蛮族文明化了，形成现代民族国家的原型。中世纪中后期，经济在恢复中发展，并取得了长足进步。欧洲的商业城市迅速兴起，尤其在12、13世纪，意大利资本主义生产关系萌芽推动了资本主义经济大发展，为日后的工业革命奠定了物质基础。

中世纪的语言，由于受到罗马帝国遗产和基督教传播的深刻影响，拉丁语和希腊语在政治、宗教、文化领域占据着重要的核心地位。但到后期这两种语言逐渐没落，受拉丁语影响的罗曼语族和日耳曼语族发展壮大，前者产生了法语、西班牙语、意大利语，后者产生了德语和英语。语言的定型促进了民族融合。文化上出现了加洛林文艺复兴，复兴了古罗马的政治文化思想，巩固了民族融合的成果，促进了基督教文化的进一步传播，推动了欧洲蛮族向文明民族前进的进程。

由此可见，中世纪中后期的变革因素，使欧洲大地酝酿着一场更广泛、更深刻的社会变革。中世纪的千年时光，也不是一段苍白空虚、乏善可陈的过渡期。中世纪是人类发展史上重要的历史阶段，没有中世纪，就没有近代欧洲的发展和强大。

欧洲中世纪文化总体上呈现出多样化、有机化、承前启后的特征。中世纪的主流文学是教会文学。教会文学庞大、权威，既包括公教文学，也包括正教文学。教会文学目的是为基督教教义和教会组织原则服务，一切精神成果都是教会意识形态的附庸——哲学是神学的婢女，科学是宗教的仆人。教会文学背离人的鲜活生活，进行单一的劝诫说教，但由于受到异族异教思想的影响，也表现出对人类思想和灵魂有无限潜力的信念。以神性意识为主导，人性意识受到极大的掩盖，却没有被完全遮蔽。教会文学有四种基本形式：宗教诗、宗教剧、祈祷文和宗教故事。赞颂基督教的伟大，表达对上帝和耶稣的爱和信仰，宣扬三大理论：原罪论、来世论和禁欲论。

教会文学以《圣经》的故事、典故和奇迹为主要内容。《凯德蒙组诗》表达了修道士对基督教的坚定信仰，也表现了农民的贫苦生活；阿贝拉尔的《平安彼岸歌》，对比天国与现实社会，体现了对美好生活的追求；圣·方济各(1182—1226)建立了方济各兄弟会，他的《万物颂》赞美上帝创造了世界万物，表现了诗人对美好生活的热爱。宗教剧分为神秘剧、神迹剧和道德剧，代表作家是罗丝维萨（约935—1000），其作品为《加里卡纳》。罗马帝国末期的奥古斯丁（354—430）的作品也被归入中世纪教会文学，他的以忏悔救赎自身的思想影响很大，体现在他的著作《忏悔录》中。《忏悔录》开启了欧美文学忏悔传统的先河。应该注意的是，从数量来看，教会文学是中世纪文学的主体，属于中世纪文学主流，贯穿整个中世纪，同时它也渗透进其他文学形式中。从内涵来看，虽然教会文学以赞颂神性为主，但其内部仍然具有鲜明的人性因素。教会文学的劝诫说教和禁欲主义，是基于中世纪社会动荡、思想混乱、战乱频繁的现实基础，因而具有进步的人文价值；教会文学中所谓的迷信思想和幻想，也体现出当时人们对幸福安定生活的向往；教会文学善于运用象征手法，营造神秘气氛，对后世文学影响巨大。

第二节　北欧神话传说

《埃达》，是以古代北欧神话故事和英雄传说为基础形成的北欧史诗。对比古希腊神话、希伯来神话和中国的上古神话，北欧神话中的世界元初状态也是混沌一片，但在混沌中又有南北两极，这显示出北欧民族有较强的方向感，并在想象中为世界构建了南北极和热带区。北方是冰封一切的极寒界，被称为"尼福尔海姆"（其含义为"雾之国"）。南方是火焰遍地的极热界，被称为"穆斯贝尔海姆"（其含义为"火之国"），这里的掌管者是火巨人苏尔特。南北极之间是巨大的金伦加鸿沟。南北冷热气流和冰块火焰纷纷在鸿沟中相遇碰撞，烟气雾霭升腾不息。从北欧人对世界的描述来看，自然界给他们留下的深刻印象是冰川、地震和火山爆发。从北欧不利于人生存的地理环境来看，北欧人对北方之寒和南方之热都持有负面态度，连同对北方和南方的其他部落也怀有明显的敌意。

在冷热交融中，金伦加鸿沟里形成了十二条大河，在大河中诞生了巨人伊米尔。十二条大河中的一条河有毒，所以，伊米尔的子孙中有邪恶的后代。伊米尔用腋窝和大腿弯自孕自生了后代，但他将他们全部用冰山封冻起来。不久，在冰霜中诞生了母牛奥拉姆布拉，伊米尔吸吮奥拉姆布拉的奶汁，而奥拉姆布拉用舌头舔食冰块，这样，冰山中被封冻起来的伊米尔的后代就在母牛的舔舐下解脱出来。在这些后代中，有二男一女，即大儿子布里、小儿子密米尔和小女儿贝斯特拉。密米尔和贝斯特拉结合，诞生了冰巨人。由于那条有毒的河，所有冰巨人都是邪恶的。布里和冰巨人为争抢贝斯特拉而争斗。伊米尔出手解决家庭纠纷，杀死了布里。布里死后，从他的肚子里跳出了儿子布尔。布尔打败了冰巨人，并娶了贝斯特拉。布尔和贝斯特拉生下三个儿子：奥丁、威利和菲，他们长大后杀死了曾祖父伊米尔，成为阿萨神族的祖先，并繁衍出后代，组成北欧世界的正统神系。奥丁带领两个弟弟，将伊米尔的尸体分解，以血液为海、脑髓为云、牙齿为石、骨头为山、肌肉为地、头盖骨为天空。伊米尔大部分的眉毛变成森林，剩下的被奥丁兄弟当成栅栏，形成一个巨大的区域，这就是神的乐园——阿萨加尔德（Asgard），简称阿萨神界。奥丁和弟弟还造了昼夜星辰。后来，奥丁用榆树的树干造了一个女人——恩布拉（Embla，即"榆树"）；用梣树的树干造了一个男人——阿斯克（Ask，即"梣树"）。恩布拉和阿斯克就是人类的始祖。神和人都出现了。

奥丁在建造了神界后，又为人类建造了人类世界——米德加尔德（Midgard），简称人界。人界处于神界下方，却是整个宇宙的中央，所以又名中庭。人界和神界由冰、火、气三元素组成的彩虹桥相连，由阿萨神族中的"千里眼""顺风耳"海姆达尔（Heimdallr）守卫。

在神界和人界之间，是精灵族的世界——阿尔夫海姆（Alfheim），简称精灵界。精灵（elf），不是神，但为神服务，看守花园树木，相当于神的侍从或仆役。精灵是伊米尔尸体上向阳面的蛆虫变化来的。

如前所述，还有极寒区和极热区，人界之北是尼福尔海姆（Niflheim），简称极寒界，冰巨人聚居于此；人界之南是穆斯贝尔海姆（Muspelheim），简称极热界，火巨人苏尔特和其他火巨人都生活在此。

在人界之西，是曾经与阿萨神族相抗衡的另一个神族的统治区，这个神族是华纳神族，他们的领地叫华纳海姆（Vanaheim），简称华纳神界。华纳神族也是伊米尔的后代（可能隐喻同族不同的支系），早先和阿萨神族不和，爆发过战争，双方都有损伤，最后只能相互妥协，并互派人质。阿萨神族派出奥丁的弟弟威利和智慧神密米尔（与二代神密米尔同名）。虽然威利身强力壮、行走如飞，但脑子却愚笨不堪；而密米尔能言善辩，帮助威利在华纳神族面前应答如流。后来，二人的配合被华纳神族发现，他们深感受辱，便把密米尔砍了脑袋。奥丁神为将密米尔的尸首合一大费周章，但为保持和平，斩首之事后来不了了之。而华纳神族派往阿萨神族的人质，竟然是他们的首领海洋神尼奥尔德（Njord）以及尼奥尔德的儿子丰收神弗雷（Freyr）和女儿弗雷雅（Freyja）。弗雷雅是爱神、女战神、丰收神、魔法神（类似阿尔忒弥斯、雅典娜等希腊神的多合一）。尼奥尔德、弗雷和弗雷雅，都被吸收为阿萨神族成员（暗示部落联盟的建立）。

在人界之东，是约顿海姆（Jothuheim），简称巨人界。这里是巨人的聚居地，有山巨人、石巨人、土巨人和风巨人，他们大概也是伊米尔的后代，但是众神的敌对势力。

在人界之下，是瓦特－阿尔夫海姆（Svart-alfheim），这里是矮人族的世界，简称矮人界。从词型来看，矮人界和精灵族的阿尔夫海姆有渊源，前面加了Svart一词，意为"黑色"。他们生活在地下，为神族开采矿藏和锻造兵器，此外，打造首饰也是矮人族的特长。他们是伊米尔尸体上向阴面的蛆虫变化来的。

在宇宙的最底端，是海尔海姆（Heiheim）。这里是冥界，阴风森森，永远黑暗，冰冷多雾，是大多数没有资格去神界的人死后的归宿。

北欧神话中的九个世界都出现了，这九个世界是有序排列的。纵向看：中庭人界为中心，由上至下垂直，分别是神界、精灵界、人界、矮人界、冥界；横向看：中庭人界为中心，四个平行方向上分别是东部巨人界、西部华纳神族界、北部极寒界、南部极热界。一方面，这是北欧人方向感极强的表现，也许是北欧人在冰雪世界中求生本能使然。另一方面，人在垂直和平行结构中都占据中心，突出了人的中心地位和主体意识。

北欧神话故事就发生在九界中。九界由宇宙树（或叫世界树）伊格德拉修（Yggdrasill）相连，树根处有群蛇啃食，所以，九界构成的世界迟早会因为宇宙树的死亡而陷入灾难。北欧人的神话中有鲜明的毁灭意识。

《埃达》中的首篇《女占卜者的预言》，介绍了北欧神话中神族的主要成员：

众神之神：奥丁（Odin）。

众神之后、天后：弗丽嘉（Frigg）。弗丽嘉是奥丁的正妻，是爱神、天空与大地的女神，也是婚姻和家庭女神，性格复杂，爱慕虚荣又温柔多情，还慈祥善良。

雷神：托尔（Thor），或译索尔。奥丁的儿子，是战争之神、农业之神。他的铁锤可以飞出去砸碎巨人的头骨，又能自动飞回到托尔手中。

火神：洛基（Loki）。洛基的母亲是奥丁的养母，所以，洛基和奥丁是兄弟。洛基觊觎奥丁众神之神的宝座，在神族中挑拨离间，因而屡受惩罚。他的后代中有巨狼芬里尔、巨蟒尤蒙冈特。洛基反叛，勾结巨人们进攻神界，是阿萨神族毁灭之源。

战神、契约之神：提尔（Tyr），奥丁之子。

土地和收获女神：希芙（Sif），托尔之妻。

海神：尼奥尔德（Njord），原是华纳神族的领袖。

丰收神、爱神：弗雷（Freyr），尼奥尔德的儿子。

爱神、性爱女神、女战神、丰收神、魔法神：弗雷雅（Freyja），尼奥尔德的女儿，弗雷之妹。原与弗雷一体，职能重复，后来才分开。

光明神和黑暗神：巴德尔和霍德尔（Baldur & Hodr），奥丁和弗丽嘉的孪生子。巴德尔是光之化身，英俊聪明；霍德尔天生眼盲，迟钝愚鲁。

冬神、狩猎神：乌勒尔（Ullr），托尔的继子。

智慧神、诗神、辩论之神：布拉基（Bragi），奥丁之子。

春之女神、青春女神：伊登（Idun），布拉基的妻子，掌管能让诸神保持青春的金苹果（金苹果象征财富、地位和青春永驻）。

日神和月神：日神叫苏尔（Sol），女性；月神叫玛尼（Mani），男性，他们都是火巨人苏尔特的女儿所生。天狼厌恶他们，就在天空中追杀他们，日食和月食就是日神和月神被追上的表现。在大多数民族的神话中，太阳象征阳刚，都由男性神来代表，而月亮象征阴柔，由女性神来代表；北欧神话正好相反，这明显是母系氏族社会的遗留。此外，这样的设置也和日耳曼部落中女性地位相对较高有关系。从北欧神话中神族的结构来看，神族的分工明确，职能突出，体系化程度较高，但战神多，这是崇尚武力民族的特征。

奥丁是众神之神，他曾经为获得智慧，用一只眼球换得喝智慧泉的机会，并把自己倒吊在树上，思考神的未来命运。奥丁后来发明鲁尼文字，据说将这种文字写在物体上，就可以拥有相应的魔力，有些像咒符。由于有了智慧，奥丁知道神族面临的危机，而其他神都以为自己有金苹果，可以青春永驻、长生不死。

奥丁有多位妻子：第一位妻子是大地女神娇德，他们生的儿子就是托尔；第二位妻子是弗丽嘉，他们的儿子是巴德尔、霍德尔和战神提尔；此外，奥丁还有第三位妻子，是人间古罗斯国国王的女儿琳达，他们生的儿子是瓦力。奥丁的情人就更多了，比如奥丁和一个女冰巨人格莉德（Grid）生了独脚的沉默之神维达尔（Vidar）。他还有一个情人是女冰巨人格萝德（Gunnlod），她的父亲是苏图恩（Suttung），她的爷爷是吉尔林（Gilling）。吉尔林和妻子被矮人偷袭致死（这是北欧神话特色之一，矮人能擒杀巨人或天神），苏图恩兴师问罪，矮人献出宝物克瓦希尔蜜酒请罪。从前阿萨神族和华纳神族讲和时，双方按照盟约向坛子里吐口水，混合后长出一个人，叫克瓦希尔（Kvasir）。矮人趁克瓦希尔熟睡之际杀死了他，并用他的血酿成了酒，这种酒就是克瓦希尔蜜酒，谁喝到一口就能成为智者。苏图恩得到蜜酒，饶恕了矮人，将蜜酒交给女儿格萝德守卫。奥丁勾引了格萝德，骗到了品尝蜜酒的机会，他将蜜酒含在嘴里，变成老鹰飞走了。苏图恩知道后也变成老鹰紧紧追赶，奥丁很害怕，嘴里的蜜酒洒了不少，落到了人界。于是，凡是沾上蜜酒的人都成了诗人。而奥丁最终成功飞回阿萨加尔德，众神在奥丁飞过彩虹桥后点火烧死了追来的苏图恩。后来女巨人格萝德为奥丁生下了一个儿子，就是布拉基。奥丁将含在嘴里的蜜酒分了一点给众神，其余大部分都给了布拉基，因此布拉基成为智慧神、诗神、辩论之神。

弗丽嘉爱慕虚荣，曾偷走奥丁的金子，让四个矮人打造项链，矮人的条件是弗丽嘉陪他们四个各睡一晚，结果弗丽嘉四天后戴着新项链回来了。遭受了金子被偷和妻子偷情的双重打击，奥丁大怒，负气离家出走，而奥丁的兄弟威利和菲趁机与弗丽嘉偷情。其间风雪交加，冰川期重现，世界接近毁灭，直到奥丁回归才重现生机，而威利和菲也消失了。这很可能是北欧神话对相关民族神话中"天地复活"故事型的借用。

命运三女神是最早的神祖密米尔的女儿，她们合称为诺恩（The Norns）。大女儿乌尔德（Urd）面容衰老，掌管过去；二女儿薇儿丹蒂（Verdandi）正值壮年，掌管现在；小女儿诗蔻蒂（Skuld）青春年少，掌管未来。命运三女神对诸神、巨人、人类和矮人的命运了如指掌，并编织所有人的"命运之线"，像古希腊的命运三女神摩伊拉一样，诺恩也有编制、监督、剪断三项工作，以此决定生死。既然神话中有命运三女神，就意味着日耳曼人有鲜明的命运意识，与命运相联系的是固化的等级观念。

火神洛基的性格较为复杂，具有双面性，可能是多位早期神灵性格的复合体。一方面，洛基在众神中能力非常突出，相对于奥丁和托尔，洛基以智慧著名，这样的特征与奥德修斯接近。他曾与矮人族打赌，为众神赢得了多件兵器，包括奥丁的黄金枪、托尔的雷神之锤、弗雷的宝船。弗雷的宝船是一种能大能小的宝物，变大后可以载着神界战士出征，变小后可以放进口袋里。洛基还为众神解决了很多麻烦。当奥丁想兴建瓦尔哈拉神宫时，一个巨人自称可以在一个月内建好，报酬是得到日月和众神中最美的女神弗蕾雅，奥丁和众神不相信巨人能在这么短的时间内完成修建任务，于是就答应下来。谁知，巨人有一匹神奇的公马，它可以施展法力，让泥土和砖石自动组合起来筑造房屋。一个月不到，这匹神马已经快将宫殿建好了。众神看到后都很惊讶。奥丁召开众神会议,大家都不想按照约定把弗蕾雅交给巨人,但又一筹莫展。最后洛基自告奋勇,为众神解决了这次麻烦。他变成一匹漂亮的小母马,勾引那匹公马,两匹马蹦蹦跳跳地逃走了。巨人发现后非常懊恼,却又找不到神马。一个月期限已到,洛基变化的小母马和那匹神马终于回来了,虽然瓦尔哈拉神宫已经修建了十之八九,但毕竟没有正式完工,巨人只好悻悻离去。洛基由此怀了孕,生下一匹八腿神马,名为斯莱普尼尔,后来成为奥丁的坐骑。另一方面,洛基和众神的关系很不融洽,经常产生冲突。一次,众神举办宴会,却不让洛基参加。洛基冲到宴会大厅,愤恨地对他们一一嘲讽,揭短辱骂,从偷情到贪婪,从懦弱到无能,全部揭发出来,连奥丁也没有办法。洛基还要辱骂托尔的妻子希芙,正好赶上结束东征的托尔回来,洛基害怕托尔,这才逃跑了。

巴德尔和霍德尔是孪生兄弟,巴德尔英俊,霍德尔丑陋。奥丁和弗丽嘉喜爱巴德尔,厌恶霍德尔。霍德尔妒忌哥哥。但巴德尔被弗丽嘉祝福过,世间万物都无法伤害他。然而洛基知道弗丽嘉在祝福巴德尔时,因槲寄生的枝条太柔弱,就没有将它算在内。所以,洛基用槲寄生的枝干做成箭,递给霍德尔,并扶着他张弓射箭,柔软的槲寄生枝干竟然射死了巴德尔。洛基因此被神惩罚,众神杀死他的儿子,用他儿子的肠子将洛基捆绑在山洞里,山洞上面有一条巨大的毒蛇盘踞,不断吐出毒汁,滴在洛基脸上,让他疼痛难忍。洛基的妻子西格恩为他用杯子接住毒汁,但每次接满,西格恩不得不倒掉的时候,毒汁又再次落到洛基脸上,疼得他在地上翻滚。北欧人认为,这就是地震的来源。光明神死去,世界一片黑暗,凛冬降临。洛基逃出了囚禁他的山洞,又和第二任妻子安格尔波达生育了三个子女:凶恶巨狼芬里尔、巨蟒尤蒙冈德和死亡女神海拉。死亡女神海拉上半身艳丽无比,下半身却腐烂露骨、恶臭无比。她因是洛基的后代,被奥丁放逐到冥界海尔海姆,但她在这里却自立为王。于是,海拉就一直生活在冥界,负责掌管死人灵魂,所以在神话中,冥界也被叫作"死人国"。光明神巴德尔的灵魂到了冥界后,奥丁想让巴德尔复活,但海拉不愿意交出巴德尔的灵魂,于是向奥丁提出条件,如果天下万物都为巴德尔哭泣,她就答应。结果天下万物果真都为巴德尔哭泣，但只有女巨人索克（Thokk，"煤"的意思）不愿哭泣，因为她藏在地下不需要光明，因此，复活巴德尔的计划失败。

此外，洛基的儿子芬里尔和尤蒙刚德也都与众神为敌，托尔率领众神经常与它们交战。众神与洛基家族的矛盾已经无法调节。于是，洛基勾结了风巨人、山巨人、石巨人、土巨人、海巨人、冰巨人和火巨人，组成了反阿萨神族同盟，他们乘坐死神用死人指甲造的死亡战舰冲进神界。祸不单行，此时，毒蛇已经掏空了宇宙树，世界濒于毁灭。天神率领瓦尔哈拉宫的英勇战士，与洛基引来的巨人展开最后的大决战。这场战斗，天地颠倒，世界倾塌。结果，奥丁被芬里尔咬死并吞吃了；托尔杀死了尤蒙冈德，却被尤蒙冈德的毒汁毒死；丰收神弗雷原本也像托尔一样有能飞能回的武器——胜利之剑，但他把胜利之剑当成娶巨人之女吉尔德时的聘礼，赠给了自己的岳父，所以弗雷在与火巨人苏尔特交战时只能用鹿角进行搏斗，被苏尔特烧死；来自地狱的恶犬加姆（Garm）和战神提尔同归于尽；彩虹桥守卫神海姆达尔和洛基决斗，最后也同归于尽。在这场大决战中，神族和巨人几乎伤亡殆尽，最终，火巨人苏尔特用大火烧毁了神界，神族几乎灭亡，这就是诸神的黄昏。从诸神黄昏的神话中可以看到，冰巨人是寒冷的拟人化，也可能是住在冰原上的异族部落；火巨人象征南方不明身份的部落。在天地混沌时，南方的火巨人就已存在，这也许是北欧人对发展程度领先于自己的南方异族的解释。

大战后，火灾遍及九界，但故事尚未完结，奥丁的儿子、沉默之神维达尔力战巨狼。据说维达尔降生之时，神谕说维达尔可以在大灾难中幸存，奥丁等神祝贺他，但维达尔默默地离开了，由此得了"沉默之神"的称号。维达尔非常勇猛，他手脚并用，撑开芬里尔的嘴巴，把刀插进它的嘴里，杀了巨狼，为父报仇。此外，那个愚笨的海尼尔也活了下来，还有托尔的儿子曼尼和摩迪。曼尼力大无比，与托尔相比有过之无不及。据说当年托尔曾与巨人赫朗格尼尔决斗，用雷神之锤砸碎了巨人投掷的燧石，接着又砸碎了巨人的头颅。没想到，赫朗格尼尔的尸体压住了托尔，早已筋疲力尽的托尔无法挣脱，众神也没有办法，只有曼尼跑来轻松帮父亲搬开巨人的尸体，托尔才得以脱身。托尔战死后，曼尼继承了托尔的雷神之锤，成为新的雷神。最后，由于苏尔特的大火烧到了冥界，海拉也被烧死，巴德尔的灵魂得以解脱，光明神复活了。就这样，天地大毁灭后，有限的几个神领导残存的人类开始重建家园。维达尔继承了奥丁的宝座，巴德尔辅佐他建立新秩序。

《埃达》一共有35首诗歌。有14首是神的故事，其中13首是叙事体，1首是教谕体；另外21首是英雄传说，其中18首是叙事体，3首是教谕体。由此可见，《埃达》中也有一定数量的教谕内容，多是生活经验，比如告诫人们拜访友人时不要忘记佩戴刀剑防身、进屋时要小心门后有人暗算、做买卖一定以获得实际利益为标准、远征后得到的金银财宝要均分等等。教谕诗的代表作是《高人的箴言》。除以上35首外，另附加3首带有基督教徒痕迹的诗歌，尤其以《太阳之歌》最为明显。这首诗歌是教谕体，以旧太阳落下隐喻异教要灭亡，劝告人们信仰基督教，过一种反省自身、检点规范的新生活。应该说，《埃达》中的北欧文化非常浓厚，既保有维京时代的余韵，又带有基督教时代的印记。

《埃达》反映了北欧自然环境和氏族社会、奴隶社会的演变发展情况，以文学的方式记录了人们的生产劳动、部族争斗、家族传承和文化传统，体现出北欧先民的思想观念。这些思想观念是《埃达》的母题，具体有：其一，暴力征服观。崇尚武力征服，喜好战争扩张，能流血得到绝不流汗得到，对死后进入瓦尔哈拉无比憧憬。其二，未知探索观。北欧人对未知世界充满渴望，敢于探索未知之地，并具有海洋情结和强烈的方向意识。其三，生命有限观。世界上所有生物的生命都是有限度的，即使是神也会死，神不是全知全能。这与两希文明的对比非常鲜明，神和人都要服从命运，天地大毁灭后生命可以重生。其四，弱肉强食观。正义和非正义的观念较为淡薄，神也不是完全的善或完全的恶，力量强弱和财富多寡是衡量人生意义的标准，暴力和权力主宰世界。比如，在英雄传说中，蓝牙丁哈拉尔德年轻时充满力量，得到奥丁眷顾，但他年老体衰时，奥丁放弃了他，转而支持反对他的外甥，导致哈拉尔德被击败。

《埃达》带有北欧原始宗教色彩，关注人的不幸命运，抚慰人的内心愁苦，弘扬人的生命意志，充满强烈而朴素的原始人文主义精神。北欧人对阿萨神族的崇拜并不局限于武力、权威、地位等方面，也有出于人的情感慰藉的需要。《埃达》来自北欧部落成员的想象和诉说，是为了缓解艰苦生活带来的痛苦和不幸。比如，有一则故事说的是天后弗丽嘉在神界开辟了一处花园，专门收留夭折儿童的灵魂。一位妈妈刚失去了她的亲骨肉，正当她悲痛欲绝时，她看到一群小孩子的灵魂正在弗丽嘉的引导下行进，孩子们要翻越一道牧场的牛圈篱笆，一个孩子太小了，爬了几次都掉下来，妈妈连忙去扶他，可是走到近前一看，那正是自己死去孩子的灵魂，于是妈妈大哭着抓住他的脚不让他离去。孩子回过头安慰妈妈说："好妈妈，放我去吧，美丽的弗丽嘉会照顾我。她还说，总有一天你也会去天上，到时我们就能在天上的花园相聚，永远不分开。"于是，妈妈流着泪，放开手，让孩子离去，然后静静地看着孩子的灵魂和弗丽嘉一起飞上天空。从那以后，她再也没有流过眼泪，因为她知道自己死后就能和孩子永远在一起了。由此可见，人情是人文主义的核心，也是史诗得以广泛流传的重要因素。

《埃达》中综合运用了多种修辞手法，如互文、比喻、类比、叠句等，种类之多不亚于《荷马史诗》。比如用比喻的手法：船为"大海的骏马"，鲜血是"屠杀的露水"，胡须是"脸上的森林"，宝剑是"会杀人的棍棒"，火焰是"苏尔特的家族"，大海是"鲸鱼之路"，而鲸鱼是"海中的猪"等。又比如互文手法，在尼伯龙根故事中，主干情节是主人公西古尔德被杀死后，他的妻子古德隆恩因兄长贡纳尔和霍格纳被匈人王艾特礼杀害，她为兄报仇。这个故事在《埃达》中分别被多人传唱，每个版本的人物视角不同，又相互解释和补充，这是民间口头传承文学的典型形式。再比如《阿尔维斯之歌》的诗行使用了重叠的手法，在诗歌中，矮人中的智者阿尔维斯想娶雷神托尔的女儿，托尔不同意，但又不想直接拒绝，便故意用辩论拖延时间，等到黎明日头出来，矮人见到阳光就会石化。诗歌中两人斗智论辩以重叠的形式出现。

《埃达》的文风庄严崇高，韵律严整。四行一停顿，押韵的格式是abab，押头韵，中间有一次停顿，读起来铿锵有力。《埃达》的韵律影响到后来的蛮族史诗。但影响更广泛的，是包括后代文学作品在内的文化辐射力。在中世纪文学中，《埃达》是蛮族文学之祖，保存了大量的日耳曼神话，《贝奥武甫》《尼伯龙根之歌》都以《埃达》为师，借鉴其形式符号和功能。现代以来，英国浪漫派诗人托马斯·格雷（1716—1771）的诗歌《三姐妹》《奥丁的降临》，当代英国诗人奥登（1907—1973）的散文游记《冰岛书简》，都是直接借鉴了《埃达》的作品。而在当代的奇幻文学、影视戏剧、电脑游戏中，《埃达》中的九界结构，神族、巨人、精灵、矮人等种族故事，以及世界的大毁灭，这些元素都多次出现。许多电影、动漫、电脑游戏作品借北欧神话题材风靡于世，最著名的是约翰·罗纳德·鲁埃尔·托尔金的《魔戒》三部曲、J.K.罗琳的《哈利·波特》系列、乔治·马丁的《冰与火之歌：权力的游戏》。

第三节 盎格鲁—撒克逊史诗《贝奥武甫》

与其他日耳曼蛮族不同，盎格鲁—撒克逊人在欧洲游荡的时间比较早，所以由盎格鲁—撒克逊人传播的史诗也比其他蛮族部落早很多。《贝奥武甫》属于中世纪早期的作品，是继罗马史诗之后欧洲最早的一部用本民族语言写成的史诗，叙述了5世纪至6世纪的日耳曼部落民间传说，定型于7世纪或8世纪。从时间上看，它比中世纪后期的史诗——法兰西史诗《罗兰之歌》、德意志史诗《尼伯龙根之歌》、古罗斯史诗《伊戈尔远征记》早了500年以上。相对于同时代其他蛮族史诗，比如《埃达》《希尔德布兰特之歌》《卡勒瓦拉》等，《贝奥武甫》保存得较为完整。《希尔德布兰特之歌》流传到后世的残本只有68行，而《埃达》和《卡勒瓦拉》较为散乱，不像《贝奥武甫》那样结构完整、系统性强。

必须注意的是，《贝奥武甫》不是盎格鲁—撒克逊人自己部族的民间传说，它记录的是日耳曼蛮族中丹麦人和高特人的英雄故事，此外还涉及法兰克人、朱特人。至于盎格鲁—撒克逊人，《贝奥武甫》中根本没有提及。早期的丹麦人和高特人与盎格鲁—撒克逊人的关系已不可考。究其原因，盎格鲁—撒克逊人实力偏弱，在和其他蛮族的争斗中处于被动地位，于是他们的流动性很大，还一度当了"北漂"，跑到了英格兰。而流动性大带来的好处是见多识广，吸收了较多其他部落或民族的文化成果，携带着原本不属于自己民族的史诗，并将它继承下来。进一步看，《贝奥武甫》还显示出英国文学中的丹麦情结，以后许多英国作家不时会将自己作品的主题和素材追溯到丹麦。古代的丹麦文明区包括今天的丹麦本土、瑞典南部英格兰丹麦区。最有名的例子是大剧作家莎士比亚的《哈姆莱特》，哈姆莱特就是丹麦王子，而不是英格兰人或盎格鲁—撒克逊人。

《贝奥武甫》正文前有一个介绍丹麦早期历史的引子，正文有12章，共计3182行。其可以分为两部分：

第一部分：不算引子的话，从第一章到第九章。说的是丹麦的国王赫罗斯加建造了一座恢宏的宴会大厅，起名鹿厅。附近有一个魔怪叫格兰道尔，趁人们熟睡之际偷袭鹿厅，杀死赫罗斯加的扈从臣僚，格兰道尔从此成为丹麦人的灾难，作乱为害十二年之久。赫罗斯加对此一筹莫展，毫无对策。邻近的高特国有个王子叫贝奥武甫，是位孔武有力、为民除害的英雄。他听闻此事，带领十四位勇士，前来援助赫罗斯加，受到丹麦人的热烈欢迎。晚上，格兰道尔又来袭击鹿厅，贝奥武甫与他搏斗，徒手卸掉了格兰道尔的一只臂膀，格兰道尔负伤逃走，回到栖身的洞穴后死去。人们为贝奥武甫庆祝胜利，赫罗斯加的王后还送给贝奥武甫一个象征高贵的项圈。可是，格兰道尔的母亲（被称为妖母）为子报仇，夜晚又袭击了鹿厅。贝奥武甫带领高特武士前往妖母的老巢——一处深潭内的洞穴，双方展开决战，贝奥武甫最终杀死了妖母，同时找到了格兰道尔的尸体，并斩下他的头颅。贝奥武甫接受赫罗斯加的感谢，两人在分别时相约，再有难时一定互相提供援助。

第二部分：从第十章到第十二章。写贝奥武甫回国后成为国王，兢兢业业治理国家，一晃过了五十年的太平日子，昔日的大英雄已至暮年。这时高特国内出现了一只火龙。由于有人偷走了火龙看守的财宝——圣杯，于是火龙迁怒于人类，四处作恶，其危害比格兰道尔和妖母还甚。贝奥武甫不顾年老体衰，带领十二名属下与火龙战斗。决斗中，火龙见吐火无法摧毁贝奥武甫的盾牌，就咬住贝奥武甫的脖子，而贝奥武甫的宝剑却在这关键时刻折断，幸好属下及时帮助，贝奥武甫得以抽出短刀，砍死了火龙，但他自己也重伤不治，在留下遗言后离开人世。

作为日耳曼人自己的"斩妖除魔"故事型，《贝奥武甫》以日耳曼民族从氏族社会向封建奴隶制王国转变为历史背景，通过刻画贝奥武甫三次和魔怪血战，突出了他的英雄形象。贝奥武甫作为主人公有三大特点：武艺高强、勇敢自信、肩负责任。这是贝奥武甫形象的三个支点,而且相互联系——武艺高强,这是古代部落英雄的客观前提和必备条件;勇敢自信,这是贝奥武甫获得胜利的精神保障;肩负责任,才能帮助他人,不会恃强凌弱,让高强的武艺用于扶危济困。贝奥武甫是日耳曼版的埃涅阿斯,他总能战胜强敌,并受到人们的赞颂,所以他的故事才能传唱至今。应该说,贝奥武甫的形象,寄托了古代日耳曼民族以卓越的领袖人物引导民族走向强大的美好愿望。而贝奥武甫的死敌——格兰道尔、妖母和火龙,则是敌对部落和自然力量的化身,他们身上表现出的残忍,体现了日耳曼民族生活环境的险恶。至于火龙的形象,与中国的龙完全不同,西方龙的原型是巨蛇、鳄鱼或蜥蜴,是邪恶和凶狠的象征。在基督教文化中,龙经常被视为撒旦的化身。

在形式上,《贝奥武甫》采用了对比法,即用两个人物或两个情节的对比,突出主要人物。比如,贝奥武甫和赫罗斯加手下大臣安弗斯进行对比,后者外强中干,见到魔怪就胆怯,突出了贝奥武甫勇猛的特点;再比如,贝奥武甫智勇双全、仁慈宽厚,与魔怪格兰道尔的残忍嗜杀对比,有助于突出主人公的性格特征。其他如宝剑两次折断,体现的是贝奥武甫临危不惧的特点。此外,《贝奥武甫》还采用了暗示法,就是预先设置情节做铺垫,在后面有情节呼应。比如,史诗开篇的引子,写丹麦国王的葬礼,而第十二章也写了贝奥武甫的葬礼;再比如,在庆功宴上,丹麦吟游诗人弹唱了一曲古代英雄斗恶龙的歌谣,这暗示贝奥武甫日后也要和火龙决一死战。暗示法的运用显示出古代日耳曼蛮族部落的世界观,他们认为,命运是冥冥中预先设定好的,不可更改,预定之事必然发生。值得注意的是,《贝奥武甫》以古英语写成,使用了"头韵",也就是一行内有两到三个单词的首字母相同,并有四个重读音,一行中还有一次停顿,这样读起来朗朗上口、铿锵有力,适合传唱。《贝奥武甫》在人物塑造和情节描绘方面,用词很有文采,但不烦琐复杂,而是简练干净、质朴实用。比如,贝奥武甫率领十四位武士在丹麦登陆,史诗(301—311行)这样写道:

他们继续进发。船舱宽敞的木舟

用缆绳系住,

稳稳地停泊在沙滩上。

饰有野猪图案的头盔

镶嵌着黄金，金光闪闪，

那好战的野猪似乎在为他们设防。

武士们一个个斗志昂扬，

雄赳赳向前行进，直到那座

金碧辉煌的王宫遥遥在望。

那是天地间最雄伟的建筑，

里面住着雄踞一方的国王，

它的光辉已把数里方圆的地面照亮。

这段文字一方面描绘了高特勇士勇敢矫健的形象，另一方面赞美了丹麦国王雄踞一方的气魄，两方面交相辉映，为下面进一步突出魔怪的丑陋凶残做了准备，预示着邪不侵正、英雄必胜。在写贝奥武甫的形象时，史诗（420—424 行）这样写道：

浑身沾满血污，在一次争战中，

俘获了五个巨人，摧毁了巨人家族；

有天晚上，还在波涛中历经艰难，

杀死众多海怪，替高特人报了仇，

把怪物撕成碎片。

有了这样的非凡经历，贝奥武甫向丹麦王赫罗斯加请求（425—430 行）：

而这一次，

我打算单独同魔怪格兰道尔较量，

请你千万不要拒绝。

但这不是说贝奥武甫逞强好胜，而是他早对魔怪格兰道尔的情况有所了解。史诗（441—435 行）这样写道：

我也曾听说，这个怪物一旦发怒，

任何武器都对他无济于事。

因此，

我不屑使用刀枪和盾牌，

我要跟恶魔来一番徒手交战，

与他针锋相对，拼个你死我活。

最后到底是谁被死神擒获，

那只有让上帝来为我们判决。

对战斗场面的描写也很曲折传神，比如贝奥武甫同妖母决战，并非一帆风顺、手到擒来，也遇到过挫折。史诗（1519—1528行）这样写道：

他的手用尽了平生的气力，

钢刃劈在妖后头上唱起了战歌，

但这来访者很快发现，这一击

根本无法伤害她的性命，

那刀刃辜负了王子的愿望：

这把宝剑可谓久经沙场，

常常将盔甲砍穿，

使敌人一命归天。这件珍贵的宝器，

第一次败坏了自己的名声。

史诗中有大量的神话元素，我们可以称之为神话符号。比如，贝奥武甫的宝剑带有宗教内涵和原始象征，象征生存的保障。宝剑强，生命力强；宝剑弱或折断，则生命岌岌可危。

第四节　法兰西史诗《罗兰之歌》

《罗兰之歌》开篇，法兰西皇帝查理大帝（或称查理曼）在西班牙与阿拉伯人作战已有七年之久，而信奉伊斯兰教的萨拉戈萨没有被征服。萨拉戈萨国王马西勒遭到查理曼的围攻，他有意求和，便向查理曼献上厚礼和人质，恳请撤兵。查理曼召开御前会议，主要人物纷纷登场。查理曼的外甥、伯爵罗兰首先表态，反对接受和谈。查理曼又向臣子们征询出使萨拉戈萨的人选，罗兰推荐自己的继父伯爵加纳隆，但加纳隆认为这是罗兰设计害他，决定找机会置罗兰于死地。

加纳隆探听了马西勒军队的虚实，他认为其尚有实力与法兰西军队决战。在觐见马西勒时，加纳隆提出和谈条件：马西勒改信基督教，并与罗兰分别统治西班牙南北。对于马西勒而言，这是一种巨大的侮辱，他不仅要改变宗教信仰，还必须与敌对国家的臣子分治自己的国家。但马西勒为保护自身利益，想收买加纳隆，这正中加纳隆下怀。于是他接受了马西勒的贿赂，并向他献计：先假意答应投降，等查理曼退兵之际，歼灭其军队的后卫部队，以此重挫法军士气，达到战胜查理曼的目的。加纳隆的毒计被马西勒采用，马西勒先后送他宝剑、盔甲和宝石。加纳隆回到查理曼的军营，欺骗查理曼和谈成功。查理曼信以为真，睡觉时梦见一只熊和一只豹子撕咬自己，而危急时刻一只猎犬赶来相救。第二天，查理曼整军撤退。大战即将到来。史诗在此处列举了双方第一流的猛将，法兰西军队有罗兰率领的十二太保；与之相对，马西勒军队也有十二勇将出场，分别是马西勒的侄子艾尔洛特、弟弟法尔萨龙、柏柏尔人科尔萨勃里、马尔普里米、巴拉格尔酋长埃米尔、阿马苏、托基、埃斯克勒米、埃斯杜尔冈、埃斯特拉马林、马加里和切尔奴伯。罗列双方的阵容，为后来的血战做了铺垫。查理曼率领主力部队早已撤走，罗兰率领两万后卫军殿后，当军队行至龙塞沃山谷时，马西勒军队蜂拥而至，有四十万之众。罗兰的左膀右臂之一、大将奥里维道破加纳隆的阴谋，罗兰命令全军准备迎战。危急关头，奥里维连续四次请求罗兰吹响神奇的象牙号角坳里凤以便向查理曼求援，但都被罗兰拒绝了，他这样回答道："那真是愚不可及！我会在富饶的法兰西丢尽脸面。待我用朵兰剑左右横扫，让剑刃上沾满鲜血。异教徒窜入峡谷是大错特错，我发誓，他们谁都难逃一死。"

大主教杜平也鼓励将士誓死杀敌，他说道："为了皇帝我们不惜牺牲自己。你们要帮助他维护基督教义，一场恶战在所难免！既然萨拉森人已在眼前，你们低下头要求上帝宽恕！我给你们赎罪拯救灵魂。战死者将成为圣洁烈士，天堂中有他的位子。"

在大主教演说完后，"法兰西人下马跪倒在地，大主教以上帝的名义赐福，下令以战斗代替救赎"。大主教杜平的"以战斗代替救赎"堪称这部史诗的文眼。

第一轮大战拉开序幕，法军呼喊着："我有神助！"勇猛地冲向马西勒军队。十二太保和十二勇将巅峰对决，决斗以十二太保全面胜利为结局——罗兰杀死艾尔洛特，奥里维杀死法尔萨龙，大主教杜平杀死科尔萨勃里，基兰杀死马尔普里米，基里埃杀死酋长埃米尔，公爵萨松杀死阿马苏，安塞伊杀死托基，阿斯林杀死埃斯克勒米，奥顿杀死埃斯杜尔冈，贝朗杰杀死埃斯特拉马林，马加里和切尔奴伯幸存。十二太保没能全部出场。接着，法兰西军队再接再厉，混战中，罗兰剑斩切尔奴伯，基兰骑着速雷马，基里埃骑着鹿不敌，二打一杀死敌将蒂莫赞尔。安杰里埃杀死埃斯普里埃。大主教杜平杀死西格洛莱。双方血战，天有异象。马西勒的第一波十万军队大败而逃，但他随即率领十万预备队冲上来继续厮杀，战局急转。

第二轮血战刚开始，十二太保接连战殁，阿斯林被克兰勃兰所杀，公爵萨松被瓦尔达本杀死，安塞伊被马尔克扬杀死，基兰、基里埃、贝朗杰、居依、奥斯多尔杰被冈杜瓦纳杀死，但罗兰等人又杀了敌将为太保们报仇。战斗进入白热化阶段，双方死伤惨重，法军不断冲锋，试图击溃敌军，最后仅剩下六十名骑士和少量步兵。罗兰见法兰西军队处于全军覆灭的边缘，两次想吹响号角坳里风。奥里维见状反而不同意，他连续大声阻止罗兰。

第一次，奥里维说："这已是一场奇耻大辱，恶名会殃及我们的亲属，终生也不会清白。我跟您说过，您就是不干。现在您要做我不会同意。您若吹号角，就不是勇士行为。"

第二次，奥里维说："这不是忠臣行为！我对您说时，战友，您不屑一听。国王及时赶到，我们就不损失一兵一卒。这里的人也无可指责。"奥里维又说："我以我的胡子起誓，我若看到好妹妹奥特，您再也不会得到她的拥抱。"

大主教杜平见奥里维责怪罗兰，赶过来劝解，并请罗兰吹响坳里风，引导援军来救，击败敌人，并为阵亡将士收尸。于是，罗兰三次吹响坳里风，一声比一声长，直吹得脑部胀裂。号角声传到三十里外，查理曼听到后知道后卫军遭遇敌方埋伏，马上逮捕了没来得及逃走的加纳隆，将他用铁链锁铐起来，并立即回援，但山路难行，不能迅速赶到。此时，在龙塞沃山谷，罗兰吹响号角后，仍率领残军死战。他看到法兰西军队几乎损失殆尽，非常伤感。史诗中这样写道："各位大人，但愿上帝怜悯！让你们的灵魂进入天堂，安息在神圣的花坛上！哪家藩臣像你们那样忠心耿耿。你们在我麾下长期效力，为查理攻占多么广大的土地！皇帝倚重你们，竟落得个伤心的下场。法兰西的土地，你是那么富饶美丽，今天损失惨重而笼罩一片愁云。法兰西将士，我眼见你们因我而死，竟无力保护和援助。上帝帮助你们，决不会令人失望！奥里维，我的兄弟，我不会辜负你。我不死于别的，也会死于痛苦。战友，大人，我们继续奋战吧！"

说罢，罗兰手持名剑朵兰，继续奋战，勇猛无敌。史诗中这样描写罗兰杀敌的英姿："手执朵兰剑奋勇挥舞，把布依的法尔东剁成几块，还宰了二十四员大将，谁也不及他报仇心切。异教徒遇见罗兰撒腿就跑，犹如麋鹿在猎狗前没命地逃。"

但罗兰率领的法兰西军队寡不敌众，马西勒亲自上阵，击杀了法兰西将领勃丰，然后又杀了伊弗瓦、伊丰、基拉尔。罗兰冲上去为战友报仇，砍掉了马西勒的右手，并杀死了王子朱尔法欧。第二轮大战以马西勒重伤败走结束。

第三轮大战开始，法兰西军队已经拼尽全力，本以为马西勒十万预备队大部分已经退却，战斗可以终止，没想到，马西勒的叔父哈里发率领来自埃塞俄比亚的黑人军团出现，围攻罗兰残部。激战中，哈里发刺穿了奥里维的胸膛，但奥里维临死前还是斩杀了众多敌将，直至鲜血流尽而死。罗兰见奥里维惨死疆场，悲愤欲绝。此刻，法兰西军队几乎全军覆没，大主教杜平也被四支长矛刺中，但他仍然和罗兰并肩战斗，相互鼓励。千钧一发之际，查理曼大军已经接近龙塞沃山谷，穆斯林军队军心动摇，慌忙退去。罗兰在尸山血海中找到奥里维的尸体，用盾牌拖到大主教杜平处，杜平用尽最后力气为奥里维做安魂弥撒。罗兰看到后卫军无一生还，战友爱将都已为国捐躯，悲愤交加，昏倒在地。杜平想抢救罗兰，但自己也因重伤而死。罗兰苏醒，看到杜平脑浆流出、身体中的脏腑裸露在外，为主教哀悼祈祷后再次昏迷。这时，一个没逃走的马西勒军队士兵来偷罗兰的朵兰剑，被及时苏醒的罗兰用坳里风击杀。罗兰想毁掉朵兰剑，但砍在石头上，名剑朵兰毫无损伤。罗兰将宝剑和坳里风压在身体下，背对法兰西，面对西班牙，表明自己与敌人力战而死。他向上帝祈祷，直到死去。罗兰刚刚死去，上帝便派遣两位大天使——米迦勒和加百利来迎接罗兰，将他的灵魂带往天国。

　　查理曼率主力十万人到达龙塞沃山谷，但罗兰的军队已经无人生还。于是，查理曼领兵追击马西勒军队，上帝显威力，让太阳悬在空中不动，为法兰西军队照明。法兰西军队在雾谷追上敌军，杀敌无数。然后，查理曼命令全军在野外扎营，他衣不解带、顶盔掼甲、手握宝剑，此剑是由试探十字架上的耶稣是否气绝的朗基努斯之矛打造的，名曰"神助"。睡梦中，天使向查理曼预示将有场大血战，他做了一个神秘的梦，有三十只熊来救一只被铁链锁着的熊。此时，马西勒逃到萨拉戈萨，王后扔掉神像，抱怨战败，诅咒神灵。马西勒困守萨拉戈萨。之前他曾向北非的伊斯兰教国王埃米尔·巴利冈求援，此刻巴利冈率领援兵赶到。与此同时，查理曼率军回到龙塞沃山谷，凭吊阵亡将士，举行隆重的葬礼。他命人剖开罗兰、奥里维和杜平的尸体，取出心脏，用丝巾围裹起来，然后清洁身体，包裹好后运走。尚未启程，马西勒军队杀到，双方展开阵势。查理曼将军队分成十支，总数约有三十一万。对方阵营中的巴利冈也有宝剑，名曰"天宝"，他也组织了三十支分队，至少有一百五十万人，其中还有迦南人、波斯人、土耳其人、斯拉夫人、匈人、匈牙利人等。双方军队都不是由单一民族组成，但基督教军队的统一口号是"我有神助"，而伊斯兰军队的统一口号是"天宝"。

　　双方大战，伤亡巨大，战将接连陨落。最后，查理曼和埃米尔决斗，"神助"对"天宝"。查理曼头部负伤，但有天使守护，奋起反击，斩杀了埃米尔。马西勒知道援军惨败，气急而亡。萨拉戈萨城被攻破，幸存居民接受基督教的洗礼，王后被带到法兰西。查理曼回到法兰西，罗兰的恋人奥特得知罗兰战死，伤心而亡。查理曼审判加纳隆，但众大臣和加纳隆的三十个亲戚都希望查理曼赦免他，只有安茹公爵梯埃利要求将加纳隆处决。支持赦免加纳隆的勇将比那贝尔和梯埃利决斗，但被梯埃利杀死。最终，查理曼判处加纳隆四马分尸之刑，他的三十个亲戚都被处以绞刑。虽然查理曼为罗兰等勇士报了仇，但邻国城池被包围急需救援，查理曼再次率军出征。史诗到此结束。

　　《罗兰之歌》风格悲壮、气势雄浑、情节曲折、故事感人，具有浓厚的英雄主义和民族主义气息。可以说，基督教士对这部流传在法兰西帝国的史诗进行了成功的改造，综合运用了不少修辞手法，主要有重叠、预兆、夸大。重叠，指反复用相似或相同的符号形式，在文本中使某一功能得到不断强化。预兆，指以梦境或幻觉显示征兆，以现实和实践作为回应，形成前后两个符号相对应的关系。夸大，指通过扩大符号的内涵，使其获得新的功能。

史诗运用这些手法，直接或间接地塑造了罗兰忠君护教的光辉形象。更进一步看，就是将罗兰置于一系列的对立关系中，塑造其具体内涵。《罗兰之歌》中有三大对立关系：忠臣罗兰与奸臣加纳隆的忠奸对立、查理曼的法兰西帝国和马西勒的伊斯兰国家之间的王国战争、基督教信仰和伊斯兰教信仰的宗教对抗。第一，忠奸对立突出罗兰的忠诚。罗兰最大的特点是忠于君王查理曼，他年纪轻轻就贵为伯爵，英姿飒爽，武功高强，有勇有谋，对国王忠心不二。相比之下，加纳隆是邪恶的化身，是对罗兰忠诚品质的颠倒，可以称为"反向的罗兰"。他卖主求荣，直接导致了罗兰和后卫军的悲剧。但是，史诗没有把加纳隆刻画成一个丑角，他和罗兰一样仪表堂堂，而且系出名门，贵为伯爵，家族庞大。在史诗中有众多大臣恳请查理曼饶恕加纳隆，还有人为救他而出面决斗，可见加纳隆也是个威名在外的豪杰。然而，史诗中越是对加纳隆仔细刻画，越是突出了他在漂亮外表之下的邪恶，同时反衬出罗兰的高大形象。罗兰象征继承耶稣遗志的使徒，加纳隆则象征贪婪的犹大。第二，王国战争凸显罗兰的勇武。史诗中描绘罗兰率领众将士在龙塞沃山谷浴血拼杀，是对历史上真实发生的法兰克和阿拉伯后倭马亚王朝战争的高度浓缩，也是对法兰西将士不畏强敌、战斗至死精神的最好展现。在史诗中，罗兰的勇武精神使他成为法兰西将士的代表，他勇冠三军，激发士兵的斗志，不畏强敌，领军力挽狂澜，最后慷慨悲壮地走向死亡。第三，宗教对抗体现罗兰的信仰。基督教和伊斯兰教的宗教对抗，是基督教士改造《罗兰之歌》时必须突出的根本矛盾，罗兰对基督教徒和伊斯兰教徒的不同态度，体现出他对基督教的虔诚信仰。相比较而言，罗兰与《荷马史诗》中个人主义式的英雄形象不同，他的英雄主义内涵是对君主的无限忠贞和对基督教的满腔虔诚；罗兰与《贝奥武甫》中的主人公贝奥武甫也不同，虽然两个人都是为集体利益而战，但贝奥武甫仍然保持着蛮族异教徒的身份，而罗兰的日耳曼蛮族气质已被基督教文化彻底改变，他的血管中流淌的是基督教文化的血液，他的行为完全体现了基督教的价值观。所以，史诗将罗兰的行为逻辑塑造得简单易懂。罗兰要获得救赎，就必须维护基督教的信仰，而维护基督教的信仰，最直接的方式就是消灭基督教的敌人，捍卫基督教的利益。所以，对马西勒、十二勇将及伊斯兰军队，罗兰以上帝之名同他们进行圣战，因此要毫不留情地挥剑砍杀，此时他化身成毁灭者和惩罚者。而对君主、战友和基督教徒，罗兰忠心耿耿、至死不渝，他又变成守护者和圣徒。他的"朵兰剑"象征武力护教，"坳里风"象征着呼唤上帝。

更为关键的是，挥舞"朵兰剑"和吹响"坳里风"不能颠倒顺序。基督教要求人们先由善行成为义人，而后才能得到上帝的解救。因此，在史诗中，肩负使命的罗兰绝不能草率地吹响"坳里风"呼唤上帝，而必须先挥舞"朵兰剑"，创建和累积功勋之后，才能获得上帝的垂青。若反过来，没有向上帝展现自己的善行就祈求上帝，这是严重的渎神行为。因此，史诗中罗兰先挥舞"朵兰剑"和后吹响"坳里风"的行为，象征杀戮异教徒与呼唤上帝的合二为一。在用"朵兰剑"向上帝献上忠诚、勇武以及无数异教徒的血肉后，罗兰终于吹响了号角"坳里风"，从而完成了自己维护基督教的使命，也让他的忠诚和勇武获得了最终的认可，两位大天使将罗兰隆重地接上天堂。相应地，被许多研究者忽略的史诗的第三部分是不可或缺的。从篇幅上看，第三部分占整个史诗的百分之四十。查理曼闻听号角声赶到战场，击败残敌，为罗兰报仇；而后将加纳隆四马分尸，象征着对犹大式叛徒的严酷惩罚。这既是以皇帝的名义对罗兰维护基督教的肯定，也是基督教价值观在人间的体现。

第五节　德意志民族史诗《尼伯龙根之歌》

《尼伯龙根之歌》一共有39章，9516行，可以分为三部分。第一部分是第1章到第11章。像蛮族史诗《萨迦》一样，开头三章如同序言，介绍主要人物。勃艮第王国王族成员一共有四人，分别是国王恭特、二弟盖尔诺特、三妹克里姆希尔德、小弟吉赛海尔。此外，还有大臣哈根和其弟旦克瓦特，勇将兼宫廷乐师伏尔凯。西格夫里特是尼德兰王国国王西格蒙特的王子，武功高强，勇冠三军。

西格夫里特来到勃艮第首都沃尔姆斯，蛮横地向恭特求娶克里姆希尔德。众人见状非常不满，但哈根劝说大家冷静，讲述了有关西格夫里特的传闻，据说西格夫里特曾击杀巨龙，沐浴龙血刀枪不入，但一片菩提树叶遮住了他身体的某处，这里是他的死穴。后来西格夫里特杀死看守宝藏的尼伯龙根族守卫者，制服了巨人和矮人，获得了巨额宝物，还得到一件有魔力的隐身衣——人穿上它既能隐身，又可增长力量。

史诗从第4章开始进入正文，虽然西格夫里特求婚时蛮不讲理，但恭特等人畏惧他的勇猛，不得不以礼相待。双方达成协议，只要西格夫里特率领尼德兰武士援助恭特打败入侵的丹麦人和萨克森人，他就可以与克里姆希尔德订婚。西格夫里特在战斗中大胜，擒杀敌酋，奏凯而归。他和美丽的克里姆希尔德相见，并一见钟情，两人订婚。但恭特要求西格夫里特只有先帮助自己娶到冰岛女王布伦希尔德，才能允许两人正式成婚。为替恭特求娶布伦希尔德，西格夫里特假扮成仆人，和恭特、哈根、旦克瓦特共赴冰岛。冰岛女王布伦希尔德勇猛过人，以比武选择夫君，若求亲者失败则以命相抵。西格夫里特利用隐身衣，在恭特旁边暗中出手相助，帮他完成比武项目，战胜了不明就里的布伦希尔德。回到勃艮第王国后，恭特举办了盛大的宴会，庆祝自己娶到冰岛女王，也履行诺言为西格夫里特和克里姆希尔德举办婚礼。但是，新婚之夜，布伦希尔德想起身为仆人的西格夫里特竟然能娶到恭特的妹妹，而自己贵为女王也不过嫁给恭特，实在是太委屈，心中不是滋味。于是，布伦希尔德拒绝和恭特同房，还将他痛打一顿，吊在房梁上。天明时分，逃脱的恭特求助西格夫里特。当晚，西格夫里特使用隐身衣，并利用夜晚的黑暗，痛打并制服了布伦希尔德，还偷走了她的腰带和戒指。这两样饰品是日耳曼女性贞洁的标志，不明真相的布伦希尔德以为是恭特在黑暗中制服了自己，被迫就范。婚后，西格夫里特和克里姆希尔德回到尼德兰。由于西格夫里特占有了古代尼伯龙根族的宝藏，他便成为新的尼伯龙根，在他继承王位后，尼德兰王国又被称为尼伯龙根国。史诗《尼伯龙根之歌》其实是歌唱宝藏占有者的事迹，谁继承了宝藏，谁就是尼伯龙根。

第二部分是第12章到第22章。十年后，布伦希尔德困惑于当年作为恭特仆人的西格夫里特为何长久不来勃艮第朝拜，于是就邀请已经成为国王的西格夫里特携王后克里姆希尔德来访。但在前往教堂的路上，两位王后因为仪式的先后次序、夫君地位高低等问题发生争吵。正相持不下之时，克里姆希尔德亮出当年西格夫里特从布伦希尔德那里偷走的腰带和戒指，令布伦希尔德羞愤不堪，也导致恭特和西格夫里特之间嫌隙顿生。事后，哈根向布伦希尔德献计，让她劝说恭特杀死西格夫里特，并夺取尼伯龙根的宝藏。恭特早对宝藏垂涎不已，三人一拍即合。于是，哈根谎称丹麦人和萨克森人再次来犯，西格夫里特表示愿意再次援助勃艮第。哈根见其上当，又以保护西格夫里特为名，向克里姆希尔德询问他的要害之处。克里姆希尔德不知是计，直言相告，原来西格夫里特唯一的弱点就是肩胛骨，当年被菩提树叶盖住，没有染到龙血。至此，史诗步入悲剧。西格夫里特与恭特、哈根在行军途中进入森林狩猎，觉得口渴便去河边喝水，哈根趁机偷走他的武器，恭特从后面用长矛刺穿了西格夫里特的肩胛骨。大英雄临终前怒斥恭特和哈根无耻，最后倒地而亡。克里姆希尔德曾梦见西格夫里特遇险，没想到噩梦成真，痛不欲生，她认定是哈根和恭特合谋害死了西格夫里特。在葬礼上，当哈根假装上前哀悼时，西格夫里特的伤口再次流血。克里姆希尔德与恭特等人决裂，她想用西格夫里特留下的宝物犒赏勃艮第王国的子民，试图收买人心，为夫报仇，但被哈根识破。哈根和恭特夺走了克里姆希尔德的尼伯龙根宝物，扔进河中保藏，以待日后使用。克里姆希尔德苦等复仇机会，守寡十三年，最后嫁给匈人国王艾柴尔。

第三部分是第23章到第39章。十三年后，一直不忘复仇并欲夺回宝藏的克里姆希尔德，已经得到匈人王国臣民的爱戴，她假意与恭特和好，以艾柴尔的名义邀请恭特来访。哈根力阻无果，为了向恭特证明自己不是贪生怕死之辈，便与弟弟旦克瓦特一同率领近万名勃艮第勇士，保护恭特、盖尔诺特、吉赛海尔三兄弟前往匈人王国。路上，勃艮第军队遇到大河拦路，准备从港口渡河。这时，一个女仙现身，她警告哈根，此行只有王国的牧师一人能安然返回，其他人都将客死他乡。在渡河时，哈根为试探女仙预言真伪，故意将牧师推入水中，原本不会游泳又身负行李的牧师竟然自己游回了出发的港口。哈根知道女仙预言可靠，但为了国王依旧毅然前行。在路途中，勃艮第军队遇到一名骑士和在匈人王国做客的东哥特王狄特里希，他们分别警告此行危险，但女仙、骑士、国王的三次警告都没能阻挡恭特和哈根等人。匈人王国派来迎接使者、大将吕狄格，他与恭特等人一见如故，并将自己的女儿嫁给恭特的小弟吉赛海尔。克里姆希尔德见恭特等人落入圈套，便在宴会上和教堂中不停地向哈根和恭特挑衅，哈根等人也拔出佩剑，双方气氛剑拔弩张。艾柴尔和狄特里希从中斡旋，安抚双方，让恭特君臣暂且住到宫中。但最后的激战还是爆发了。

从第32章到结尾，史诗用了整整七章的篇幅描写由克里姆希尔德率领的匈人军队，同以恭特和哈根为首的勃艮第军队展开的血腥争斗。战斗以匈人偷袭旦克瓦特的部众拉开帷幕。旦克瓦特手下九千士兵和十二骑士在宫外安营，遭到突然袭击，几乎全部战死。只剩下旦克瓦特以一敌众，杀出重围，向在宫中做客的哈根等人报信。哈根闻报，当即手刃了匈人王国的王子，并大肆屠杀匈人，为死去的战友复仇。匈人王、克里姆希尔德逃脱。尔后，匈人集结军队，连续数次围攻幸存的勃艮第人，但恭特等人躲在宫殿中，拼死击退敌方士兵。勃艮第人虽然暂时获胜，但被匈人包围，没有食物，只能喝死尸的血解渴。

决战开始，匈人国王艾柴尔派大将吕狄格上阵，但吕狄格不愿向勃艮第人开战：一方面，他已将女儿许配给恭特的弟弟吉赛海尔，勃艮第人也是由他护送进入匈人王国；但另一方面，吕狄格面对匈人王的命令，不敢违抗。一番内心挣扎后，吕狄格对君王的忠心战胜了儿女情长，最终他率兵和勃艮第人死战。这次战斗成为这部史诗中骑士精神的典范——吕狄格将自己的盾牌送给哈根，恭特、哈根和伏尔凯退在一旁，由恭特的弟弟盖尔诺特和吕狄格决斗。猛将交手，最后同归于尽，在场的所有生者都为牺牲的勇士落泪。东哥特王狄特里希率领大将希尔德布兰特上阵，勃艮第军终于抵挡不住，伏尔凯被希尔德布兰特杀死，吉赛海尔也死于敌手，狄特里希生擒恭特和哈根。克里姆希尔德要求哈根交出宝物，哈根回答说只要勃艮第王族三兄弟中有一人活着，他就不会说出藏宝地点。克里姆希尔德立即砍下恭特的头颅，但哈根仍然视死如归，说这回克里姆希尔德更不可能知道宝藏的下落了。克里姆希尔德知道上当，砍死哈根。勃艮第人和匈人大血拼后，双方良臣猛将一一陨落，战场上尸积如山。希尔德布兰特憎恨阴谋的策划者克里姆希尔德，趁她不备，将其砍死。至此，主要人物全部命丧黄泉，堪比日耳曼神话中的天地大毁灭，史诗到此落下帷幕。

《尼伯龙根之歌》的主题是权力和欲望。宝藏象征《尼伯龙根之歌》的生死辩证法，这与日耳曼文化中的生死观念密切相关。日耳曼蛮族文化对生与死都有热切的期望。武士战死沙场是最高的荣誉，受到神的眷顾，但对生的关注并没有因为死而减弱，生活就意味着自身的享乐，争取权力、财富、武力、荣誉，这是生活的出发点和动力。日耳曼文化对生命和死亡都毫不懈怠，可以称为"乐生乐死"，既要掌控权力，追求荣誉性的死亡，但也对现实世界更为留恋。因此《尼伯龙根之歌》中流露出对宝藏极为强烈的追求欲，这种对现世的强烈追求和对死亡的无比渴望，是德意志在大分裂中的精神锚定，《尼伯龙根之歌》也就此成为德意志发展与统一的一道曙光。

第六节 新时代文学的曙光 —— 但丁

但丁·阿利吉耶里（1265—1321），意大利最伟大的民族诗人，现代意大利语的奠基者，欧洲文艺复兴时期的开拓者。恩格斯评价他说："封建的中世纪的终结和现代资本主义纪元的开端，是以一位大人物为标志的，这位人物就是意大利人但丁，他是中世纪的最后一位诗人，同时又是新时代最初的一位诗人。"中世纪通常指公元476年到公元1453年的历史阶段，其后才是文艺复兴的新时代。从时间上看，但丁属于旧时代的诗人。然而，相对于中世纪思想来说，但丁的"新"体现在他具有人文主义之心，这是相对于中世纪教会思想禁锢的"新"。欧洲文艺复兴时期是人文主义兴起的时期，尽管这一时期的人文主义侧重点各有不同，但都以人的自我意识为核心，大体可分为以下几个维度：提倡个性解放、反对禁欲主义的情感主义价值维度，主要代表人物是彼得拉克、薄伽丘、乔叟；弘扬理性、反对蒙昧主义的理性主义价值维度，主要代表人物是马基雅维利、拉伯雷、莎士比亚；信仰自由、反对教会组织的理论批判价值维度，主要代表人物是马丁·路德、约翰·加尔文、扬·胡斯。作为人文主义者，但丁认为，理性和信仰必须结合起来，两者不能偏废，人的自我意识必须服从于理性和信仰的和谐。理性在但丁那里始终没有被完全信任。但丁认为，人唯理性独尊却没有信仰的指引，必然导致不幸的结局；信仰的自由必然塑造上帝在人心中的理念，但这样也会不可避免地破坏基督教的权威。更重要的是，但丁是圣方济各会的成员，所以他不会批判教会本身，而将主要的批判火力对准罗马教廷及教宗。由此来看，但丁的思想和通常意义上的人文主义拉开了距离，他与彼得拉克、薄伽丘、乔叟、莎士比亚等人都有很大的差别。作为伟大的人文主义先驱，但丁看到破坏后的重建和斗争中的保存是不可或缺的，他的人文主义之心更强调信仰的力量，认为只有信仰才能最终拯救人。因此可以说，在但丁的人文主义之心中，信仰具有最深沉的力量。这也是《神曲》所宣扬的主题。

但丁的家乡是意大利的佛罗伦萨。佛罗伦萨是意大利的代表，而意大利彼时是欧洲的代表——分裂中蕴含统一的希望，社会总体向前，却时时受到阴谋、暴力和专制的威胁。这时的意大利，早已不再是《凡尔登条约》签订时代的中法兰克王国，而是四分五裂，呈现邦国林立的状态。北部的小共和国和封建小王国同时并存，受到神圣罗马帝国的控制。所谓的"神圣罗马帝国"，其前身是东法兰克王国。查理曼帝国三分后，他的儿子路易继位。路易死后，长子洛泰尔继位，另外两个儿子"日耳曼人"路易和"秃头"查理反叛，三个王位宣称者分成两派，开始血腥内斗。结果，洛泰尔占有中法兰克王国，"日耳曼人"路易成为东法兰克国王，"秃头"查理入主西法兰克。东法兰克王位延续到公元911年，刚登基的小国王被贵族康拉德篡位。公元962年，康拉德的儿子奥托被罗马教宗加冕为罗马人的皇帝，史称"奥托一世"。由此，神圣罗马帝国正式登上历史舞台，占有今天的德国全境、意大利北部地区、荷兰、捷克、斯洛伐克、比利时、卢森堡、瑞士和法国南部的勃艮第，盛极一时。但是，由于国内诸侯林立，皇权无法压制大贵族们的势力，帝国长期处于分裂状态，进而导致社会经济发展缓慢，加上长时间的对外战争，神圣罗马帝国分裂成数百个小邦国，皇帝人选相继把持在最强大的选帝侯霍亨索伦、哈布斯堡、卢森堡等家族成员手中。内乱不止，外战不断，神圣罗马帝国和教宗的关系也是相互利用，时好时坏，因而无法得到罗马公教的长久支持和认可。因此，法国思想家伏尔泰评价所谓的神圣罗马帝国："既不神圣，也不罗马，更非帝国。"神圣罗马帝国的统治是野蛮而残酷的，它把意大利作为自己天然的统治区域，因此对现代意大利的统一有巨大影响。

意大利北部的小国力量薄弱，被神圣罗马帝国控制，中部由罗马公教教会统治，南部也受到法国和西班牙贵族操控。故此虽然意大利国土并不是特别大，却陷入了极其严重的分裂状态，民族之间相互仇视，语言文化也不统一。即使是一座城市，内部也分裂成不同派系。意大利亚平宁半岛三面临海，处于地中海贸易区的中心点，所以航运、商贸、银行业比较发达，资本主义经济发展水平和规模领先于欧洲其他地区。佛罗伦萨是意大利最富裕的城市共和国，其疆域包括本城与周边城镇和乡村。随着商业的发展、不同利益集团的形成，佛罗伦萨产生了代表市民利益、遵从罗马教宗权威的贵尔弗党和代表贵族利益、支持神圣罗马帝国王权的吉伯林党。双方掀起血腥争斗，其中既有阶级矛盾，也掺入了家族仇恨、枭雄野心、个人恩怨和情感纠葛。斗争的结果是贵尔弗党取得胜利，吉伯林党失势并被放逐。贵尔弗党完全控制了佛罗伦萨后，也吸收一部分小贵族加入政权建设，但丁所在的家族就是这样的小贵族。所以，家教优良、学识渊博、精力充沛的但丁在青年时代参军，于战场上勇猛冲杀，捍卫佛罗伦萨的利益。此后他还在政治领域崭露头角，最后做到佛罗伦萨行政官。但由于内部利益纷争，贵尔弗党分裂成黑党和白党。黑党成员原先都有大贵族背景，吉伯林党失势后进入贵尔弗党统治机构，相互勾结形成党派，他们利用贫富差距拉大等社会矛盾攫取政治利益；白党成员是从乡村发展起来的资产阶级新贵族，经营商业和银行业，在贵尔弗党和吉伯林党的斗争中牟取暴利，成为既得利益集团。两党掀起新一轮党争，爆发了残酷的战斗，双方各有胜利，轮流把持佛罗伦萨共和国，互不相让。佛罗伦萨内部矛盾愈演愈烈，外部势力趁机干涉，教宗卜尼法斯八世趁神圣罗马帝国皇帝无暇控制意大利之际，支持佛罗伦萨黑党击败白党。白党全面失利，被逐出佛罗伦萨。

但丁的家族虽然属于小贵族，但他本人并没有加入任何党派。但丁从佛罗伦萨共和国的整体利益与意大利的统一富强出发，希望结束党争，驱逐神圣罗马帝国和教廷的外部干涉势力，最终完成意大利的独立。然而，这样的主张在只顾及自身利益的党派和外部势力看来，是必须消灭的异类思想，因此，但丁最终被教宗和黑党判处没收家产、流放异国和巨额罚款，并逼迫他认罪。但丁始终没有向黑党和教宗低头，因而又被判处永久流放，一旦被佛罗伦萨共和国逮捕就立即处决，由此他成为"法外之徒"，即不受法律保护的人。不仅但丁自己，他的家人也遭到驱逐。意大利的分裂、党争的残酷、自身命运的无情、漂泊中的穷困苦痛，都成为但丁痛苦和反思的来源，也是他文学创作的背景。

《新生》（1292—1293）是但丁的抒情诗与散文合集。少年时期的但丁对邻居家的少女贝雅特丽齐产生了朦胧的爱慕之情。贝雅特丽齐早逝后，但丁非常悲痛，创作了一系列表达对贝雅特丽齐的思慕和悲悼之情的诗歌，并用散文将它们连缀起来，取名《新生》出版。在诗歌与散文中，但丁运用大量的教会文学创作手法，比如梦境、象征、奇幻、寓言，但歌颂的是人间的美好爱情，彰显人性因素。《筵席》（1304—1307）题目隐含的意思是"精神食粮"，也就是说，对读者进行知识介绍。但丁在这部作品中介绍了亚里士多德、托马斯·阿奎那等思想家的思想观念，指出衡量人的标准是理性，而不是封建特权，人如果没有理性，就只剩下感觉，而那与畜生无异。《论俗语》（1304—1305）是但丁针对意大利没有统一的民族语言而创作的，但丁在书中提出，相对于拉丁语，意大利的俗语应该称为民族语言，意大利的十四种方言，都将对以后出现的意大利统一语言有巨大的帮助。《帝制论》（1310—1312）是但丁又一部力作。所谓"帝制"，是由皇帝作为国家的最高领袖，并由此形成的国家制度体系。在但丁那里，帝制可以作为反抗教宗控制意大利的武器，代表与宗教势力对抗的世俗力量。但丁在《帝制论》中指出，意大利只有实现统一的王朝统治，才能整合各地经济和政治力量，捍卫民族和国土完整。皇帝应该保卫人的世俗安乐，教宗应该引导人的天国理想，两者截然不同，不能相互干涉。这就是说，神学权威不应控制人的意志，宗教生活不能破坏人的价值和尊严，人有力量和权利独立于教会操控之外，成为独立的实体。由这几部代表作可见，但丁对爱情、理性、语言、世俗国家、民族统一等问题都有深刻的认识，与中世纪占主流的教会观念体系有巨大的差异。这些作品成为《神曲》的先驱，也是艺术化的欧洲人文主义思想之渊源。

《神曲》是但丁的第一部以意大利民族语言写就的长诗，诗中大量采用了中世纪梦幻文学写作技巧，全长14233行，分为《地狱篇》《炼狱篇》《天堂篇》三部，每部33篇，加上序，共计100篇。

《神曲》的意大利原名为《喜剧》。这个"喜剧"和人们通常理解的不同，在中世纪，"喜剧"指叙事作品，也就是通俗地讲述人的命运故事。后来，文艺复兴时期的意大利诗人薄伽丘在《但丁传》中称但丁的《喜剧》为"神圣的《喜剧》"。1555年威尼斯版本就以《神圣的喜剧》为名，中文译名也由此而来，只不过简称为《神曲》。《神曲》讲述但丁在他所崇拜的古代罗马诗人维吉尔的带领下，游历了地狱和炼狱，又在他昔日的暗恋对象贝雅特丽齐的陪伴下游历天国的故事。但丁自己陈述写作《神曲》的目的是："这部作品的意义不是单纯的，它有许多意义。第一种意义是单从字面上来的，第二种意义是从文字所指的事物来的；前一种叫作字面的意义，后一种叫作寓言、精神哲学或奥秘的意义。"这里所说的字面意义和寓言本身不是为争论或思辨，而是要促进某种行动。这种行动是为了"对邪恶的世界有所裨益"，能"把生活在现世的人们从悲惨的境地中解救出来，引导他们达到幸福的境界"。也就是说，但丁的《神曲》期望以寓言的形式引发改变现实的行动，最终使人们获得道德感和幸福感。

《神曲》中的人物形象无法计数，主人公经常会遭遇"数以千计""无数的"或"不可胜数"的灵魂。但丁将这些人物分配在天堂、炼狱和地狱三界中，分配标准是对基督教的信仰程度：圣魂，信仰上帝、虔诚护教的是圣魂，因其功绩高低分布于天堂的九重天中，越向上越接近上帝；炼魂，死前有违背基督教教规的过错，但临终时尚能忏悔的是炼魂，以其过失有别，在炼狱山接受锤炼改造；罪魂，迷信异教，或生时对基督教事业有严重破坏，甚至犯下十恶不赦之罪的是罪魂，因其罪行程度不同，在九层地狱中受到不同惩罚。简言之，护教的圣魂上天堂，违教的炼魂进炼狱，异教的罪魂下地狱。圣魂、炼魂和罪魂是三类人物。表面上，《神曲》用不同的空间形式区分这三类人物，但究其实质，圣魂、炼魂和罪魂都是但丁心中完美人物的不同面貌。中国翻译家田德望先生在翻译《神曲》后指出，地狱是现实的实际情况，天堂是争取实现的理想，炼狱是现实到达来世的苦难历程。可以进一步说，天堂的圣魂凝结为人应有的理想形象或精神内涵，炼狱的炼魂象征人实现思想解放的改造结果，而地狱中的罪魂则是人性恶的集中爆发，是完美人物的反面。

由此来看，但丁的《神曲》是希望在他所处的时代，人能正确认识自身，以实践洗脱罪责，获得精神的新生，达到灵魂上的完美。这符合基督教教义规范，体现出鲜明的宗教特色和时代精神。文学是人学，是以形象艺术和完美意识为基础的人学。《神曲》是这样的人学的代表作品。它不是一部长篇宗教布道文，而是一部跨时代的史诗巨著。但丁所倡导的精神解脱，不是让人们盲目地崇拜上帝、弃绝此生，一心向往彼岸世界，而是要求人们将最终的救赎建立在理性和信仰相统一的基础上。《神曲》的主人公"我"在地狱、炼狱和天堂的三界中游历，"我"所遇到的灵魂以其自身经历，为"我"展现了一条从理性到信仰的救赎之路。再具体一些，《神曲》告诫人们，灵魂救赎的路径是"认识—实践—信仰"，即通过理性认识，在现实生活中用于实践，最终走向坚定的信仰。但丁在《神曲》中试图将主人公塑造成中世纪末期的一代新人，他不仅用文学艺术的方式诠释了其所崇拜的托马斯·阿奎那的神学思想，而且为处于萌芽状态的欧洲人性解放运动提出了可行方案。但丁在《神曲》中构建新人形象，展现了中世纪末期欧洲人学的发展进步。

当人具备了从理性通往信仰的思想取向，而不是单纯盲目信仰，这表明人的思维方式已经发生变化，出现了人是主动的精神载体还是被动的上帝的羔羊的观念差异，显示出新的人学观念的生成。但丁构建的新人与同时代尚陷入蒙昧的俗众大为殊异。总之，《神曲》中的新人形象，是理性认识和宗教信仰的统一体。对新人的构建，既是但丁创作的核心动机，也是他社会理想的艺术表达，由此展开新的伦理体系，进而改造社会。从这个意义上讲，对于但丁而言，说文学是人学是正确的，而且更应该加上一个"新"字，即文学是塑造社会新人的艺术形式——文学是新人学。

《神曲》中的《地狱篇》共33章，4720行，里面描写的罪魂众多，无法尽数，较为详细刻画的罪魂一共有171个。这171个罪魂按照过失或罪行的不同分布在地狱中，向主人公展开了一张层级分明的"地狱罪魂图"。

在第一章（《神曲·总序》）和第二章（《地狱篇·序曲》）中，主人公还没有开启地狱之旅，就在幽暗的人间森林中迷失了方向，遇到三只猛兽——豹子、狮子和母狼的拦阻。三只猛兽的比喻意义，众说纷纭。母狼似乎可以指罗马帝国，母狼曾经喂养过古罗马的创建者——罗慕洛斯和雷慕斯，或者指神圣罗马帝国，但丁并没有详细区分这两个帝国。但多数研究者认为，这三只猛兽象征人性的罪恶——淫欲、骄傲和贪婪，对应教廷、贵族和资产阶级。不可否认，基督教在公元380年被罗马皇帝狄奥多西一世确立为国教之后，教会迅速走向反面，圈占产业、骄奢淫逸、贪腐成风，许多教士违背了基督教原本的信仰。但是，教会的腐败是欧洲发展过程中，封建地主和主教阶层妥协勾结、欧洲文明处于异域文明碰撞挤压、王侯贵族与教会组织相互利用等因素综合作用的结果。说到底，教会的堕落是中世纪西方人性恶的总爆发，那么，淫欲、骄傲和贪婪就不能仅仅归咎于教会，更是整个中世纪西方社会的通病，象征着整个人类的恶，囊括无余，无人例外，也包括但丁自己。

现实中的诗人但丁并非圣徒。据《但丁传》的作者俄国作家梅列日科夫斯基考证，但丁一生有多个情妇，这导致他和妻子杰玛感情破裂。我们不知道诗人是否忏悔过自己的淫逸行为，但他的儿子彼埃特罗·阿利吉耶里回忆父亲时说，他终生都没有克服这种罪孽。骄傲是人在占有社会资源或得到荣耀后表现出的盲目自大和唯我独尊。但丁在《神曲》中也坦承自己在作品获得认可后有了不可一世的倾向。在但丁看来，贪婪不仅是为富不仁者的表现，也是穷困潦倒者的常态，是人类丧失理智后对财富的变态追求。但丁幼年家贫，父亲向犹太人借过高利贷，这就使他既对高利贷商人有刻骨铭心的痛恨，在地狱中为他们准备了位置，也对金钱和地位有无法名状的渴望。因此，《神曲》中的母狼形象也是但丁对自身弱点的警醒。

在《神曲》中，茫然不知所措的主人公在森林中迷了路，又被三只猛兽拦住去路，这一情节是整个人类都陷入困境的象征，因此，即使主人公尚未开启地狱之旅，但他已经如同身处地狱之中。人要想摆脱苦难，必须先认清苦难，由此，《神曲》中的主要人物之一维吉尔登场了。维吉尔是主人公的第一位向导，但丁选择他的原因大致有三：其一，维吉尔的才情与智性极高。他的《埃涅阿斯纪》是欧洲第一部文人史诗，言辞华丽、结构严整，又透露出悲天悯人的情怀，是但丁文学创作的典范。其二，维吉尔生前饱受赞誉。他受到统治阶层的保护和纪念，到但丁所处的时代仍声誉不减当年，这让长期受到权贵迫害、孤苦漂泊、不被世人理解的但丁备感钦羡。其三，维吉尔是古代文明的智慧结晶。古希腊和古罗马文明的理性精神，更注重实践开拓和世俗生活，这正是中世纪基督教文化，尤其是经院哲学所欠缺的经世致用之学。但丁以维吉尔作为向导，就是以文学艺术打通古典思想，以文学巨匠钩沉理性精神，通过激荡古代的务实创新精神为当下基督教文明注入新的活力。

　　维吉尔帮助主人公，告诉他要逃离这个荒凉的地方就必须走另一条路。也就是说，现实的苦难必须通过理性加以认知和克服，这同时也是对"认识—实践—信仰"之路的形象化。但丁生活在 13 世纪后期的欧洲，资本主义经济有了长足发展，意大利利用自身濒临地中海的优势，与伊斯兰文明圈开展广泛的经济文化交流，米兰、威尼斯、比萨、西西里岛，以及但丁的家乡佛罗伦萨，都是经济繁荣、文化昌明的地区。但是，意大利在经济和文化大发展的同时，政治上却四分五裂，单是佛罗伦萨就相继上演了贵尔弗党和吉伯林党、黑党和白党相互争斗、血腥屠杀的社会灾难。教皇利用佛罗伦萨的分裂推波助澜，争抢利益，但丁也在残酷的政治斗争中得罪了教皇，被其扶持的黑党判处永久流放，不得不漂泊异乡。由此他看到，在苦难中单纯求助于神灵终究无法得到解脱，而理性在黑暗的社会环境中显得至关重要。必须指出的是，理性，一般指思考的能力，但我们这里所说的理性，是指反抗神学体系中盲信上帝、一味服从的陈腐观念。中世纪末期的理性，是在特定环境下，人的怀疑精神、认知能力和批判意识的结合。《神曲》中的维吉尔就是这种理性的化身，他指导主人公如何运用具体知识来认清罪恶，因而成为主人公游历地狱、接受考验、重获新生过程中的向导、恩师和父亲。

但是，在但丁看来，人脱离盲信和规则后将自己完全交给理性，又会陷入另一场浩劫中。人过度崇拜理性，就是对自身力量的迷狂。中世纪宗教禁欲主义戒律和教会制度自然应该废除，然而摒弃一切规范、个性主义的极度膨胀也会导致严重的社会危机。但丁准确预见了二百年后人文主义的危机，也就是理性与信仰的尖锐对立，理性过度张扬。那么，怎样才能控制理性的过度张扬？但丁的解决方案是至爱，它是理性、人类和世界运行的第一推动力，是理性和信仰和谐的基础。在《神曲》中，理性的化身维吉尔居于地狱的第一层而不能上天堂，并在指引主人公完成地狱和炼狱之旅后回到地狱，这说明但丁没有将人文主义者秉持的理性观念作为最终旨归。维吉尔之所以帮助主人公，是受到至爱的派遣，至爱的化身是但丁儿时的暗恋对象贝雅特丽齐。但丁幼年丧母，九岁时，他邂逅了八岁的邻家女孩比奇·波尔蒂纳里，对她一见钟情。比奇天生丽质，被人们称为"贝雅特丽齐"。但丁生性腼腆，羞于表白，甚至与比奇未有交谈，此后许久没能再见到她。十年后，比奇嫁给邻邦一名粗俗土豪，但丁深受打击，更增加了他对比奇的思念。1289年，但丁参加了反抗吉伯林党的骑兵队，再次遇到比奇，他激动不已，情愫更深。但在1290年，比奇早逝，但丁痛不欲生，遭受的打击远甚于他被佛罗伦萨判处永久流放。由此可见，比奇（贝雅特丽齐）是但丁的挚爱，成为他的情感慰藉和精神寄托。但丁用尽一生歌颂贝雅特丽齐：

> 天主想借她身上创造新奇的事物。/她的肤色几乎像珍珠一般洁白，/对女人来说恰到好处，十分贴切。/她拥有自然所能赐予美好的一切，/她那举世无双的美艳，便是证据。/当她的两只眸子流盼四顾，/就会放射出爱情的烈焰，/谁一见到，眼睛就会发热，/烈焰射透每个人的内心深处。/她脸上人们不能凝视的地方，/你看，爱神就把它画上。

因此，但丁在《神曲》中让贝雅特丽齐以天使的身份派遣维吉尔，她来自天国，代表上帝。贝雅特丽齐的形象设置，除了比奇对但丁的影响，还来自基督教的神话传说，同时彰显了女性地位的提高。

虽然主人公的地狱游历有两位保护者，但他所面对的场景还是非常恐怖的。从森林中出来，主人公和维吉尔深入地狱，开启了他们的地狱之旅。在《地狱篇》

中，地狱一共有九层，每一层都囚禁着罪魂。地狱对罪魂的惩罚机制是"一报还一报"。在通过了地狱之门，看到了无数的罪魂被冥河摆渡者卡隆殴打、驱赶上船后，主人公和维吉尔也由卡隆摆渡到地狱的第一层。这里被命名为"灵泊"。在灵泊栖居的是古代伟人的英灵，只因没有接受过基督教的洗礼，所以无法经过炼狱的锤炼而升入天堂。英灵也是罪魂，他们的叹息之声与愁苦之情充满了灵泊。此外，这里还有未受洗的夭亡婴儿，由于未能入教，没能升入天堂。维吉尔引导主人公与那些古代伟人之魂相见。首先见到的是但丁仰慕的古代大诗人——荷马、贺拉斯、奥维德和努卡努斯。在《神曲》中，但丁从未现身，仅以"我"自称，因此，《神曲》的主人公身份呈现灵活的多元化态势：代指某个人、但丁自己或全人类的化身，而这里主人公标榜自己可以和古代大诗人并列，自然是但丁雄心壮志的显现。主人公随诗人们进入灵泊内宏伟的城堡，看到了众多古代英杰，提及姓名的有三十五位，可分为四类：远古的英雄——赫克托尔、埃涅阿斯、俄耳甫斯等；伟大的王者——凯撒、布鲁图斯、萨拉丁等；优秀的女杰——卢科雷齐娅、优丽亚、玛尔奇亚等；古代的先贤——泰利斯、阿那克萨哥拉、恩培多克勒、苏格拉底、德谟克利特、欧几里得、柏拉图、亚里士多德，还有塞内加、托勒密、阿维森纳、阿威罗厄斯等。从这些罪魂形象可以发现，但丁将不同时空、不同国家、不同职业，甚至敌对阵营的伟人集合在地狱的第一层，比如赫克托尔和埃涅阿斯，阿拉伯学者阿维森纳和阿威罗厄斯。这开启了《神曲》将古今人物熔为一炉的模式，让历史和传说交融、现实与虚构并置，推崇人类在不同领域取得的功绩。可见，但丁思想中存在多元价值倾向和以古为师的理念，这是文艺复兴和新古典主义的先声，既突出了这些伟大灵魂的不幸和但丁对他们的惋惜之情，又打破了以基督教教规为社会唯一标准的陈腐观念。

之后，主人公在维吉尔的陪伴下，游历了地狱的第二层到第六层，按照一报还一报的原则，生前犯有无节制罪的人在这五个层级里受到严惩：犯有邪淫罪的人，灵魂被飓风吹卷，碰撞在悬崖石棱上；犯有贪食罪的人，灵魂陷入泥淖中，被风雨雹雪吹浇；犯有吝啬罪和浪费罪的人，灵魂负重绕圈，相互咒骂；犯有易怒罪的人，灵魂在沼泽中沉浮，互相殴打撕咬；异端邪说信徒和伊壁鸠鲁学说信徒的灵魂跪在敞开的棺材中受到火烧，永无安宁之日。必须注意的是，主人公对地狱第二层到第六层的罪魂表现出双重的态度，大部分罪魂在地狱中受到惩罚，是因为他们生前罪孽深重，引发主人公的憎恶和蔑视。然而，主人公也对部分罪魂表现出深切的同情和赞赏。在地狱的第二层犯有淫邪罪的罪魂中，主人公虽然见到了狄多、克利奥帕特拉、阿喀琉斯、帕里斯和特里斯坦等传奇人物，但唯独对保罗和弗兰齐斯嘉这对无名小卒最为关注。历史上确有这两个人，保罗的全名是保罗·马拉泰斯特，年纪轻轻就成为佛罗伦萨的高级官员和民军首领，其兄简乔托粗鲁丑陋，却因政治联姻迎娶了美女弗兰齐斯嘉·达·里米尼。后来，保罗和弗兰齐斯嘉坠入爱河，被简乔托发现，将他们杀死在床上。《地狱篇》中保罗和弗兰齐斯嘉诉说悲惨的经历，主人公听罢竟出人意料地昏倒。统观《地狱篇》，可以说主人公见识了中世纪的刑罚大全，却从未昏倒，为何他在听完保罗和弗兰齐斯嘉的诉说后会昏倒呢？其原因有三：首先，保罗和弗兰齐斯嘉的故事预示着但丁和贝雅特丽齐关系的结局，如果贝雅特丽齐没有早逝，但丁与她结识相爱，很可能像保罗和弗兰齐斯嘉一样偷情并被杀死。可以说，保罗和弗兰齐斯嘉的悲情自述，其实说中了但丁的内心隐忧。因此，但丁自身的爱情焦虑，是主人公昏倒的直接原因。其次，但丁实际上只和贝雅特丽齐见过两面，当然没有与她私合，然而，肉体上的守节不能掩盖精神上的出轨。因此，但丁潜意识里的罪责，是主人公昏倒的深层原因。最后，无论是保罗和弗兰齐斯嘉，还是但丁和贝雅特丽齐，他们的爱情都是真挚的，即使行为不当、有违人伦，但罪不至死，是政治联姻、经济利益和世俗偏见摧毁了他们的爱情和生命。因此，但丁体悟到在毫无人性的社会环境中根本容不下真爱，这是主人公昏倒的根本原因。由此可见，《神曲》的主人公一方面意识到不当的激情可以毁灭人，另一方面也表现出他对那些被社会毁灭的无辜人的深切同情。

在地狱第六层信仰伊壁鸠鲁学说的众多罪魂中，有一位是吉伯林党的领袖与名将——法利那塔，他不仅被教会判定为异端，而且曾率领吉伯林联军大败贵尔弗军，杀伤甚重，并在战后放逐了贵尔弗党徒。这些行为使法利那塔和从政早期的但丁分属两个阵营。在地狱中，法利那塔在火棺材中仍然桀骜不驯，别的罪魂都跪在棺材中，唯独他探出身子来傲慢地质问主人公。然而，主人公并不仇视法利那塔，他佩服法利那塔出众的军事才能和坚定的政治主张，尤其对他曾力排众议说服吉伯林党徒放弃将佛罗伦萨夷为平地而赞赏有加。由此可见，主人公超越了教会教规和党派成见，他评价人物的标准是个人能力和民族大义，所以，面对像法利那塔这样的卓越罪魂，主人公表现出由衷的敬佩。对待罪魂持有双重态度，成为主人公游历地狱的常态，这不是说但丁对道德持双重标准，对自己熟悉和喜爱的人就同情或赞赏，而是在人物身上提取善与恶的两种倾向、成与败的两种启示、得与失的两种经验，为铸就新人奠定坚实的基础。事实上，在《地狱篇》中，主人公离开法利那塔、保罗和弗兰齐斯嘉时，他们仍在火棺材或飓风中受惩罚，这就说明，但丁没有因为他们身上的正面品质而忽视其内心的缺陷。

地狱第七层对犯暴力罪的人进行惩罚，分为三环：第一环里是屠杀者的罪魂，他们在生前伤害他人，这些罪魂被判浸在血河弗列格通中，包括著名的亚历山大大帝、匈人王阿提拉、伊庇鲁斯王皮鲁士等；第二环里是自杀者的罪魂，他们临终时伤害自己，这些罪魂和枝干枯槁的树木融为一体，无法行动又容易折断；第三环里是渎神、违背自然规律和放高利贷者的罪魂，他们为人时亵渎上帝、犯有鸡奸罪和以高利贷盘剥他人，这些罪魂被判一丝不挂地在沙地上遭受火雨的折磨。第三环中，一个罪魂突然主动拉住主人公的衣襟寒暄，主人公认出他是勃鲁内托·拉蒂尼。于是，奇特的一幕出现了，主人公、维吉尔和勃鲁内托相伴而行，活人、理性的化身和罪魂相互交谈。主人公对勃鲁内托全然没有辱没轻慢的意思，反而恭敬谦谨。少年但丁曾被父亲作为振兴家族的希望重点培养，但他成绩平平，后来师从学者勃鲁内托，被其渊博的知识所感染，尤其在修辞学方面大受裨益。可以说，但丁的包括《神曲》在内的众多作品都受教于勃鲁内托，而勃鲁内托耗费毕生心血著就的百科全书《宝库》也一直是但丁增长学识的"宝库"。

地狱第八层惩罚对非信任者进行欺诈的罪魂，地狱第九层惩罚对信任者进行欺诈的罪魂，前者分十囊，后者有四环。但丁又细化了各囊各环的罪名，帝王将相、市井无赖，有罪必惩，概莫能外，表现出但丁对人性恶的痛恨和惩治罪人的决心。但最有震慑力的是但丁在地狱中对教会最高首脑教宗的惩罚。当主人公和维吉尔行进到惩罚买卖圣职者的第八层第三囊时，主人公看到已故教皇尼古拉三世被倒栽葱般插在地上，身体直立缓慢下沉。地下的石缝中囚禁着的其他罪魂，不断向更深的地心下沉，因此，尼古拉三世的罪魂早晚有一天也会沉入地心，再无升起之时。此时，尼古拉三世的罪魂听到主人公说话的声音，误以为是自己的继任者卜尼法斯八世和克力门五世，就透露说这两个人也将被插入他腾出的空位，并相继沉入地下。但丁写作《地狱篇》的准确时间没有定论，但他把作品中的文本时间设置在1300年左右，按此推论，尼古拉三世已死多时，而卜尼法斯八世和克力门五世尚在人间。也就是说，但丁不仅在作品中诅咒已故教宗，而且给未死的教宗预留空位，体现出他对教宗的深恶痛绝。

历史上，与但丁同时代的几位主要教宗的在位时间分别是：尼古拉三世（1277—1280）、马丁四世（1281—1285）、霍诺里斯（1285—1287）、尼古拉四世（1288—1292）、塞莱斯廷五世（1294—1294）、卜尼法斯八世（1294—1303）、本笃十一世（1303—1304）和克力门五世（1305—1314）。其中尼古拉三世、卜尼法斯八世和克力门五世这三个人尤其罪大恶极，他们不仅利用教宗的权势售卖圣职、贪污受贿、重用亲族、结党营私，而且插手世俗事务，干涉他国内政，挑动各方势力争斗不休，然后坐享渔翁之利，进而建立神权统治，捞取更大的政治经济利益。这三个人最被但丁所痛恨，其中的法国人克力门五世，是在法国国王腓力四世的强权干涉下上位的，坐稳教宗宝座后，他竟然擅自将教廷从罗马城迁往法国阿维尼翁，导致教廷在长达七十年的时间里受法国国王控制。此外，他还阻止但丁心中的开明君主亨利七世加冕，导致其无法名正言顺地完成意大利的统一。

中世纪末期的欧洲，并没有因为资本主义经济的发展而终止割据，反而分裂加剧、战火频仍。欧洲社会在血腥的内斗中砥砺前行，付出了极大的人力、资源和时间代价。意大利就是这一局面的缩影，正是教宗的阴谋策动和野蛮干涉，不仅导致意大利因分裂丧失了进一步发展的契机，而且持续的社会动荡消耗了改革进取的锐气。可以说，教宗及其直接控制的罗马教廷是意大利发展的阻力。直至达·芬奇（1452—1519）时代，教宗对世俗事务的干涉仍然强烈蛮横，比如英诺森八世（1484—1492）掀起全欧洲猎杀女巫浪潮、谋划新的十字军远征，加上其个人生活腐化堕落，在历史上臭名昭著。三个教宗与《神曲·总序》中的三只猛兽相呼应，是人性恶的最高显现。对教宗的惩罚，是但丁要求消灭罪行、洗涤教会主张的艺术表达，在但丁眼里，此时的教宗已经完全背离了引导世人得救这一最根本的基督教理念。作为上帝在人间的最高代言人，教宗的罪行动摇了基督教的根基，使教会宣扬的基督教使命意识、牺牲精神和博爱情怀成为谎言。因此，教宗的背叛是最严重的背教行为，如何惩罚都不为过。根据一报还一报的地狱惩罚原则，教宗生前欲望恣意横流，在地狱第八层的第三囊中，他们就被压缩进地下狭小的缝隙，受到石棱土块的挤压，永远蜷缩、难以伸展，并沉入地下，永无得救之日。教宗遭受的惩罚一方面显现了但丁对人性恶探索的深度，揭露了当时社会腐朽的程度；另一方面也为新人的成长明确划定了最不能触碰的禁忌，因而成为《神曲》思想批判的巅峰。

但丁的地狱罪魂图以第九层的永冻之地结束。在这里，许多灵魂被冻到冰窟中。在地狱的尽头，大魔王卢奇菲罗有三张面孔，每一张面孔嘴里都撕咬着一个罪魂，分别是刺杀凯撒的卡修斯和布鲁图斯、出卖耶稣的犹大。到此，冥界游历到达了终点，主人公和维吉尔从卢奇菲罗的身体上爬过去，来到他的尾巴处，那里有通往炼狱的通道。《地狱篇》作为《神曲》的基础，为主人公以理性认识自身的罪恶打开了一扇大门，地狱罪魂使他意识到理性在抵御人性恶时的重要性，也使他警惕伪善自私、凶狠残暴对人性善的摧毁。主人公是在理性和信仰层面的新生的人，因此，游历地狱是他成为新人的第一步。但是，主人公并没有完全成长为新人：一方面，理性在地狱并非战无不胜、无往不利，而是不断暴露出它对抗人性恶的不足；另一方面，差遣和救援理性的力量一再显示了其伟大之处，并推动主人公完成地狱之旅，进而开启炼狱之行。这力量就是上帝的至爱，它完全在邪恶之外，是人的终极救赎道路。《神曲》中的新人成长必将从认识罪恶、遵守戒条走向普世之爱，即从理性走向至爱，从地狱走向天堂，从而实现理性和信仰的统一，最终完成但丁为社会塑造新人的远大理想。这样的新人才能拯救受到外敌侵辱、四分五裂的意大利。时至今日，但丁的事业仍有现实意义。

第三章
文艺复兴文学

中世纪之后，是欧洲的文艺复兴时期，欧洲从此迅猛发展。文艺复兴，是14世纪至16世纪在欧洲发起的一场思想解放运动，起源于意大利，以研究古希腊罗马典籍为先导，以复兴古希腊罗马文化为号召，以基督教文化为内核，旨在摆脱中世纪神学和教会的枷锁，开创新的文艺精神。文艺复兴是新兴的资产阶级对抗封建贵族和教会的伟大的思想文化运动，影响到文学、艺术、科技、哲学等多个领域。文艺复兴是欧洲近代史的开端。

第一节 文艺复兴运动

文艺复兴运动兴起的根本原因是，生产力发展促进资本主义生产关系的不断巩固。中世纪后期，农业的欧洲向商业的欧洲转变，对商业利润的追求逐渐成为欧洲社会各阶层的潮流。处于地中海地区的意大利政治上四分五裂、城邦林立，国土受到诺曼人和穆斯林的不断侵扰，但经济上却是当时欧洲的翘楚，商业极为繁荣，出现了众多商贸名城。生产力和商业贸易的发展是产生新文化的物质基础，因此文艺复兴运动首先兴起于意大利。

中世纪的精神核心是"上帝—逻各斯",上帝是世界的最高创造者,逻各斯是世界运行的方式和全宇宙的真理。有这一思想核心在,即便欧洲和意大利都处于大分裂中,但欧洲的精神是统一的。欧洲封建贵族和教会在政治经济利益上的矛盾始终不可调和,封建贵族的文化气质有强烈的世俗性,崇尚人间爱情、功利和财富,反映到文学上就是骑士文学和市民文学,与教会的禁欲性截然不同,这为新文化提供了坚实的社会土壤,催生了思想文化的世俗转型。神学之下,哲学、自然科学和文学并没有被消灭,神学研究上帝与人的关系中的神性倾向,而此时的哲学、自然科学和文学研究上帝和人的关系中的人性倾向,欧洲文明对人的认识不断深化,为新文化的产生奠定了观念基础。中世纪教会内部纷争不断,虽然历经改革,求新求变,但教会无法从根本上摆脱现实利益和天国理想的纠结。基督教会从没有形成单一的组织结构,为重新阐释上帝、耶稣和天国,新的教派和思想层出不穷,这就是基督教异端。由此可见,欧洲崛起的动力,绝不是单纯有普世的宗教形态,更在于基督教内部主流思想和异端思想的斗争。中世纪中晚期,一种名叫"大学"的新型机构在欧洲诞生,比如世界上最早的博洛尼亚大学,大学成为研究神学和人学的专业机构,为新文化建立了生存场所。教会的腐败激发了教会内部的变革意愿,一大批宗教改革家对基督教进行全面改革,这就是"宗教改革运动"。著名的领导者有扬·胡斯(1369—1415)、马丁·路德(1483—1546)、约翰·加尔文(1509—1564)等。宗教改革宣扬因信称义和先理解后信仰,破除教会的权威,极大地摧毁了教会对时代发展的阻碍,解放了人们的思想,促进了新文化的深入发展。所以,宗教改革为新文化输送了思想动力。在一定程度上说,宗教改革与文艺复兴运动是人文主义的一体两面。

从周边环境来看,1453年,东罗马帝国(拜占庭)被奥斯曼土耳其帝国攻灭,欧洲东南和南部处于伊斯兰教文明的半月形包围中,东部有蒙古势力的阻碍,北部则是冰川和大海,唯有西部尚保持一线生机。于是,1492年,西班牙在统一后立即着手开辟新航线,希望以此找到印度、中国,并与之组成对抗伊斯兰教势力的联盟。可以说,在生存压力下的欧洲,开辟了新航线,发现了美洲大陆,为新文化打开了国际视野，而国际视野的另一面是资本积累。回溯历史，文艺复兴运动不是个案。公元8世纪，法兰克帝国查理大帝统治时代，掀起了学习古希腊罗马文化、教育、制度、法律、技术的复兴运动，史称加洛林文艺复兴，这是文艺复兴运动的前奏。东罗马帝国在皇帝查士丁尼和科穆宁统治时期，也有自己的复兴运动，弘扬古希腊的文化艺术。此外，东罗马帝国保存了大量的古希腊罗马时代的思想文化典籍，在奥斯曼土耳其帝国攻破君士坦丁堡后，这些典籍流落到欧洲大陆，为文艺复兴运动起到了思想导向的作用。此外，阿拉伯文明对欧洲的影响极为深远，古希腊文化在希腊化时期扩展到北非和西亚，阿拉伯人将希腊文明的火种融汇到自身的文化形态中。欧洲中世纪又通过翻译将阿拉伯文的文明成果转译为拉丁文，从中吸收中世纪前的文化营养。可见，这些文化传统为欧洲新文化开拓了广博的视域，提供了丰富的养料。

"文艺复兴"的概念是中世纪末期意大利佛罗伦萨学者最早提出的，他们将中世纪比作漫漫长夜，文艺被神学窒息而死，只有到了14世纪，文学艺术才复活，所以叫"复兴"。文艺复兴运动所复兴的文艺，在内容形式上属于古希腊罗马文化，在思想根基上是中世纪基督教文化，复兴的目的是以基督教重塑古希腊精神，并为社会现实服务。具体在当时社会情况下，是要塑造新的道德伦理，开拓新的精神领域，并为新的阶级力量——资产阶级的崛起提供文化资源。文艺复兴作为一种新的文化形态，它与中世纪的封建贵族、教会所秉持的文化思想是不同的。封建贵族要求臣民服从皇帝或国王，教会要求信徒服从教廷和教宗，他们的思想文化核心是皇权和教权。而文艺复兴是当时尚未掌握政权的资产阶级表达政治诉求的文化形态，资产阶级关注自身的利益和存在，其思想文化核心是人权观念。对人的权利进行研究，必然是以人为本，而不是以神为本，也不是以王为本，这样的研究所形成的思想体系，就是人文主义思想。当时资产阶级可以代表自身及其他受到皇权和教权压迫的民众，所以，资产阶级的以人为本，是以自身和其他被压迫阶级的利益为根本出发点。资产阶级所奉行的人文主义思想具有时代进步性，人文主义是资产阶级与封建贵族和教会争夺话语权的思想武器。因此，文艺复兴运动，是通过改造古希腊罗马文化和中世纪基督教文化，弘扬资产阶级的阶级意志，其实质是宣扬人文主义。人文主义的核心是资产阶级的人学思想。

"人文主义"（Humanism）来自中世纪末期大学中建立的以希腊文、拉丁文为语言基础的"人文学科"，包括语法学、逻辑学、修辞学、算术、几何、天文学、音乐等，研究为人处世之道和生活实用技能，这些学科与神学、法学相区别。在文艺复兴时期，许多学者从古希腊罗马文化和中世纪基督教文化中汲取营养，成为各个领域的人文主义者：托马斯·莫尔（1478—1535）和托马斯·康帕内拉（1568—1639）提出公有社会理想；弗朗西斯·培根（1561—1626）强调实验和经验的重要性，提出归纳逻辑的认知方法；尼可罗·马基雅维利（1469—1527）在《君主论》中提出，君主应注重权谋，通过权谋获取利益最大化，掌握军队和法律，并与人民结盟，打击割据贵族。在艺术领域，还有大名鼎鼎的"意大利美术三杰"：达·芬奇（1452—1519）、拉斐尔（1483—1520）和米开朗基罗（1475—1564）。在马丁·路德等人的宗教改革运动的推动下，新教派层出不穷，罗马公教教廷势力被削弱，宗教自由得到弘扬，教会仪式简化，教会腐败得到一定程度的遏制，解放了生产力，解放了人的思想，也促进了现代民族国家的定型。但是必须看到，人文主义者不是政党成员，没有严密的组织，他们来源广泛，阶级差异明显。在人文主义者中，有皇帝、国王、大中小贵族和政客，有教会教士、僧侣、神父和修女，也有著名的思想家、艺术家和科学家。所以，人文主义的思想内涵呈现出多元状态，甚至相互矛盾冲突。人文主义者达成共识的观念首先是人的解放。所谓的解放不仅是肉体解放，也是精神解放。人的思想观念、道德伦理、生活理想挣脱了宗教禁欲的桎梏，人们相信幸福在人间，劳动和创造是最可贵的，知识就是力量，人人可以发财致富，生活富足是上帝之爱的证据。个性解放和禁欲主义是两种相矛盾的价值观——禁欲和纵欲、顺从和权力、清贫和财富、中世纪和现代完全相反。所谓蒙昧，就是只相信而不思考、不质疑，简言之，蒙昧是反思想。蒙昧常常以过度的执迷为表现形态，显示出极强的信仰状态。所谓理性，是思考能力。在欧洲文明中，理性的脉络从古至今始终没有断绝，理性是欧洲文明的关键词。回顾历史，对理性的探索从古希腊罗马开始，一直延续到中世纪。中世纪的神学家从没有放弃过对理性的研究，在一定程度继承吸收古希腊罗马哲学和阿拉伯文明的基础上，中世纪的理性思想更多地关注上帝和人的关系问题。理性是逻辑进程，或者世界的内在空间，人在其中得以同上帝交谈。

理性和信仰有一定的张力。对于理性和信仰的关系，在中世纪就有重要阐述，具有代表性的有：神学家奥利金（185—251）认为，人必须信仰上帝，但人有自由探索的能力；安瑟伦（1033—1109）认为，人应该从信仰出发，运用形式逻辑，论证基督教教义，即"信仰寻求理解"；阿奎那（1225—1274）认为，上帝赋予人智慧，人天生就有获得知识的能力，信仰和理性都是神学研究的必需要素，神学的目标是通过理性理解上帝的启示，通过启示获得救赎。中世纪的上帝是一种惩戒力量，而对惩戒的最终解释权由教会的教士掌握，但是，文艺复兴时期的人文主义者，尤其是那些宗教改革家，越来越倾向于将上帝作为博爱至善的化身，人只要信仰上帝，扬善除恶，无须接受教会控制，甚至无须加入正统教会，就能得到上帝的救赎，进入天国，这便是"因信称义"。传统教会和新教的思想斗争和柏拉图与亚里士多德的思想分歧是相似的。这样看，人文主义者利用基督教现有的话语体系，将教会的权威大大降低，让人和上帝直接建立了联系，鼓舞人自身的力量，尊重人存在的意义，肯定人独有的价值。

文艺复兴时期的文学，是人文主义的文学。意大利是文艺复兴运动兴起的开端，法国和西班牙借由对意大利的侵略战争，接受了人文主义思想观念的洗礼，文艺复兴运动的影响迅速扩散。新航路开辟，商业城市群从地中海转向大西洋沿岸，进一步推动文艺复兴运动成果席卷欧洲，西班牙、法兰西、英格兰的文艺复兴运动遥相呼应，人文主义文学在整个欧洲高歌猛进。

第二节 意大利作家

弗兰齐斯科·彼特拉克（1304—1374），是意大利桂冠诗人、意大利人文主义文学之父。他的代表作是抒情诗集《歌集》。《歌集》是彼特拉克为纪念死于黑死病的恋人劳拉所写。彼特拉克爱上了一位骑士的妻子劳拉，将她作为精神寄托。《歌集》以劳拉的生死为界，分上、下两部，上部写劳拉的生活和美德，以及诗人对劳拉的爱恋；下部写诗人对仙逝后的爱人无限的眷恋，以及两个人在梦中的重逢。

《歌集》受到但丁《新生》和《神曲》的强烈影响，具有明显的宗教象征性。彼特拉克与现实中的劳拉只见过一面，但却将其当作圣母般狂热地爱恋，劳拉成为上帝和圣母的化身。像但丁、彼特拉克这样将情感完全寄托到一位并不熟识的女性身上，穷尽毕生，至爱不渝，这不是个人心理不正常，而恰恰体现出当时社会对人性中正常的欲求进行压制的事实。所以，但丁和彼特拉克才不得不将爱情披上爱圣母、爱圣女的合法外衣，将肉体欲望转变为宗教情感，规避教会和社会主流意识形态的指控。

《歌集》表现出的爱情又有较强的世俗性，对劳拉的外貌进行了详尽的刻画，用自然美景和异教神话来比喻女性的形体美，透露出一股浓烈的情欲，明显比但丁更张扬、更直白，突出了人文主义者反抗宗教禁欲的要求。因此，《歌集》展现了文艺复兴早期个性自由、身体解放的思潮。《歌集》收录的366首诗歌中，有317首是十四行诗，彼特拉克对这一新诗体的发展做出了杰出贡献。十四行诗来自法国普罗旺斯和意大利的民间抒情歌谣，意大利文为"sonetto"，即短歌，中国曾翻译为"商籁体"。13世纪早期意大利的西西里诗派将其改造，又经过"温柔的新体"派诗人和但丁的锤炼，到彼特拉克和莎士比亚这里已经日趋成熟，形成"彼体"和"莎体"。十四行诗由两段四行诗和两段三行诗组成，韵律感强，结构严密，押头韵和尾韵。十四行诗适合抒情，着重表现爱情、自由信念，与宗教诗歌相区别。此外，《歌集》里还有一小部分憧憬意大利统一的政治诗歌，讽刺了罗马教廷对意大利统一的阻碍，因此，彼特拉克死后受到教会开棺辱尸的惩罚。

乔万尼·薄伽丘（1313—1375），是文艺复兴时期意大利最杰出的作家，他的代表作较多，比如《爱的摧残》，讲述特洛伊王子特洛伊罗斯和先知的女儿克瑞西达的爱情悲剧。这一题材被乔叟和莎士比亚借鉴，写出了同名作品。《但丁传》是薄伽丘搜集了前辈诗人但丁的生平资料，写成的最早和最有影响的但丁传记。薄伽丘最著名的作品是短篇故事集《十日谈》。《十日谈》以佛罗伦萨大瘟疫为背景，写三男七女十位青年贵族为逃避瘟疫，离开佛罗伦萨，来到乡间别墅暂住，为避免无聊，他们相约每人每天讲一个故事，一共持续了十天，十个人讲述了一百个故事。《十日谈》是文艺复兴时期意大利文学的经典。薄伽丘仿照了阿拉伯传奇故事集《一千零一夜》的结构，在《一千零一夜》中，女主人公山鲁佐德为避免被暴虐的国王杀害，每天不断讲故事，她本人的故事和她所讲的故事形成故事套故事的结构。无论是《一千零一夜》，还是薄伽丘的《十日谈》，因为作品内容多从民间搜集，让故事中人讲故事符合作者搜集素材的程序，同时也可以用这种方法避免教会相关机构的迫害。

《十日谈》宣扬爱情和情欲，展示了爱的力量比上帝更伟大。比如，第五天故事一，一个叫西蒙的纨绔子弟，粗鲁放荡，不学无术，故事中说"与其说他像个人，不如说他像头畜生"。但有一天他看到一个美丽的姑娘，突然良心复苏，从此浪子回头，一心求学，向往天国，成为学识渊博、才艺出众的青年贵族。在这个故事中，代表上帝的教士无法用宗教信仰约束西蒙，他最后得救的原因是爱情的力量，这在当时是振聋发聩的。第四天故事一，说的是父亲为保护儿子的纯洁，带着他过着与世隔绝的生活，儿子连女人都没见过。一天，父子俩进城，儿子看到了女性，问父亲那是什么，父亲吓唬儿子说那是群"绿鹅"，会带来灾难，但儿子不顾一切非要带绿鹅回家。这则故事恐怕是弗洛伊德最喜欢的，词语概念和清规戒律都抵挡不了情欲本能。

《十日谈》嘲讽和批判了教会。比如，第一天故事二，一个犹太商人被朋友劝说改信基督教，犹太商人推诿不过，就要求去罗马考察基督教的强大程度。当他来到罗马，看到的是教廷的虚伪和贪腐，书中说道："从上到下，没有一个不是寡廉鲜耻，犯着贪色的罪恶，甚至违反人道，耽溺男风，连一点点顾忌、羞耻之心都不存在了；因此竟至于妓女和娈童当道，有什么事要向廷上请求，反而要走他们的门路……"犹太商人见识了教会的种种罪恶，认清了上至教宗、主教，下至普通教士、修女，都是无恶不作的恶棍。但是，故事发展到这笔锋一转，犹太商人觉得基督教会腐败到这个地步还没灭亡，确实比其他宗教更有力量，所以他下定决心，脱离犹太教，接受基督教洗礼。这则故事的讽刺高潮不在于揭露教会的腐败，而是进一步痛斥教会组织已经腐烂不堪，竟还能苟活于世，因此更发人深省。教会之所以能维系生存，不是靠信仰和意志，而是依仗经济实力和恬不知耻、心黑手狠的做派。

第一天故事一，说的是一个叫恰泼莱托的恶棍，临死前蒙骗神父说自己是个虔诚的基督徒，神父为他举办隆重的葬礼，教会还封他为"圣恰泼莱托"。善男信女都来祭拜，祈愿求福，好多离奇的事件也归到他的名下，被宣扬为奇迹。这是一个恶棍变圣徒的故事，讽刺的不是教会的愚蠢、不辨真伪，而是教会根本不管真假，只要能借所谓的圣徒和奇迹笼络欺骗蒙昧的大众，大肆敛财、满足私利就可以了，至于引导人向善、追求真理，都成为虚伪的谎言。恶棍变圣徒揭露了教会利用假典型欺世盗名、剥削民众的罪恶，在当时具有鲜明的革命意义。

《十日谈》揭示和警诫人性的弱点，指出人的贪婪会导致悲剧。比如，第四天故事八，富翁破坏了儿子和一个小裁缝女儿的恋爱，一心要找个门当户对的儿媳，结果造成一对年轻情侣双双殉情。

《十日谈》也揭露了男女不平等。比如，第二天故事十，一个女子被父母逼迫嫁给一个老法官，毫无幸福可言。后来她被海盗劫走，做了海盗首领的情妇。当丈夫想将她赎回时，她一口回绝，她觉得她在海盗团伙里才算真正有尊严，在这里她才是真正的妻子。

第三节　西班牙作家

西班牙由哥特人小王国合并成为几个大王国，相互配合，终于在 1492 年由卡斯蒂利亚女王伊莎贝尔与阿拉贡国王费尔南多联手攻灭后倭马亚王朝，驱逐了穆斯林势力，两位领袖的联姻也实现了西班牙的统一。在大航海时代，统一的西班牙王国建立起横跨欧非美亚的世界级大帝国，经济实力剧增，一跃成为欧洲一流强国。政治、经济的勃兴和优越的地理位置，使西班牙代替局限于地中海的意大利，成为文艺复兴运动又一个重镇。相对于封闭的欧洲大陆，意大利更早地通过西西里岛、希腊、北非和西亚等伊斯兰教文明辐射地，实现了文化交流；西班牙的情况很相似，由于伊比利亚半岛南部长期被倭马亚王朝控制，通过这一军事上的藩篱、文化上的桥梁，西班牙也较早地得到伊斯兰教文明和古希腊罗马文明的营养，它的文艺复兴运动有一定的独立性，并受到比它早复兴半个世纪的意大利的影响。但是，时间晚不等于成果小，西班牙文艺复兴运动取得的成就丝毫不亚于意大利。从15世纪末西班牙统一到17世纪中后期，这段时期在文化艺术史上被称为西班牙的"黄金世纪"，产生了大量的文学作品。西班牙文艺复兴运动只不过是西班牙"黄金世纪"的上半阶段。西班牙和意大利将拉丁文化推向了全世界，直到今天还有深刻的影响。

西班牙文艺复兴运动的第一部优秀作品，作者不知姓甚名谁，书名原本叫《托美思河的小拉撒路》，中国翻译家杨绛将其译为《小癞子》。《圣经·新约》中有耶稣让一个叫拉撒路的乞丐复活的故事，后来"拉撒路"就成为乞丐的代名词。《托美思河的小拉撒路》中的主人公无名无姓，被称为"小癞子"。小癞子从小就是个苦命儿，跟着乞丐去要饭。乞丐骗吃骗喝，却虐待小癞子。小癞子逃到神父那里也吃不饱。一天他看到神父锁美食的箱子，从此就经常偷箱子里的好吃的，但最终被发现只好再次逃走。此后他又遇到无耻的乡绅、教士，还干过杂役，吃尽了苦头。终于时来运转，一个教区的主教和女佣通奸，女佣怀孕了，主教让小癞子冒充孩子的父亲，小癞子从此靠勒索主教过上了好日子。

在形态上，《托美思河的小拉撒路》开启了"流浪汉文学"的序幕。严格意义上来讲，流浪汉文学的标准是，主人公是流浪汉，并用第一人称叙述，文风朴质幽默，文笔通俗易懂，与宗教神学故事、帝王将相传奇或骑士贵妇轶事风格迥异。在结构上，《托美思河的小拉撒路》由一个主要人物将所有故事串联起来，这是现代意义上小说的基本结构类型之一。小癞子每遇到一个新主人，就开启一个新故事，他是作品的主要人物，身份地位非常灵活，可以在某一个故事中是主人公，也可以在另外的故事中是配角甚至跑龙套的。文学作品中人物高度的自由性，体现了文艺复兴时期强烈的人文意识，这与政治、思想、文化等领域的人文主义发展遥相呼应。在形象上，《托美思河的小拉撒路》树立了一个极端个人主义者的形象。小癞子没有道德感，也不具备远大理想，他只是为生存而饱腹，为活着而奔忙，一切动机和行为都是为他个人的欲望满足，所以他是个极端的个人主义者。但是，这种极端的个人主义又是不公正的社会造成的，整部作品并不是要宣扬人不为己天诛地灭，而是用幽默滑稽的情节揭示底层民众的无奈，控诉社会的腐败。《托美思河的小拉撒路》之后，流浪汉文学作品层出不穷。

塞万提斯·萨维德拉（1547—1616），是西班牙迄今为止最伟大的文学家。塞万提斯是个全能作家，诗歌、戏剧、小说都有作品流传于世。小说成就最大，戏剧也有少量名作问世，诗歌成绩平平。四幕悲剧《努曼西亚的毁灭》（又名《被围困的努曼西亚》）是塞万提斯最有名的剧作，作品叙述了罗马军队侵略西班牙，努曼西亚城抵抗罗马大军十六年之久。城破之时，努曼西亚人烧毁了财物，纷纷自杀身亡。最后幸存的是一个勇敢的少年，他站在城头斥责罗马军队总指挥西庇阿，然后跳下城墙殉难。《努曼西亚的毁灭》是一部爱国主义、英雄主义的雄壮悲剧，体现了文艺复兴时期的审美意识，即回到古希腊的古典美、悲剧美，通过净化作用提振人民的士气，提升社会道德。文艺复兴时期能将古希腊悲剧的审美意识和自身的写作紧密结合的作家并不多见，塞万提斯是其中的佼佼者。这和他曲折、悲壮的人生经历有关。1547年9月，塞万提斯出生于马德里附近的阿尔卡拉城。他家境贫寒，童年时随家人辗转漂泊，青年时血性方刚，与人斗殴伤人性命，于是逃走并参加了西班牙海军。在西班牙对奥斯曼土耳其的莱潘托海战中，塞万提斯英勇作战，身受重伤，左手致残，战后被授予英雄称号。随军转战多年，在回国途中，塞万提斯被海盗劫持，历经艰险才回到祖国。为付赎金全家倾尽所有，塞万提斯只好为剧院写作，《努曼西亚的毁灭》等剧作就是在这时写成的。后来塞万提斯谋得一个小官职，生活多少有所改善，但天意弄人，妻子与人私奔，他自己也因公务原因获罪入狱。他穷困潦倒，再次沦落到人生的低谷。塞万提斯出狱后，曾经的大英雄消沉数年，不得不继续创作以贴补家用，《堂吉诃德》上卷因此创作而成。此书刚一出版就受到热烈欢迎，王公贵族、平民百姓都非常喜爱。有传说，一天西班牙国王在宫廷的阳台上看到街上有一个人边看书边笑得前仰后合，便认定此人看的是《堂吉诃德》，后来命仆人去确认，果真如此。但是，上卷出版后伪作也随之而来，塞万提斯不得不带病继续加快速度创作续篇，于1615年出版了下卷。1616年4月23日，塞万提斯病逝于马德里。

《堂吉诃德》的主干情节是主人公吉哈达三次出外冒险的经历。西班牙一个叫拉·曼却的地方有个穷乡绅，名叫吉哈达。他看骑士小说入迷着魔，想仿效骑士游侠出外冒险。吉哈达穿上祖上遗留下来的一套盔甲，给自己起了个有贵族气质的名号：堂吉诃德。他找了一匹瘦骨嶙峋的老马当坐骑，起名叫罗西南特，这个名字来自凯尔特传说中英雄的坐骑。贵族武士都有贵妇人作为心上人，所以堂吉诃德将村姑杜尔西内娅当作贵妇，开始了第一次冒险。在行侠的过程中，堂吉诃德帮助地主的仆人逃脱毒打，逼迫被他吓呆的商人承认杜尔西内娅是天下第一美人，但最后被商人的仆从痛打一顿，悻悻然逃回家乡。堂吉诃德第二次冒险时，让邻居农夫桑丘·潘沙做他的仆人。堂吉诃德对行侠仗义痴心不改，时常产生幻觉，最著名的是把风车当作巨人，发动攻击，结果人仰马翻，自己被风车打倒。此外，他还把路边的小旅店当作城堡，把囚犯当成落难的骑士，把理发师的铜盆当成魔法师的头盔，把求雨仪式当成强盗抢劫。每次必出手，但结果都是引来嘲弄或一顿胖揍。第三次冒险开始还一切顺利，但一个贵族公爵知道了堂吉诃德和桑丘的故事，就将他们骗进城堡，尽情捉弄。堂吉诃德和桑丘出外闯荡，是想占便宜发财致富，公爵假意许诺让他做海岛总督，可正是这空头支票，让他受尽戏耍遭透了罪。后来，桑丘和学者参孙一起计划让堂吉诃德脱离骑士小说的控制。参孙和堂吉诃德相约决斗，若是堂吉诃德战败就不许再出外冒险。决斗中堂吉诃德落败，只能遵守约定回到家乡。他在弥留之际幡然醒悟，认识到骑士小说的危害。作品的结局和塞万提斯创作的初衷是一致的——把骑士小说那一套扫除干净。

从《堂吉诃德》的主要内容来看，作品内容似乎比较简略，只是写了一个精神不太正常的小人物的可笑故事，没有太多深刻的地方；而且主干故事之外加入了太多无关主题的小故事，结构散漫；故事中的人物对堂吉诃德和桑丘的殴打和捉弄没完没了，非常过分，甚至有些残酷。当然，当时的读者不觉得这样的殴打和捉弄是残忍、没有人道的，只是感到有趣。但是，这部作品具有独特的价值。从人物形象来看，作品刻画了有多种内涵的主人公形象，堂吉诃德是一个脱离社会、落后于时代的人物典型，他迷恋骑士小说，幻想成为骑士。堂吉诃德出外冒险，按照早已不适合现实的逻辑方式认识现实世界，与社会现实产生了无法调节的矛盾。普通人无法理解他，看到他的装扮和举止感到震惊，听到他的言论感到怪异，了解他的想法会认为他是个怪胎。文艺复兴时期，火器逐渐得到推广，冷兵器和盔甲逐渐退出战场，骑士不再是战场主力。作为贵族的标志和观念的具体化，骑士决斗和骑士精神都过时了。这就意味着，在文艺复兴时期，贵族已经成为落后于社会发展潮流的群体，他们的思维方式和价值观无法掌控变化的世界。

但是，堂吉诃德又不完全是贵族的代表，他只是个穷乡绅，勉强能维持温饱，没有丰厚的财产，充其量不过是个小资产者、小地主。他代表整个西班牙社会，象征落后于时代的西班牙民族。1588年，是西班牙由盛转衰的节点，英格兰女王伊丽莎白一世率军击败西班牙的无敌舰队，农业占主导的西班牙封建王朝开始不可逆转地衰落下去。可是，整个国家和民众仍然陶醉在世界帝国的美梦中，不知道自己已经落后于时代的发展。堂吉诃德和西班牙都已经与社会发展的大趋势脱节，顽固守旧还不自知，甚至还企图用旧有观念控制世界、改造世界，这种自大可笑又可悲。因此，塞万提斯在制造大量堂吉诃德不合时宜行为的笑料时，不是仅仅想逗人发笑，而是对民族的危机有清醒的认识。

堂吉诃德是一个有理想和正义感、维护传统价值观的人物典型。他在已经进入现代社会的年代里，还搞中古时代的那一套，确实是落后不合时宜的。但这不是说欧洲中世纪的思想观念完全是错误的。他最钟爱的骑士小说，宣扬的是行侠仗义、惩恶扬善、锄强扶弱，这是一种跨文化、跨时代的普世价值观。欧洲中世纪的骑士观念和基督教思想密不可分，《罗兰之歌》中的罗兰就是忠君护教的典型，真正的基督教向往的是至爱至善，这些思想观念在任何社会都不可或缺。堂吉诃德的错误是用落后的中世纪思维方式强行改造文艺复兴时期的现实，但他维护人类共有的价值观无疑又是正确而意义深远的。西班牙在向美洲殖民、和奥斯曼土耳其争斗、与欧洲其他王国明争暗斗中，积累了巨额财富，但统治者穷奢极欲，造成严重的两极分化，社会失去了正义和公平，逐渐背离人文主义者的理想。因此，堂吉诃德的不合时宜正是以传统文化价值观作为行动指南，呼唤正义、维护公平，这种与社会现有状态的背离具有重要的批判意义。

堂吉诃德是一个大胆行动、勇于实践的人物典型。无论遇到什么艰难险阻，他都进行最坚决的斗争，即使是他幻想中的强大敌人，比如巨人（风车）、魔鬼（酒囊）、军队（羊群），都远远强于自己，他也毫不畏惧，义无反顾地冲锋战斗，简直就是一个"一根筋"式的人物。堂吉诃德并不是只有鲁莽和滑稽，作为一个穷乡绅，堂吉诃德受过文化教育，知识丰富，言谈中充满智慧，但他没有受限于书本知识，也没有陷入经院神学的烦琐和空谈，而是勇于实践，将知识运用于改造现实社会中。所以，堂吉诃德在后世常被当成具有强大行动力的楷模，尤其当社会面临革命或改革的十字路口时，他作为一种精神符号拥有巨大的影响力。堂吉诃德是一个矛盾人物，体现着正反两方面的意义，使作品以一种滑稽搞笑的方式营造出深沉的悲剧气氛。堂吉诃德无论拒绝与时代同步，还是遵从优秀的传统观念大胆行动，都由于各方面条件的限制，不能完全迎合社会发展的需要。由此可见，一个贫富严重分化、生产方式落后的民族，是无法紧跟时代发展的脚步的，这是人类社会发展中经常遇到的瓶颈。但这部作品并不令人绝望，因为堂吉诃德的行动仍然表明，发展中的问题必须在发展中解决。人类的绝境必须在实践中摆脱，一往无前的冲锋即使失败，也比退缩躲避的苟活要有尊严。堂吉诃德临终前烧掉了骑士小说，既醒悟到骑士文学已不适宜现实，又体现出行动需要符合时代精神的新理论来指导。

《堂吉诃德》受到流浪汉文学的影响，在人物的旅行游荡中展现社会信息。堂吉诃德和桑丘其实是两个"准流浪汉"，主仆二人的冒险经历囊括了西班牙社会的各个角落，涉及了各个阶层的众多人物，如城镇、乡村、荒野、旅店、城堡，场景丰富；权贵、农夫、神父、士兵、妓女、强盗、商人、工匠、罪犯，人物复杂。这就让这部作品不仅有文学价值，更有历史文化价值。它真实地记录了文艺复兴时期西班牙的社会面貌。作品中除了堂吉诃德，最突出的人物就是桑丘，他没有远大理想，也没有文化，贪图小利，只想发财，鼠目寸光，这些性格特点让他和堂吉诃德相比反差极大。但是，桑丘也有正义感，对朋友忠心耿耿，愿意主持公道，帮助堂吉诃德实现了只存在于他臆想或幻觉中的愿望，这又可以被称为"清醒时的堂吉诃德"。从宗教和世俗的角度来看，堂吉诃德是具有宗教情怀之人，桑丘是世俗社会之人。塞万提斯在作品中对穷苦民众是抱有同情的，而对大贵族和教会上层加以嘲讽，这体现出一个有良知的作家对贪图享乐、纵欲昏聩阶层的愤恨。

在叙事方式上，作品开始以第一人称叙述，通过"我"找到堂吉诃德的资料，之后展开故事，第一人称转换成第三人称。故事中的人物也在特定场合下讲他们的故事，比如冒失鬼的故事、战俘自述的故事等，不同人称的叙事者之间的叙事相互交织。这不是简单的故事套模式，而是作者有意打破单一人称的叙事方式，使作品呈现出歧义、多样、不确定的状态，这是现代主义和后现代主义小说的惯用手法。在戏仿效果上，作品通过对骑士礼仪的滑稽模仿，有意突出骑士制度和现实的不和谐，制造喜剧效果；又通过堂吉诃德的失败对比骑士传奇中骑士们必然获胜的结局，主仆二人受人捉弄对比骑士的庄严神圣，突出主人公行为的可笑性、荒唐性和悲剧性。戏仿，指解构权威的神圣不可侵犯性，批判其虚伪性，借此消解主流意识形态，凸显新思维的价值。戏仿与反讽有重叠和相似的地方，它们都装作承认权威的不可侵犯性，按照权威意识的逻辑进行推演，最终突出权威的虚伪性，但戏仿比反讽更侧重在服从中自动显露批判意识，而反讽具有更强的批判主动性。在作品结构上，《堂吉诃德》不是直线型，而是在主干故事之外增添大量小故事，小故事中的主人公不再是堂吉诃德和桑丘，而是有自身的独立性。整部作品结构上较为松散，主干故事和小故事关系并不紧密，甚至相互独立。这种结构不是塞万提斯匠心独运，而是他为生计写作，不得不加大篇幅，让故事尽量持续下去，以便能多写多赚。但是，这种结构对后世小说创作影响巨大，小说家有意在主干故事之外穿插相对独立的小故事，形成隐性的互文联系，相互印证支持，达到丰富人物性格和展现广阔生活视野的目的。

总之，《堂吉诃德》具有超越时代的价值。《堂吉诃德》从所处时代中吸取了营养，但其主要人物、叙事方式和结构设计上都有巨大创新，推动了现代意义上小说的诞生，因此它是现实主义、现代主义和后现代主义共同的直系祖先。能取得如此巨大的功绩，除了塞万提斯有文学天赋，更多的是他曲折的人生经历让他看破社会上的虚伪现象。他作为英雄奋斗的前半生，与穷困潦倒、病痛缠身的后半生，其中积聚了太多的悲愤，这悲愤转化为打破写作清规戒律的动力。也许生活亏欠了塞万提斯很多，也许他感慨在病床上看到昔日为之战斗的伟大王国日趋瓦解，但是文学给予了他丰厚的回报，让他的作品流传后世、永不磨灭。

第四节　法兰西作家

在文艺复兴时期，意大利和西班牙先声夺人，但是前者分裂，难以统一，后者日渐奢靡，白白消耗了积累的财富，国家发展日益迟缓。法兰西是后起之秀，国家由诸侯割据走向王权统一，整合内外资源，不断壮大，再加上接受了经过意大利和西班牙结晶后的文艺复兴文化的精华，因此法兰西后来居上，成为文艺复兴时期的宠儿。法兰西在英法百年战争（1337—1453）中取得了最终的胜利，民族凝聚力空前加强，现代意义上的法国逐渐定型。在接触到意大利和西班牙的文艺复兴运动成果后，法兰西王室大力提倡并资助文艺创作，于16世纪开始自己的文艺复兴运动，后期形成了强大的人文主义思潮。但由于法兰西本土贵族和资产阶级势力都较为强盛，其文学艺术产生了贵族化和平民化两大倾向。

七星诗社对法兰西民族语言和诗歌的发展做出了卓越贡献。七位诗人被比作星座中闪亮的恒星，七星诗社因而得名。其中最著名的是龙沙和杜贝莱。龙沙（1524—1585），被誉为法国第一位抒情诗人，其代表作是《至爱兰娜的十四行诗》（又译为《十四行诗·致海伦》）。杜贝莱（1522—1560）执笔的《保卫和发扬法兰西语言》，是七星诗社的宣言。七星诗社对法国诗歌和语言的发展贡献巨大。

蒙田（1533—1592），法国思想家、散文家，代表作是《随笔集》二卷。他的作品中既有对理性和道德的追求，也表现了对过度理性的怀疑，更有对人类幸福生活的追问。在这一点上，蒙田和在他之前的但丁、在他之后的卢梭，都是反思和质疑现代性的先驱。可以说，蒙田的散文思想深邃，具有极强的反思性，体现了法国人文主义者世界观演进的过程。

拉伯雷（1494—1553），文艺复兴时期法国首屈一指的文学巨匠，他的代表作《巨人传》是文艺复兴时期最优秀的讽刺巨著。拉伯雷出生在法国中部的希农城。父亲是律师，在农村有自己的庄园，虽然不是贵族，但属于中等地主，家境富裕。淳朴的乡村生活塑造了拉伯雷自由乐观、开朗活泼的性格。拉伯雷十岁时被送进死气沉沉的教会学校，这是当时知识分子的精神困境之一。拉伯雷和斯威夫特等人一样，从教会学校吸收知识，又反抗教会思想。毕业后，他在圣方济各和圣本笃修道院当修士，后来又学习医学，在里昂当医生。在当修士和医生的同时，拉伯雷掌握了丰富的文化知识，并通过旅行了解法国各地的风俗人情，对各个阶层，尤其对法庭、教会等领域的黑暗内幕有了深刻认识。面对当时的法国社会现实，拉伯雷不想只做一个医生，而是直面惨淡的人生、黑暗的社会，用写作进一步医治社会的疾病。通过边工作边写作，1532年，拉伯雷出版了《庞大固埃》，大胆地揭露了社会的黑暗面，辛辣地挖苦教会和封建统治机构，把法国统治阶层的龌龊行径骂了个遍。这本书一经出版便在法国引发轰动，掀起了一股抢购热潮。拉伯雷趁热打铁，两年后又出版了《高康大》，作为《庞大固埃》的前传。《高康大》再次成为热销书，也引起教会和贵族的极端仇视，巴黎法院更是查禁了拉伯雷的著作。若不是靠着自身机敏和朋友帮助，拉伯雷可能会遭受逮捕和迫害。拉伯雷虽浪迹天涯，但不忘写作，为了避免遭受迫害，拉伯雷在新书的卷首语中申明此书是献给法国王后的，可是这不等于拉伯雷彻底妥协，续作中对法国教会和贵族的讽刺与诅咒无以复加。书籍出版后，拉伯雷逃走了，但为他出版著作的出版商竟被判处火刑。最终，拉伯雷通过将作品献给国王、为王子写贺诗的方式得到国王的庇护，逃避了恶势力的迫害，最后得以善终。

《巨人传》分为五卷，首先发表的《庞大固埃》是第二卷，接续出版的《高康大》是第一卷，第三卷与第四卷在许可与封禁的反复中艰难写成，最后一卷在拉伯雷死后由他的朋友帮助出版。《巨人传》主要讲述了高康大和庞大固埃父子两代人的传奇。在作品开头，拉伯雷像塞万提斯一样，以第一人称煞有介事地讲述通过考古发掘了《高康大》的故事，还罗列了高康大的家谱，说他是挪亚的后代。在《圣经》和《神曲·地狱篇》中，挪亚的后代中有巨人宁录，那么拉伯雷的巨人们也是符合传统典籍设定的。《巨人传》也有主干故事和小故事，但与《堂吉诃德》不同的是，《巨人传》中的主干故事和小故事之间有更强的联系。

高康大的父亲高朗古杰是一位伟大的国王,他是天生的乐观派,娶了蝴蝶国公主嘉佳美丽。嘉佳美丽怀孕十一个月,孩子从母亲的子宫中跳出来,钻进大动脉,沿着胸部横膈膜爬上肩膀,最后从母亲的左耳朵里钻出来。新生儿刚一出生,没有哭叫,而是大喊道:"喝呀!喝呀!喝呀!"声音传出几十里。这是拉伯雷在模仿古希腊神话中狄俄尼索斯从宙斯的大腿中生出、雅典娜从宙斯的头中生出。由于刚出生就声音洪亮,所以高朗古杰给孩子起名叫"高康大",意思是"好大的嗓门儿"。高康大还是婴儿的时候就要喝掉一万七千零一十三头奶牛的奶,做件衣衫需要一千八百米的布料,长到三五岁,已经是个超级巨人,喜欢在泥坑里打滚玩,用拖鞋喝酒,朝着太阳撒尿,藏在水里躲雨……高朗古杰仿照古希腊马其顿国王菲利普二世请亚里士多德给儿子亚历山大当老师的事迹,也找了两个老学究,按照中世纪的教育方式教高康大学习拉丁文,结果学了几十年,高康大成了个傻子。这明显是在讽刺中世纪的教育方式。

高朗古杰更换教师,让巴黎学者包诺克拉特(意思是"健壮有力")来教高康大。新老师先让高康大服药来排泄掉肚子里的宿便,然后教他学习哲学、天文、几何、算术、音乐、武艺等,并培养他形成良好的生活作息习惯。夜晚就寝前,还要带他到寓所外观察天象,向上帝祈祷。这一系列的教导让高康大强壮又聪明,既是身体上的巨人,也是精神上的巨人。这一情节表现了文艺复兴时期人文主义者的新人理想,既强调宗教信仰,又抵制教会束缚。不久,高康大国家里的牧羊人和邻国列尔内卖烧饼的小贩发生冲突,原本一场小风波,列尔内却兴兵几十万入侵,高康大领兵抵抗。《巨人传》的第一卷从第二十五章到五十一章,都在描写双方的战争,但战况呈现一边倒的局面,列尔内军队虽多,却根本不是高康大的对手。高康大攻打列尔内城堡时,先让自己的坐骑尿了泡尿,一下子形成将近三十平方公里的大洪水,淹死了无数敌人。城堡里的敌人开炮,炮弹打在高康大身上,他就像被葡萄或李子打中一样毫无感觉。高康大拔了一棵大树做武器砸向城堡,把城堡砸成废墟;敌兵身首异处,死尸之多,连河流都被阻塞了。在战争停歇的时候,高康大和战友探讨某些貌似荒诞不经的问题,比如为什么教士被人讨厌,为什么修士约翰的鼻子比别人大等等。战争胜利,高康大奖励功臣,为约翰修士修建了特来美修道院，并要求男女修士各安其道。他在修道院的门上题词："此处不许来：假冒为善的伪君子、老滑头、假正经、貌似规矩、低头歪脖充老实、坏东西"，还拒绝那些"贪得无厌的诉讼棍、律师、帮办、吃人的人、主教、法官、书记长、腐化的审判官"，也拒绝"重利盘剥的守财奴……无聊客、守门狗"。那么，修道院欢迎谁呢？"一切正直的骑士，此处请进"，还有虔诚的修士，因为他们"正确传布福音……在这里把信仰放稳，用语言、用书文，揭露圣教的一切敌人"。修道院的根本教规是："随心所欲，各行其是。"特来美修道院的欢迎标准和根本教规，不是向封建贵族或教会组织妥协，而是宣扬正确的基督教信仰，不仅依靠知识，还有阶级力量、容貌标准、道德原则，体现的是无权的资产阶级的意识形态。

第二卷开场，高康大在五百二十四岁的时候有了儿子。因为当时全国大旱，所以高康大给儿子起名"庞大固埃"，意思是"全世界正干渴"。庞大固埃出生时全身是毛，像一只巨熊，哭起来像头奶牛，笑起来又像一头牛犊。庞大固埃在摇篮里把一头牛当早餐，将一只熊撕得粉碎趁热吃掉。因为怕他闯祸，高康大用四条铁链将他锁起来，其中一条曾是用来锁魔鬼撒旦的，但庞大固埃因为饿得慌，挣脱铁链跑到高康大的宴会厅大吃一顿。庞大固埃的老师爱比斯德蒙带领他周游法国，但是在庞大固埃眼中，整个国家死气沉沉、没有生气，甚至愚昧残忍、毫无人道。比如，他在波尔多，印象最深的是水手在沙滩上玩牌；在图卢兹，他学击剑和跳舞，但那里的学生像熏鱼一样烧烤老师；他想在蒙帕利埃学医术和法律，但受不了这地方忧郁沉闷的气氛，法律表面上是体面的金色袍子，实际上面的花纹全是大粪。这些描写反映了拉伯雷周游法国的感悟，在他看来，此时的法国一片混乱，根本没有信仰、正义和公正。庞大固埃在相当于国家图书馆的巴黎圣·维克多藏书楼浏览群书。作者罗列了大量的书名。虽然这些书名表面上看荒诞古怪，但实际上是法国现实的拼图，映射法国统治阶层的淫逸生活和对民众的剥削，辛辣地批判了当时的社会风气。而且书名种类不同，相互对比，层层深入，旨归一致，显示出作者极强的想象力和审美加工能力。罗列书名、形成书单，使意义重叠设置，这与后现代主义的拼贴手法高度相似，可见，后现代主义的某些技巧可以追溯到文艺复兴时期。以下是由书名组成的书单目录：

《神学要览》《讲经者的狐狸尾巴》《坡瓦西的一个怀孕修女》《宫内被欺骗的丈夫》《大便法案》《法院里六个人玩的找十字架游戏》《肥美的肚肠》《教会法官的输捐》《红衣主教的蝙蝠翅膀》《寡妇磨光的头巾》《艺术大师的喇叭》《穷鬼的苦相》《修士的大肚量》《饷银只有一千铜子儿的兵士的贫困》《教会法官的诡计》《低能诗人的蜗牛壳》《老年的依靠》《会计人员的球戏》《募捐秘诀》《善饮主教的秘方》《贵妇人的淫逸生活》《教会选举教宗法》《法官的大肥肚子》《灵魂的防毒剂》……书单中没有一句对资产阶级或农民、工人的嘲讽，其价值取向不言自明。

在第九章中，《巨人传》中的另一个重要人物巴奴日出现。巴奴日，又译为巴汝奇，意思是"奸诈精明，什么都干得出来的人"。他相貌好看、身材适中，但内心复杂、性格矛盾、精于算计、多思多虑，既有怯懦甚至邪恶的个性，又有机智和执着的品性。在这里，《巨人传》显示出人文主义的另一面：马基雅维利式的人文主义，或者叫精明算计的个人主义。庞大固埃和巴奴日相遇，立即喜欢上这个落魄的人。此后的冒险，巴奴日反而更像主角。庞大固埃为了考验自己的智慧，在巴奴日等朋友的帮助下，迅速又公正地审理了巴黎贵族钩心斗角的无聊案件。巴奴日很得庞大固埃的赏识，他喜欢搞恶作剧、爱捉弄权贵。比如，一天夜里，他将平板货车顺着街道斜坡推翻，把守夜人撞得像猪猡一样东倒西歪；他在警察巡逻的地段撒上火药，一看警察走到那就点着火药，烧他们的大腿；他向贵妇人的衣服上撒明矾，还装模作样地赞美她们衣服美丽，边说边用沾满了棉油的手抚摸她们的衣服；他把一个主教的礼袍和内衣缝在一起，等那个主教在教堂里做完弥撒脱下礼袍时，连着内衣一起脱了下来；他的衣服上有二十六个以上的小口袋，装满了捉弄人的小玩意儿。

不久，邻国狄波莎国侵略庞大固埃的领地。在巴奴日的辅佐下，庞大固埃像父亲高康大那样横扫千军、杀敌无数，连敌国的巨人都被他杀得一个不剩。胜利后，巴奴日帮助一个死去的臣僚复活，让这个臣僚讲述在阴间的见闻。在这里，拉伯雷对历史上的名人狠狠开涮。比如，亚历山大大帝在阴间补破鞋；罗慕洛斯成了卖盐的小贩；阿伽门农饿得要死，正在舔盘子；普里阿摩斯卖破布；赫克托尔成了饭店大厨；大美女海伦在做女仆介绍人；狄多在卖香瓜；教宗卜尼法斯八世是个吃闲饭的；教宗尼古拉三世在卖纸；等等。

庞大固埃占领了狄波莎国，移民九十八亿多人，并让巴奴日做总督，但他根本不称职，大摆宴席，开销极大，还大量借款以致入不敷出。此外，巴奴日和庞大固埃在对待高利贷和商人的态度上也不一致，巴奴日喜欢商人，庞大固埃声称某些商人可耻。巴奴日的挥霍是在庞大固埃的监督下进行的，他喜欢商人是一种资产阶级重视实际利益、要求加大对外商贸的表现；而庞大固埃是巴奴日荒唐行为的监督者，起到了约束制止的作用。庞大固埃反对唯利是图，他崇尚的不是农民阶级的封闭式劳动，而是商贸带来的利润，实现交换价值。总之，庞大固埃象征人文主义的秩序、知识和宗教信仰，巴奴日象征人文主义的颠覆性和世俗性。拉伯雷的人学观念虽然是复杂的，但他的道德原则、渊博学识、实践能力高于插科打诨、享乐安逸、利益算计。从第三卷第九章开始，一直到作品结尾，巴奴日的出场次数较多，《巨人传》的巨人形象似乎在向巴奴日转变。《巨人传》的后半段贯穿着巴奴日自己的极为私人化的问题：是否结婚。围绕这一问题，庞大固埃发动一切力量，向各色人等请教，人们提出各种见解，但结果让巴奴日更加犹豫，他还担心未来的妻子会有外遇。在我们看来，这个问题根本犯不着向哲学家、神学家、医学家（相当于自然科学家）和法学家请教，根本不用展开社会大讨论，这么大的阵势、这么多的篇幅就为解决一个光棍的婚姻问题，实在是荒诞不经。但这正是拉伯雷表现人文主义以人为本的方式之一，巴奴日的个人婚姻问题胜过拯救世界或皈依上帝，这是一种极为决绝的彻底的反传统写作。《巨人传》后半段的婚姻主题和其他作品的宏大主题相比，折射出拉伯雷对社会上现有的权威和崇高标准的瓦解。众多人士对婚姻发表各种夸张荒诞的见解，形成了这部作品最显著的众声喧哗场面，呈现出一种多元思想交流冲突的状态，这正是让俄国著名文学批评家巴赫金对拉伯雷褒奖有加的地方。

《巨人传》的第四卷和第五卷主要写庞大固埃和巴奴日出海寻找有魔力的神瓶，希望神瓶的神谕能解答巴奴日是否应该结婚的疑问。这样，出海冒险成为后两卷的主题，这一方面是欧洲早期殖民探险的反映，另一方面也是人文主义者走出狭小的欧洲、探索世界的体现。庞大固埃和巴奴日的船队浩浩荡荡地出发了，他们发现了很多个岛屿和国家。当然，在开拓新世界的过程中，拉伯雷还是不忘让主要人物对教会和贵族进行嘲讽，而在新发现的岛屿上，那里的人们也成了法国人的影子，暴露出共同的人性弱点和社会弊病。比如，鬼祟岛的统治者是封斋教主，其行径卑鄙无耻；在反教宗岛，因为有岛民对教宗表示轻蔑和嘲笑，所有长胡须的人都被宝剑杀死了；在诉讼国，此地的执达吏是靠挨打来过日子的，因此，假使很久不挨打，他们以及他们的妻子和儿女就只能饿死。

最后，一行人终于到达灯笼国，找到了神瓶大殿。神瓶大殿里的壁画，描绘的是酒神狄奥尼索斯大战印度人的故事。神瓶回答了巴奴日的结婚疑难，结果却大大出乎人的意料，神瓶只回答了一个字："喝！"《巨人传》中经常出现古希腊神话中的典故，安放神瓶的大殿壁画是变形的古希腊酒神狄奥尼索斯的故事，那么，神瓶的神谕是"喝"就顺理成章了。古希腊特尔斐神庙的铭文是："认识你自己！"而古希腊还有一句流行的名言："真理在酒中。"在这里，无论是"喝"，还是"真理在酒中"，都不是让人们在面对现实时退缩去当酒鬼，而是对新时代的人有更高的要求。一方面，"喝"象征迷狂。喝下去的酒或某种液体，象征对人至关重要又有极强诱惑力的东西，既可以是知识，也可以是欲望，更可能是精神信仰。拉伯雷并没有明说那具体是什么，而是仅仅用"喝"提供线索，要求人们大胆尝试，执着追求。另一方面，"喝"象征超越。人必须在超越现实中寻找解决问题的方法，正所谓"不识庐山真面目，只缘身在此山中"，只有高屋建瓴，超越矛盾对立的双方，才能洞若观火，知悉弊病根源，找到解决问题的途径。当然，酒可以充当人际关系的黏合剂，"喝"意味着迷狂境界与追求行为的合一。这是人文主义者对痛饮知识、用知识去改造世界，并且要超越现实，在非理性的迷狂中追求更高的真理的艺术化表达。拉伯雷用"喝"向读者发出呼唤，但"喝"的内容和方式又取决于读者自己，如何认识和改造世界要靠具体实践，实践是检验真理的唯一方法。文艺复兴时期的精神气质在此显露无遗——精神信仰和务实精神的和谐。这启示我们，在面对社会问题时必须有"喝"的能力，同时找到能安身立命、沉醉其中、不被干扰的精神领域，这是《巨人传》对人的倡导，呼唤人们成为每个时代的巨人。

可以说，《巨人传》语言之尖刻、讽刺之深刻、火力之猛烈、诅咒之毒辣，前无古人，后无来者，几乎成为带有丰富文学艺术性的讨敌檄文和战斗宣言。统观全书，拉伯雷集中力量讽刺以下四大领域：司法制度、教育体制、医疗机构和教会组织。相对应的是四大思想批判种类：司法批判、教育批判、生命伦理批判和信仰批判。四大领域的共同点和四大批判的着眼点是：机构臃肿低效，成员自私自利，残酷剥削穷人，丧失人性良知。也就是说，这四大领域的人虽然是社会的少数，但已经成为民族发展的绊脚石、社会有机体的吸血鬼，是黑暗制度的体现者，是反动没落的具体化，是拉伯雷塑造的时代巨人所扫荡的对象。作品中的高康大和庞大固埃就是文艺复兴精神的具体化、形象化、审美化，他们的身体无比壮硕、力量无比强大、知识无比广博、道德无比高尚、精神无比乐观，这种现实中不可能存在、几乎等同于上帝的人物典型形象，在作品中代表着拉伯雷心中的人文主义者形象，那就是身心和智慧都达到平衡和谐的顶点、全面发展的自由人。因此，《巨人传》体现出卓越的教育观念、法治精神、医学愿景和神学理想，那就是教育、法律、科学和神学要为人类服务，最终塑造完美的人。可以说，拉伯雷把塞万提斯倡导的行动力的合理性和薄伽丘倡导的欲望的合理性又向前推进了一大步。在他看来，文艺复兴时期的巨人必然会诞生。这既是拉伯雷平民倾向的表现，也是他人文主义思想的真谛所在。

两代巨人统治的国度是理想的乌托邦，巨人公正贤明，人民安居乐业，内政稳定，经济繁荣，人口稠密，欣欣向荣；巨人广施仁政，四海臣服，众望所归，勇于开拓，发现未知。这些都是拉伯雷社会理想的体现。值得一提的是，高康大给约翰修士修建了特来美修道院，它不仅是神圣的宗教场所，还是物质文明和精神文明高度发达的世外桃源，人们自觉地遵守伦理规范，勤勉工作，享受人生，捍卫信仰。可以说，拉伯雷的宗教理想体现着宗教改革的思想主张，与英国空想社会主义学者托马斯·莫尔的《乌托邦》有异曲同工之妙。由此，拉伯雷超出了阶级范畴，在作品中反映了某种普世理想。因此，在这种普世理想之下，巴奴日无论怎样捉弄人，无论怎样精于算计、贪图利益，都始终是巨人身边的滑稽小丑，无法喧宾夺主。应该注意的是，拉伯雷生活在16世纪的法国，出于自保的需要，同时也不可能在教会之外获得其他力量的支持，对开明君主的依赖是必然的。但我们不能因此说拉伯雷的巨人就是贤明君王的象征，巨人国就是开明专制王国的比喻，而应该认识到，巨人和巨人国是高于生活的思想结晶，表达了作者超越现实的崇高追求。拉伯雷坚信自己的巨人国理想终将实现，《巨人传》的篇首语就写道："一部充满乐观主义的作品。"

关于高康大和庞大固埃，法国民间早有传说，纷繁不成体系。拉伯雷收集了这些传说，加以改造加工，并加入自己的观点，使原本粗糙低俗的民间故事变成人文主义文学的经典。不可否认，《巨人传》的粗俗语言、下流故事、猥亵情节、滑稽表演和市井风格，听之不堪入耳，读之难以入目，已经荒唐得出了格。《巨人传》中的戏仿、夸张、荒诞、饶舌、狂欢化、谩骂、反讽、多声部、喜剧化叙事等技艺炉火纯青，突破了创作桎梏，更突破了社会观念。作品融合了古怪色情的情节、原生态的民间传闻、异教神话体系和对社会现实的嘲弄，构成一种独特的文艺复兴时期的"神话"，深受巴赫金等著名批评大师的赞赏。即使它的主干故事和小故事之间的联系不够紧密，人物性格平板没有变化，但仍堪称体现艺术感染力和创造力的优秀范本。正是因为这些原因，《巨人传》成为法兰西的文化符号，体现了活泼、开朗、诙谐的民族气质。

总之，拉伯雷作为法国文艺复兴时期最优秀的作家，表现了人文主义最彻底的战斗精神。《巨人传》对同样以平民视角为出发点、批判当下社会的批判现实主义文学、后现代主义文学，都有深远的影响。

第五节　英格兰作家

英格兰在英法百年战争（1337—1453）中先赢后败，几乎丧失了在欧洲大陆的所有领地。紧接着，由于战争激化了王族和贵族的矛盾，爆发了红白玫瑰战争。英格兰金雀花王朝的两个分支——家族徽章为红玫瑰的兰开斯特家族和家族徽章为白玫瑰的约克家族，为争夺王位展开激烈的战争，最后两大家族成员几乎同归于尽，客观上极大地削弱了英格兰王公贵族的顽固势力。这些因素令英格兰资产阶级抓住时机，迅速发展。都铎王朝建立，在亨利八世和伊丽莎白一世统治的时代，英格兰摆脱了罗马教廷的控制，建立了隶属于国王的国教，击败法兰西和西班牙，国力蒸蒸日上，成为欧洲主要强国，资本主义获得长足发展。这些都是英格兰文艺复兴运动的社会基础。

英格兰人文主义文学的先驱是杰弗里·乔叟（1340/1343—1400），他是英格兰王室的重要臣僚，在英法百年战争中出使法兰西和意大利，在宫廷和地方都做过高官，了解英法意各地民情，积累了丰富的创作经验。乔叟的创作较为模式化，作品多通过梦境表达思想情感。他的代表作《坎特伯雷故事集》模仿《十日谈》，由去坎特伯雷朝圣的香客讲的故事组成，表现了对世俗爱情的歌颂、对现世幸福生活的肯定、对社会道德的关注。朝圣只是故事展开的前提和掩护，反映资本主义萌芽时期的英格兰社会生活，揭露教会的腐败、教士的贪婪和伪善，谴责扼杀人性的禁欲主义，肯定世俗的爱情生活才是这部作品的主旨。

托马斯·莫尔（1478—1535），曾是亨利八世的首席法官。但是莫尔看到，从亨利七世开始的圈地运动让英格兰社会陷入弱肉强食的境地，因此他大声疾呼社会公正和重拾信仰，后因反对英格兰国王兼任教会首脑而触怒亨利八世，最终被斩首，其悲剧结局也是世俗权力与人文主义意识相冲突的结果。莫尔的《乌托邦》以海外的一个幸福国度"乌托邦"来凸显英格兰国内的社会弊病，资产阶级在发展过程中，通过圈地运动侵占农民的土地，养殖绵羊和采用新的农业生产技术，造成"羊吃人"的残酷社会现实，其背后是新贵族和资产阶级主导下的社会财富重新分配，致使社会矛盾激化。相比之下，乌托邦实行威权式民主制度，人们辛勤劳动，劳动成果为全社会共有，按需分配，没有贪污腐败和其他犯罪行为。莫尔的乌托邦理想，承接古希腊戏剧大师阿里斯托芬的《鸟》，真正开启了乌托邦文学的先河，也是社会主义思想的重要来源之一。

埃德蒙·斯宾塞（1552—1599），是英国人文主义诗人，他的《小爱神》是优秀的爱情十四行组诗。他的代表作《仙后》，以亚瑟王的王后格罗丽亚娜十二天分别派遣十二位骑士出外冒险为主题，是斯宾塞于1578年开始创作，1580年至1584年达到创作高峰期，最终于1596年全部完成的，是充满激情的政治寓言诗和道德警诫诗。作品中采用独特的韵律形式，被称为"斯宾塞诗节"。

菲利普·锡德尼（1554—1586），诗人兼战士，战死于英国援助荷兰反抗西班牙的战争中。当时锡德尼身负重伤，奄奄一息，但还是坚持将饮水送给其他伤兵，并对伤兵说："你比我更需要它。"锡德尼的文论《为诗一辩》认为文学艺术以形象反映生活，诗人可以驾驭自然，文学在于创造，以华丽繁复代替朴素质拙。这为日后英国诗歌的发展指明了方向，摆脱了乔叟以来呆板的清教徒式的诗风，也不再纠缠于道德说教。为诗歌一辩，解决的是文学的独立地位问题。这就使英国的诗歌创作和实践走在了文艺复兴时期欧洲各国的前面，也为日后英国浪漫主义诗歌的崛起奠定了理论基础。锡德尼的《爱星者与星》也久负盛名，所谓的"星"，意大利语是Stellar，既指星空上的星，也指人性，所以锡德尼的《爱星者与星》一语双关，弘扬的是人文主义思想。《爱星者与星》是英格兰第一部十四行组诗，与斯宾塞的《小爱神》、莎士比亚的《十四行诗集》并称为伊丽莎白时代三大十四行诗集。

英国戏剧此时也实现了繁荣。前期主要作家群体是"大学才子派"，著名的有罗伯特·格林（1558—1592）、托马斯·基德（1558—1594）、克里斯托弗·马洛（1564—1593）等等。其中马洛的《帖木儿大帝》《浮士德博士的悲剧》《马耳他的犹太人》塑造了藐视现行制度、不择手段追求超越的巨人形象，为以后的英国诗人拜伦创作《曼弗雷德》提供了借鉴。包括马洛在内，"大学才子派"的作品对莎士比亚影响很大。后期主要作家有本·琼生，他是继莎士比亚之后最有成就的喜剧作家。

弗朗西斯·培根（1561—1626），是英国文艺复兴时期的思想家和散文家，他的《新工具》《随笔集》《新大西岛》，从人文主义的角度较为系统地论述了社会生活的方方面面，语言精致，论述从容，名言警句蕴含深刻哲理。培根和蒙田是欧美近代随笔散文的开创者。

威廉·莎士比亚（1564—1616），是英国文艺复兴时期的戏剧大师和文学巨匠，也是人文主义文学的最优秀代表。他的戏剧作品是思想性和艺术性的完美统一，代表文艺复兴时期欧洲文学的最高成就。关于莎士比亚的身世，后人掌握不多，许多传记的内容只能基于有限史料进行合理推测。莎士比亚出生于英国中部沃里克郡斯特拉特福镇，是家中长子，兄弟姐妹共有八人。莎士比亚的家庭并不是穷人之家，他的父亲约翰是个皮手套工匠和商人，还做过斯特拉特福镇的财务官、治安官和参议员，甚至当过一年镇长。所以，莎士比亚接受了一定的教育，这为他日后的成长奠定了基础。莎士比亚小时候对父亲的皮手套工作和经商之道比较熟悉，曾参与过相应的劳动，不是一个养尊处优或手脚笨拙的人。莎士比亚对家乡的环境非常熟悉，镇上的教堂、文法学校、市政厅、市场、广场、酒馆、旅店都曾留下他的足迹，这是后来他剧作中平民倾向的来源。斯特拉特福镇外，一派乡间景致与自然风光，小溪、亚登森林、驿站与低矮的村居相伴，流传着古英格兰的历史传说、侠盗罗宾汉的传奇、鬼魂和精灵的传说、黑死病的灾难、斯特拉特福镇的大火灾，这些都铭刻在莎士比亚幼时的记忆中。

  莎士比亚没有受过高等教育，这让与他几乎同时代的"大学才子派"剧作家看不起他。莎士比亚受到的学校教育基本都集中在斯特拉特福镇的文法学校，当时的英语还处于发展变化中，受到法语、拉丁语和希腊语的影响，但已经逐渐定型。《圣经》和相关的祈祷文都已经出现了英文版本，莎士比亚对此熟记于心，而且他还能讲拉丁语，只是不够熟练，这些是他创作时的语言能力保障。莎士比亚在家乡做过家教，对贵族气派和富足生活的向往在少年生活中也有体现，看到邻近地区的贵族打猎，莎士比亚羡慕不已，而全国巡回的剧团、马戏团来到斯特拉特福镇演出，也让他非常兴奋。此外，他还观看过大贵族为迎接伊丽莎白一世而举办的烟火表演和盛装舞会，而有浓厚中世纪风格的宗教神秘剧也让他流连忘返，这些因素都不同程度地反映在他的戏剧创作中。从莎士比亚的家乡记来看，他的成长是平民化的，家乡的历史传说、风土人情和自然景观给他留下了深刻印象。在16世纪70年代，因某种未知原因，莎士比亚的父亲破产，家庭陷入贫困境地。1582年，十八岁的莎士比亚与二十六岁的安妮·海瑟薇结婚。他们的儿女有：女儿苏珊娜，龙凤双胞胎哈姆内特、朱迪斯，但哈姆内特在十一岁时夭折。

应该提及的是，哈姆内特不是著名角色哈姆莱特的原型，没有证据表明二者有联系。

1587年，莎士比亚加入巡回剧团，去伦敦闯荡，从此开始了他的戏剧创作生涯。莎士比亚从剧团的杂役做起，负责为看戏的贵族照料马车和马匹，后来有机会在戏剧中跑龙套，还当过舞台幕后提词人。尽管都是些不起眼的小工作，但莎士比亚的早期剧团经历培养了他的戏剧创作基本功，使他掌握了剧院经营、舞台布景、表演技巧的相关知识。大约在1588年，也就是英国在伊丽莎白女王领导下击败西班牙无敌舰队的那一年，莎士比亚开始了戏剧创作。一开始他与同伴改编已有的剧本，这延续的是古罗马作家安德罗尼库斯的传统。之后，莎士比亚很快就独立创作。随着他写作技巧的不断成熟，佳作也逐渐增多，被观众认可和欢迎。大约在1594年，莎士比亚成为"御前大臣剧团"的编剧，专门为大贵族演出。很快，莎士比亚还成为"御前大臣剧团"的股东之一。1603年，伊丽莎白一世去世，詹姆士一世即位，将"御前大臣剧团"更名为"国王剧团"，声名更加显赫。而在1597年前后，莎士比亚已经非常富有，回家乡购买了房产，并为其父申请了具有贵族身份标识的家族徽章。

晚年的莎士比亚与戏剧家本·琼生交好，一同创作和演出。1612年前后，莎士比亚回到斯特拉特福镇。1616年1月，在一次聚会上，莎士比亚患病，4月23日病逝，遗体被安葬在斯特拉特福镇圣三一教堂。

在20余年的创作生涯中，莎士比亚写了37部戏剧、2部长篇叙事诗和154首十四行诗。按照年代顺序编订出"莎士比亚的历代记"，如下：

1590年，《亨利六世（中、下篇）》

1591年，《亨利六世（上篇）》

1592年，《理查三世》《泰特斯·安德洛尼克斯》；十四行诗（止于1598年）

1593年，《错误的喜剧》《驯悍记》《维纳斯与阿都尼》

1594年，《维洛纳二绅士》《爱的徒劳》《鲁克丽丝受辱记》

1595年，《罗密欧与朱丽叶》《理查二世》

1596年，《仲夏夜之梦》《约翰王》

1597年,《威尼斯商人》《亨利四世（上篇）》

1598年,《亨利四世（下篇）》《温莎的风流娘儿们》

1599年,《亨利五世》《无事生非》

1600年,《皆大欢喜》《第十二夜》

1601年,《尤里乌斯·凯撒》《哈姆莱特》

1602年,《特洛伊罗斯和克瑞西达》

1603年,《终成眷属》《一报还一报》

1604年,《奥赛罗》

1605年,《雅典的泰门》

1606年,《李尔王》《麦克白》

1607年,《安东尼和克利奥帕特拉》《科利奥兰纳斯》

1608年,《泰尔亲王佩里克里斯》

1609年,《辛白林》

1610年,《冬天的故事》

1611年,《暴风雨》

1612年,《亨利八世》

总的来看,莎士比亚的历史剧共有十部,它们分别是:《亨利六世（上篇）》《亨利六世（中篇）》《亨利六世（下篇）》《理查三世》《理查二世》《约翰王》《亨利四世（上篇）》《亨利四世（下篇）》《亨利五世》《亨利八世》。应该注意的是,《约翰王》是第一个单曲,《亨利八世》是第二个单曲;《亨利六世》上中下三篇和《理查三世》为第一个四部曲;《理查二世》、《亨利四世》上下篇和《亨利五世》为第二个四部曲。

莎士比亚历史剧的特点如下：第一,时间浓缩。数十年的历史被改编和压缩成数年时间,方便剧情的叙述。比如,在真实的历史中,理查三世的统治时间较长,但在历史剧中被大为缩减。第二,历史剧没有涉及明显的正统和非正统观念。历史剧着重表现宫廷阴谋、权力斗争和国家的内外战争。在历史剧的七位君主中,像亨利四世、理查三世等都是通过篡位成为国王的。第三,历史剧崇尚爱国精神和社会秩序。莎士比亚历史剧的这一特点，其实是动荡过后英国民众的普遍共识。第四，历史剧中好国王的标准是具有德、才、势，即一是具有优良的品德，既有良好的人品，又有虔诚的宗教信仰，这样看理查三世就是反面教材；二是具有高超的才能，尤其是在治国和军事斗争方面，必须是人中豪杰，而理查二世和约翰王就不合格；三是符合时势发展，国王必须满足臣民的需求，这样看，亨利五世是这方面的楷模。

莎士比亚在创作的第一阶段中主要创作了悲喜剧。莎士比亚在1590年创作了处女作《亨利六世》后，又再接再厉，创作完成《理查三世》，这两部剧是历史剧的经典。随后，他开始转向悲剧和喜剧的创作。莎士比亚的首部悲剧是1592年创作的《泰特斯·安德洛尼克斯》，属于历史题材的政治悲剧。这部作品体现了莎士比亚的政治思想，他赞成德才兼备的精英分子治理国家，反对无能的王太子继位。悲剧开头就以强烈的悲惨氛围紧紧抓住观众。罗马大将泰斯特·安德洛尼克斯战胜哥特蛮族，俘获其女首领塔摩拉及她的三个儿子，他自己的二十五个儿子也战死二十一个。为祭奠死去的亡灵，泰斯特无视塔摩拉的哀求，杀死了塔摩拉的大儿子。回到罗马，罗马皇帝病死，泰特斯放弃做罗马皇帝的机会，拥立死去皇帝的儿子萨特尼纳斯为帝，并答应将女儿拉维妮娅嫁给萨特尼纳斯。而拉维妮娅却与皇帝萨特尼纳斯的弟弟巴西安纳斯相爱，两个人在泰特斯幼子的协助下私奔。皇帝大怒，泰特斯不得不杀死自己的幼子。泰特斯将哥特战俘献给皇帝，哥特女首领塔摩拉色诱皇帝，皇帝竟然娶其为皇后，而塔摩拉的两个儿子都做了皇子。两个皇子追踪到巴西安纳斯和拉维妮娅，杀死了巴西安纳斯，强奸了拉维妮娅，并砍掉她的双臂，割掉她的舌头，让她无法伸冤。泰特斯的两个儿子为寻找拉维妮娅，不幸落入陷阱，被当作杀死巴西安纳斯的凶手，即将问斩。泰特斯为救儿子焦急万分，塔摩拉的男宠、摩尔人艾伦假称若泰特斯砍下一条胳膊，就可以见到两个儿子。泰特斯断臂救子，但他最终见到的只是两个儿子的人头。拉维妮娅用嘴叼着笔写下了自己遭到强暴的经过。泰特斯唯一幸存的儿子路歇斯出逃并投奔了哥特人，领兵回攻罗马。皇帝让皇后塔摩拉请泰特斯抗敌。塔摩拉和两个儿子装扮成复仇女神和恶灵，妄图最后折磨泰特斯。但泰特斯识破了塔摩拉的诡计，当众揭穿了他们的罪恶，并杀死了塔摩拉母子三人。其后，为避免拉维妮娅受辱，泰特斯又亲手杀死女儿。皇帝萨特尼纳斯杀死泰特斯，自己也被攻入罗马的路歇斯杀死，民众推举路歇斯为新皇帝。《泰特斯·安德洛尼克斯》的大部分人物都在剧中死去，其人物设定对莎士比亚的戏剧创作生涯具有启动意义：塔摩拉预示着格特鲁德、麦克白夫人、里根和高纳里尔的诞生；拉维妮娅是奥菲利娅的先导；而泰特斯·安德洛尼克斯与李尔王有相似之处；路歇斯的行为和科利奥兰纳斯几乎完全相同。

莎士比亚最为中国读者熟悉的戏剧要属《罗密欧与朱丽叶》。这部戏剧的主要内容是：意大利维罗纳的两大家族——蒙太古和凯普莱特相互仇杀，但家族恩怨抵挡不住蒙太古之子十七岁的罗密欧和凯普莱特之女十三岁的朱丽叶相爱，两个年轻人秘密成婚。不久，在街头决斗中，罗密欧杀死了朱丽叶的堂兄提伯尔特，被判流放，出走他乡。朱丽叶被许配给贵族帕里斯伯爵，悲痛欲绝之际，在神父的帮助下，她喝了能使人昏厥如死的药水，让人以为她自尽身亡了，于是被送入墓穴。神父派人通知罗密欧，但听闻朱丽叶"死讯"的罗密欧没有等到信使，就赶回维罗纳。这一致命的擦肩而过铸就了悲剧的结局。当罗密欧闯进墓穴，被恰巧赶到的帕里斯阻拦，双方决斗，帕里斯死在罗密欧剑下。不知内情的罗密欧见到沉睡中的朱丽叶，以为永失所爱，也服毒自杀。过了一会儿，药效消失，朱丽叶醒来，看到爱人罗密欧为自己在墓穴中自尽，也拔剑自刎。一对有情人不幸双双殉情，双方家人受到震动由此和解，共同为这对情侣塑造金像，永志纪念。

《罗密欧与朱丽叶》是莎士比亚的第二部悲剧，这部悲剧是一部爱情悲剧，而不像《泰特斯·安德洛尼克斯》那样是政治悲剧，表明莎士比亚悲剧创作多元题材的开启。《罗密欧与朱丽叶》的人物、情节、结构都有了质的飞跃，相对于以往的悲喜剧更为成熟。为增强罗密欧和朱丽叶爱情的曲折凄美，莎士比亚以喜剧中的误会和巧合手法烘托悲剧氛围。不仅如此，剧中的墓穴意象具备深厚的基督教文化内涵，朱丽叶如同耶稣一样被送进墓穴，不久又"复活"，可是家庭恩怨最终没有让这位"女耶稣"迎来新生。这墓穴又如同女性孕育生命的子宫，可以诞生新生儿，也可能带来死亡。一般来讲，《罗密欧与朱丽叶》被界定为悲剧，但从情节脉络和结局来看,体现了莎士比亚对理想爱情的讴歌。两个年轻人为情而死,说明既然人世间的纷争难以让理想之爱永存,就用死亡让它长青。作品结尾,世代为仇的两大家族实现了和解,这不是悲剧意义上的结局,同时两大家族为罗密欧与朱丽叶塑造的金身塑像,也彰显着爱情永恒的信念。从这样的意义来看,《罗密欧与朱丽叶》堪称悲喜剧。

1596年,莎士比亚的喜剧创作也迎来佳作,这就是著名的《仲夏夜之梦》。作品的时间回到古希腊时代,但加入了大量中世纪和文艺复兴时期的元素,喜剧色调异常斑驳。雅典青年拉山德和赫米娅恋爱,另一青年狄米特律斯也爱上了赫米娅,但赫米娅的好友海伦娜爱狄米特律斯,四个男女为情所困,逃入森林。在森林中,仙王奥布朗和仙后提泰妮娅为琐事争吵。仙王命令小精灵帕克拿着爱情魔汁戏弄仙后,魔汁滴在谁的眼睛上,他就会爱上睁开眼看到的第一个人。仙王也知道森林中四个青年男女的爱情困惑,于是让帕克将魔汁滴给狄米特律斯。没想到,帕克阴差阳错地把魔汁滴在拉山德的眼睛上,结果拉山德醒来看到的人是海伦娜,便不停地向她求爱。仙王发现后,赶忙把魔汁滴到狄米特律斯的眼中。狄米特律斯醒来,看到正被拉山德追赶的海伦娜,于是两个人争先恐后地向海伦娜求爱。看到这样的情景,海伦娜和赫米娅都很生气。场景转换,为祝贺雅典公爵忒修斯和亚马逊女王希波吕忒的婚礼,雅典的六个工匠自组剧团,并进入森林排练,其中一个人被精灵变成了驴。帕克把魔汁滴入仙后的眼睛里,她睁眼看到变成驴的那个工匠,竟然疯狂地爱上了他。最后,仙王奥布朗解除魔汁的魔力,并和仙后提泰妮娅重归于好,拉山德和赫米娅、狄米特律斯和海伦娜、忒修斯和希波吕忒,有情人终成眷属,人间和仙境都复归太平。

《仲夏夜之梦》是莎士比亚喜剧最优秀的作品之一。首先,该剧以三线结构宣扬真善美。在创作时间上,《仲夏夜之梦》先于《亨利四世》,因此,是喜剧《仲夏夜之梦》的三线结构启发了历史剧《亨利四世》的双线结构。非单线的结构形成多头叙述,这是莎士比亚戏剧的特色之一。首先,《仲夏夜之梦》线索繁多,三线结构分别描述了平民、神和贵族三类不同的爱情故事。在这三类爱情故事中,以平民的爱情为主,以贵族的爱情为辅,以神的爱情为根。不过,显而易见的是,《仲夏夜之梦》宣扬的是真善美,正是主要人物对真善美的追求,才消弭了误会和争端,作品中根本没有显露出神的权威,人间的真善美代替了以往无所不能的上帝。其次,《仲夏夜之梦》复活了古希腊神话中的忒修斯和希波吕忒的故事。赫拉克勒斯夺取了希波吕忒的腰带,并将希波吕忒许配给了雅典国王忒修斯,再加上仙王和仙后的传说,使《仲夏夜之梦》的异教风格非常突出。幸运的是,此时英国处于国王操控的国教与天主教会的激烈对抗中,宗教思想和教会组织之间的矛盾异常尖锐,莎士比亚这部具有浓厚异教风格的戏剧在大喜庆、大团圆的氛围中得以幸免。最后,莎士比亚充分利用了欧洲民间传说。所谓的"仲夏夜",来自欧洲的"仲夏疯"传统。莎士比亚在作品中提升了仲夏疯的审美水准,通过喜庆和团圆的结局赞美爱情,表达了对理想的人际关系和生存状态的期待。正是因为现实中某些理想难以实现,莎士比亚才更迫切地在幻想中表达自己的期待。莎士比亚的喜剧其实是对真实生活的变形表现。

1597年,莎士比亚又创作了一部著名喜剧,这就是《威尼斯商人》,同样是多线结构。威尼斯商人安东尼奥是一位宽厚为怀的富商,与另外一位喜好放高利贷的犹太商人夏洛克恰恰相反。安东尼奥的一位好朋友巴萨尼奥因要向贝尔蒙特的一位继承了万贯家财的美丽女郎鲍西娅求婚,而向他告贷三千块金币。安东尼奥身边已无余钱,只有以他那尚未回港的商船为抵押品,向夏洛克借三千块金币。夏洛克因为安东尼奥借钱给人不要利息,影响高利贷行业,又侮辱过自己,所以仇恨安东尼奥,乘签订借款契约之机设下圈套,伺机报复。巴萨尼奥的求婚还算顺利。鲍西娅通过"三匣求婚"测试求婚者,只有一个匣子里放了鲍西娅的画像。虚伪的求婚者面对金匣子、银匣子和铅匣子,都虚荣贪婪地选择了贵重的匣子。

只有朴实的巴萨尼奥选择了铅匣子,赢得了鲍西娅的芳心,连他的仆人也和鲍西娅的女仆订婚。之后巴萨尼奥接到一封来自安东尼奥的信,因为安东尼奥的商船下落不明,按照契约,他要被夏洛克割去一磅肉,命在旦夕,所以想见巴萨尼奥最后一面。回到威尼斯后,巴萨尼奥百般恳求夏洛克刀下留情,但一直记恨安东尼奥的夏洛克坚持要求履行契约。鲍西娅女扮男装,化装成法官审理案件,她机智地要求夏洛克只割肉不许流血,而且不许有丝毫分量上的误差,最后逼其认输受罚。《威尼斯商人》通过展现友谊、婚姻、法律的情节，宣扬了正确的金钱观，反对人被金钱左右。所以可以说，在作品中不是鲍西娅用诡辩术战胜了贪婪，而是人的道德良知击败了邪恶，但因反面人物夏洛克的犹太民族身份使莎士比亚受到有反犹倾向的指责。犹太人长久以来一直是欧洲大部分民族攻击的对象，莎士比亚不是种族主义者，只是在文艺复兴时期的民族文化氛围中借用特定的符号而已。

第一阶段创作结束后，莎士比亚的新世纪新剧作以悲剧开篇，对喜剧的大团圆和现实的弊病所折射的反差进行了深入反思，并且在向历史悲剧的回归中，创作了《尤里乌斯·凯撒》。在这部作品中，古罗马共和国统帅凯撒征战四方，厥功至伟，有意成为罗马皇帝。元老院元老卡修斯拉拢凯撒最信赖的谋士与亲信布鲁图，布鲁图支持民主共和制度，因凯撒威胁民主共和制度，故而答应与卡修斯组成反凯撒联盟。在凯撒来到元老院时，布鲁图等人借故引开了他的得力大将马克·安东尼，然后群起而攻之，刺杀了凯撒。凯撒身负重伤却屹立不倒，但当他看到刺杀他的人当中有布鲁图，难过地说道："布鲁图，也有你吗？"然后倒地而死。在元老院外，安东尼知道凯撒遇害，立即当着罗马民众的面指责布鲁图等人。布鲁图等人原以为杀死凯撒会得到民众支持，但没有料到凯撒很得民心，加之安东尼的鼓动，民众群情激愤，站在了共和派元老们的对立面。布鲁图和卡修斯逃出罗马城，纠集军团与安东尼对抗，最终双双失败自尽。《尤里乌斯·凯撒》展现了莎士比亚的政治思考。莎士比亚对完美人格的赞美，不是从帝王将相的角度出发，而是从人的道德品质起步。从作品中来看，军事领袖凯撒、安东尼和治国精英布鲁图、卡修斯，尽管性格不同、身份有别，但都是襟怀坦荡的君子，他们之间的冲突不是正邪的对立，而是两种政治理想的矛盾，最终导致悲剧的结局。帝制可以集中国家的所有资源，进一步维护发展成果并持续扩张，所以帝制代替民主共和制已经是当时大势所趋。但民主共和能够减轻专权带来的土地兼并、两极分化，同时能相对有效地表达不同社会阶层的诉求，进而维护人的自由权利。国家处于十字路口，该何去何从、如何选择，拷问每个人的良心，这在当代也有重要的启发意义。政治理想的矛盾在布鲁图的演讲词中得到了精彩的展现："并不是我不爱凯撒，可是我更爱罗马，你们宁愿让凯撒活在世上，大家做奴隶而死，还是让凯撒死去，大家做自由人而生？因为他是勇敢的，所以我尊敬他，因为他有野心，所以我杀死他……这儿有谁愿意自甘下贱，做一个奴隶？"

《哈姆莱特》是莎士比亚最杰出的作品之一。丹麦国王死去，都城里常有鬼魂出现，王子的朋友霍拉旭拦住鬼魂，鬼魂却不理他而离去。在德意志威登堡大学求学的王子哈姆莱特回国，却见到叔父克劳狄斯即位，母亲格特鲁德和叔父结合，大受刺激。一天夜里，哈姆莱特在见到鬼魂时，发现那是自己父王的亡灵。亡灵告诉哈姆莱特自己被害的经过，原来是克劳狄斯趁他熟睡时向他耳内滴入毒药。哈姆莱特想为父报仇，但在数次有机会除掉克劳狄斯时都因为犹豫不决而丧失良机。为避免被克劳狄斯陷害，哈姆莱特装疯，拒绝心上人奥菲利娅的关心，甚至向奥菲利娅口出恶言。奥菲利娅的父亲波洛涅斯监视哈姆莱特，偷听哈姆莱特和他母亲格特鲁德谈话。哈姆莱特以为那是克劳狄斯，举剑杀死了波洛涅斯。奥菲利娅为此万念俱灰，发疯落水而死。哈姆莱特被派往英格兰，克劳狄斯欲借英格兰国王之手除掉他。但哈姆莱特修改了使臣携带的信件，又用父王的印信盖了章。英格兰国王展信一看，信上要求处死监视押送哈姆莱特的信使。哈姆莱特得以幸免于难，逃回丹麦。克劳狄斯设计，命哈姆莱特和奥菲利娅的哥哥雷欧提斯决斗。格特鲁德误喝了克劳狄斯为哈姆莱特准备的毒酒而死。雷欧提斯用染毒的宝剑刺中哈姆莱特，哈姆莱特在争斗中抢过宝剑又刺伤了雷欧提斯，两个人毒性发作。雷欧提斯死前与哈姆莱特和解，哈姆莱特临死前杀死了克劳狄斯，并请朋友霍拉旭将自己的故事告诉世人。

《哈姆莱特》是莎士比亚的四大悲剧之一，历来是研究和演绎的焦点。作品中的毒杀显示了人性的邪恶。在作品中，克劳狄斯用毒药残忍地杀害了兄长，篡夺了王位，娶嫂子为妻，满足了对权力和欲望的渴求。作品中的延宕意味着行动的难度。延宕，指现有某种状态的延伸和起伏。对于具体的戏剧作品来讲，延宕是作者在原本的尖锐的冲突和紧张的情节中，利用各种条件和因素，阻碍或干扰剧情立即出现高潮，以达到人物的矛盾冲突暂时和表面的缓和状态。延宕对于戏剧的功能，是用以退为进的方式为人物的矛盾冲突全面爆发做好铺垫，同时加强观众的期待心理。《哈姆莱特》中的延宕，主要表现在主人公哈姆莱特在复仇时的犹豫不决，他有多次机会杀死克劳狄斯，但他纠结于自身行为的合理性，造成复仇行为的终止，也就形成了戏剧情节上的延宕。哈姆莱特行为的延宕实际上揭示了多元化的深层的社会心理状态和本能欲求，大致有五个原因：其一，对既得利益过度留恋。这使人恐惧变革和未知状态，不愿改变现状，不想去争取不一样的结果或未来。其二，宿命观念的严格控制。在哈姆莱特看来，自己所面对的现实是神的设定，改变现状可能毫无意义。生命意味着宿命，原始的宿命观是人的行为的单一预先设定，而不会有多种可能。相比之下，现代宿命观则正好相反，两种宿命观本质上是人类不同发展阶段单一意识和多元意识的冲突。其三，哈姆莱特的恋母情结。从人的无意识层面来看，哈姆莱特的恋母情结使他对母亲强烈依恋，让他不能杀死母亲的爱人克劳狄斯。克劳狄斯的行为正是哈姆莱特的欲望体现，杀死克劳狄斯就是杀死自己的欲望，而波洛涅斯在其母亲房中偷听则是对自己欲望的侵犯，必除之而后快。在弗洛伊德心理学看来，欲望是人的本质，杀死欲望就是杀死人自己，这导致哈姆莱特屡次放弃复仇。其四，哈姆莱特的王子身份。从身份和性格来看，哈姆莱特是王子，从小娇生惯养、锦衣玉食、个性懦弱，虽然聪明、有思想、受过教育、有良好的判断力，但是缺乏大胆行动的勇气。其五，戏剧情节发展的规律。延宕是强调戏剧性的文学类型必需的组成要素，因此，《哈姆莱特》必然以主人公的迟疑不决作为延宕的基础，进一步激化人物之间的矛盾。

总体来看，与塞万提斯创造的堂吉诃德形象相反，莎士比亚塑造的哈姆莱特不是以大无畏的行动为特质，而是对行动的过程和结果再三斟酌，思想中充满矛盾和歧义，担心行动失败，更焦虑于行动的结果带来的影响。作品中的复仇主题意味着理智的深度。复仇原本是对仇人的非理性报复，是丧失理智的行为，但是哈姆莱特的复仇因其延宕而具有独特性，反而体现出理智的控制。哈姆莱特对杀死克劳狄斯犹豫不决，甚至还怀疑过父亲的鬼魂是魔鬼派来的邪灵。在他的意识中，复仇不是人的正常行为，会带来摧毁性的结局，因而是邪恶的。克劳狄斯对兄长的嫉恨引发了毒杀，哈姆莱特认为如果自己再向克劳狄斯复仇，同样是杀戮，也同样是邪恶的行径，自己就与恶人毫无差别。由此可见，哈姆莱特的复仇过程充满艰难的思考，体现了文艺复兴时期丰富的人文主义内涵。

总之，《哈姆莱特》是莎士比亚戏剧创作的巅峰作品。哈姆莱特形象是文艺复兴时期学识丰富、道德感强烈、有政治头脑、机敏过人的人文主义者代表，展示了莎士比亚对人的深入理解。文艺复兴思想发展到莎士比亚生活的年代，已经展现出不同于早期的特质，这一时期的人文主义者面对人的欲望泛滥，不得不进行更深入的思索。

人文主义事业在文艺复兴后期面临艰难的抉择，个人在社会面前力不从心。个体力量相对薄弱，无法抗衡封建王权和教会组织。欲望无限张扬不断摧毁人文主义理想，对于哈姆莱特和人文主义者们来说，"丹麦是一所牢狱，而世界是一所更大的监牢"。其中显示出与中世纪神学既有不同又有联系的思维方式，上帝逐渐隐退，而人的精神困境更加凸显。莎士比亚提出的解决路线是，弘扬人的精神力量，这与海明威的《老人与海》、现代存在主义哲学思想不谋而合。这一切，就是《哈姆莱特》的艺术价值。

《奥赛罗》是莎士比亚的四大悲剧之一。摩尔人奥赛罗是威尼斯公国军队统帅，和元老勃拉班修之女苔丝狄蒙娜相爱，尽管这场婚姻因为奥赛罗的黑人身份不被勃拉班修接受，但新婚夫妇二人还是冲破阻力，来到塞浦路斯。在塞浦路斯，奥赛罗任总督，负责抵抗土耳其人的进攻，苔丝狄蒙娜则陪伴在他身边。奥赛罗手下旗官伊阿古，既看不起奥赛罗的摩尔人身份，也妒忌被奥赛罗新近提拔为副将的凯西奥，于是伙同也嫉恨奥赛罗的青年罗德利哥筹划阴谋。一日，伊阿古和罗德利哥灌醉凯西奥，让他酒醉后殴打同僚，不明实情的奥赛罗将凯西奥撤职。然后，伊阿古一方面劝凯西奥向苔丝狄蒙娜求情，让奥赛罗恢复他的官职；另一方面故意让奥赛罗看到凯西奥从苔丝狄蒙娜的房间出来，他趁机进谗言，说意大利男女关系混乱，苔丝狄蒙娜心思缜密，当初拒绝众多追求者与奥赛罗结合，现在也可以与他人在一起。伊阿古的这些挑拨虽恶毒，却披着宽慰和爱护奥赛罗的外衣，还假装嘱托奥赛罗不要乱猜疑，说自己仅仅只是猜测，苔丝狄蒙娜应该是贞洁贤淑的妻子。这种用假意关心包裹诋毁的行径极具蛊惑性，完全使耿直粗心的奥赛罗心烦意乱。然而，天真善良的苔丝狄蒙娜对此毫不知晓，为凯西奥向奥赛罗一再求情，态度稍显急躁。奥赛罗回忆起当初代替自己向苔丝狄蒙娜求爱的正是凯西奥，现在两个人似乎一唱一和，其中一定大有隐情。内心的煎熬让奥赛罗失眠，身体不适，苔丝狄蒙娜用手帕为他擦头，被他打落，这手帕是奥赛罗家传的珍品，也是给苔丝狄蒙娜的定情物。伊阿古趁奥赛罗和苔丝狄蒙娜感情出现危机，通过自己的妻子——苔丝狄蒙娜的女仆爱米利娅，将手帕偷出来交给他，然后向奥赛罗谎称手帕已经在凯西奥那里。奥赛罗终于爆发，让伊阿古除掉凯西奥。夜深人静，伊阿古和罗德利哥伏击凯西奥，双方争斗，结果罗德利哥身受重伤，凯西奥腿伤致残。伊阿古担心阴谋败露，将罗德利哥杀死灭口。此时，苔丝狄蒙娜预感到生命的尽头不远，她吟唱了一首英格兰民歌《杨柳歌》。奥赛罗在苔丝狄蒙娜睡熟后将她吻醒，不顾她的哀求将她掐死。爱米利娅向奥赛罗诉说了手帕失踪的真相后，被赶来的伊阿古杀死。奥赛罗明白自己被伊阿古欺骗，杀死了忠贞的妻子，他怒斥伊阿古，并刺伤了他，战友也向奥赛罗承诺，伊阿古将受酷刑惩罚。奥赛罗恳请凯西奥原谅自己，最后他毅然决然伏剑自刎，倒在爱妻身边。

  从悲剧的震撼力量来看，《奥赛罗》丝毫不亚于《泰特斯·安德洛尼克斯》和《哈姆莱特》，它有自身独特的气质。首先，作品塑造了黑人主人公形象，奥赛罗是摩尔人，所谓摩尔人，指信仰伊斯兰教的北非或西非黑人。在文艺复兴时期，莎士比亚率先在戏剧作品中塑造了黑人主人公，具有开拓意义。黑人身份突出了奥赛罗在个人经历、宗教信仰、价值观等方面的独特性，为人物之间的矛盾冲突增加了分量。其次，作品细致地描绘了通向悲剧结局的过程。通过人物言行，莎士比亚描绘了主人公悲剧命运的发展演变。伊阿古是理查三世一般的恶人，他阴险恶毒，因恨生恶，善于挑拨离间，策划阴谋；奥赛罗和李尔王相似，耿直愚鲁，因疑生嫉，偏听偏信，造成不可挽回的损失；苔丝狄蒙娜像奥菲利娅，是真善美的化身，却不谙世事，因爱生悲，蒙冤受屈，惨遭杀害。伊阿古、奥赛罗和苔丝狄蒙娜都是文艺复兴时期人文主义者形象的变形，他们的弱点和不幸是知识分子思考的形象化结晶。最后，作品宣扬了理想人格的内涵。既然伊阿古、奥赛罗和苔丝狄蒙娜都有弱点和不幸，那么为避免人的悲剧命运，理想的人格应该有哪些内涵呢？相对于伊阿古、奥赛罗和苔丝狄蒙娜，莎士比亚的理想人格必须具备以下条件：身心健全、知识丰富、判断力与理智兼备，社会经验和健康情感丰富的同时信仰坚定。

《李尔王》是莎士比亚的四大悲剧之一。这部作品有历史剧的风貌，却加入了大量荒诞、恐怖、幻觉、疯狂的元素，艺术气息更为浓烈。因此，《李尔王》被称为四大悲剧之首。不列颠国王李尔晚年欲将国土分给三个女儿，便让她们诉说对自己的孝心与爱，大女儿高纳里尔和二女儿里根夸夸其谈，唯独三女儿考狄利娅真心爱父亲，没有多言。李尔王发怒，只将国土分给高纳里尔和里根，而将考狄利娅远嫁法兰西。葛罗斯特伯爵的儿子爱德伽被弟弟爱德蒙陷害，离家出走，改名汤姆，浪迹天涯。李尔退位，受到两个女儿排挤，最后伤心欲绝，成了疯子，身边侍从散尽，财产也被瓜分，只有忠臣肯特伯爵对他不离不弃。主仆流浪中遇到化名为汤姆的爱德伽，一行人相依为命。不久，葛罗斯特伯爵遇到李尔等人，收留他们。爱德蒙又使毒计，向高纳里尔和里根告密，导致葛罗斯特双眼被剜出，成了瞎子，也和李尔踏上了流浪之路。高纳里尔和里根都对爱德蒙示爱，三人勾搭成奸，高纳里尔又和里根相互妒忌，高纳里尔向里根暗中下毒。考狄利娅在法兰西知悉父王受难，亲率法兰西军队前来救援李尔，但被爱德蒙击败，李尔和考狄利娅被俘，爱德蒙密令绞死考狄利娅。爱德伽向高纳里尔的丈夫检举爱德蒙的阴谋，并在决斗中杀死爱德蒙。高纳里尔和里根发觉奸情败露，里根因毒药慢性发作而死，高纳里尔自杀。李尔抱着考狄利娅的尸体崩溃而死。

《李尔王》是一出老人悲剧，它最为成熟，充满人生经验和智慧。首先，在形式和手法上包含广泛。从这部剧作来看，莎士比亚一再重复历史剧的某些观念，比如对国王的观念、反对私生子和无能的嫡长子，又加上了讽刺宫廷淫乱的细节，同时凸显出莎士比亚宽广包容的胸怀，将法兰西国王作为慧眼识真情的人物，正是法兰西国王娶走了考狄利娅。此外，不吝使用多种喜剧手法——误会、巧合、多线，使作品结构复杂，蕴意无穷。其次，体现了对人更深入的反思。《李尔王》中的李尔是一个年老昏聩、刚愎自用、虚荣武断的形象，但他又是内心善良、对亲情无比渴望、愿意付出所有的人物。简言之，李尔身上包含了人的优点和缺点，是众多人物形象的集合，表现了人的过去、现在和将来。最后，剧中超常规元素运用增多。《李尔王》是莎士比亚运用超常规元素最多的一部作品，剧中加入了酷刑折磨、梦魇幻象、血腥复仇、残忍屠戮、阴谋算计、疯狂致死、浪迹天涯等不适宜在舞台上进行常规表演的细节。这些细节既有现实主义风格，又有超现实主义气度，现象和意象配合紧密，凸显了人物的性格和精神状态。从流浪主题来看，李尔王一行汇聚了多种流浪汉形象；从纯真诚实的个人品质来看，考狄利娅坚强、淳朴、重视亲情，是莎士比亚悲剧中最完美的女性，同时是欧美文学作品中的优秀女性形象；从忍辱负重、委曲求全来看，爱德伽的形象极具魅力，最后他报仇雪恨，大快人心。

《麦克白》是莎士比亚四大悲剧的最后一部。苏格兰王邓肯的表弟、大将麦克白抵御外敌入侵，立下赫赫战功，回来的途中遇到三个女巫，女巫预言他能得到王位，但他的战友班柯的后代也能得到王位。国王邓肯对麦克白加官晋爵，并在麦克白的城堡留宿。麦克白夫人知道了女巫的预言，怂恿丈夫杀害了国王，并嫁祸给国王的卫士。邓肯被害，麦克白即位称王，因恐惧班柯的后代颠覆自己的王位，竟屠杀战友班柯全家，但其子却侥幸逃走。麦克白受不了良知的折磨，引发幻觉，看到了班柯的鬼魂。麦克白又找到女巫，希望知道自己更多的命运，女巫给他三个警示：提防大将麦克德夫；任何由女性赋予生命的人都无法伤害他；只有勃南森林向麦克白的邓西嫩城堡移动时，他的军队才会落败。麦克白杀害了麦克德夫的家人，麦克德夫独自逃走，与邓肯王的儿子马尔康会合，起兵讨伐麦克白。他命令士兵用勃南森林的树枝做掩护，向邓西嫩进攻，远看就像是森林在移动，导致麦克白军队军心动摇。麦克白夫人在惊恐和焦虑中死去。此时的麦克白只能做最后挣扎，依仗女巫的最后预言奋力死战。当听到麦克德夫说自己是未足月剖宫产而生时，麦克白瞬间失去勇气，但他仍拒绝投降，死战到底，最后被麦克德夫斩杀，一代野心家就此消亡。

《麦克白》是莎士比亚根据历史记录改编而成的。在苏格兰史料中，麦克白是有名的明君和将军，但其生平事迹往往被后代人任意改编。如果《李尔王》是从正面人物出发，表现其性格和思想意识；那么，《麦克白》就是从反面人物出发，揭示其堕落和毁灭的因由和过程。但这种揭示又不完全是平铺直叙，仍是通过加入较多的超常规元素，突出超现实主义气息。最为经典的是麦克白身边的三个女巫，这是向古希腊罗马神话传说借鉴的结果，三个女巫是命运的象征，她们的预言既营造了神秘氛围，又为剧情发展做好了充分的铺垫。麦克白和麦克白夫人是欲望的化身，麦克德夫、班柯和邓肯等人是对社会秩序的隐喻，双方的冲突标志着权力的更迭，也是人性缺陷的显现。毫无疑问，麦克白弑君杀友，篡夺王位，大逆不道；麦克白夫人渴望权力，助纣为虐，两个人都是邪恶的人物，最后自取灭亡。但是莎士比亚没有丑化麦克白和麦克白夫人，而是重点表现他们在作恶后的内心挣扎，尤其是麦克白在杀害国王和战友前后犹豫不决、痛苦懊悔的心理状态，并用麦克白夫人的焦虑惊恐作为辅助，体现出莎士比亚对人的心灵多元状态的探索。

在莎士比亚的悲剧中，人物形象有其鲜明的阶层特征，多是社会中上层统治阶级及其亲眷，莎士比亚表现了他们的痛苦、矛盾、孤独和悲情，渲染了恐怖气氛。莎士比亚的悲剧和喜剧中都有恶人形象，但是两者大不相同，喜剧中的恶人是个人品质方面恶劣，而悲剧中的恶人是人性邪恶。可以说，莎士比亚悲剧中的恶人是喜剧中的恶人的极端化，也是基督教七宗罪的具体化，更是对人理解的深化。悲剧的主人公善于自省，内心处于矛盾挣扎中。这样的悲剧主人公是思想者的化身，在面对特定的敌对力量时，他们显示出人性的不同弱点，并且常常以死亡为结局。比如，哈姆莱特面对克劳狄斯、奥赛罗面对伊阿古时，显示出不同的个人缺点，但如果二人对调，则可能不会出现不幸的后果。

莎士比亚在戏剧创作生涯的末端创作了一部历史剧和三部传奇剧。历史剧是《亨利八世》。三部传奇剧是通过奇幻外壳寄托不可实现的理想，这是人文主义陷入危机的产物，也是文艺复兴大潮退去的标志。传奇剧的代表作之一是《辛白林》。辛白林是对抗罗马的不列颠国王，他曾放逐了大臣塔拉律斯。塔拉律斯拐走了辛白林的两个儿子，自己改名摩根，给两个孩子也起了假名，一直流落深山老林。辛白林的义子波塞摩斯和自己的女儿伊摩琴相恋，辛白林震怒，将波塞摩斯流放到罗马。波塞摩斯和当地的无赖阿埃基摩打赌,说不列颠的女子最贞洁,阿埃基摩没法得到伊摩琴的芳心。于是,阿埃基摩到不列颠,花言巧语取得伊摩琴的信任,并让伊摩琴答应帮他保管一个装有宝物的大箱子。而狡猾的阿埃基摩乘人不备,自己藏身于箱子中,住进了伊摩琴的宫中。夜深人静,伊摩琴的卧室旁,阿埃基摩从大箱子里爬出来,偷走了伊摩琴的手镯。阿埃基摩把手镯交给波塞摩斯,波塞摩斯误以为伊摩琴变了心,请自己的朋友毕萨尼奥杀死伊摩琴。此时,辛白林的王后也妒忌伊摩琴,将安眠药当成毒药给了毕萨尼奥,骗他说是一瓶补药,带给伊摩琴喝掉。毕萨尼奥不忍杀害伊摩琴,给了她那瓶药,放走了她。伊摩琴流浪到深山,见到了摩根和两个兄弟,他们彼此不知对方的真实身份。一天,伊摩琴误喝了安眠药,像死了一样,摩根等人只好为她举行葬礼。伊摩琴醒来以后继续流浪,遇到了渡海前来的罗马军队,被扣为人质。原来,罗马军队进犯不列颠,直接起因在于辛白林拒绝向罗马进贡,而波塞摩斯和阿埃基摩也在罗马军中,波塞摩斯后悔指使人杀害伊摩琴。战争开始,辛白林军队溃败,关键时刻,摩根也就是老臣塔拉律斯和辛白林的两个儿子表现神勇、战功卓著,击退了罗马军队,波塞摩斯也调转矛头,攻击罗马人。辛白林趁机反败为胜,俘获了罗马将军和阿埃基摩,但也误将波塞摩斯当成罗马士兵抓了起来。在辛白林审问战俘时,阿埃基摩招供,王后的阴谋也被人供出,误会解除,有情人团聚,塔拉律斯也向辛白林道明拐走孩子的真相,并得到谅解。辛白林一家团圆,恶人都受到应有的惩罚。

莎士比亚戏剧创作的情感曲线是前期热烈、中期深沉、后期舒缓。评论界一般按照历史剧、喜剧、悲剧和传奇剧的类型来划分。研究者习惯把莎士比亚的《哈姆莱特》《奥赛罗》《李尔王》《麦克白》合称为四大悲剧,把《仲夏夜之梦》《皆大欢喜》《第十二夜》《威尼斯商人》合称为四大喜剧。

莎士比亚光耀文学史的诸多作品,有其独特的历史背景。1588年,是英格兰发展史上的拐点。西班牙无敌舰队在英格兰海岸惨败,英格兰从一个边缘化的二流小国成为全欧洲瞩目的新兴国家。英格兰举国上下欢欣鼓舞。此后,在长期对抗西班牙的过程中,暗战、冷战、热战交替上演,英格兰取得了大部分的胜利,对尼德兰地区的支援，也让英格兰获得了道义上的优势。可以说，在当时的欧洲，英格兰起到了支持弱小国家自由解放事业、反抗罗马教廷和封建帝国压迫的作用。英格兰的国内经济也欣欣向荣，亨利八世时代的"圈地运动"，让新兴的资产阶级获得了第一桶金；在伊丽莎白一世统治期间，粮食价格超过了羊毛价格，土地退牧还耕，农业技术迅速发展，农业产量迅速提高，农产品数量质量都显著提升。农业是社会发展的基础，工业因农业的振兴而飞速赶超其他欧洲国家，新的技术发明和技术人才，让英格兰的纺织业、煤炭业、制糖业、炼铁业、玻璃制造业、肥皂制造业、制盐业等产业成为欧洲经济的龙头。农产品和工业产品的出口，促进了商业的繁荣，在欧洲各个城市中，英格兰商人和商品逐渐增多，英格兰公司纷纷出现，甚至到达欧洲以外的地方，为英格兰开拓市场和殖民地，如在北海有"东方公司"、在俄国有"莫斯科"股份公司、在非洲好望角有"东印度公司"。英格兰取得这些社会发展成就的同时，其民族性开始形成，宗教自由思想、人文主义思想、科学研究思想得到弘扬，关注自身独特的民族历史、民族文化和世俗思想成为文学创作的主题。但是，社会发展进步的同时，也造成不可避免的破坏，一部分人得到利益的同时，也伤害到另一部人的利益。英格兰的发展史，也是英格兰社会的危机史，从小到大，从隐性到显性，危机一直相伴。

　　文艺复兴时期的英格兰有四大阶级：第一等级是绅士，包括国王、大贵族、主教；第二等级是市民，包括城市市民和自由民；第三等级是乡绅，包括乡村中的中小地主；第四等级是穷人，包括农民、工人、手艺人、仆从。第一等级是统治者，其他等级是被统治者。社会上贫富分化极大，民脂民膏被统治者无偿占有，剥削日益加重。此外，英格兰的官场腐败非常严重，卖官鬻爵、偷税漏税、贪污腐败早已成为公开的事实；英格兰和西班牙的战争连绵不断，军费开支庞大，这些都转嫁到被统治者身上。英格兰人民的生存危机日趋严重，争夺利益、相互仇视、道德沦丧、人心糜烂，带给人民无尽的困惑和烦恼，单纯依靠上帝和教会已经不能解决社会各方面的矛盾。时代呼唤新文学和新人来表现生活、探索出路。因此，莎士比亚的戏剧就在这样的社会背景下提出新的人学主张，展现出新的艺术气质。

莎士比亚的历史剧，是关于英国历史上数位国王及其臣僚、家眷的戏剧，突出了英国民族和历史的独特性，反映了英国正在形成的民族特征，强调不同的君主施行不同的政策带来的不同结果，总结了社会发展经验，要求人遵从社会秩序，避免社会动荡，拥护国家统一，反对封建割据。莎士比亚的喜剧，是关于有产者世俗生活的戏剧，反映主人公在生活、事业发展过程中的起落兴衰，彰显了英国文化的深厚内涵。作品体现了人在世俗生活中的悲欢离合，强调幸福在人间，人间的纠纷人自身就可以解决，几乎没有上帝出场，而解决人的问题的关键在于智慧、知识、理性、宽容和真爱。莎士比亚的悲剧，是关于历史传说中的人物如何遭到毁灭的戏剧，重点是以史为鉴，以德为核，以死终结，以警人心，其意在说明文艺复兴时期英国社会的利益纠纷、阶级矛盾和文化冲突，全面展现出人的现实苦恼、精神困惑、情感纠葛等组成的生存困境。这些作品关注人天性中存在的缺陷如何导致人的毁灭和社会的瓦解：一方面，主人公和对立面人物的性格特征相互补充，形成对人性弱点的完整刻画，如奥赛罗和伊阿古，哈姆莱特和克劳狄斯，李尔王和高纳里尔、里根，等等。另一方面，主人公对唯一事物的执迷往往会蒙上他们的眼睛，影响他们的判断力，对爱欲、权势的过度追求，将使人的内心失去平衡。如果喜剧以大团圆结尾，是因为人重新找到了内心平衡，那么，悲剧中的人物没有找到平衡，最终只能走向毁灭。莎士比亚没有过多地探讨人性的善与恶，只有人的缺点和对缺点的克服是根本的，在这两种力量的交织中，人的缺点如果占据上风，必然是人不幸命运和道德沦丧的根源。莎士比亚的传奇剧，是关于民间故事中的传奇与奇迹的戏剧，以非基督教文化故事为主，倡导和谐、理解和包容，突出传奇色彩、神秘气氛和异教文化。这是莎士比亚在没有现实拯救力量的条件下，寄希望于神奇的世外桃源和异教神明。在理想社会的关照下，让人们对人和人之间的相互关爱、消除利益纠纷等抱有信心，并坚守到最后。

如果薄伽丘肯定人欲望的合理性，塞万提斯肯定人行动的合理性，拉伯雷肯定人追求的合理性，那么，莎士比亚揭示了人性内涵的复杂性。人由多种相互矛盾的特质组成，完美的人性必须以道德规范为核心。莎士比亚的戏剧对人进行了讴歌，但更有进步意义的是，他对人的缺陷进行了深刻展示，对人的复杂性有了清醒的认识，对人的力量有了深深的怀疑。正如他在《哈姆莱特》中借主人公之口说出的那样："人类是多么了不起的杰作！多么高贵的理性！多么伟大的力量！多么优美的仪表！多么文雅的举动！在行动上像一个天使！在智慧上像一个天神！宇宙的精华，万物的灵长！可是，在我看来，这一个泥土塑成的生命算得了什么？"

莎士比亚戏剧的发展脉络体现了他的人文主义思想的发展过程，展示了社会的演进变化和辽阔的生活场面，众多的人物和情节涉及社会各阶层、各领域的现实情况，表达了他对世界的细致思考和热烈情感。

第四章
启蒙主义文学

启蒙，英文是"the enlightenment"，有"光照、驱除黑暗"的意思。启蒙运动是指起源于17世纪中后期、囊括18世纪大部分时间、终结于法国大革命的，旨在反对封建主义、教会组织和农奴制度的欧洲思想解放运动。启蒙运动起源于荷兰和英国，蓬勃兴盛于法国，扩展到北欧、南欧和俄国，理论总结于德国，最大受益国是美国。文艺复兴运动是欧洲第一次思想大解放，那个时代的思想者张扬个性、理性和人性，人从神学权威中走向独立。到了17，18世纪，由于人文主义思想向纵深发展，科学技术推动了社会进步，资产阶级的经济政治力量有了显著增长。因此，在思想文化领域，资产阶级向封建君主和教会势力争夺话语权的斗争就更加迫切，启蒙运动由此产生。

第一节 启蒙运动

与文艺复兴运动一样，启蒙运动也奉行人文主义思想。启蒙运动的目的是运用古典主义时代的知识介入政治文化，通过思想解放运动，建立资产阶级话语权，实现资产阶级利益，摆脱封建王权的统治，挣脱教会组织的束缚，最终建立资产阶级性质的共和国或君主立宪国家。这就与文艺复兴偏重个性、道德、文化等方面的思想解放有了明显区别。启蒙运动作为文艺复兴的延续，继承并开拓了人学精神，在短短的一个多世纪里，就影响了整个欧洲，其气势之强、程度之深、速度之快，远非文艺复兴可比。但与文艺复兴运动没有统一的标准相似，启蒙运动思想家在观念、思想体系和思维方式层面都各有差别，如英国的洛克强调私人财产和自由都属于人的自然权利，神圣不可侵犯，而法国的卢梭认为私有制是人类不平等的根源。启蒙运动没有一个统一的组织或原则，即使是在同一个国家，不同的启蒙运动思想家也可能意见相左。启蒙运动兴盛于法国，但不能说启蒙运动的标准就是法国式的，比如法国思想家卢梭具有启蒙思想，但他同时捍卫中世纪的"神正论"，在文化上倾向于17世纪的新古典主义。所以，是启蒙倾向和其他思想倾向共同铸就了当时的思想家们，而不能将其他思想倾向作为异端排除在外。启蒙运动具有全方位的意义，不同思想家在不同领域之间积极交流互动，使彼此的思想在对立中相互吸引、借鉴，在传承、影响中保持各自的独立性。启蒙运动对当时人类的认识领域进行了一次全方位的总结、融合与升华，开阔了人的知识视野，再次深化了欧洲人对世界的理解和体悟，为革命时代的到来、现代工业的诞生和人文主义的深入发展做好了充足的准备。

启蒙运动的精神主体是启蒙主义思想。启蒙主义思想是一系列资产阶级哲学、科学、政治和文化思想的集合，反抗专制思想和思想禁锢。专制，指最高统治者独自行使国家权力的政治制度。专制在不同时期有不同的效果，未必一定是负面和消极的。但不可否认的是，专制极易导致极权，极权专制是极端利己主义在行政和思想领域的恶变。因此，启蒙主义的思想主张具有历史进步性。伴随启蒙主义思想兴起的启蒙主义文学，具有鲜明的时代进步性和独特性，相对于以往的文学形态，它不完全是对较为尊崇王权的新古典主义的反拨，而是在秉承启蒙思想的前提下，对以往文学思想和创作方法的继承和创新。启蒙思想继承了文艺复兴时期的人学传统，同时得益于哲学和科学的思想发展。14世纪至16世纪的文艺复兴，冲击了中世纪建立起来的神学权威，尤其是文艺复兴中的宗教改革，扫荡了腐败的教会，促使公教教会和新兴的新教教会调整了与世俗世界的关系，导致教会对思想意识的禁锢不断松动，自由思考和实验精神备受推崇。

第二节　英国启蒙文学

丹尼尔·笛福（1660—1731），名声显赫，是"一父三人"：欧洲现实主义小说之父、现代小说第一人、英国资产阶级代言人、早期资本主义社会记录人。笛福精通六国语言，有丰富的从商、从政经历，对英国资本主义经济和政治有深刻的体悟，1702年因参加反对托利党的政治斗争，被戴上枷锁示众。中年笛福顺应历史潮流，以写现代小说为业，竟然取得了意想不到的成功。笛福的小说凝练地记录了早期资本主义社会的发展面貌，《鲁滨逊漂流记》（1719）、《摩尔·弗兰德斯》（1722）是他的代表作。后者以一个女囚徒的历险为主要线索进行描写，最后主人公改邪归正，有强烈的新道德意味，显示了教育的意义。

《鲁滨逊漂流记》来自英国航海奇闻故事《环球巡航记》，1704年一名叫塞尔柯克的水手被船长丢弃在荒岛，几乎成了野人，直到1709年才得救。笛福受到启发，创作了《鲁滨逊漂流记》。小说中英国商人鲁滨逊·克鲁索自述冒险经历，他青年时违背父亲的意愿去巴西闯荡，赚取了第一桶金，但在贩卖黑奴途中船只沉没，他独自漂流到荒岛。二十八年间，他开发荒岛，建成了人间乐园，并驯服了原始人，给他起名"星期五"。这部小说表现了人的进取精神，鲁滨逊从一无所有到丰衣足食，从茹毛饮血到烹饪熟食，从寄居洞穴到营建家园，从荒岛游荡到驾船出海，这一切都是他的劳动创造出来的。因此，鲁滨逊不仅代表资产阶级商人，也是人类征服自然、不断发展进步的缩影。

《鲁滨逊漂流记》的意义非同凡响，表现的是人依靠劳动创造开发新世界的能力，人的善行就是以劳动满足自身生存发展要求。可以说，这部小说实际上是对伊甸园故事的改造。鲁滨逊是资产阶级的亚当，他坚信"空想自己得不到的东西，是没有用的""我的脾气是，只要决心做一件事情，不成功绝不放手"。因此，总体来看，这部小说通过强烈的写实倾向，形成三条解读线索：其一，小说歌颂了资产阶级勇于冒险、追求财富、丰富人生的意志品质，因此，鲁滨逊象征人类劳动创业的奋斗实干精神。其二，鲁滨逊在岛上孤独地与自然斗争，同时不断地向上帝忏悔，每一次改造荒岛的行动都伴随着对生存意义的反思，鲁滨逊身上，不再有堂吉诃德式的鲁莽，更多体现了作者笛福对人生价值的思考，因此，鲁滨逊象征面对孤独命运的反思精神。其三，这部小说营造了复杂艰苦的极限环境，形成荒岛文学主题，具有开创意义。与人类对立的存在自古就有很多——命运、神、妖魔，但笛福将这种对立存在拉回到人间，具体化、形象化，可以计算测量，客观可感，荒岛成为威胁人类生存和人类改造自然的双重象征，而在战胜疟疾、旱灾、地震后，鲁滨逊将地狱般的荒岛改造成伊甸园。这种对具体的对立面的改造行动体现了鲁滨逊充满自信与活力的斗争精神。总之，鲁滨逊是资产阶级的缩影，也是资本创业的人格化表达，他表现出来的不是服从天地，而是战天斗地、人定胜天。由此可见，这部小说不再以神学为中心，而是以资产阶级新人为中心。

乔纳森·斯威夫特（1667—1745），爱尔兰都柏林人，家境十分贫寒，后在伯父的抚养下长大，性格较为孤僻和偏激。十五岁时，斯威夫特被送入宗教气息浓郁的都柏林大学学习，他对宗教教育很反感，成绩平平，因而毕业时只得到"特许学位"文凭，致使他无法在社会上找到一份好的工作。斯威夫特在社会上闯荡多年，做过贵族的秘书、教士等很多工作，对资本主义社会的政治制度和经济状况有深刻的认识，后来成长为英国著名的讽刺小说家，他的作品种类繁多，富于战斗精神。《一只桶的故事》（1704）是散文集，全方位讽刺了英国社会，对宗教争端、伪科学研究（占星术等）、英国政治体制大加鞭挞。《使爱尔兰穷人们的子女不成为他们父母的负担的一个温和的建议》（1729）是一部散文讽刺作品，在作品中斯威夫特揭露了爱尔兰人民在英国统治者的压榨下已经到了赤贫的状态，所以建议爱尔兰的穷人们将自己的子女养育肥嫩，然后在市场上出售，这样可以让人吃饱穿暖，繁荣经济，数年后爱尔兰就会变成富有的国家。这是典型的反讽手法，目的是激发人们对事实真相的认识，启发民众的革命觉悟。他在写给当时著名诗人蒲柏的信中说，他写作的目的"不是取悦于世人，而是惹怒他们"，指出人们不愿意看到或忽视的社会弊病，以警醒人们。这一目的尤其体现在斯威夫特最著名的作品《格列佛游记》中。

《格列佛游记》的主人公格列佛医生出海遇到海难，漂流到小人国利立浦特，这里的人都只有十几厘米高，格列佛对于他们来说就是巨人，他们用绳索把格列佛捆结实，送往王宫。格列佛温顺的表现逐渐赢得了利立浦特国王和人民对他的好感，他也渐渐熟悉了利立浦特的生活方式。后来，邻国不来夫斯古侵略利立浦特，格列佛冒着敌人的箭雨，拉走了不来夫斯古海军的战舰，从而取得了战争的胜利。格列佛受到封赏，但不愿意听从国王的命令去消灭不来夫斯古，因而逃到不来夫斯古。利立浦特要求格列佛回国，还说要惩罚格列佛，刺瞎他的双眼。格列佛找到一条小船，装满小人国的牛羊，逃向大洋，被一条英国商船救走。第二次出海冒险，格列佛到了大人国布罗卜丁奈格，这里的人都是巨人，即使是小孩子，身高也有十多米高。现在，格列佛成了小人，他被一个农民抓住，当成玩偶为观众表演，累得半死。后来又被卖给布罗卜丁奈格的皇后，他向皇帝介绍英国的文明史，但皇帝对此嗤之以鼻。格列佛在大人国生活了一段时间后发现，大人国上到君王，下到臣民，虽然身躯庞大，但智慧过人、道德高尚。第三次冒险，格列佛来到飞岛列国，飞岛列国的国王和贵族住在靠一块磁石浮动的飞岛上，而平民百姓住在普通海岛上，如果不顺从国王的意愿，飞岛就悬浮在海岛上，遮挡阳光雨露，或者直接压下去，摧毁海岛上的城市。飞岛和海岛矛盾尖锐，常常发生对抗，飞岛上的国王和贵族喜欢空谈、生活空虚，国王、王子和王后都不能离开飞岛，其实和囚徒没有两样。格列佛后来还到了巴尔尼巴里，这里的拉格多科学院只会研究毫无实际意义的课题，比如从黄瓜里提取阳光、盖房子先从屋顶盖起、盲人为画家调颜色、用蜘蛛网代替蚕丝，民不聊生、土地荒芜。格列佛又到了巫师岛，见到了许多古代人物，比如亚历山大大帝、汉尼拔、庞培、凯撒、托马斯·莫尔，通过与古代伟人的交谈，格列佛了解到历史的真相，发现通行的历史教科书上错误很多。此外，他还领悟到，人类最好的政治制度是共和制。第四次冒险，格列佛来到慧骃国，这里有两种不同的生物：一种是智慧非凡的马，名叫慧骃；另一种是半人半猿、野蛮卑鄙的低等生物，名叫耶胡。马是该国有理性的居民和统治者，而耶胡则是马所豢养和役使的畜生。格列佛崇敬慧骃国的人民聪慧贤明，国家昌盛，但慧骃国人认为格列佛长相和耶胡一样，所以将他驱逐了。

《格列佛游记》的航海冒险主题，在古希腊《奥德修纪》中就已经出现了，文艺复兴时期的《巨人传》和笛福的《鲁宾逊漂流记》是同类题材的名著。然而，航海冒险小说的内涵却不尽相同，古希腊的神话传说侧重于英雄人物的传奇，体现人与自然的对立统一关系，是人类早期精神文明的产物；文艺复兴时期的《巨人传》展现了人的力量和意志，寻找神瓶的情节更是寓意开拓进取、追求知识，庞大固埃和巴奴日就是文艺复兴时期知识精英的代表；笛福的《鲁宾逊漂流记》的主人公鲁滨逊是英国资产阶级勤劳致富的缩影，象征人改造自然、追求财富的精神力量。斯威夫特的《格列佛游记》综合这些作品的特点，突出了作者对政治现实的讽刺和对理想社会的追求。

《格列佛游记》表面上利用童话幻想的形式，内在则加强了讽刺的力度，形成现实和幻想的统一。必须指出的是，斯威夫特是极其注重实际的，他也看到自己设计的理想社会有不现实的地方，慧骃国虽然崇尚理性，但斯威夫特对其最终的目标和统治方式都持怀疑态度。也就是说，理想没有经过现实检验，就必须保持警惕。

相当一部分英国小说家更重视人的道德的培养，通过搜罗丰富的社会信息，探寻新的信仰体系，希望在英国新教和社会道德两大领域找到新的结合点，以促进一代新人的成长。主要代表作家是塞缪尔·理查逊（1689—1761），他是清教徒小说家，坚信诚实、节俭和贞洁是社会新一代的核心价值观，而家庭是培养这种价值观的重要阵地。于是，理查逊的小说从小资产阶级女性的视角，写实性地再现了普通人的日常家庭生活，注重刻画人物的心理世界，反映人的真挚情感和道德情操，批评贵族和富人的骄奢淫逸，宣扬独立自主的婚姻观和严肃的恋爱观。他的代表作是《帕米拉》（1740—1741）、《克拉丽莎》（1747—1748）。理查逊曾为工厂里不识字的工人写家信，所以他的小说也使用书信体，影响到法国的狄德罗和卢梭等人。此外，他的小说情节哀婉，为偏重情感倾向的感伤小说开创了道路。

亨利·菲尔丁（1707—1754），是贵族之后，受过良好的教育，他的作品对英国小说发展具有里程碑的意义。他的《约瑟夫·安德鲁斯传》(1742)、《大伟人江奈生·魏尔德传》(1743)、《弃儿汤姆·琼斯的历史》(1749)、《阿米莉亚》(1751)等作品在内容上广泛而深刻地反映了英国18世纪的社会历史,揭露了贵族阶级的荒淫无耻,对普通民众的疾苦给予了深切的关注,呼唤社会重视道德信仰的重建。在形式上,菲尔丁的小说篇幅宏大,人物繁多且善恶性格相互对照发展,布局严谨,情节细密,常设置悬念,经常插入作者对社会问题的观点,由此菲尔丁自称其小说是"散文体滑稽史诗"。从目前西方文学界对菲尔丁的研究情况来看,菲尔丁影响到萨克雷、狄更斯等人,并可以与歌德、巴尔扎克、托尔斯泰比肩齐名。18世纪60年代以后,英国资本主义社会稳步前进,工业革命兴起,而启蒙主义却受到一定程度的遏制,原因在于资产阶级无限追求剩余价值的行为,造成社会两极分化严重,工人和农民成为最广大的受压迫者,启蒙主义者的理性王国化为空想,思想界对理性权威与道德信仰产生了怀疑,转而重视发自天性的情感。因此,情感因素在人类生活中的地位得到提升,英国小说也相应地转向表现人的感伤情绪。然而,小说虽然表现忧伤哀愁和怀念往昔的感伤情绪,但并没有摒弃写实、讽刺的倾向,只是作家们通过向小说中注入更多个人情感的方式,达到反映社会现实、重塑道德的目的。代表作品有奥利弗·哥德史密斯(1730—1774)的《威克菲尔德牧师传》,劳伦斯·斯特恩(1713—1768)的《项狄传》《感伤的旅行》。除了转向感伤情绪,由于对资本主义社会产生了绝望情绪,以及巴洛克因素的介入,另一部分作家还复兴了中世纪的神秘主义,在小说中出现了大量阴暗荒凉的古代城堡,描写暴力、恐怖、幽灵,渲染神秘阴沉的恐怖气氛,体现出人的绝望心境。18世纪的英国恐怖小说一般被称为"哥特小说",其创者是贺瑞斯·沃普尔(1717—1797),代表作是《奥特兰托城堡》。虽然这一时期的恐怖小说在情节上极为模式化,但成为后世侦探小说、犯罪小说和科幻小说的源头之一。

第三节　法国和德国启蒙文学

阿兰·勒内·勒萨日（1668—1747），是法国启蒙文学的开拓者，他的小说《吉尔·布拉斯》以流浪汉文学的形式，反映了法国社会的拜金主义和阶级压迫。孟德斯鸠（1689—1755），提出三权分立原则，要求彻底地反封建反教会，建立资产阶级共和国，代表作是书信体讽刺文集《波斯人信札》和政论文《论法的精神》。

伏尔泰（1694—1778），本名弗朗索瓦·马利·阿鲁埃，伏尔泰是他的笔名。他是法国启蒙运动第一干将，受到英国先进思想的鼓舞，在法国宣传启蒙主义，批判封建王权和教会。他的小说以哲理见长，著名的有《查第格》《老实人》《天真汉》等。《老实人》体现了伏尔泰对法国王权思想和怀疑主义的双重批判，小说的主人公最后来到乌托邦式的幻想国度黄金国，这是伏尔泰构想的新社会，可以作为空想社会主义思想的源头之一。伏尔泰并没有耽于幻想，而是将解决社会矛盾的途径落实在勤奋工作上，历经生活磨难后总结道："工作可以使我们免除三大危害：烦闷、纵欲和饥寒。"这是伏尔泰给出的最现实的社会改革方案，也符合资产阶级的价值观。

德尼·狄德罗（1713—1784），法国启蒙思想家、哲学家、戏剧家、作家，对启蒙运动贡献卓著。首先，他组织启蒙思想家编写《百科全书》，形成以他为核心的"百科全书派"。"百科全书派"虽然组织松散，但基本都具有唯物主义和无神论倾向，强烈地反对封建主义和教会组织，将愚昧、反动、迷信作为启蒙人民的对立面，提出建立人间自由平等社会的理想。其次，狄德罗是优秀的戏剧家，他反对新古典主义戏剧规范，认为文学审美就是客观反映生活。所以他提倡以日常语言表演普通市民生活的"市民剧"，不能借此娱乐大众，而是教育人民接受新思想，反对旧制度。最后，狄德罗还是启蒙小说大师。他的《拉摩的侄儿》《宿命论者雅克和他的主人》等都是著名作品。

让-雅克·卢梭（1712—1778），法国著名启蒙思想家、哲学家、教育家、文学家。卢梭的思想复杂，综合了新古典主义、启蒙主义和浪漫主义，因此他的作品形式多样。他的思想和创作脉络是：怀疑理想—反对精英—人民主权—回归自然。卢梭既是"百科全书派"的成员，又特立独行，与包括"百科全书派"的同人在内的启蒙思想家有深刻的矛盾。究其根源，卢梭受到基督教圣徒事迹的感召，比同时代的法国和英国的启蒙主义者都走得更远，也更具超越性。一般的启蒙主义者在反对封建贵族和教会的同时，主张建立资产阶级性质的国家，崇尚新的道德体系和宗教信仰，追求知识，遵从秩序，甚至有部分启蒙主义者要求以人性和理性代替宗教。卢梭对这些启蒙主义思想始终抱以深切的怀疑，进而发展到怀疑整个人类社会存在的合法性。在他看来，人的天性是最优越的，可一旦进入社会领域，在环境和制度等因素的影响下，人变得野蛮庸俗、崇尚暴力、愚蠢自私，所以，所谓的文明社会必将使人堕落，最终毁灭整个人类。这样一来，启蒙主义思想本身也遭到卢梭的怀疑和抵制，卢梭和自己从前在启蒙运动中的战友分道扬镳，走上另一条思想路径，即超越启蒙主义者的理性王国，突破由社会精英把持的统治特权。他在《社会契约论》中提出"人民主权"学说，宣扬最大多数人的权力意志，社会由人民控制，相对于统治阶级和特权阶级而言，人民是服从权力意志的普通劳动者，这样的思想不仅是用"人民主权"作为理性王国的对立面，而且也是迄今为止文学思想界最庞大的新人形象。而社会上一代新人的出现，必须以回归自然、回归本性为标志，自然中的人是最本真的人，是新人的最佳状态。

卢梭根据"人民主权"的理念，创作了教育巨著《爱弥儿》，他警告世人："凡是出自造物主之手的东西都是好的，而到了人的手上一切都变坏了。"所以，他从推动人类回归自然天性的目的出发，要求社会培养追求自由民主、维护公平正义、掌握知识技能、体格强健的新型公民。卢梭的思想观点成为1789年法国大革命的理论源泉，也启发了马克思等社会主义者，通过革命，解放生产力、解放人自身，从必然王国通往自然王国，使人的身心全面健康发展，实现人类大同。在这里应该注意的是，所谓的"自然王国"不是自然环境，而是人服从自己内心的规范，达到自由自在的状态，与受到约束和限制的"必然王国"相对。此外，卢梭还主张保留宗教。

后人对卢梭的评价呈现出鲜明对立的正反两方面，赞颂和抨击一直不断，从卢梭的人品，到他的言行举止，再到他的思想观念，都引发人们不休的争论，这与卢梭暴露自身缺点和恶习的名作《忏悔录》不无关系。《忏悔录》可谓前无古人后无来者，通过自我解剖将人性的丑陋一面刻画得淋漓尽致，是启蒙运动中宣扬个性解放的极端，但也成为后代作家暴露丑恶人性、批判社会的范本。而卢梭的另一部文学代表作是《新爱洛伊丝》，借 12 世纪教士阿贝拉尔和爱洛伊丝的传奇爱情悲剧典故，描写法国贵族小姐朱丽和家庭教师圣普尔的爱情悲剧，小说中歌颂纯真的爱情，反对封建贵族的包办婚姻，赞美田园生活，宣扬"人民主权"学说，号召人民推翻王权统治。

德意志在 18 世纪依旧分裂，没有形成统一的政治格局。18 世纪中叶，启蒙主义思想开始在德意志全境流传。70 年代开始，德意志爆发了一场声势浩大的文学解放运动，旨在反对封建割据势力，呼唤德国统一，提倡个性自由，崇尚真挚情感，歌颂美好自然，尊崇天才人物，充满斗争精神。因为 1776 年德国剧作家克林格尔创作了《狂飙突进》，所以，这次文学解放运动以此为名，称为"狂飙突进运动"。狂飙突进运动的基本内涵有三点：其一，弘扬个性自由和人生而平等理念；其二，崇尚人的自然本性和反抗思想束缚；其三，反对不公正的社会和追求民族统一。狂飙突进运动的领袖是文艺理论家赫尔德，但为德国民族文学奠基的是剧作家莱辛（1729—1781），他传播法国启蒙运动思想，在理论著作《汉堡剧评》和《拉奥孔》中指出，戏剧必须起到团结人民的作用。莱辛要求剧作家创作出德国民族戏剧，表现市民阶层的生活，宣扬反抗封建贵族和教会的思想，这些主张和狄德罗是一致的。莱辛以创作实践自己的理论主张，他的悲剧作品《爱米利娅·迦绿蒂》是德国第一部市民悲剧。此外，席勒（1759—1805）也是德国优秀的戏剧家，狂飙突进运动的主将之一，他的名作《强盗》宣传反封建暴政、追求个性解放，著名的《阴谋与爱情》反映了德国市民阶层与封建贵族的尖锐矛盾。

第四节　歌德和《浮士德》

约翰·沃尔夫冈·冯·歌德（1749—1832），德意志最伟大的诗人，卓越的思想家，启蒙运动和狂飙突进运动的主要领导者。歌德出身于官宦家庭，受到良好的教育：掌握了多种语言；对欧洲古典文化非常喜爱和熟悉；对绘画极为热衷，会演奏钢琴和大提琴，也善于跳交际舞；获得斯特拉斯堡大学法学博士学位；在自然科学研究领域，如地质学、植物学、动物学等方面都有重要成果。由于歌德在上大学期间生过一次重病，一名女炼金师照顾并治愈了他，所以歌德对炼金术也非常感兴趣，自建过炼金房，从事过相应的研究。可以说，歌德是一位知识巨人。

1770年，二十一岁的歌德获得博士学位，从大学毕业，就加入了德国思想家赫尔德领导的狂飙突进运动，和启蒙主义者们一起研究莎士比亚的戏剧，并创作了表达先进思想的文学作品。这段时期歌德的主要作品是《铁手骑士葛兹·冯·伯里欣根》，这部作品根据德国贵族英雄伯里欣根的传说写成。伯里欣根打击割据一方的大贵族，为民伸张正义，坚强不屈，但他寄希望于罗马帝国皇帝的力量，后来背弃了农民，并在战斗中遭到敌人的围攻而牺牲，是普罗米修斯式的悲剧英雄。此外，还有中国读者极为熟悉的《少年维特之烦恼》。但是，狂飙突进运动只是德国民族资产阶级发展不充分时期的新文化运动，缺少经济基础和政治保障，因而没有取得最终的成功。失落的歌德开始从政。

1775年，歌德来到德意志各邦国中相对开明的魏玛公国，成为公国的枢密顾问，还举荐了挚友和恩师赫尔德等人。歌德的设想是，通过在仕途上奋斗，为自己人生的成功和德意志的统一做出努力。这是歌德思考自身生命意义的重要转折阶段。以往，他只是从个体角度出发考虑问题，而在魏玛公国，他作为一个政治家要想掌控全局，就必须拓宽视野，让自己站在高的角度思考问题。所以，歌德的思想从个体走向集体，实现了自我和社会的统一。然而，在魏玛公国的时期也是歌德人生中最苦恼的阶段。魏玛公国是个缺少先进的手工业、商贸程度低、基本依靠农业的小邦国，人口约十万，首都魏玛城人口不过六千，政治上一潭死水，全因为年轻的统治者卡尔·奥古斯特公爵与歌德一见如故，才全力支持他进入魏玛公国的统治机构，并扶持和保护歌德的政治改革举措。然而，公爵的支持不能抵消既得利益集团的打击，歌德想革新魏玛公国的政坛，困难重重，只能采取迂回政策，和魏玛公国的政客们周旋。政客不讲道义，只讲利益。就这样，十年光阴虚度，歌德的作品数量寥寥，日常公务占据了他的主要时间，权谋算计磨损了他的创作激情，就如同作品中浮士德从政无果而终一样。1786年，歌德从魏玛公国出走，化名来到意大利，开始了意大利之旅。意大利是文艺复兴的发源地之一，也是古希腊罗马文化的汇聚地，历史遗迹、人文景观、秀美山水，让歌德获得了精神上的新生。可以说，意大利之旅获得的审美体验，使歌德融汇了启蒙主义的"狂飙突进"、新古典主义、浪漫主义思想，打通了个体理想、社会发展、知识理念和信仰体系的维度，人生境界得到了升华。回到魏玛公国后，歌德辞掉了主要行政职务，全力创作。

  精神上对各种先进思想意识的大综合，意味着不断地选择和更新、持续地怀疑和反思，所以，歌德在此后的生命中，内心始终处于矛盾状态，他必须经常将思想意识放置于实际生活中进行检验，得出自己的结论。这种检验的核心，就是他的文学创作。对于1789年爆发的法国大革命，他先因革命推翻暴政、恢复人性而支持，后因革命走向暴力、单纯仇杀而否定。1794年，歌德与席勒合作创办杂志和剧院，以古希腊文化为典范，创作德国新古典主义戏剧，继续弘扬文艺复兴以来的人文主义精神。在这一时期，尤其是挚友席勒去世后，歌德的作品呈现出多样性的面貌，有浪漫主义，甚至现代主义的某些特征，《浮士德》就是最好的例证。在歌德艰辛创作之下，还有其他题材和主题的作品问世。歌德的代表作《浮士德》在这一时期基本完成，实际上，这部诗歌体戏剧从1774年开始创作，断断续续一直延续到歌德去世前。1832年，歌德还在对这部作品进行校对，但没能完成第一遍校对核准工作，他就去世了。正是由于这部巨著跨越了五十七年的时光，它不仅反映了歌德本人精神演进的历程，也反射出18世纪后期到19世纪初叶的欧洲思想变化状况和社会发展趋势，更是对欧洲尤其是文艺复兴以来历史文化走向脉络的总结。从文学角度来看，《浮士德》在《荷马史诗》《埃涅阿斯纪》《神曲》《堂吉诃德》和莎士比亚戏剧之后，是对人学意识的再一次升华，以及对新人形象的又一次重塑。

《浮士德》既是诗歌体戏剧，也是生命哲理剧，虽非小说，但具有强烈的叙事倾向。作品分为两部。第一部没有幕，分为三十四场；第二部有五幕，分为十七场，每幕单独重新分场。戏剧结构前后不完全统一，可能是因为创作间隔太长，歌德的思想和形式划分标准都有所变化造成的。戏剧开场的《献诗》，是歌德于1797年在写作中追忆创作之初的情景，表述自己创作的艰辛和漫长，与正文没有太大关联。接下来的"舞台序幕"是歌德仿照印度诗人迦梨陀娑的戏剧《沙恭达罗》的序幕而作。"舞台序幕"似乎和正文关联也不大，它讲述了三个人物对戏剧演出的观点——剧团团长从商人追逐利益回报的角度出发，认为戏剧必须满足观众的爱好，这样才能获得丰厚的利润；小丑认为戏剧就是娱乐观众，让大家开心；诗人认为戏剧要为艺术而艺术，创作出真正的艺术精品。从文学艺术的角度来看，当然是诗人的观点是正确的，但综合来看，任何人的观点都可能正确，艺术也需要物质基础和观众拥护。也就是说，这三种人的三种观点各有利弊，没有一个是完满的。这就意味着三个人的观点暗示了本剧的主题：唯一不是完整，万物皆有联系。

所以，"舞台序幕"这一节是歌德意在用不同观点的交锋，为正文中出现的相似场景提前做好思想铺垫。从"天上序曲"开始，诗剧正式拉开帷幕。"天上序曲"是《浮士德》全剧的开场白，起着总领全剧的作用。最先登场的是三位天使长，依照从低到高的品级次序分别歌唱上帝的创造力量，末位天使长拉斐尔赞颂天国的伟大，中位天使长加百列赞美地上的繁荣，首位天使长米迦勒歌颂万物的运动，然后三位天使长合唱，升华了对上帝的讴歌："天使们见到，获得生力，虽然无人能究其根源；你所有的崇高功业，像开天之日一样庄严。"然后，本剧头号反面人物低等魔鬼梅菲斯特出现，宣扬人类的堕落不可避免，蓄谋破坏人类社会的发展。梅菲斯特在唱段中尤其强调，人"称之为理性，应用起来比任何野兽还要显得粗野"，还说人"像长腿的蚱蜢一样，总是在飞，飞飞跳跳，立即钻进草中唱起老调；如果老钻在草中倒也太平！偏看到垃圾堆，就把鼻子伸进去"。《浮士德》中梅菲斯特的唱段里，人运用理性的结果是比野兽还粗野，也就是说，歌德强烈地意识到，理性没有给人带来进步，反倒是引发了倒退。这是现代主义和后现代主义对理性的认识，而歌德和卢梭早已对此了然于胸。因此，在梅菲斯特那里，人用于征服世界、探知宇宙秘密、最引以为傲的理性失去了光环，成为对人的反制力量。梅菲斯特唱完，上帝也登场了。他责备梅菲斯特总是发牢骚，对世界总是不满意。应该注意的是，上帝原本和梅菲斯特是水火不容的关系，代表善与恶的两个极端，但在这里上帝却没有依靠无上的力量消灭梅菲斯特，而仅仅是责备他的小缺点，丝毫没有提及他的罪恶。上帝与梅菲斯特代表两种极端的力量，辩证生成，互生互动。上帝和梅菲斯特相约以浮士德打赌，上帝认为浮士德经过考验一定会得救，而梅菲斯特认为浮士德最终一定会堕落下地狱。上帝说道：

只要他在世间活下去，

我不阻止，听你安排，

人在奋斗时，就会迷误。

上帝和魔鬼梅菲斯特订立赌约，这是诗剧中的第一次订约；梅菲斯特又与浮士德订约，满足浮士德的所有要求，浮士德死后将灵魂献给魔鬼，这是诗剧中的第二次订约。《浮士德》中的两次订约是对《圣经》情节的现代翻版。相似的情节表明，上帝和魔鬼对人有两种不同的信念，即坚信人通过考验可以得救和人在考验中堕落下地狱。这两种信念所争夺的是本剧的核心人物——浮士德：

上帝（人可以得救）←浮士德→魔鬼（人必将堕落）

这是全剧的基本结构，它体现出作为人类代表的浮士德是否能得救，是全剧的主要矛盾。其根本问题是人的最终救赎问题。

第一部第一场：书房夜。开场，在狭小的书房内，主人公亨利·浮士德登场，他此时已经步入老年。这种情况类似《卡勒瓦拉》或海明威《老人与海》中的主人公，又暗示人类发展的现状。经年久月的皓首穷经，让浮士德掌握了所有可以接触到的知识，但知识的充盈却让他备感空虚。浮士德在掌握知识的基础上试图超越现有状态,从知识走向魔法,而不是皈依基督教。事实上,浮士德本身也不是基督教徒。在诗剧中,浮士德所依靠的魔法,可以作为在具体技能和抽象知识之上的玄学的象征。浮士德试图通过只可意会不可言传的魔法——玄学领域,认识到更高层的知识,了解更多的秘密,以摆脱人生的困境。

浮士德翻开记录古代神秘信息的典籍,发现了一个表示宇宙的神奇符号,我们不知道这个宇宙符号的形态,但从浮士德对它的赞美中可以感知,它有可以令人获得青春活力、让人备感欢欣鼓舞的功能。但是,浮士德很快发觉,这个关于宇宙的符号自己接收不到,这象征着宇宙终极真理与人的天然隔膜。因此,浮士德不得不寻找其他办法。他又看到第二个符号——地灵符号。于是,浮士德念诵咒语,呼唤地灵出现。地灵现身,却非常鄙视浮士德,没有听从他的呼吁,径自消失了。地灵其实象征与基督教不同的古代异教文化,浮士德呼唤地灵出现,是想通过与现有主流意识形态不同的异质文化,来达到超越现状的目的。但是地灵却将人视作低等的生物,拒绝帮助浮士德,这就是说,浮士德与异教文化也存在隔膜。两次失败,给浮士德造成了更严峻的困境。这时,浮士德的学生瓦格纳来探望老师,两个人随即对知识的作用和价值进行了争论:浮士德的观点是彻底寻求知识的最后是空虚;而瓦格纳的观点是要穷尽一切知识,他虽然已经知道很多,但还要全部。可以说,瓦格纳是下一个浮士德。但两个人的争论还隐含一个问题,就是浮士德人际关系脆弱问题。浮士德对宇宙符合和地灵符号的乞灵行动,都以失败告终,只能回到现实生活中。然而,他无依无靠,孑然一人,唯有和瓦格纳的师生关系,但就是这样的关系其实也极为粗疏和具有隔膜,瓦格纳根本无法体悟老师内心的苦楚,浮士德也没办法劝导瓦格纳发现知识带来的人生绝境。两个人无法真诚有效地交流。浮士德发现知识、魔法和人际情感,这三者都无法使自己摆脱绝境后,他对书房内的一切进行了诅咒,然后拿出一个小烧瓶,作品中有暗示这可能是毒酒,因为喝后死去会下地狱遭到火烧。但在他正要喝下的一瞬间,窗外传来天使、信教的妇女的歌唱,以及教堂的钟声,浮士德内心受到强烈震动,放下了手中的小烧瓶。这一情节暗示浮士德最终得救的方向,仍然是皈依基督教。

第二场:城门外。浮士德与瓦格纳在散步,遇到了许多人,有学徒、使女、学生、市民、老婆子、年轻姑娘、士兵和农民，人们欢声笑语，有时还载歌载舞，非常热闹。每一种人的语言、神态和行为都不一样，呈现出一种多声部和狂欢化的特征。人群中一个老农民向浮士德敬酒，众人都祝愿浮士德。这又是在暗示浮士德最终获得救赎的方式。面对民众，浮士德欣然接受祝福，内心无比喜悦，人生的绝境似乎已经暂时得到摆脱。第二场末尾，浮士德和瓦格纳讨论人生、精神、知识等问题后，看到一只狮子狗尾随他们，那是梅菲斯特的化身。从以上分析来看，"天上序曲"、第一场、第二场是诗剧的开端，其作用是：首先，总领全剧，提出基本结构、主要矛盾；其次，揭示主人公的人生绝境，是掌握知识之后的空虚；最后，暗示走出绝境的办法是让个体走向社会，让自我走向他者，即面向活生生的社会生活中的人们。

第三场和第四场：魔鬼现身。在第二场结尾，浮士德坦承他心中有两种诉求：一种是期待自己能超越人间生活，另一种是享受世俗欢乐，这其实就是灵与肉的矛盾。对于每一个人来说，都是既有理性信念，又想满足欲望，这是正常的人性诉求，也是文艺复兴以来一直肯定的人的本性。然而，这也意味着，人必须面对信仰和欲望这两种力量的撕扯，人的内心处于纠结中难以平静，这是人的命运。处于矛盾中的人选择人生的道路，呈现出趋向善或趋向恶的状态。浮士德正在翻译希腊文的《新约》，其中有一句"太初有道"，浮士德将其翻译为"太初有为"。浮士德将"有道"翻译成"有为"，是试图将上帝的道，转化为人类的为；将理论知识，转化为实际能力；将抽象原理，转化为现实力量。这是人在理性思维下必然的选择。

尾随浮士德的魔鬼梅菲斯特来到浮士德的书房，利用人的这一心理，连续引诱浮士德服从自己的权威。这一情节暗示出，人的行为存在毁灭人自身的危机。浮士德和梅菲斯特达成约定：梅菲斯特帮助浮士德满足他在世间的一切要求，浮士德死后成为他的奴仆，一旦浮士德喊出："停一停吧！你真美丽！"就意味着他的生命即将终结。这句话中的"你"象征人类的欲望。作为人类的代表，浮士德认为，人在世间的欲望无限，一定能不断进取，不会有所停留，生命就一定可以延续；人的欲望一定会让人保持永恒的运动与活力，如果欲望停滞，那就意味着人已经没有想实现的愿望，进而造成进取精神的消亡，也等同于人的生命终结。所以，梅菲斯特可以劫走浮士德的灵魂，供他驱使和压迫。然而，自以为拥有巨大力量的人和邪恶的魔鬼订约，仅仅是为不断满足自身一个比一个强烈的欲望，这必然会引发一系列悲惨不幸的事件。欲望越强烈，结局越不幸；结局越不幸，反而刺激人更强烈的欲望。由此陷入恶性循环，人丧失了理智，完全倒向魔鬼。这不是歌德抽象的理论总结，而是从他自己的人生经验中得出的宝贵教训。在现实中，人的恶就是对欲望失去控制。从诗剧第一部的第一场到第四场可见，给浮士德带来不幸的不是知识，而是他在拥有知识后，不知道下一步前进的方向，从而陷入了精神的空虚。换句话说，人是理性、情感、信仰三位一体。浮士德的绝境，不是知识引发的，而是片面地将人生意义寄托在理性上，忽略了对情感和信仰的追求，造成人性的失衡，从而无法体悟到人生的意义。最终，浮士德想满足人生的各种欲望，和魔鬼梅菲斯特订约，走向堕落。综上可见，浮士德是"失衡致堕落"。

第五场至第二十场：感官享乐。堕落的浮士德，在梅菲斯特的引诱下，从感官享乐开始，满足自身的欲望，形成人欲望的具体化。浮士德迫不及待地和梅菲斯特来到酒馆准备痛饮一场，但老年的浮士德力不从心，并和其他年轻人发生了冲突。为了能让浮士德返老还童，梅菲斯特将他带到女巫的炼丹房，先让他在魔镜中看到美女，刺激他的性欲，然后给他喝下魔药，浮士德重获青春，变成英俊青年。不久，浮士德结识了小家碧玉格雷琴，她家庭清贫，心地善良，对美好爱情充满期待。浮士德在梅菲斯特的帮助下，依仗英俊的外表和高雅的谈吐，很快俘获了格雷琴的芳心。格雷琴并不是现代意义上的知识女性，而是一个视野狭窄、追求单一、思想单纯、文化程度不高的年轻女子，她对浮士德投入了全部的感情，诗剧中经典的摘花瓣测爱情，体现了格雷琴的全部意识水平。格雷琴很快将自己的贞洁和未来献给浮士德。由此来看，格雷琴因陷入爱情而丧失了判断力，表明她在情感层面投入得过多，而在理性和意志层面造成了缺失，因此，格雷琴也终将失衡并堕落，导致悲惨的结局。

格雷琴的爱是真诚的，但走向了极端，完全陷入情感的漩涡中不能自拔。只有天真和单纯，而没有理性和智慧，就与野兽相近，这预示着格雷琴必然会有悲剧的结局。在与格雷琴交往的过程中，梅菲斯特起到了重要的中介作用，但浮士德既利用梅菲斯特，又千方百计地想摆脱他的控制。浮士德与格雷琴的关系包含爱情因素，浮士德愿意为她付出，同时也包括大量的情欲因素，浮士德想将格雷琴占有，满足性欲。但浮士德是具有理性的人的象征，因此他不断反思自己的行为，后悔被情欲左右、被魔鬼控制，于是浮士德来到林中的山洞里反省。这样的情节说明，浮士德在爱情和情欲的纠结中保持了一定的善恶判别能力。然而，这种善恶判别能力，还是在梅菲斯特的教唆下惨遭摧毁。浮士德在梅菲斯特的诱惑下越来越像一个傀儡，丧失了人的良知。浮士德为在夜里幽会时更长时间地占有格雷琴，让她给自己的母亲服用安眠药，谁知下药过量，导致格雷琴的母亲死去。格雷琴的哥哥瓦伦丁回家，遇到浮士德与格雷琴幽会，认为有损家风，导致双方拔剑决斗。在梅菲斯特的帮助下，浮士德杀死了瓦伦丁。祸不单行，格雷琴怀上了浮士德的孩子，后来因杀死了刚出生的婴儿而被逮捕入狱。这一情节来自歌德少年时的记忆，当时一个叫苏瑞娜的女仆未婚生产，后来溺死了自己的孩子，被判处死刑。

第二十一场：女巫狂欢夜。梅菲斯特为了让浮士德避免受到良心的谴责，带他去布罗肯山参加女巫狂欢夜。女巫狂欢夜，原字叫瓦尔普吉斯之夜。瓦尔普吉斯是一名来自英国的修女，她潜心在德意志各邦国传教，于公元779年病逝，死后被教会追封为圣女，阴差阳错地又被民间视作使用魔法者的保护神。每年4月31日至5月1日，女巫会骑着扫帚飞到布罗肯山，参加瓦尔普吉斯之夜的狂欢。浮士德和梅菲斯特来到布罗肯山见到了许多女巫，天空中不时有刚飞到的女巫，急不可待地加入狂欢，一幅群魔乱舞图。浮士德、梅菲斯特和女巫们跳舞，见到了亚当的前妻莉莉丝，还有许多尘世间的人。但是，让人感到奇怪的是，一个剧团前来为女巫们表演戏剧，模仿莎士比亚的戏剧《仲夏夜之梦》和《暴风雨》。歌德在这场剧中加入了自己喜爱的莎翁名作，不仅是向这位戏剧前辈致敬，也是借表演模仿大师的戏剧，对同时代的某些只会单纯模仿的作家进行嘲讽。

歌德在此讽刺了以下八种人：其一，艺术修养不足、硬充内行的业余作家。

其二，平庸的诗人。其三，歌德和席勒在思想上的敌手，如尼古拉、施托尔贝克，施托尔贝克曾是歌德的朋友，但对席勒极为不敬。其四，循规蹈矩、落后于时代的老派艺术家。其五，意志不坚定者。其六，伪善者。其七，投机分子、因政变而上台的政客和破坏分子。其八，相互争吵不休的哲学家们，有独断论者康德及其拥护者、唯心主义者费希特及其拥护者、怀疑论者休谟及其拥护者、超自然主义者。以上四种哲学派系，在歌德生活的年代，对思想的发展提出了不同的见解，但歌德讽刺他们在瓦尔普吉斯之夜寻找世界的本源，最终只能得到幻觉。这八种人和浮士德有处于失衡状态的共同点，因而也是堕落的，所以他们来到布罗肯山聚会是必然的。布罗肯山是堕落者的聚集地，因而成为堕落的象征。但浮士德并没有在这里徘徊太久，他看到一个女巫容貌很像格雷琴，于是执意离开，去救格雷琴。

第二十二场至第三十四场：永失格雷琴。浮士德要求梅菲斯特从监狱里救出格雷琴，但梅菲斯特却冷酷地说："倒霉的，她又不是第一个。"浮士德大怒。梅菲斯特帮助浮士德来到监狱，当浮士德打开牢房门，想带格雷琴逃走时，格雷琴却没有答应。她幡然悔悟，情愿为自己的罪过接受惩罚。浮士德百般恳求，格雷琴都坚定地拒绝了。浮士德无奈，只好离开，身后传来格雷琴撕心裂肺的呼喊："亨利！亨利！"可见，格雷琴不是不想逃生，也不是不爱浮士德，在她生命的最后时刻，她还是热烈地爱着浮士德，但是她必须为自己的罪过负责。当梅菲斯特说格雷琴要遭受上帝的审判时，天庭却传来一个声音：格雷琴获救了！忏悔罪过，以死谢罪，这是格雷琴得救的根本原因。总体来看，格雷琴的不幸结局，归根结底是由浮士德造成的，如果他没有放任欲望，就不会引出格雷琴的不幸结局。所以，与其说这一部分是浮士德的"爱情悲剧"，不如说是浮士德（当然也包括格雷琴）因为没有信仰而造成的堕落让他失去了真爱，因此可称之为"堕落毁真爱"。

第二部第一幕：仕途。开场，浮士德在幽静的山区疗养，古希腊罗马神话和日耳曼神话中的神明和精灵纷纷登场，为他排解忧愁和心痛。浮士德还饮用了忘川之水，暂时获得了内心的平静。这些情节来自歌德意大利之行获得的灵感。基本抚平心灵伤痛之后，浮士德继续追求新的欲望的满足，这次他来到皇帝的宫殿，计划走仕途，从而获得名誉、声望、权力和财富。然而，进入仕途意味着要服从上级的约束，受到体制的控制，言行举止、思考方式都必须以制度规范为标准，个体意识不可避免地遭到压制。

浮士德在梅菲斯特的帮助下进入皇宫，他们为陷入困境的皇帝出谋划策，大量发行纸币，缓解经济危机，而且用并不存在的地下宝藏作为纸币的抵押担保，这与现代各国抵押国家信誉发行国债的做法是一致的。皇帝册封浮士德和梅菲斯特做宝藏管理人。浮士德和梅菲斯特还在皇宫中举办化装舞会，玩弄魔法，供皇帝和臣僚玩乐。皇帝在玩乐中突发奇想，让浮士德召唤俊男美女帕里斯和海伦。梅菲斯特是基督教的魔鬼，无法召唤异教徒的灵魂，只能让浮士德去"母亲之国"把帕里斯和海伦的影像借来。"母亲之国"是一个没有时间的混沌空间，只有世界万物的影子在那里飘荡。古罗马有崇拜母亲的习俗，歌德将母亲之国改造成神秘空间。浮士德带着梅菲斯特给他的钥匙，打开母亲之国的通道，取回了一尊宝鼎。

浮士德回到宫廷，向皇帝和大臣们展示宝鼎，他把钥匙插进宝鼎，帕里斯和海伦的形象出现。这寓意基督教文化的钥匙和古典文化的宝鼎结合，能重新展现古代神话中的人物形象。但浮士德因为迷恋海伦失去理智，想从帕里斯身边抢走海伦，他用钥匙击打帕里斯，引发宝鼎爆炸，自己被震昏过去。梅菲斯特背起浮士德逃走了。浮士德的理性向体制妥协，设想通过走仕途获得名誉、声望、权力和财富，但最后失败。究其原因，浮士德的理性原本应该能判断出宫廷不是使人发展进步的场所，但道德律令的缺失，让浮士德成为宫廷里小丑般的人物，甘为皇帝驱遣。理性成了皇权体制的奴隶，仕途成了荒废人生的歧途，不是政治摧毁人，而是没有信仰的虚伪政治毁灭了人。这样的结局不能不说是歌德从政经历的总结。因此，这一部分可以称为"堕落毁仕途"。

第二幕：人造人。梅菲斯特和浮士德回到诗剧第一部开场时浮士德的书房。这时离第一部的时间已经过去了很多年，原先浮士德的学生瓦格纳，现在已成为浮士德一样的老学究，他从事化学研究，希望创造出人类。这种欲望与浮士德和魔鬼订约相比，其渎神性和主动性有过之无不及。人类是上帝创造的，瓦格纳竟然想凭借人的力量创造出不经过交媾而诞生的人，既是将自己和上帝置于同一位置，又违背了自然规律。因此，瓦格纳既是人类虚妄性的象征，又是人类创造性的象征。最终，瓦格纳运用科学技术创造出了一个住在瓶子里的人造人，类似今天的克隆人或试管婴儿。但是瓦格纳创造的只是人的精神，没有人的肉体。这从根本上违背了"唯一不是完整，万物皆有联系"的根本原则。这个人造人与浮士德一样有追求，那就是获得肉身。在人造人的带领下，浮士德和梅菲斯特在时空转换中前往希腊，实现追求海伦的愿望。

在希腊，神话中的天神、仙女、怪物粉墨登场，与第一部中的瓦尔普吉斯之夜很像，几乎将《荷马史诗》中出现的妖魔神怪重新演绎了一遍。但是人造人没有实现获得肉身的愿望，因为装载他的瓶子破碎，他死去了。表面上，人造人只是作为浮士德回到希腊的向导，但他也是失衡导致毁灭的典型。由于人造人不具备肉身，所以他没有欲望，他的愿望更多的是意志，即热切希望成为完整的人，并为之持续不断地努力。然而，这样的人是不可能获得圆满结局的，人不可能凭借意志存活，因此，人造人的毁灭就难以避免。

第三幕：海伦。人造人虽然死去，但浮士德毕竟到达了希腊，他遍访天界、人间和冥府，总算获悉海伦的行踪。原来特洛伊战争结束后，海伦被原先的丈夫墨涅拉奥斯带回了斯巴达。梅菲斯特潜入斯巴达王宫，诱骗海伦说墨涅拉奥斯将杀死她，以惩罚她的背叛行为。海伦无奈，只好跟梅菲斯特逃走，来到斯巴达北部的阿尔卡迪亚。在这里，浮士德按照欧洲中世纪的风俗礼仪和着装习惯建立了阿尔卡迪亚王国，他自任国王，娶海伦为王后。墨涅拉奥斯出兵讨伐阿尔卡迪亚，浮士德出兵迎击，大获全胜。此后，他与海伦过着神仙般逍遥自在的生活，他们的儿子欧福里翁出生，这是歌德将他所尊敬的拜伦写入了诗中。当时拜伦已经在远征途中病故，歌德为了纪念他，将他作为欧福里翁的原型。欧福里翁和拜伦一样，桀骜不驯，活力无限，像古希腊的代达罗斯的儿子伊卡洛斯那样翱翔天空，他高高跃起，不幸失足摔死。海伦见爱子惨死，悲痛欲绝，也化为青烟消失，而海伦留下的衣服裹住浮士德穿越时空，飞回到德意志。第二幕和第三幕并非人对美的追寻造成了不幸而形成"美的悲剧",人信仰的旁落才是根本原因,因此,可以称为"堕落毁古典"。

第四幕、第五幕:与自由的人民为邻。浮士德最终回到皇帝身边,这时帝国发生叛乱,浮士德在梅菲斯特的帮助下协助皇帝平定了叛乱,皇帝赐给他一块海边的土地。浮士德计划在此开辟耕地,再填海造地,为人们建设新的家园。但是海边有一对老夫妇,他们质疑浮士德的动机,拒绝搬离。浮士德很苦恼,梅菲斯特见状带人去恐吓老夫妇,结果两位老人被吓死,小屋也被烧毁。浮士德知道后非常沮丧自责,他为民造福的初衷却害死了无辜的老人。此时,经历了一连串失败的浮士德,终于认识到人生的许多欲望是难以满足的,欲望的暂时满足只是预示着下一个更难以满足的欲望产生,而且在魔鬼的诱惑下,每次满足欲望的行动都会带来毁灭和灾难。这样的想法郁结在浮士德心中,他开始反思自己多年来的所作所为,正在这时,四个灾祸女幽灵接近了浮士德,但其中的三位——匮乏、罪孽、困顿,被阻挡在浮士德居所的门外,只有第四位忧愁从锁眼钻进屋内,这一情节是将老年浮士德内心的情感形象化、拟人化了。灾祸女幽灵忧愁向浮士德吹了一口气,弄瞎了他的双眼。但浮士德没有气馁,在失明后,他决定催促工人加快施工进度,尽早完成填海造田的工程。在施工工地上,他要求监工鼓舞工人的干劲,不惜一切代价尽早完成他心中的伟大计划。监工答应着,但浮士德不知道,监工是魔鬼梅菲斯特变化的,他用挖掘为浮士德准备的墓穴欺骗他说那是在挖掘河道。浮士德听到挖掘声便信以为真,他欣慰地向人们宣告:

我为几百万人开拓疆土,

虽不算安全,却可以自由居住。

原野青葱而肥沃,人和牛羊能高兴地搬到新地之上,

立即移居在牢固的沙丘附近,

这是由勤劳勇敢的人民筑成。

……

我向这种精神献身,

这是智慧的最后总结:

只有每天争取自由和生存的人，

才能享受这两种权利。

因此在这里，幼儿、壮士和老者，

都在危险中度过有为的岁月。

我愿意看到这样的人群，

在自由的土地上跟自由的人民结邻，

那时，让我对那一瞬间开口：

停一停吧，你真美丽！

我尘世生涯的痕迹就能够永世不会消逝——

我抱着这种高度幸福的预感，

享受这最高的瞬间。

"在自由的土地上跟自由的人民结邻"，浮士德将人民的自由权利作为自己的人生追求，这是他生命的终极诉求，也是歌德生命的最后愿望。浮士德说完自己的宏愿，并发出了"停一停吧，你真美丽"的呼吁，然后倒地而死。这句话一出，梅菲斯特和群魔想上前抢走浮士德的灵魂，将其打入地狱，但这时大批天使和圣女降临，梅菲斯特大为恼火，怒骂天使。天使和圣女们不为所动，任凭梅菲斯特如何恐吓威胁，依旧平静地唱着颂歌。圣母降临，命令已经成为天使的格雷琴将浮士德的灵魂带往天堂。梅菲斯特率领的群魔垂头丧气，无可奈何。

第四幕和第五幕是诗剧的结尾部分，浮士德虽然喊出了"停一停吧，你真美丽"，但是这句话中的"你"，不是浮士德与梅菲斯特约定时的"个人欲望"，而是为民造福的"集体愿望"或"社会担当"。浮士德喊出"停一停吧，你真美丽"，是希望面对历史发展的洪流，让他将小我融入大我中，为人民的事业贡献一切。尽管他生前既没有成为基督教徒，也没有做临终弥撒，但宗教精神本身就是贡献自身，成就他人。所以，浮士德的行为体现了基督教的至爱和博爱，不再把教徒身份作为先决条件，而把善行本身作为核心标准。行善的同义词是信仰！所以，浮士德达到了真善美的平衡，不信基督教的他死后仍然被天使接到天堂，获得了宗教拯救。这就不是所谓的事业悲剧，而是圆满的结局，因此，这一部分应该称作"为民获拯救"。最后第五幕的第六场,是全剧的尾声,上帝没有出现,天使、圣女和圣母登场,上帝和圣母形成诗剧前后的对称结构。在圣女中还有死后被拯救的格雷琴,圣母让她引导浮士德升上天堂。诗剧最终在天堂合唱中落下帷幕,这不仅是对浮士德的肯定和欢庆,也是对一切义人的安慰和祝福。诗剧到此结束。

歌德的《浮士德》取得了辉煌的成就,集中体现在他对人物内涵的理解、对人物形象的把握和对传统文化的改造上。相对于堂吉诃德的大胆行动,哈姆莱特的忧郁犹疑,但丁的主人公在天界、炼狱、地狱中苦苦修行,歌德的浮士德展现了更为深沉多面的精神内涵。

浮士德不断发展的性格与意识,体现了歌德对人精神内涵的新理解。浮士德从开始陷入人生困境后,由于理性、情感和意志的失衡,导致他被魔鬼梅菲斯特引诱,签订了赌约,给自己和他人造成了一系列不幸,这是人的欲望失控的表现。在经历重重挫折后,他终于将为民造福作为个体和社会的平衡点,从自我走向他者,完成了人生诉求。这漫长的性格发展过程,是人从幼稚到成熟的成长经历,也是人从蒙昧到文明的探索历程,表面上是浮士德死后进入了天堂,实际上是实现了心灵的完满。《神曲》是通过游历者对正反典型人物的观看进行反思,《坎特伯雷故事集》是通过朝圣者对讲故事人的倾听进行反思,而《浮士德》是主人公自己身体力行,进入每一个磨炼的环节,最后才获得正确、成熟、优秀的生活真理。

歌德通过浮士德为人类精神提供了新的理解维度,也就是说,把人在人世间能经历的最高境界都有所体验:与年轻漂亮女性的性爱缠绵,投身宫廷受到重视而享有盛名,和精神上的偶像在特定的情境中相结合。尽管它们都以失败告终,但浮士德的经历让我们意识到,即使能随心所欲地改变生存条件,也无法完全满足生存欲望,更不能达到绝对的精神自由。只有最后通过为他者行善,证明自身的存在,才是获得真正、可靠、持久的自由,这和上帝所代表的至爱至善相一致,因此浮士德即使不信基督教也会得救。

由此来看,在歌德生活的18世纪,浮士德身上体现的是资产阶级处于上升时期的进取精神和多元内涵,相对于文艺复兴时期,浮士德的大胆探索比堂吉诃德更有指向性与目的性；浮士德的体验比庞大固埃更全面，无须巴奴日来补齐；浮士德在老年转向为他者和人民造福，其个人主义和集体主义融合的视角更鲜明，比《神曲》和莎士比亚戏剧中的主人公胸怀更广阔博大。可以说，浮士德从个体出发，走向集体，为人民谋福利，既表现了启蒙时代人们对善战胜恶的坚定信念，也在现实中对这一信念进行了具体实践。因此，浮士德对文艺复兴以来塑造的新人形象进行了综合、补充和再创造。

浮士德身上融会了基督教文化、日耳曼文化、古希腊罗马文化等多种文化气质，体现了歌德对传统文化的新转换。歌德将多种文化中的神话传奇、民间传说、文学作品、历史典故、思想体系、审美观念和人学思维，进行了有机整合，然后通过浮士德的堕落与自救之路，展现在读者眼前，主人公和各种文化相得益彰，和谐统一。对于诗剧中斑驳杂糅的文化背景，歌德在古希腊罗马文化和基督教文化的基础上，更突出日耳曼文化对它们的继承意义，表现了他对德意志统一的期待。但更重要的是，歌德借助传统文化，对浮士德这一形象进行了现代阐释和演绎，形象而鲜明地描绘了现代人的内心情感、生存困境和发展方向。

因此，歌德的诗剧《浮士德》，是欧洲启蒙时代对古典文化的艺术梳理，也是对现实社会的全面反思。在浮士德身上展现出歌德的思想倾向：既弘扬善恶斗争论，又反思启蒙进步论；既讴歌人的无限力量，又看到人的巨大缺憾；既赞成进取精神，又主张精神救赎。歌德既是启蒙主义的文学家，也是启蒙主义的思想家，又展现了浪漫主义的才华和气质，预示了现代主义的思想演进。歌德的诗剧《浮士德》将德国文学提高到欧洲文学的先进水平，开启了浪漫主义的帷幕。

歌德的一生，是创作、战斗和思考的一生，他给后人留下了丰富的文化宝藏：上千首诗歌，数以百计的小说、戏剧和论文，几十年的日记，还有一万多封信件。这些作品被后人结集出版，这就是《歌德全集》。

第五章
浪漫主义文学

19世纪资本主义制度的全球确立造成启蒙主义的理想破灭,欧洲思想界必须再次选择新的思想路径。从文艺复兴、新古典主义到启蒙运动,欧洲人对人的认识已经大为增强,合理的欲望、追求知识和理想、崇尚理性和古典规范、弘扬科学进步,成为中世纪后人学主题的基本内涵。在此基础上,欧美作家们通过在创作和反思中不断探索,在18世纪末到19世纪30年代,逐渐形成一种新的文学思潮——浪漫主义文学。浪漫主义文学,是欧美文学界力图开拓表现领域、捍卫人文理想、重塑社会道德的结果。新古典主义文学主张模仿自然、崇尚理性、严守规范和比肩古典;启蒙主义文学则侧重思想和道德建设,为资产阶级革命争夺话语权。浪漫主义文学对此进行了扬弃,而对古希腊文明和其他文明的精神营养来者不拒。对启蒙主义文学重视思想和道德的做法,浪漫主义文学也继续沿用,推陈出新,维护人的理性、情感和意志的平衡,不至于出现失衡导致堕落的结局。但是,对于新古典主义文学的模仿与规范,浪漫主义文学不以为然,更强调创新与激情,这一方面是新生代作家不满新古典主义文学与封建制度渐行渐近,另一方面也是对其坚持的创作方式深感压抑的结果。对于象征高尚、稳定、完美和普遍人性的自然，浪漫主义文学将其置换成抒发自我意识的空间，反对新古典主义文学推崇的理性控制人的激情和想象力，提倡重新恢复感性的力量，但又在一定的原则上反对滥情，提倡抒情。滥情和抒情的区分标准，关键看文学作品是否能实现感性和理性的统一。

浪漫主义文学在前代文学思潮的基础上，既强调创新和激情，也重视思想和道德；既要求破除原有的创作规范，也凸显新的创作方法；既吸收古典文化和异域文化的营养，也有现实针对性。总的来看，浪漫主义文学将注意力偏离理性维度，继续坚持意志维度，张扬情感维度，在情感和意志之下，围绕自由主义、自然观念、自我意识三大观念，形成新的文学特质。

浪漫主义文学对以后文学的发展和作家的创作思想，起到了巨大的解放作用：其一，坚持文学上的自由主义，热情呼唤道德重建与神性观照，塑造超凡的主人公，反抗封建势力或资本主义制度；其二，彰显文学上的自然观念，将自然界作为个体情感和道德精神的象征，重视搜集民间的神话传说，作为重返自然的具体实践；其三，弘扬文学上的自我意识，抒发主观情感，表现个体丰富多彩的内心世界，并通过基督教的天国理想，表达对现实的不满。总结浪漫主义文学三个基本点的关系，可以归纳为：自然是自我和自由的载体，自我是自然和自由的核心，自由是自我和自然的目的。

第一节　英国浪漫主义文学

英国浪漫主义文学的发展，有18世纪感伤主义小说做前期铺垫。感伤主义小说的价值取向在于：首先，正在不断强化的资本主义制度体系和生活方式压制了人的情感，制度与人产生了矛盾；其次，善存在于人的本能中，它是一种自发、固有、非理性的情感力量；最后，人必须崇尚自然而否定现行制度，培养情感而节制有意识的活动。这些都与浪漫主义文学的主张异曲同工。早期的英国浪漫主义诗派是"湖畔派"和"恶魔派"，由于思想意识不同，他们相互攻击。

"湖畔派"主要由威廉·华兹华斯（1770—1850）、塞缪尔·柯勒律治（1772—1834）和罗伯特·骚塞（1774—1843）组成，这些诗人同情法国大革命，但又厌恶雅各宾派专政和拿破仑帝国，对英国资本主义制度持怀疑和厌恶态度，对贵族政治表现出一定的认同。由于在现实中没有精神依托，他们隐居到英国西部风景优美的昆布兰湖区进行诗歌创作，"湖畔派"由此得名。总体来看，"湖畔派"的诗歌代表作贯通了自然、神和自我，而非单一地表现其中的一部分，诗人们在向往心灵自由的同时，呼唤神的启示，将自然作为解脱人生困境的精神家园。华兹华斯的诗歌比较两极化，优秀者清新淡雅、优美绝伦，劣等者粗鄙庸俗、味同嚼蜡，这与他的思想波动有重要关系。他和柯勒律治一起出版的《抒情歌谣集》，是英国浪漫主义诗歌的代表作，尤其是他为《抒情歌谣集》撰写的序言，是为反击英国诗坛的守旧派而进行的诗歌攻击，提出一系列与18世纪新古典主义诗歌不同的创新观念。华兹华斯堪称英国浪漫主义诗歌的奠基人、"自然之子"、"第一位现代诗人"。

柯勒律治的名作《古舟子咏》（又译为《老水手行》），讲述了一位老水手误杀了一只象征航海好运的信天翁，致使船上的水手遭受到一系列肉体和精神折磨的故事。南极海怪、海上精灵纷纷登场，水手们极度干渴、意志崩溃，大海都似乎在腐烂，整船人几乎死去，最后只剩下痛苦不堪的老水手。在一条神秘的海蛇出现后，老水手昏厥过去，他恍惚间听到天庭的审判，神明已经宽恕了他的罪责，使他最终获得救赎。全诗充满神秘气息，通过描绘航行中船员无意中行凶、遭受惩罚和最后获得解救，象征人类社会的罪行和救赎的途径，蕴含着宗教感召力和存在主义哲学的气息。

"恶魔派"（也称为"撒旦派"）主要由珀西·比希·雪莱（1792—1822）、约翰·济慈（1795—1821）、乔治·戈登·拜伦（1788—1824）组成。不像比较长寿的"湖畔派"诗人，"恶魔派"诗人普遍短命，三十岁左右就离开人世。之所以有"恶魔派"的名号，是因为"湖畔派"的骚塞攻击拜伦、雪莱和济慈从个人主义出发，抛弃宗教和道德，行径如同恶魔一样。"恶魔派"诗人在思想上与"湖畔派"诗人不同，对封建势力进行较为坚决的斗争，他们不期许神的启示，虽然赞同在大自然中寻找理想的生命世界，但更寄希望于建立没有压迫和剥削的大同社会。他们从自我、个性、创造的角度出发，捍卫自由权利，也体现出"恶魔派"

诗人和这一时期空想社会主义者的相互影响。正因为有这种思想意识，"恶魔派"诗人受到同时代的俄国诗人普希金和莱蒙托夫的欢迎。

雪莱的抒情诗和政治讽刺诗成就突出，他的代表作是《西风颂》《致云雀》《麦布女王》和诗剧《解放了的普罗米修斯》。《解放了的普罗米修斯》改写了古希腊悲剧家埃斯库罗斯的戏剧，主人公普罗米修斯取得了最后的胜利，宙斯残暴的统治被冥王推翻。《西风颂》中的一句诗堪称经典："要是冬天已经来了，西风呵，春天还会远吗？"

济慈在《希腊古瓮颂》中提出了著名的论断："美即是真，真即是美。"济慈向往古希腊的艺术美，追求田园牧歌中的自然美。他的名篇是《恩底弥翁》《许佩里翁》《夜莺颂》和《致秋天》。济慈是"恶魔派"诗人中最病弱短命者，他为自己书写了墓志铭："此地长眠者，声名水上书。"他的诗歌将自然和情感融为一体，表达了对永恒的期待。

拜伦从叔父那里承袭了家族的男爵头衔，是"恶魔派"诗人中成就最高者，他的思想内核是追求自由和正义，但他意识到回归大自然或建立大同社会的理想之所以难以实现，是因为封建贵族和资本主义制度与人的本质属性产生了不可调和的冲突，回归自然、将天国作为寄托、建立人间大同社会，在资本主义制度或封建王权统治下都不过是空虚的梦幻，唯有与社会制度和统治阶层进行最坚决的斗争，才能保存人最后的尊严。因此，拜伦的诗歌在抒情之外，叙述和评论并列，表现出极强的讽刺性和战斗性，既是艺术作品，又是战斗檄文，将个人激情和批判社会结合在一起。拜伦的代表作是《英国诗人和苏格兰评论家》《东方叙事诗》《恰尔德·哈洛尔德游记》《唐璜》《曼弗雷德》。拜伦是法国大革命和民族解放斗争的坚定支持者，在"恶魔派"诗人相继逝世后，拜伦仍义无反顾地同文坛和社会上的敌对势力交锋。更难能可贵的是，他变卖家产，募集军队，参加了希腊人民反抗土耳其统治的解放战争，最后病逝于军营，壮志未酬，与他塑造的主人公一样，以悲壮的形式流尽最后一滴血。

拜伦并不是一个狭隘的人，尽管他的敌人众多，可他有自己的原则，就是反抗一切暴政，而不随波逐流，这也赢得了部分文坛对手的尊敬。在《唐璜》中，主人公唐璜参加了俄军进攻土耳其的战斗，客观上这场战斗有利于解放被土耳其压迫的各民族，但拜伦没有单方面贬低土耳其，而是塑造了土耳其将军和他的五个儿子的英雄形象，最后以全家英勇战死凸显出悲壮的英雄气概。同时，拜伦对俄军在城破后的滥杀无辜表达了愤恨之情，在作品中主人公不顾危险救走了一个失去双亲的小女孩，从此与她相依为命。

然而，拜伦作品中的主人公的行为有相当的盲目性和悲剧性，这就是"拜伦式的英雄"。所谓"拜伦式的英雄"，指孤身苦斗、高傲倔强的叛逆者形象，他们愤世嫉俗、喜好冒险、有道德原则、藐视现行制度、追求个性解放，却又缺少明确的政治斗争目标，易受到统治阶级的迷惑和利诱，最终使自己的反抗斗争以悲剧性的失败结局。"拜伦式的英雄"体现了拜伦自身的个性和思想上的特点。

后期英国浪漫主义诗人有丁尼生、勃朗宁夫妇，他们将抒情和沉思结合在一起，在叙述中揭示人物的心境。此外，还有主张回到意大利文艺复兴之前的淳朴真挚艺术形态的"前拉斐尔派"诗人们，他们反抗资产阶级的平庸低俗艺术和主流意识形态的压迫，代表人物是罗塞蒂。后期英国浪漫主义诗人和"前拉斐尔派"的诗人们，大都是创作十四行诗的高手。司各特（1771—1832）是英国浪漫主义小说家，他的作品将历史和虚构结合起来，情节有明显的"戏说"风格，人物塑造颇具传奇色彩，更多体现出作家自身的观念和喜好，被称为"司各特式的小说"，代表作是《英雄艾凡赫》。

第二节　德国浪漫主义文学

德意志分裂的现实、法国大革命的疾风暴雨和拿破仑帝国的强力打击，既猛烈震撼了德意志，引发了人民对民族命运的反思，又产生了恐惧和仇视情绪，造成了德意志诗人们心灵的创伤，使他们尤其关注基督教和民间文化，再加上狂飙突进运动的积淀，催生了德意志浪漫主义文学。毫无疑问，宗教和民间传说是德意志浪漫主义诗人的个性解放的主流方向，但勇于同封建势力斗争也是其中重要的组成部分，这两种思想观念都带有哲理思辨色彩和主观虚构性。

弗里德里希·荷尔德林（1770—1843），是德意志古典主义文学向浪漫主义文学的先行者，也是德意志哲学家黑格尔的信徒。1798年后，荷尔德林因情场失意，身心交瘁，处于精神分裂状态；1802年徒步回到故乡；1804年在霍姆堡当图书馆馆员；1807年起精神完全错乱，生活不能自理。荷尔德林崇尚古希腊艺术，反对封建制度，向往心灵自由，诗歌既有神秘气息和哲学精神，又有空灵轻盈的气质。作品有诗歌《自由颂歌》《人类颂歌》《致德国人》《为祖国而死》等。

德意志浪漫主义文学发端于著名文学理论家施莱格尔兄弟。哥哥奥古斯都·威廉·冯·施莱格尔（1767—1845）与弟弟卡尔·威廉·弗里德里希·冯·施莱格尔（1772—1829），在德意志的耶拿创办杂志《雅典娜神殿》（1798—1800）。在这个浪漫主义文学的核心阵地，施莱格尔兄弟提出"浪漫主义"文学的概念，到此，浪漫主义文学才有了正式名称。除了偏重理论建设的施莱格尔兄弟，"耶拿派"的杰出诗人是诺瓦利斯（1772—1801），代表作是《圣歌》《夜之颂歌》等。他的名言是："把普遍的东西赋予更高的意义，使落俗套的东西披上神圣的外衣，使熟知的东西恢复未知的尊严，使有限的东西重归于无限，这就是浪漫化。"

聚集在海德堡的一批文人形成"海德堡派"，他们在继承"耶拿派"开创的浪漫主义创作思想后，又加入了民族主义意识。代表人物是布伦塔诺、阿尔尼姆、E.T.A.霍夫曼、雅各布·格林和威廉·格林。布伦塔诺和阿尔尼姆搜集整理了民歌集《儿童的奇异号角》；E.T.A.霍夫曼的短篇小说集《谢拉皮翁兄弟》，既有紧张曲折或离奇荒诞的故事情节，又有对普通人现实生活的关注，影响到爱伦·坡、波德莱尔、托马斯·曼和陀思妥耶夫斯基等大作家，他的作品风格也被科幻文学和奇幻文学所吸收借鉴；雅各布·格林和威廉·格林合编了《儿童与家庭童话集》，即人们所熟知的《格林童话》。

亨利希·海涅（1797—1856），德意志伟大的浪漫主义文学家和现实主义文学家。海涅青年时代受到过良好的文学熏陶，与"耶拿派"的施莱格尔兄弟交往甚密，并研习过印度文学和德意志古典哲学，开始连续发表作品，后来又与"海德堡派"的E.T.A.霍夫曼等人探讨浪漫主义。在获得哥廷根大学法学博士学位后，海涅旅居法国，与巴尔扎克、大仲马、乔治·桑、贝朗瑞、肖邦、圣西门等人结识，并与流亡巴黎的马克思成为莫逆之交。复杂的经历和辛勤的思考及创作，使海涅成为一位具有革命精神的伟大诗人,他批判封建贵族和王朝复辟,抨击资本家对工人的剥削压迫,歌颂革命者和爱国者。海涅的文学观比同时期德意志和法兰西文人的文学观要进步,他在浪漫主义文学兴盛的时代就已经看到它的局限。针对斯达尔夫人有美化封建贵族阶级倾向的《论德意志》,海涅以《论浪漫派》进行反驳,他指出,浪漫派诗人反抗封建阶级的意识形态功不可没,但他们靠幻想开明君主、上帝天国和美丽自然来拯救现实是根本无法成功的,而与"拜伦式的英雄"相比,海涅则将社会发展的希望寄托在工人阶级身上。他的著名作品有《西里西亚纺织工人》《罗曼采罗》《德国——一个冬天的童话》等。

第三节 法国浪漫主义文学

法国既没有感伤主义小说风气,又是古典主义文学的大本营,封建王权强大,再加上大革命持续惨烈的斗争,因此法国浪漫主义文学起步较晚,并且长期在与古典主义文学的较量中不断发展。但艰苦的奋斗历程让法国的浪漫主义文学显示了宗教激情和战斗精神,具有持久的生命力,出现了一批更有思想内涵的作家。

弗朗索瓦－勒内·德·夏多布里昂(1768—1848),出身于没落贵族,从小虔信宗教,因此成年后,他用理论著作《基督教的真谛》揭开了法国浪漫主义文学的大幕。他宣称,基督教是自然科学和文学艺术的源泉,诗歌中必须体现上帝的神性,基督教"本身就是一种诗歌","在以往存在的一切宗教中,基督教最富有诗意,最富有人性,最有利于自由、艺术和文学"。夏多布里昂希望以情感包裹基督教精神,以此抵制现实社会对人类精神信仰的冲击,上帝是至爱的化身,在自然中得以体现,是自由和自我的保证。

夏多布里昂的小说《阿达拉》,用大量笔触描绘了美洲大自然的原始风光和印第安人神秘的宗教仪式,用于衬托主人公的内心情感。故事以"我"记录印第安老人沙克达斯向法国青年勒内讲述他自己的故事开始,形成了故事套。沙克达斯年轻时成为白人的义子,后来被敌对的印第安部落俘虏,正要被烧死时,被部落酋长的女儿、已经改信基督教的阿达拉救下。沙克达斯和阿达拉逃入森林,真心相爱,并得到一位在印第安部落传教多年的白人老神父奥布里的救助,但阿达拉始终郁郁寡欢。不久，阿达拉将自己心底的秘密告诉爱人，原来她母亲生她时难产，母亲便向上帝起誓，若新生儿能逃脱死亡，就让她终身不嫁，把自己的贞洁献给上帝。阿达拉的母亲病死前，阿达拉立誓守节，但后来与沙克达斯相见，难以克制对他的爱情，因此想要服下毒药，以死维护自己的诺言。但阿达拉对自己和沙克达斯出逃并不后悔，她珍惜和沙克达斯在林中的逃亡生活，并真挚地保证，自己死后的灵魂仍会爱着沙克达斯。神父奥布里在阿达拉临终时为她做了安魂弥撒。阿达拉强烈的宗教信仰感染了沙克达斯，在阿达拉死后，顿悟的沙克达斯改信基督教。而奥布里神父继续传教，为保护教徒被敌对部落残忍杀害。奥布里神父、阿达拉和沙克达斯具有鲜明的象征意义：两个年轻的印第安男女，代表没有正确理解信仰的人类，而神父则是基督教信仰的化身，三个人物以不同的形式维护基督教信仰，实现了精神永生。这部小说笔调凄婉优美，以悲惨的爱情故事开始，以对基督教信仰的歌颂收尾，展示了夏多布里昂强烈的宗教情感。

《勒内》是《阿达拉》的姊妹篇，故事紧接《阿达拉》，也是夏多布里昂的半自传。当年沙克达斯给勒内讲述完自己的爱情悲剧，勒内就留在印第安部落中当了一名武士。作品回顾了勒内的不幸生活。和阿达拉的情况相似，勒内出生时母亲也是难产，是助产士用钳子将勒内从母亲的腹中取出来的。勒内有大哥和姐姐，父母更疼爱家中的长子，冷落了勒内，因此他从小性格孤僻，只爱他的姐姐阿梅丽。姐弟相依为命，日久生情，但随着父亲病死，大哥占有了家产，姐弟被赶出家宅，从此分别。不久，法国陷入动荡，这让勒内感到，自己在祖国比在异国他乡还要孤独。后来勒内和姐姐阿梅丽重逢，但阿梅丽要进入修道院做修女，并把自己的财产赠给勒内。勒内在阿梅丽的剃发仪式上大闹，但也无法阻止姐姐。勒内伤心地登上去美洲的轮船，听到教堂的钟声，并收到姐姐的信，他感到自己内心的爱欲被贞洁的圣女光芒所洗涤。勒内是欧洲文学中第一个患有"世纪病"的人物形象，"世纪病"指在世纪的终结期间，由于来自家庭、性格、社会和思想等领域的多种不幸叠加积累在一起，处于世纪交接点的人物没有解脱的途径，所以越发显得忧郁孤独，最终在焦虑绝望中走向精神颓废和沦落。结合法国当时动荡的环境，勒内的"世纪病"主要是社会环境对人全方位的压迫造成的，最终丧失希望的他只能逃入还属于荒蛮之地的美洲印第安部落。但形成鲜明对比的是，在美洲印第安部落，勒内的朋友既有基督教神父，又有改信基督教的印第安酋长，他们都是坚定的信徒，反衬出法国社会信仰瓦解的现实。而勒内的姐姐成为修女后又在救护病人时染病死亡，展现了宗教的感召力。勒内后来没有得到心灵解脱，带着"世纪病"生活在印第安人中间，最终死于法国殖民者的大屠杀。这一结局说明没有强烈坚定的信仰，人类的结局终将不幸。夏多布里昂塑造的世纪病人形象成为文学的经典人物形象，标志着文学界认识人内心世界的深化。

维克多·雨果（1802—1885），浪漫主义文学中最杰出的文学大师，法国浪漫主义文学的领袖，戏剧、诗歌和小说无一不精，集浪漫主义文学创作之大成。雨果创作浪漫派戏剧《欧那尼》与法国古典主义者竞争，最终获胜，帮助法国浪漫派戏剧确立了地位。雨果清除了三一律，打破了悲剧与喜剧的限制，描写普通人的生活，批判封建贵族，成为与高乃依、拉辛、莫里哀齐名的法国戏剧四大家。雨果取得的最高文学成就，集中在他的浪漫主义小说《巴黎圣母院》《悲惨世界》《海上劳工》《笑面人》和《九三年》等作品中。作品里的人物集中在一起，展现的是雨果的人道主义精神，这种精神不仅体现了善与恶的交锋和对资本主义制度的反抗，也是对复杂人性的探索和赞美。因此，雨果的浪漫主义小说成为时代的经典，较好地延续了文艺复兴以来文学塑造复杂人性的传统。在雨果后期的创作中，他一直以来的批判色彩和强烈的写实倾向，已经让他向现实主义文学靠拢。

第四节 美国浪漫主义文学

美国立国后，其文学一直与英国和欧洲大陆亦步亦趋，没有自己的特点，但随着美国自由资本主义的不断发展及欧洲浪漫主义精神的传播，美国浪漫主义文学异军突起，显示了这个年轻国家的活力和文学特色。美国浪漫主义文学具备欧洲浪漫主义文学的所有特点，涵盖欧洲浪漫派作家探索的一切领域，但又不是欧洲浪漫主义文学的翻版。在大诗人惠特曼之前，有七位较有代表性的文学家。

华盛顿·欧文（1783—1859）的散文集《见闻札记》和詹姆斯·库珀（1789—1851）的长篇小说《皮袜子故事集》，都展现了美国社会的自然风光，具有本土生活气息，充满了美国式的传奇风格。库珀还被称为"美国的司各特"。

埃德加·爱伦·坡（1809—1849），是杰出的小说家和诗人，他的诗集《乌鸦》表现了神秘和死亡的气息；恐怖悬疑小说《红色死亡假面舞会》《厄舍古屋的倒塌》《莫格街凶杀案》《失窃的信》《黑猫》，运用恐怖神秘的情节和逻辑推理，展现了超自然力量和人心的深不可测。爱伦·坡生前穷困潦倒，又因酗酒受人诟病，但他的小说和诗歌展现了美国式的恐怖和神秘，影响了后世的恐怖小说、科幻小说和恐怖影视剧，一直被人称道。

纳撒尼尔·霍桑（1804—1864），是美国浪漫主义文学最著名的小说家，他的《红字》通过讲述女主人公海斯特·白兰与丁梅斯代尔的爱情悲剧，控诉了美国立国之初教会对世俗生活的干涉，批判了人与人之间虚伪的关系。小说高超地运用了象征、暗示、心理刻画等多种手法，如果不是小说结尾回归到人性与宗教的圆融上来，提倡赎罪与宽恕，那么这部小说完全可以作为批判现实的经典，具有较强的现实意义。

赫尔曼·麦尔维尔（1819—1891）的名著《白鲸》，气势恢宏，既是一部航海百科全书，又是一部冒险传奇，更在象征层面探索了人与自然、人与人的关系。

亨利·大卫·梭罗（1817—1862）的散文集《瓦尔登湖》表达了对俭朴生活的追求和对自然风光的热爱，内容丰富，意蕴隽永，语言生动。

亨利·华兹华斯·朗费罗（1807—1882）的诗歌《海华沙之歌》，以印第安英雄酋长为原型，通过再现印第安部落传说，弘扬美国本土文化精神。《海华沙之歌》被誉为美国本土第一部史诗。

最杰出的美国浪漫主义诗人是沃尔特·惠特曼（1819—1892）。惠特曼的无韵自由体诗集《草叶集》，以最平凡的小草为名，但惠特曼认为，草是宇宙之灵，它经历风雨和践踏也保持勃勃生机，哪里有星星和土地，哪里就有草叶，草叶象征永不屈服的力量和源源不断的活力，体现了美国平民式的民主主义和自然观念。惠特曼被誉为"大自然的歌手"，他的诗篇洋溢着欢乐明朗的基调，追求平等、自由和民主理想，批判了南北战争中南方邦联顽固残酷的蓄奴制度、美国统治阶层的虚伪民主和社会不公正。

第六章
现实主义文学

资本主义制度的发展和人们生活方式的转变影响到文学领域，促成了新的文学思潮在19世纪三四十年代诞生，但直到50年代它才被正式命名为"现实主义"。所谓的"现实主义文学"，是19世纪欧美文艺领域现实主义运动的有机组成部分。19世纪四五十年代，欧美文艺界以更为严格苛刻的方式反映现实社会，对所谓的资本主义主流意识形态所宣扬的理想、美、未来，进行了激烈的嘲讽，尤其是美术领域，一批画家以精确细腻的笔法描绘普通民众的形象和生活，但这种做法被当时社会的既得利益统治集团所仇视，将其蔑称为"现实主义"，意思是过于追求事物原貌，缺少美感和优雅，低俗粗糙。法国农民出身的画家库尔贝在办画展的时候，就以"现实主义"为名，以此反击。此后，"现实主义"成为欧美进步文艺界的口号和标志。与"浪漫主义"一样，"现实主义"也从既得利益统治集团的污蔑中浴火重生，成为文学艺术界新思潮的名称。

第一节 法国现实主义文学

司汤达（1783—1842），原名马里-亨利·贝尔，幼年丧母，从小就憎恶崇尚宗教的父亲。司汤达青年从军，加入拿破仑的远征部队，希望建功立业，但随着拿破仑帝国覆灭，司汤达的理想破灭，再加上遭到波旁王朝复辟势力的迫害，引发他对王权和教会势力的愤恨。但更重要的是，司汤达对资产阶级和封建势力妥协后建立的七月王朝也颇多不满，不仅是因为他没有在新王朝受到重用，也因为奉行君主立宪制的七月王朝不过是封建残余势力和资产阶级上层合谋的产物，社会发展已经遭到严重限制。

由此，成长经历、个人不满和社会阴暗面，促成了司汤达的反抗精神，他尤其关注社会中平民青年的成长与命运。可以说，青年不能健康成长，既是司汤达自身的苦恼，也是法兰西民族精神之痛的缩影。而造成这一切的罪魁祸首，主要是资本主义制度和生活方式。因此，高尔基说，司汤达成为"在资产阶级胜利之后，立即就开始敏锐而明确地表现它的特征的第一个文学家"。他的作品主要有《意大利绘画史》《罗马、那不勒斯和佛罗伦萨》《论爱情》《罗西尼传》《拉辛与莎士比亚》《罗马散步》《红与黑》《旅人札记》等。自创作《罗马、那不勒斯和佛罗伦萨》开始，马里-亨利·贝尔正式以"司汤达"为笔名，这部游记还引出著名的名词"司汤达综合征"，指人看到著名的人文景观时发生的昏厥。《罗西尼传》是司汤达记叙意大利浪漫主义歌剧大师、美食家罗西尼生平的传记。

司汤达著名的《拉辛与莎士比亚》（1823—1825），被称为批判现实主义文学诞生的标志。《拉辛与莎士比亚》实际上是司汤达与古典主义作家论辩的小册子，在这部作品中，司汤达针对法国社会古典主义文学维护封建贵族势力的现实，要求弘扬更灵活自由的新文化、新文学，反对单纯用戏剧来表现统治阶级的情趣，而要求用散文为大众服务。同时，司汤达要求从时代发展的角度审视文学艺术，资产阶级革命年代应有新的美学和艺术，同时他还指出，一切伟大的作家都是他们时代的浪漫主义者，应表现他们所处时代的真实生活，文学是反映生活的镜子，这就是著名的"镜子论"。此外，司汤达认为，浪漫主义为人民提供愉悦，而古典主义为祖先提供愉悦，所以他主张向莎士比亚学习，创作反映客观世界的悲剧性作品，再现人心灵世界的激情和变化。司汤达在《拉辛与莎士比亚》中，表面上为浪漫主义摇旗呐喊，而实际上，他的主张预示着一种新的创作方式的出现，只是当时没有被命名为"现实主义"，才只能以"浪漫主义"的面貌出现。当然，名称的混同，也由于浪漫主义文学和现实主义文学在反映社会生活和批判黑暗现实上，具有相当大的一致性。此外，司汤达所批驳的古典主义文学，彼时已经虚有其表，没有其实，与17世纪的新古典主义文学有极大的品质差异，完全堕落为封建贵族和现行体制的维护者，丧失了存在的价值。可以说，司汤达反对的不是高乃依、莫里哀或拉辛的法国古典主义文学，而是作为没落阶级和不人道制度维护者的假大空文学、听命文学。司汤达的长篇小说有《阿尔芒斯》《红与黑》《帕尔马修道院》，短篇小说集有《意大利遗事》。

《红与黑》的主要情节来自当时一件轰动社会的真实案件。马蹄匠的儿子裴尔特通过做家庭教师，爱上了富人的妻子，后来进入神学院进修，又与一个贵族的女儿相恋，在两个恋人之间，裴尔特纠结万分，后来一场春梦以枪杀富人的妻子告终。司汤达对这一案件进行了脱胎换骨的改造。《红与黑》主要由三幅故事场景组成：故事场景一，法国东部小城韦里埃。于连·索雷尔不甘平庸，崇拜拿破仑，希望出人头地，建功立业。他来到市长雷纳尔家做家教，和市长的妻子雷纳尔夫人结识。雷纳尔夫人柔美善良，欣赏于连的才华和能力，也理解他的敏感和思想，在交往中两个人相爱，经过长时间的情感纠结与内心矛盾，两个人共浴爱河。由于受到市井坊间的非议，加之雷纳尔市长的怀疑，于连和雷纳尔夫人不得不分别。故事场景二，贝尚松神学院。于连来到贝尚松神学院进修，在神学院虚伪压抑的环境中，于连学会了用虚伪对抗虚伪，顽强地生存下去，并依靠自己的才学得到比拉尔院长的赏识，从而得到去巴黎另谋出路的机会。故事场景三，巴黎拉莫尔侯爵府。于连通过比拉尔院长推荐，成为拉莫尔侯爵的秘书，接触到大量的保王党机密，同时也爱上了侯爵的女儿——美貌任性的马蒂尔德。马蒂尔德欣赏于连的特立独行、知识渊博，没有贵族阔少们的骄横虚伪的恶习。但侯爵不容自己的女儿和一个平民青年的爱情,在韦里埃的雷纳尔夫人向教士告解之际,诱使她写下控诉于连的信件,企图令于连身败名裂。见信后,不明真伪的于连回到韦里埃,愤怒地开枪击伤了雷纳尔夫人,权贵阶层趁机判处于连死刑,一个志向远大的青年就此走上断头台。雷纳尔夫人悲痛欲绝,手捧于连的头颅,作品在此落下帷幕。

尽管《红与黑》在部分情节上具有神秘的哥特风格,但从整体来看,这部作品具有鲜明的批评现实主义的风格。韦里埃、贝尚松和巴黎拉莫尔侯爵府,代表19世纪二三十年代的法国社会,三个故事场景,将小说分为三个部分,结构严谨。小说中人物众多,主要人物的性格鲜活生动,语言行动和内心活动精彩传神,跃然纸上,是当时法国各阶层的浓缩。但更重要的是,《红与黑》将具有代表性的环境与具有代表性的人物结合在一起,提出具有代表性的问题——法国社会的发展弊病。这样,所有单独的具有代表性的存在就成为典型。单独的具有代表性的存在不能称之为典型,典型是一个系统:典型人物+典型环境+典型问题=典型意义。

如果把这部小说的典型问题具体化,可以分成以下部分:

其一,如果于连与马蒂尔德最终走到一起(私奔或被认可),能否幸福?

其二,于连不枪杀雷纳尔夫人,是否有别的解决办法?

其三,于连的子弹应该射向谁?真正想置他于死地的人是谁?

其四,于连为何执意赴死?因为自尊、任性、绝望?

其五,若拉莫尔侯爵的阴谋没有得逞,于连的出人头地的理想能否实现?

这五个问题体现了司汤达的深刻思考。由此来看,批判现实主义文学要对现实进行详尽的描写,可能减少了留白,但是不等于消解了意蕴。《红与黑》反抗的对象是封建贵族残余势力、教会组织和资产阶级,他们共同编织的社会罗网,不仅摧毁人的生命,更毒害人的思想。因此,作品揭示出在这样的环境下,人尤其是青年挣扎与毁灭的悲剧宿命。于连的父亲和两个兄弟贪图钱财,没有文化,愚昧无知;雷纳尔市长虚伪冷酷,眼睛只盯着他的产业和生意,脑子里想的只有政治上的算盘,是个靠经营工厂走上仕途的资产阶级政客;贝尚松神学院的教士们是教士阶层的缩影,低层教士贪图安逸,不事生产,研究迂腐无用的学说,满足于枯燥单调的生活,高层教士横征暴敛,集聚大量财产,骄奢淫逸,但口头上还伪善地引导人相信他们自己都不信的教义;拉莫尔侯爵和他周围的贵族们奢靡堕落、顽固残忍、骄横自私,为共同利益密谋时也不忘钩心斗角,他们是法国最没落、最阴暗、最邪恶的代表。在这样的社会环境下,于连作为一个有志向的青年,备感实现理想的艰辛,他必须用社会体制所允许或赞成的方式博取功名。在这方面,于连是优秀的,他精通拉丁文,并能背诵《圣经》等宗教经典,加上他敏感谨慎的性格,使他在交际场上游刃有余,无论是面对主教、院长,还是贵族,抑或是公子贵妇,都能如鱼得水、应答自如,颇能博得一些人的好感。更重要的是,于连用伪善对抗伪善的方法,让自己变得伪善,来适应伪善的环境,以脱离了原本纯真的本质为代价,逐渐融入控制社会资源的统治阶层中。于连属于被邪恶诱惑走向堕落和毁灭的典型,这是对浮士德和拜伦式的英雄等形象的进一步升华。于连在目睹了国王查理十世等贵族参加祈祷仪式的奢华排场后,知晓了一个四十岁的神父拥有三倍于拿破仑手下大将的收入,决定倒向统治阶层。在他的思想意识中,原先不甘平庸、建功立业的朴素理想,变成对权力、财富、声名的无限追逐。于连的个性受到社会意识形态的严重侵蚀,他的个人主义演变为利己主义。由此可见,批判现实主义文学注重挖掘个人主义蜕变为利己主义的过程和原因。

司汤达在《红与黑》中揭露了贵族、教会、资本家控制下的社会对有理想和正义感的平民阶级的无以复加的戕害,其中不仅有生活方式的堕落和生命的毁灭,更有个人意识的消解。人丧失了良知就是丧失了自我。这种深刻的批判,已经预示了人在资本主义社会的生存状态,那就是个体的自我意识被制度的意识形态所改写、涂抹或删除,这一切在1830年的法国已经日渐鲜明。1830年是复辟的波旁王朝即将覆灭之际,所以,《红与黑》的副标题叫作"1830年纪事",表达了司汤达对社会体制的深深诅咒。《红与黑》以于连的两次爱情为主线,以三个故事场景为平台,不仅描绘了法国复辟时代的社会面貌,更深入地刻画了主要人物的内心世界,尤其是通过人物自述表达了思想感情。应该承认,受作品数量所限,司汤达的《红与黑》等小说,在描写自然景色和社会场景方面,虽然不及巴尔扎克的《人间喜剧》那样波澜壮阔、全面细致,但也凸显了细腻准确和丰富传神的特点。

司汤达小说中对客观现实的把握，都是为刻画人物心理服务的，也就是要突出人的情感、思想和本能，以及它们存在和形成的规律，这就是司汤达小说的内向性。在《红与黑》中，于连从小人物成长为侯爵的亲信，不是一蹴而就的，而是经历了重重考验。对于连威胁最大的，不是他要回答权贵的提问，不是当众一字不漏地背诵《圣经》，而是他在做这些事情时要隐藏自己内心的蔑视、骄傲和愤怒。于连在和雷纳尔夫人、马蒂尔德交往时，这三位主要人物内心的焦虑、困惑、恼火和恐惧，像波浪一样重叠奔涌，一般通过人物的自述来展现。客观环境配合着人物内心的变化，场景、色调、氛围为人的性格和行动服务。《红与黑》以黑夜为背景，以黑暗为象征，集中体现了人对不知道的结果的摸索行为，也衬托出人慌乱惶恐和欲罢不能的内心状态。所以，司汤达的小说有强烈的内向性，与巴尔扎克相比，他的客观描写已经越过了人物的性格和心理，直达人的潜意识层。

于连是《红与黑》刻画的不朽典型，他是每一个故事场景的主人公，也是连接着所有人物的核心，使《红与黑》的结构，既像糖葫芦串型，又像古希腊神话中以宙斯为核心的中心辐射型。小说结构的多重性来自主人公于连内心世界的多重性：他有"不自由毋宁死"的豪言壮语，但只是将自由等同于人身自由和财产地位；他有雄心壮志和坚强毅力，但却没有办法施展抱负，只能委曲求全；他有正义感、良知和平等观念，但却过于敏感，纠结于无关宏旨的与谁同桌吃饭等小事；他生性多疑，拒绝了朋友富凯的经商劝告，又控制不住虚荣和欲望，陷入情感纠葛和权力斗争的旋涡；他有学识和超强的记忆力，可以通篇背诵《圣经》和密信，但却理不清、认不明社会阶级压迫的实质，忙乱中站错了队，轻易地与压迫自己的阶级妥协；他有真情实感，与雷纳尔夫人、马蒂尔德的感情都是真挚的，但他没有能力保护、培养或终结这两段爱情，导致悲剧的结局。这些复杂的个性特征，导致于连的人际关系复杂。在他交往的人群中，既有他心爱和尊敬的人，也有他仇恨和憎恶的人，而且都是他交际网络中的重要组成部分。于连是有思想、有行动的人物，可以视作哈姆莱特和堂吉诃德的合体。原本于连应该是人文主义者的理想人物，然而，这样的人物在自身因素和社会动因的双重作用下，还是失败了，带给人无尽的感叹与启发。

像于连这样的平民阶级，其身份、地位和阶级意识决定了他无法完全放弃自身的思想、情感与意志，那么即使于连与马蒂尔德结合，生活也很可能不会幸福。来自两个对立阶级的人，除非相互影响引发改变，加之社会条件发生变化，否则即使能实现肉体的结合，也难以达到精神的契合。幸福来自相互理解和包容，阶级对立会带来仇恨和斗争。于连要射杀雷纳尔夫人，不完全是出自一时的激愤或疯狂，而是阶级矛盾不可调和的产物，更是人性恶的显露——被贵族出卖的于连，竟以贵族阶层的思维和行为方式向他的资产阶级情人复仇；而懦弱无辜的雷纳尔夫人，不仅是贵族和教士陷害于连的阴谋牺牲品，也是于连阶级对立面的一员。此外，不可忽视的是，于连在贵族和教士圈子里已经沾染了冷酷无情的习气，这也是他开枪的重要原因。于连不是理性的代表，而是一种在丧失了道德和理智后的破坏性力量，所以于连开枪不可避免，这是他此前一系列行为的结果。

毫无疑问，于连的子弹应该射向拉莫尔侯爵，贵族和教会置他于死地，韦里埃的资产阶级新贵瓦里诺也是罪魁祸首。于连执意赴死，是因为他为阶级跃迁付出了巨大的代价，一朝全部丧失，已经没有再次获得成功的机会。执意赴死的决绝行为，更突出了社会对青年的压制不是局部的，而是全方位、不留余地和深入骨髓的。若拉莫尔侯爵的阴谋没有得逞，于连要出人头地只能是成功概率增大，但是不等于说他一定会成功。因为拉莫尔侯爵不是贵族阶级的全部，从他和其他贵族密谋的情况来看，贵族阶级内部也有利益分配，难保其他贵族打压拉莫尔侯爵牵连于连，或者直接打击于连，逼拉莫尔侯爵弃车保帅，这种残酷的利益斗争是统治阶级内部的生存法则。

奥诺雷·德·巴尔扎克（1799—1850），19世纪法国最伟大的小说家，欧洲批判现实主义文学的奠基人，法国现代小说之父。1799年，巴尔扎克出生在法国中部工业城市图尔的一个中产家庭，后来随全家迁居巴黎。巴尔扎克的父亲以农民身份从军走上仕途，成为高级公务员、暴发户，母亲来自富有的资产阶级家庭，父母的金钱观念都很重，他们的口头禅是："财产就是一切。"1819年，巴尔扎克从法律学校毕业，他想要改行从事文学创作，却遭到父母反对，最后父母同意给他两年试验期，若巴尔扎克在此期间没能成为知名作家，家里就停止供养，他必须找工作养活自己。就这样，一个巴黎文艺小青年，长相不佳，牙黑矮胖，只靠家里微薄的生活费度日，辛苦创作，渴望着一举成名，但两年后，迎来的是戏剧手稿《克伦威尔》的完全失败。当时负责审阅剧本的编辑对巴尔扎克说："这位作者干什么都行，就是不要搞文学。"由于巴尔扎克坚持要继续从事文学创作，父母连那微薄的生活供养费也给断绝了，巴尔扎克为糊口写了一些被他自己称为"乌七八糟"的作品——十多部传奇故事。后来，他又不得不与人开办印刷厂。以上尝试全部以惨败告终，他还欠了六万法郎的债务（当时一个巴黎青年的月平均收入是一百法郎，按可比价格计算，六万法郎相当于现在二百八十万人民币）。为了躲避债主，巴尔扎克逃进巴黎贫民区。赤贫状态、金钱欲望和对成功的渴求，都在他心中刻下了不可磨灭的痕迹，也频繁而鲜明地反映在他日后作品的人物身上。最后，是母亲帮助走投无路的巴尔扎克偿还了部分债务。在困境中，巴尔扎克仍然希望以文学作为主业，他将自己的志向写在书房中拿破仑雕像的剑鞘上："他用剑没有完成的事业，我用笔来完成。"1829年，巴尔扎克以长篇小说《朱安党人》赢得文学界的认可。这部作品和雨果的《九三年》一样，都是以法国旺代地区的农民叛乱为主要背景，也都对斗争双方——共和国军人和贵族在战争中表现的品质表示肯定和赞赏，但不同的是，巴尔扎克在作品中更重视写实和分析，表现出明显的现实主义风格。由《朱安党人》开始，巴尔扎克着手构思一部巨著，他有意模仿但丁的《神曲》，就以《人间喜剧》为这部超级作品的总题。

巴尔扎克说："法国社会将做历史学家，我只是他的秘书。"在《人间喜剧》这一历史总标题下又包括三大主题：贵族阶级的衰亡、资产阶级的兴盛、金钱对人的腐蚀。巴尔扎克对书中两千四百多位人物的生存经历和社会环境的逼真描写，构成了19世纪前半期法国社会的广阔画卷。

巴尔扎克的创作主要有三大功绩：其一，全景式反映特定历史时期的社会生活；其二，开创并完善了反映客观世界的文学创作手法；其三，彻底将小说从供人消遣的通俗文本，提升为体现政治、思想、文化、人的个性与心理的综合艺术形式。在欧美文学上，巴尔扎克作品的总体数量、质量和崇高地位，似乎只有莎士比亚、歌德和列夫·托尔斯泰能与其相比，而他在二十年的创作时间内能取得如此辉煌的成就也是非常惊人的。1850年，一生与贫困、欲望、艰辛的工作进行战斗的巴尔扎克，因积劳成疾病逝。巴尔扎克所安息的墓地，就是他的作品《高老头》中拉斯蒂涅埋葬高里奥的拉雪兹公墓。

巴尔扎克的作品众多，但中国对他的研究比较偏重部分代表作，如《欧也妮·葛朗台》《高老头》《幻灭》《交际花盛衰记》《贝姨》等。巴尔扎克超越其他作家之处在于，他的小说采取社会历史分析的方法，总体刻画19世纪法国从封建社会向资本主义社会过渡的时代变迁，多角度详细地描绘了贵族阶级的衰亡史、资产阶级的兴盛史和拜金主义的罪恶史。在19世纪前期，法国处于大变革时代，封建贵族没有因为王朝复辟止住颓势，资产阶级没有因为拿破仑帝国覆灭而停止发展，控制着爵位的贵族囊中羞涩，而地位日渐提升的资本家拥有大量金钱，法国资本主义制度的基础业已奠定，政权争夺战的结局必将以资产阶级获胜告终。《高老头》着重揭露批判的是资本主义世界中人与人之间赤裸裸的金钱关系。小说以1819年底到1820年初的巴黎为背景，主要写两个平行而又交叉的故事：退休面粉商高里奥老头被两个女儿冷落，悲惨地死在伏盖公寓的阁楼上；青年拉斯蒂涅在巴黎社会的腐蚀下不断发生改变，但仍然保持着正义与道德。同时小说中还穿插了鲍赛昂夫人和伏脱冷的故事。通过寒酸的公寓和豪华的贵族沙龙这两个不断交替的主要舞台，巴尔扎克描绘了一幅幅巴黎社会物欲横流、极端丑恶的画面，披露了在金钱的支配下资产阶级的道德沦丧和人与人之间的冷酷无情，揭示了在资产阶级的进攻下贵族阶级必然灭亡的结局，真实地反映了波旁王朝复辟时期的特征。

《欧也妮·葛朗台》中，箍桶匠老葛朗台通过政治投机聚集财富，成为索漠城的首富，他不仅大肆盘剥城中居民，对自己的家人也丧心病狂地压榨迫害。妻子病危，老葛朗台担心的是妻子死后留下的一部分财产要由女儿继承。当女儿欧也妮·葛朗台签署了放弃继承母亲遗产的文件后，老葛朗台快乐得忘乎所以，抱着女儿叫道："孩子，你给我生路、我的命啦；不过这是你把欠我的还了我，咱们两清了。这才叫作公平交易。人生就是一件交易。"

由此可见，在这个特定的变革时代，资产阶级的资产成为社会主导力量，拜金主义随之兴起，严重冲击着世袭门阀制度和教会的教义戒律，也对社会道德规范提出了挑战。拜金主义，指人在占有金钱的无限欲望中，以金钱为思考问题和言行的原则，以金钱为衡量成功与否和地位高低的标准。社会道德在拜金主义中堕落，为了钱，一切都可以舍弃，一切都可以出卖，一切坏事都可以轻易为之。欧洲文艺复兴提倡的人文主义、启蒙运动鼓吹的理性王国，在当下却形成了社会少数人依靠资本控制大多数人的状态，无论是社会的统治者，还是被统治者，都服从金钱这个新上帝，人发生了严重的异化。异化，指人的物质生产与精神生产变成异己力量，反过来支配人，使人丧失了人之为人的本质属性、主体意识和精神自由，瓦解了和谐的人际关系，人成为孤独、古怪、自私和邪恶的生物。

巴尔扎克的小说是明确表现人的异化的文学作品。他认为，人的善，被金钱时代彻底吞噬；人的恶，成为社会发展中客观必然和无法抗拒的存在，资产阶级暴发户们就是这种恶最具体的表现。巴尔扎克期望用君主和贵族压制资产阶级，所以他赞成君主立宪制，并参加了保王党，但保王党贵族腐朽无能，早已丧失了力量，只会尔虞我诈和虚伪地掩饰自身的堕落。所以，巴尔扎克又经常抨击保王党，说它是没有前途的组织，成了这个党派中的异类和受仇视的对象。

巴尔扎克的创作手法，是通过严格细致地描绘典型人物和典型环境，形成一部法国社会情景史诗，体现出外向性。社会情景史诗的本质是人的心灵史诗，巴尔扎克的小说以外在世界的无限广阔，凸显人内心世界的无限深邃。所谓外向性，指以人的行为、语言和社会场景为主要描绘对象，较少直接描写人物的内心世界。由于缺少像司汤达小说中的那种人物自白，因此有的研究者片面地认为巴尔扎克不擅长心理分析，用人际关系矛盾代替了人的内心矛盾。实际上，巴尔扎克在《人间喜剧》的前言中谈到，社会体系如同生物体系一样，可以划分出许多类别，文学作品表现男人、女人和事物，进而展现人的思想。这就是说，巴尔扎克通过描绘社会和人的外在来表现人的精神状态。巴尔扎克的最终目的，仍然是对人的内心做出刻画，只不过，他采用的方式不像司汤达那样明显，而是通过对客观事物的罗列和精雕细刻来表现人的内心，类似冷静叙述而不加情感的纪录片。

这是一种深沉而丰富的现实主义。

从人类反映世界的方式看，自然界和社会都是人的意识外化的结果。因此，巴尔扎克从外在世界入手，就是从人的意识外化的结果反推这种结果产生的原因，又考察这种结果带来的影响。他认为，人的思想和激情造成了现实社会的不断发展变化，又激发人新的思想和激情。在《人间喜剧》中，拜金主义来自人自身对发展的渴望和认识，又反过来激发人的欲望，带来种种罪恶和悲剧，这一过程经久不息，体现在人类社会的方方面面。《人间喜剧》就是对人选择陷入灾难这一不变宿命的现代阐释，巴尔扎克对人的行动、语言和社会场景的描绘，凸显了人类命运的悲剧性。

巴尔扎克塑造的人物形象组合成一个庞大的人物画卷，凸显了在金钱的控制下，在欲望的折磨中，人走向幻灭的过程。在《人间喜剧》的两千四百多个人物中，具有突出特点的典型人物有一百零六个，他们围绕三大关键词——欲望、金钱、幻灭展开，这是他们言行的线索和生活的内容。如同但丁的《神曲》三部曲一样，巴尔扎克塑造的人物也有自己的三界游历，但人在金钱和欲望中穿梭轮回后，得到的结果却是生命的终结或精神上的死亡。

最有代表性的是被称为《人间喜剧》真正总序言的《幻灭》，巴尔扎克历时八年才最终定稿。主人公吕西安是法国外省小城昂古莱姆的青年诗人，他家境贫寒，一心想成为文学巨匠。在某种程度上，吕西安也是巴尔扎克的化身。虚荣幼稚的吕西安被外省贵族巴日东夫人勾引，来到巴黎圆他的文学梦。可是巴日东夫人的追求者、老公子哥夏特莱挑拨吕西安和巴日东夫人的关系，使巴日东夫人抛弃了吕西安。靠母亲、妹妹和朋友大卫·赛夏接济的吕西安渐渐陷入经济困境，虽然也在巴黎交到了几个文学上的挚友，但最后不得不投身到新闻业，靠昧着良心写党派攻击文章过活。吕西安的文章笔锋犀利，内容精彩，受到报业大亨的赏识，得到重用的他获得了丰厚的金钱回报。他投靠了自由党势力，并和一个女演员柯丽拉同居，过上了花天酒地的生活。吕西安学会了尔虞我诈和虚伪贪婪，写文章攻击朋友，靠贷款满足开销，还无耻地冒充赛夏的签名骗钱，他真正的才华和曾经的文学梦想，都伴随着道德堕落而烟消云散。因为吕西安发表文章讽刺了巴日东夫人和夏特莱，两个人和贵族集团合谋，假意吹捧吕西安，并以贵族头衔引诱，让吕西安转投保王党势力，然后又假冒他的名字发表嘲弄掌玺大臣夫妇的文章，让吕西安遭到驱逐。而此时，自由党也因为吕西安先前的背叛，对他深恶痛绝。吕西安从云端跌落，朋友离散，情人病死，身心俱疲、惶惶如丧家之犬的他只好回到昂古莱姆。在家乡，由于吕西安不改虚荣本性，被人利用，让好友赛夏因欠款不还被捕关进监狱，而妹妹此时已经嫁给赛夏并生育了孩子，一家人陷入绝境。悔恨不已的吕西安给妹妹留下了一封信，离开家准备投水自尽。正在这时，化装成教士的《人间喜剧》中最邪恶、最冷酷的人物伏脱冷救下了吕西安，告诉他所谓的资产阶级和贵族不过都是禽兽，人为了达到目的必须不择手段，和社会对抗到底。吕西安做了伏脱冷的秘书，回到了巴黎。

这部小说篇幅宏大，人物众多，受金钱控制的各色人等，几乎都在欲望的驱遣下走向不同形式的幻灭。即使是比较理智的赛夏，最后因为转让自己的发明得以出狱，并继承了父亲的遗产得以善终，但再也不敢追求自己青年时代的梦想，只想安安稳稳地过日子，他的理想也以幻灭落幕。最突出地表现幻灭的还是主人公吕西安，他身上有巴尔扎克的影子，这是个原本准备以文学创作为一生追求的人，忍受不了贫困，总想以极端手段取得成功。这种对成功的渴望原本无可厚非，但在自身性格和社会环境双重因素作用下，吕西安最终偏离了发展的正轨。他意志薄弱、爱慕虚荣的品质，外加巴日东夫人的勾引和教唆，构成了让他滑向了幻灭的第一步；在巴黎被抛弃，忍受不了贫困的折磨，向资产阶级控制的报社投降，出卖灵魂，这是他滑向幻灭的第二步；花天酒地、意志消沉，沉溺于肉体的快感，为了金钱和享乐，放弃了文学创作和道德良心，这是他理想的最终幻灭。与司汤达塑造于连的毁灭一样，吕西安挣脱不开社会制度的罗网，丧失了人格和尊严，反复被一套既定的生活方式和思维习惯玩弄。这是所有初入社会的青年理想破灭的悲剧，也是现代社会人精神幻灭的悲歌。巴尔扎克小说中的某些人物不只出现在一部书中，有时几部小说都有同一人物登场，称之为"穿梭人物"。吕西安的故事在《交际花盛衰记》中延续，他和一个左右逢源的交际花爱斯丹结识，因为行骗不成，锒铛入狱，最后自杀而死。伏脱冷也是个"穿梭人物"，他是个恶魔撒旦般的人物，看透了贵族和资本家的虚伪贪婪，引诱和教导有野心的青年和社会搏斗，以一人之黑暗反对社会之黑暗。在这个人物身上，既体现了巴尔扎克对社会的批判精神，又显示出人性恶的深度。此外，《高老头》中的拉斯蒂涅也出现在《幻灭》中。

与司汤达《红与黑》中的于连不同，巴尔扎克的许多青年主人公们，无法在与社会的对立中保持自身的独立性，而是在金钱和欲望的挤压下很快就失去了对自我的控制。他们也没有像美国作家斯科特·菲茨杰拉德创造的盖茨比那样，在善与恶中保持最后的判别力，而是不断地走向道德沦丧，丧失了道德律令。他们越行动，越追求，就越加速幻灭，越显示了人悲剧性的宿命。巴尔扎克这方面的代表作品是小说《高老头》。在作品中，主人公拉斯蒂涅在伏盖公寓认识了一个孤苦伶仃的老人高里奥，他将两个女儿分别嫁给了贵族和银行家，为她们置办嫁妆，还为她们还债，使自己原本丰厚的家财几乎散尽，结果遭到两个女儿嫌弃，最后被扫地出门，人财两空，寄居在简陋的伏盖公寓里。这一情节颇像莎士比亚的悲剧《李尔王》，但巴尔扎克更突出了金钱对亲情、家庭和人性的摧毁性。《高老头》的主人公实际上是拉斯蒂涅，他按照鲍赛昂夫人的指点，费尽心机地勾引高里奥的女儿之一、银行家的妻子，而同样躲藏在伏盖公寓的伏脱冷也教唆拉斯蒂涅要心黑手狠，"捞大钱就要大刀阔斧地干"，发大财就必须让别人流血。在他们的训导下，拉斯蒂涅的良知慢慢消减，金钱和欲望之火熊熊燃烧。高里奥死后被草草埋葬，而他的两个女儿还在参加舞会，拉斯蒂涅就此彻底意识到，拜金主义是时代的大洪水，道德的诺亚方舟再也不会出现，于是他的思想发生了完全的转变。小说里这样写道：

拉斯蒂涅一个人在公墓内向高处走了几步，远眺巴黎，只见巴黎蜿蜒曲折地躺在塞纳河两岸，慢慢地亮起灯火。他的欲火炎炎的眼睛停在旺多姆广场和荣军院的穹隆之间。那边是他不胜向往的上流社会的区域。面对这个热闹的蜂房，他射了一眼，好像恨不得把其中的甘蜜一口吸尽。同时他气概非凡地说了句："现在咱们俩来拼一拼吧！"然后，拉斯蒂涅为了向社会挑战，到纽沁根太太家吃饭去了。

拉斯蒂涅最后如愿以偿，在《幻灭》中他已经当了贵族，在上流社会游刃有余，还成了政治人物和沙龙焦点，受到吕西安的羡慕。伏脱冷则被人出卖被捕，后来与统治者妥协当了保安处处长，彻底邪恶的个人最终也逃不出彻底邪恶的体制。

可以说，巴尔扎克小说的人物画卷体现出整个社会、各个阶层的人们内心的群体意识，反映了以拜金主义为核心的阶级矛盾、社会现状和人的生存状态。拜金主义是社会发展的严重阻碍，也是现代性的重大问题。由此来看，巴尔扎克用外向性描写的方式，延续了小说艺术对人物细致刻画的传统，更先声夺人地对整个现代社会进行了完美的全景式书写，意义深刻，影响深远，跨越了文学和历史学、社会学、文化学、政治经济学等多个领域。因此我们说，巴尔扎克的《人间喜剧》不限于一个时代，也不限于单一的人类认识维度，它的价值属于整个人类。

居斯塔夫·福楼拜（1821—1880），生于法国卢昂一个传统医生家庭，少年时代就看过父亲解剖尸体，原本鲜活的生命体变成任人剖解的臭皮囊，给福楼拜留下难以磨灭的印象。此外，他青年时就与不少医学者交往，阅读医学著作。这些人生经历，造就了福楼拜的"医生型"特质，他把握世界的方式与"社会历史学家型"的巴尔扎克相似，即用类似自然科学家的思维方式，通过细心观察剖析事物的本质，总结人成长发展的规律。福楼拜的身体状况很差，患有脑病，久病不愈让福楼拜的身心饱受折磨。他的性格是孤僻愁苦的，他的人生观是灰暗和悲观的，在他眼里，人生苦短，没有意义，生命起于痛苦，终于虚无。福楼拜的家庭属于富裕的中产阶级，良好的家庭条件不仅让他接受优良的教育，而且令他终生衣食不愁，可以在父亲留给他的庄园里安心写作，既没有为生计的紧迫催逼，也没有出版商的要挟刁难。相对于战士般的司汤达和勇士般的巴尔扎克，福楼拜的日子是平稳安逸的。因为有这样的世界观和人生经历，所以福楼拜的作品表现出独特魅力：以冷静客观的细察精描为主要方式，以现实生活中的日常事物为空间背景，以平凡人和平庸性为刻画对象，以肉体和精神的必然毁灭为思想基础，表现现代人生存的盲目性和悲剧性。

福楼拜特别强调对事物的细致观察，并要求以精准的文字反映出事物的本质特征，即发现平常事物身上被人忽视、与众不同的东西，并找到唯一准确的词语加以展现。比如，他要求他的学生莫泊桑，从燃烧的火焰、原野的树林中找到它们和其他火焰、树林的不同，用一个词来形容一匹拉车的马和其他拉车的马的不同，用一句话来总结一个车夫与挑夫的本质区别。这种细察精描对作家的写作是至关重要的，福楼拜的作品所展现的客观事物的真实性，与司汤达、巴尔扎克不相上下，但小说语言却更加客观冷静，几乎冷漠无情。但在客观冷静之外，小说无时无刻不透着隐忍和强烈的感情，不做任何表白，只是通过情感暗示的方法来表现人物的两种情感状态：第一种是单一情感状态。比如，在《包法利夫人》中夏尔做了鳏夫之后，去贝尔多看望爱玛，年轻的爱玛穿着薄衣衫在厨房里忙碌，裸露的双肩上可以看到细小的汗珠。这分明是对夏尔此时内心性欲的强力表达，但却点到为止。第二种是复合情感状态。再比如，夏尔的原配妻子死后，夏尔也很伤心，但即使这样，书中的情感表达也很含蓄严谨，只是说夏尔靠在写字台上，一直到天黑，沉浸在忧伤的沉思中。"她毕竟是爱过他的呀！"其中混融了夏尔复杂的情感，既有对亡妻的思念、悔恨，又因并不特别爱她而感到困惑、无助、茫然。无论是单一情感还是复合情感，当两种状态出现后，福楼拜的叙述就戛然而止，立即寻找新话题、开启新段落、展开新叙述。可是，这种强有力的情感暗示在读者心中留下了深刻的印象。这种手法是在情节临近高潮时强行终止，在避免作家情感介入的同时，加深读者在阅读时的高峰体验。在《包法利夫人》的结尾，主人公家破人亡，包法利夫人的女儿去工厂做女工。即使在如此凄惨的结尾中，作家的叙述也冰冷得近乎残酷，但这种冷漠的、纯客观的写作技巧，与人物遭受的残酷命运及整个社会的冷漠情感是完全一致的。可以说，将似火热情藏于冰川之下，让暗流涌动蕴含无尽力量，从加法到减法，多用暗示，以无通有，福楼拜将浪漫主义文学的抒情手法发挥到了极致。

与司汤达和巴尔扎克相比，福楼拜描写的事物有鲜明的日常性，而且范围狭窄，缺少气势和广度，没有全景式地反映社会发展的总体形势，也没有深刻地探讨阶级矛盾的根本原因。但是，福楼拜以日常事物组成空间背景有其明确的目的性，那就是用整个社会的平淡无奇消减小说情节的传奇色彩和神秘气氛，突出小说文本反映生活的真实性。在他看来，日常事物本身才是真实性的载体，日常事物组成的空间才是真实的生活环境。因此，福楼拜的小说语言沉着冷静，不带感情色彩地刻画日常性，放弃宏大的社会场面描写，这就使读者最真切地看到小说文本中他们所熟悉的生活事物和场面，把握现实的社会生活和本真的诗意世界。

纵观福楼拜的小说作品，写的都是在日常事物的包围中普通人的庸常性。所谓庸常性或平庸性，是人没有任何与众不同的意志品质，在身份、能力和意志上，都处于人群中的平均水平。相比而言，司汤达和巴尔扎克的主人公尚有杰出才能，而福楼拜的典型人物极为平庸，因而有更广的涵盖性。庸常性典型人物的出现，是由当时社会生活的状态决定的。司汤达的"1830年纪事"和巴尔扎克的"复辟时代的写真"，都是对资产阶级和封建贵族搏斗的真实记录，但福楼拜写作的时代背景是1848年爆发二月革命、六月起义和1851年拿破仑三世建立第二帝国，资产阶级对贵族的斗争取得了完全胜利，对无产阶级的反抗进行了血腥的镇压，坐稳了权力的宝座，整个社会处于平稳的发展变化中，革命、理想和激情早已消退，安逸稳定的生活主题和享乐、虚荣、拜金、伪善等风气融合在一起，造成了法国社会普通人，尤其是大部分中产阶级平庸的气质。

《包法利夫人》中的主要人物爱玛、夏尔、鲁俄、莱昂、鲁道尔夫和鄂梅，《情感教育》中的主人公弗雷德里克，甚至历史小说《萨朗波》中的主要人物萨朗波、马托等人，都表现出普通人常见的喜怒哀乐情绪、生死爱欲状态、优点缺点品质，他们不是道德完美之辈，也不是大邪大恶之徒。可以说，福楼拜写的就是平凡人的本质特征，而不是社会发展中的英雄人物。福楼拜将英雄消解掉，同时杜绝让平凡人成长为英雄。在《包法利夫人》中，夏尔是一个庸俗的小资产者家庭的儿子，没有出众的天分，只是靠普通人的毅力和努力考取了行医执照，母亲为他娶了一个中年寡妇爱露依丝，婚后生活沉闷乏味。因为爱露依丝婚前隐瞒了破产的事实，夏尔的父母大为恼火，双方发生矛盾，爱露依丝气病交加而死。夏尔在行医中，曾为小地主鲁俄老伯治愈过腿骨骨折，结识了他的女儿爱玛，双方交往中互有好感。不久之后两个人结婚，爱玛成为新的包法利夫人。然而，爱玛有致命的缺点，那就是人格和意识的扭曲：作为小地主的女儿，却接受了大家闺秀式的教育，她刺绣、写诗、弹琴、跳舞，同时阅读了大量浪漫小说。这里的浪漫小说，主要指以表现爱情和幻想为主的通俗读物。因此，爱玛对现实处境感到不满，幻想理想的爱情、不同凡响的丈夫、高雅的生活，又因为自己是女性，无法把握命运，不得不暂时与现实妥协。此外，她所受的教育也根本没有教给她任何改变命运的有效方法。家庭环境、教育方式和自身性格，造成了爱玛的悲剧。婚后，爱玛很快发现丈夫根本就是个无能无趣、无权无钱的平庸小人物，因此陷入极度失望中。即使女儿出生，也没有唤醒爱玛对生活的热情，反而褪尽了温文尔雅的气质，变得任性、古怪和神经质。为了摆脱无从诉说的烦恼和生活的苦闷，她先后出轨于律师所实习生莱昂和地主鲁道尔夫，每次都以为自己获得了真爱，每次都把对方当成理想中的丈夫。但是，莱昂和鲁道尔夫不过是逢场作戏，假装能理解爱玛的理想和内心困苦，达到精神的相通，但他们的真实目的只是占有爱玛的肉体。爱玛放弃了家庭、尊严和未来，为了解决和情夫在一起的花销，她竟然赊账借贷，即使被人议论指责也在所不惜。但是厄运还是降临，债主逼债，此时爱玛已经欠下八千法郎的外债，她向情人求助，得到的是懦弱的推诿或冷酷的拒绝。在万念俱灰中，爱玛服下砒霜，痛苦地死去。

　　杀死爱玛的直接凶手不是债主和债务，而是莱昂和鲁道尔夫的虚伪，更进一步说是理想破灭后的绝望。夏尔在爱玛死后才知道妻子出轨的事，痛苦不已，连行医的工作都放弃了，但他只是懦弱地忍受不幸，在见到爱玛的情夫之一鲁道尔夫时，竟然说不怪他，只怪命运。不久，夏尔在家中猝死，留下女儿孤苦伶仃，最后去工厂当了女工。读者在此完全可以想象他女儿未来的人生，那一定又是另一个悲剧，不幸的命运在两代人之间延续恶变。《包法利夫人》中没有英雄，没有正面人物，没有至善至纯的化身，没有怀揣雄心壮志或野心勃勃的青年，甚至连罪大恶极的坏人都没有，唯一给我们留下印象的，是一系列不那么好，但也说不上有多坏的人物。但是，这就是福楼拜塑造的人物典型，他说自己塑造的爱玛，"正同时在法兰西的二十个村子里受苦和哭泣"。但这何止是法兰西的二十个村子，整个法兰西的平民百姓，莫不隐约存在着和爱玛一样的生存危机。这种危机也是现代社会所共有的危机，那就是人在社会和自身的互动中无法认清自我的生存状态，既无法理解他人，也无法得到他人的理解，最终在隔膜中盲目地生活，浑浑噩噩、跌跌撞撞地误入陷阱，走向毁灭。

福楼拜的世界观影响到他的创作。在他看来，人生在世，受到肉欲、财欲和权欲的诱惑，难以自拔。想摆脱这些欲望，只能求助于精神，但精神也要附着于肉体，肉体消亡，精神焉在？所以，人终归走向完全毁灭，人生只有虚无。人无法认识世界，也无法认识自己，人越行动，越加速毁灭，但无所事事，也是走向毁灭。爱玛和夏尔就是这样的典型。在小说中，爱玛瞒着丈夫去卢昂的一家旅馆与情人交欢，街上一个盲乞丐唱着小曲："小姑娘到了热天，想情郎想得心酸。"当她服毒后处于弥留之时，又听到盲乞丐的曲子："这一天起了大风，她的裙带失了踪。"可以说，盲乞丐就是心灵如荒漠的爱玛的影子，乞丐的小曲就是她的内心描摹，瞎了眼到处乱撞，理想从未实现，处境却越来越糟，直到宿命般的毁灭最终降临。与之相对应，夏尔迟钝无能，守着家庭生活，结局同样悲惨，可见僵死的婚姻和冒险的出轨都是不幸的。因此，福楼拜通过塑造平庸的人性，展现的是人必然毁灭的命运。这种创作思想改变了古希腊文学中神或英雄与命运对抗的传统，重视探索普通人的生命意义，展现出日后现代主义小说的文学精神。表面上，福楼拜的纯客观叙述杜绝了感伤主义和浪漫主义以来的情感渗透，但却将巴尔扎克通过社会场景凸显人物内心世界的方法发挥到极致。在福楼拜描写的日常性的事物身上，仅呈现出有限的认知信息，却隐藏着对现代社会深沉的本真体验。简言之，福楼拜在他所处的特定历史环境中，以现实主义的创作方式重新探索了人的命运。因此，在法国批判现实主义文学中，司汤达深刻，巴尔扎克广阔，而福楼拜精致。精致，对于福楼拜而言，指精益求精地从语言叙述层面不断地探索人的存在意义。

第二节 英国批判现实主义文学

在英国批判现实主义文学风起云涌的时代，英国文学的内涵得到了进一步丰富。18世纪英国小说家们开创的写实和讽刺两大风格，在19世纪催生出一大批优秀的现实主义文学家，他们的创作延续着前辈对道德的关注，只不过，这种道德关注的社会历史背景，已经从资本主义社会的野蛮发展阶段，演化为自由资本主义时代和垄断资本主义抬头的阶段，资本主义制度和生活方式成为道德风气的严重威胁。英国现代批判家利维斯认为，英国文学有自身坚强而持续的"伟大的传统"，就是面对现实社会形成了经验主义层面的道德意识。在这方面，英国小说家狄更斯取得了19世纪英国现实主义文学的最高成就。

查尔斯·狄更斯（1812—1870），尽管出生在中产阶级家庭，但家庭的经济状况随着全家迁入伦敦而每况愈下，致使狄更斯在儿童时期就要通过当童工干苦活的方式养活自己、补贴家用。原本做海军军需处薪饷官的父亲，因为欠债被关进马夏尔西债务人监狱。为节省房租，除了上学的大姐范妮和狄更斯，全家都搬进了监狱居住。家庭贫困、多次辍学、屡遭歧视，都在狄更斯心中留下了烙印。做童工的经历和家庭的贫困反映在他的小说中，形成了对儿童和贫民的经典描写。但是，困苦的生活并没有磨灭狄更斯求学的意志，他从小在父母的启蒙下阅读过《一千零一夜》《鲁滨逊漂流记》《堂吉诃德》，也看过莎士比亚的喜剧，对大团圆结尾印象深刻。后来，狄更斯的父亲继承了一笔遗产，家庭生活得到一定的改善。狄更斯辍学后，先后在律师事务所、法院和报社做职员，接触到社会上的各种不公正事件。其间，他也因为贫穷导致向银行家的女儿玛丽亚·比德奈尔求婚失败。1834年，狄更斯在报纸上发表连载小说，获得成功。由此，狄更斯进入生活与事业的兴盛期，不仅作品连载和出版，而且迎娶了报社主编的女儿凯瑟琳·霍佳斯。狄更斯的小说既有幽默风趣、皆大欢喜的喜剧特色，也有对资本主义社会制度、生活方式和人际关系入木三分的描绘和嘲讽，在报刊连载的过程中，受到读者的热烈欢迎。此后，狄更斯边创作边去美国进行巡回演讲。秉性正直的狄更斯先前认为美国是当时资本主义国家的楷模，但当他看到资本家对工人尤其是童工和女工的残酷欺压、南方的蓄奴制、资产阶级政客的尔虞我诈之后，开始嘲讽和抨击美国现实制度。这和他小说中表现出来的批判意识是一致的。1870年，狄更斯因劳累过度，突发脑出血，猝然去世。

狄更斯的小说不同于法国批判现实主义的作品，带有英国气质和作家自身的特征，但没有脱离对资本主义社会的批判和对客观世界的描写，在精神气质上，有鲜明的外向性。狄更斯的小说想象力丰富，可读性强，故事情节跌宕起伏，富有传奇色彩，同时设置多条线索，增加文本容量和规模，以便连载。作者从主观角度出发建构文本世界，侧重反映19世纪英国资本主义社会广阔的城乡生态。但他塑造的人物性格缺少变化，小说常以"受难—奋斗—成功"的模式为主，崇尚好人有好报，结尾渲染大团圆氛围。值得一提的是，狄更斯擅长塑造儿童形象，密切关注贫民阶层和中产阶级的生活，常用轻松幽默的语言讽刺批判资本主义制度和人的自私贪婪，结局带有喜剧色彩和梦幻性，幻想凭人的爱心、道德和良心发现化解阶级矛盾。

《大卫·科波菲尔》是狄更斯的半自传体小说，狄更斯称这本书是他"最心爱的孩子"。小说以第一人称讲述故事，主人公大卫·科波菲尔是狄更斯的化身。其他许多人物，也都是以狄更斯生活经历中的人物为原型。大卫·科波菲尔是遗腹子，童年幸福，但母亲再嫁后，继父莫德斯通和他的姐姐搬进大卫家。为了霸占大卫家的财产，莫德斯通姐弟俩虐待大卫的母亲，将她折磨致死。大卫被送到工厂当童工，经常吃不饱睡不好，小小年纪就受到身心上的摧残。大卫和姨婆贝西取得联系，贝西姨婆原本希望大卫的母亲生一个女孩，在大卫出生后她一句话都没说，气呼呼地离去。虽然姨婆贝西是个脾气古怪的老太太，但是她内心仁慈宽厚，知晓大卫受苦受难后，立即寄来路费，让他来投奔自己。大卫逃出工厂，但他毕竟还是个少年，刚上路就被车夫抢走了大部分盘缠，在逃亡路上靠身上仅有的一点零钱，风餐露宿，挣扎活命，历尽艰险才到了姨婆家。

姨婆贝西从此悉心地养育大卫，让他接受了高等教育。大学毕业后，大卫遇见了美丽的富家小姐朵萝，两个人坠入爱河。朵萝从小养尊处优，对持家一窍不通，连做饭烧菜都做不好，但她本质上心地善良，富有爱心，对大卫一片至诚，让大卫享受到甜蜜的爱情。如果贝西姨婆是大卫的保护神，给大卫带来家庭的安全感和光明的未来，那么朵萝是爱与美女神的化身，给大卫带来家庭的温馨和情感的皈依。朵萝的真实原型是狄更斯早逝的姐姐范妮，以及初恋对象玛丽亚·比德奈尔。后来，朵萝不幸染病，香消玉殒，大卫悲痛万分。大卫和原先家里的女仆佩葛蒂感情深厚。佩葛蒂家有个养女叫艾米丽，从小聪慧过人，向往出人头地的幸福生活，但乡村的淳朴民风与她的理想大相径庭，她只能勉强答应青年吉姆的求婚。大卫带好友斯蒂夫前来做客，艾米丽被富家公子哥儿斯蒂夫的优雅举止和谈吐所倾倒，两个人在吉姆和艾米丽结婚当天私奔了。伤心的吉姆和家人一起寻找艾米丽。艾米丽和斯蒂夫游玩了一段时间后，斯蒂夫喜新厌旧，又不负责任，两个人很快反目成仇。最终，斯蒂夫竟狠心地将艾米丽抛弃，任由她堕落。吉姆在一番奔波之后终于在伦敦找到了艾米丽，可两个人在坐船回家途中遭遇风暴，本逃生有望的吉姆看到一个旅客落水遇险，毅然跳入海中救援，不幸和那个旅客双双遇难。当两个人的尸体被海水冲上海岸时，人们才发现那个旅客是斯蒂夫。艾米丽在一连串的心灵与肉体的打击下，万念俱灰。

大卫在贝西姨婆的律师威克菲尔的律师事务所工作，结识了威克菲尔的女儿爱格妮。爱格妮爱上了大卫，但大卫反应迟钝，没有及时回应，她只好将爱情埋在心底。爱格妮的原型是狄更斯的妻子凯瑟琳·霍佳斯。威克菲尔的助手希普陷害威克菲尔，造成巨额损失，连贝西姨婆的钱也都被骗走。大卫曾帮助过希普的跟班米考伯，当时米考伯因为欠债，全家身陷囹圄。米考伯感激大卫，揭露了希普的阴谋，姨婆贝西和威克菲尔都转危为安。大卫和爱格妮经过一段考验，彼此增进了了解，心心相印，终于结合。大卫获得了稳定而持久的爱情生活，自己也成为一个知名作家。在近半生的辛苦、曲折和磨难之后，大卫终于获得了幸福的结局。

这部半自传体小说有很明显的虚构成分，场景变换频繁，深入描绘了中产阶级和平民的生活实况，在加入了一定传奇色彩的基础上，通过塑造一个青年知识分子的成长经历，宣扬资产阶级的善恶论思想，认为善终将战胜恶、好人终有好报、坏人都要受到惩罚。因此小说情节有脱离生活真实的瑕疵，过于理想化。当然，从狄更斯的创作初衷来看，这样写作的原因是对作者心中理想生活的追寻，起到了宽慰自己和读者的作用。小说中还有大量的社会场景描写，塑造了个性鲜明的主要人物。一方面，作品对社会制度进行了批判。对债务人米考伦的强行拘禁，有狄更斯家庭生活的影子。资本家的工厂惨无人道地虐待童工和女工，大卫在工厂遭受的虐待，是以狄更斯的亲身经历为基础的，这也是当时英国社会最被人诟病的阴暗面。另一方面，作品凸显了人性的复杂和丑恶。斯蒂夫原本是大卫的好友，勇敢仗义，曾多次保护大卫免遭欺负，但是在邂逅艾米丽后，竟禁不起肉欲的诱惑，利用自己的容貌和艾米丽的天真梦想，勾引走了艾米丽，后来又始乱终弃，让艾米丽自甘堕落。大卫的继父莫德斯通和他的姐姐都是凶神恶煞般的人物，丧心病狂地迫害大卫的母亲，威胁、恐吓、辱骂、殴打大卫，直至遗弃了大卫，霸占他的家产，是完全意义上的邪恶象征。

《大卫·科波菲尔》在整体上，通过不断地构建一个主观的虚构世界，让读者在新奇又曲折的情节中，时刻感受到奋斗必成功的鼓励和人间有真情的温馨，这就让狄更斯的作品同司汤达的激情、巴尔扎克冷静详细的罗列和福楼拜的冷漠的纯客观叙述等风格，有了极为明显的不同。狄更斯的小说在社会批判中明显掺有幻想的成分，所以他不是历史学家式地分析解剖社会，也不是艺术家式地通过精益求精的客观描述揭示人的命运，而是塑造性格单一的主人公，并主观地强行干预情节发展，以便寓教于乐，达到教化民众、改良社会的目的。狄更斯的创作方法，受到他童年贫困生活经历的影响，也受他阅读文学经典的熏陶，因此他的小说中有莎士比亚世俗情景剧和传说奇迹剧的夸张失真和传奇色彩，但狄更斯是以这样的形式表达自己对理想社会的认识，赞扬人道德情操的可贵。可以说，狄更斯是一个社会道德和理想的卫道士。

狄更斯的《双城记》是反映19世纪初英国和法国生活的史诗级作品，对法国大革命的态度是先赞扬、后质疑。狄更斯在作品中塑造了一系列鲜明的人物形象，主人公的地位比较模糊，人物带有更多象征性：露西是善良的最高代表；查理斯·戴尔是真诚的象征；梅尼特医生是良知和坚贞的代言人；卡尔登则是牺牲自己、成全真爱的圣徒，一心要斩尽诛绝所有贵族、让仇恨蒙住了双眼的德伐石太太是复仇女神。这部小说色调阴暗，小说中描写的巴士底狱更增添了恐怖氛围。狄更斯重点渲染了法国大革命血雨腥风、血流成河的残酷景象，但是反而衬托出作者对人道主义的升华。在极端艰难困苦的情势下，露西依靠善良和大爱解救了父亲，并在卡尔登舍生取义的帮助下获得了真爱。作品以露西为核心，散发出爱和道德的光晕，让向善的人获得拯救和永生，让恶人遭到驱逐和毁灭。在作品中，象征意义强烈的人物并不意味着虚幻不可能，而是作者人生理想的具体化。狄更斯塑造的新人形象，以单纯的爱和善良作为核心。

《双城记》以英国伦敦和法国巴黎为主要空间背景，不仅对两座城市发生的故事有详细深入的叙述，而且对两个民族的文化心理有相应的分析把握，更重要的是从经验层面辩证地阐述了朴素的历史发展观，即时代滚滚向前，今天的辉煌可能在明天遭受诟病，昨天的落后可能是未来的珍宝，历史发展不以人的意志为转移，只有蕴含在时代中的经验才最为值得珍视。

托马斯·哈代（1840—1928），是19世纪后半期英国文学大师、优秀的小说家和杰出的诗人。相对于英法文学前辈，哈代的小说不仅有描写客观世界、表现人心理状态的传统现实主义特质，更以神秘的超现实的力量作为人悲剧宿命的解释，同时他关注资本主义经济对农村生活方式的侵入，从资本主义观念与农村传统宗法观念对立的新视角，揭示社会矛盾和人的精神状态，尤其注意考察人们的婚姻、前途、社会道德风气、内心状态。因此哈代的小说在历史遗迹和自然景物等环境描写的衬托下，突出了浓郁的悲剧基调和质朴的乡村生活。悲剧基调、乡村生活、客观环境，是哈代小说的三大维度。

哈代出生在英国西南部一个叫博克汉普顿的小村庄，母亲擅长讲述民间传说故事，父亲是砖瓦匠，爱好音乐。哈代只读完了中学，成年后从事建筑业，成为建筑工程师助手。他对农村、农民的生活非常熟悉，对城市和农村的观念差异有深刻认识，受到达尔文的进化论的影响，执迷于概率和必然性的张力，以及社会生活中运行的神秘自然法则。哈代的小说可以进一步分为三类：罗曼史和幻想小说、机敏和经验小说、性格和环境小说。其中"性格和环境小说"的成就最高，又因为它以英格兰文明古地威塞克斯村为背景，所以又被称为"威塞克斯小说"。哈代的小说代表作都来自"威塞克斯小说"，有《绿荫下》《远离尘嚣》《卡斯特桥市长》《德伯家的苔丝》《无名的裘德》等。

《德伯家的苔丝》是哈代最优秀的小说作品。乡村女孩苔丝家境贫苦，父亲是浪荡子，母亲粗俗没有文化，家里兄弟姐妹众多。苔丝赶着家里的老马去卖货，老马被邮车撞死。失去了家里唯一的牲口，全家陷入绝境，苔丝被迫到邻近地区认亲，在有钱的亲戚家当帮工。十七岁的苔丝内心单纯，落入表亲亚雷·德伯维尔的圈套，惨遭强暴。苔丝逃回家，不久后她发现自己怀孕了，受到家人和乡亲的冷落和攻击。孩子生下来不久夭折了，苔丝带着破碎的心去牛奶厂当了名挤奶工。

在牛奶厂，苔丝遇到了青年安琪儿·克莱尔，他有年轻一代的理想追求，不愿像父辈那样做牧师，一心想在本乡本土或殖民地务农，是个既有知识又有能力的英俊青年。相处中，苔丝和克莱尔相爱。但不堪回首的经历是苔丝的心灵负担，她写信给克莱尔，回忆自己的痛苦和耻辱，但将信件塞进克莱尔房间的门缝时，却阴差阳错地塞进了地毯中，克莱尔没有看到信。结婚当日，苔丝发现了地毯之下的信，懊恼地撕掉了它。新婚之夜，苔丝向克莱尔诉说了被亚雷强暴的经历，克莱尔忍受不了这一事实，抛弃苔丝而去。苔丝在农场干活，一次在听牧师讲道时，发现那个牧师正是当年强奸自己的亚雷，亚雷也认出了苔丝，对她纠缠不休，遭到苔丝的痛斥，亚雷威胁利诱，并告诉苔丝，克莱尔不会回来了。农场的艰苦劳动和亚雷的逼迫，让百般无奈的苔丝写信给克莱尔，寻求保护，但信件被克莱尔的家人延误。这体现了哈代的现代宿命论思想。苔丝的家人此时也陷入赤贫状态，流落街头，克莱尔的父母也拒绝援助，绝望中，苔丝在亚雷的威逼下就范，两个人同居。克莱尔回到家乡，发现了苔丝的信，终于理解了苔丝内心的痛苦，于是找到苔丝，希望能与她复合，但是苔丝说一切都已经太迟了。克莱尔伤心离去，苔丝悲愤交加，和回家的亚雷发生争吵，并用切肉刀刺死了亚雷。她找到克莱尔，两个人逃入森林，度过了几天的幸福生活，最后苔丝在睡梦中被前来搜捕的警察逮捕。临死前，苔丝恳求克莱尔和自己的妹妹生活，克莱尔带着苔丝的妹妹远走他乡。

苔丝的悲剧仍然是制度和她自身性格影响的结果。但是，哈代对此进行了象征化的处理，他设置的两个关键人物——亚雷和克莱尔，一个象征魔鬼撒旦，一个象征天使。亚雷在草场中拿着叉子，克莱尔名字中的"安琪儿"，都明显透露出作者的主观意图。一般认为，从外在因素看，是资本主义制度和农村宗法制观念这两种力量合起来致使苔丝陷入了精神绝境。亚雷是十足的恶的化身，损人利己、不择手段，利用经济优势欺压贫苦农民，他的行为既有农村地主的特点，也显示出资本家的做派。克莱尔身上也有致命的弱点，他思想开明，有理想，但远未逃脱宗法制观念的束缚。宗法制观念是农业社会形成的思维方式和思想内容，它以大家族领袖的意志为核心，以家族法为基础，要求家庭成员服从家族领袖，由此形成层级体系，底层的家族成员在精神和肉体上完全受制于顶层领袖。英格兰西南的威塞克斯，是古老文明的保留地，民风淳朴，但也愚昧落后。人们对流传下来的道德观念笃信不疑，已经远远落后于时代发展。人们认为女性失身不仅有失体面，甚至是大逆不道。然而，这种歧视和侮辱女性的观念，却根深蒂固地刻在克莱尔这样的新青年心中，蒙蔽了他对苔丝的爱，泯灭了他的良知，造成不可挽回的悲剧结局。苔丝有自身的弱点，没有文化，意志不坚，内心脆弱，缺少经验。但哈代在小说中没有更多地诘责苔丝，哈代认为是社会造成了一个纯洁少女的悲剧。这不仅是这部小说的核心，也寄托了哈代对社会的控诉、对像苔丝一样被社会摧毁的无辜弱者的同情和哀思。在苔丝的生活环境中，处处隐藏着不利于人生存发展的因素，工友的欺侮、亲人的愚昧、乡亲的嘲讽、克莱尔父母的冷漠，加上贫困的生活，根本不是一个年纪轻轻的弱女子能应对的。

由此可见，哈代和许多同时代的作家都对资本主义大都市感到厌倦，但威塞克斯的穷乡僻壤也不是人间的世外桃源。只要有需要就有商品关系，只要有人的地方就有罪恶，有时候由于村镇特有的宗法制，比单纯体现资本主义生产关系的城市更恐怖。哈代的"性格和环境小说"，实际上指人的弱点和环境的冲突，突出的是命运无常、不可理解及强大的毁灭力量。

哈代的小说体现出如下线索：性格悲剧—社会悲剧—命运悲剧。最终是神秘莫测的命运，导致人的精神或肉体毁灭，也是人行为的最终决定因素。有人认为这是哈代的所谓局限性，但透过小说中描写威塞克斯自然景物的暗示，并结合某些偶然事件，比如苔丝塞进门缝的信，我们可以忽略哈代思想是否具有进步性的争论，将他所说的命运因素归结为非理性因素。人在社会、理性之外，存在无法诉说的神秘特性，这种神秘特性在人际关系中影响人的抉择，产生难以言说的各种后果。非理性因素或命运，是人悲剧意识的来源，也是人不断思考的核心，这使哈代的小说和福楼拜的作品相呼应，具备了更深沉的思想内涵。因此，《德伯家的苔丝》最触目惊心的是，将一个脆弱纯洁生命的毁灭展示给人看，而毁灭她的力量，铺天盖地、强大无比，那么，人又应该怎样选择生存道路呢？

相同的问题出现在《无名的裘德》中。孤儿裘德是个怀揣理想又踏实肯干的乡村青年，他在小学教师菲洛特桑的指导下勤勉苦学，并从事石匠劳动，在清贫中奋发有为。在邂逅了养猪人的女儿、村姑阿拉贝娜后，两个人草率结婚。由于两个人精神境界的巨大差异，裘德的婚后生活并不幸福，阿拉贝娜离开了裘德。裘德来到基督教大学进修，遇见了表妹淑。淑已和菲洛特桑结合，但两个人也没有真爱，并且不同房而居。裘德和淑陷入爱河，两个人品尝到真正的爱情甜蜜，裘德也大胆反击学校中看不起自己的势力。然而，裘德和淑的爱情受到社会舆论的攻击，裘德与阿拉贝娜生的儿子因误会杀死了裘德和淑生的两个孩子，然后上吊自尽。这一悲惨事件摧毁了淑的意志，她认为这是上帝的惩罚。她又回到菲洛特桑身边，而孤独的裘德也只能选择与阿拉贝娜破镜重圆。一对有情人，经历了波折和灾难，又回到原先的处境，似乎是残酷的命运与他们开的玩笑。精神压抑的裘德自暴自弃，不到三十就忧郁而终，而阿拉贝娜见到裘德的尸体，还跑出去观看赛艇比赛，毫不为其所动。裘德的悲剧结局，是英国社会虚伪的道德观念造成的，婚姻建立在金钱之上，毫无真爱可言。这样的社会容不下裘德和淑这样的情侣，甚至逃无可逃。虽然裘德有知识和理想，但无法控制情欲，而他在和淑结合后，心灵的相互关爱、情感的相互慰藉，却不能弥补经济和社会地位上的短板，在社会舆论的攻击面前显得脆弱无助。裘德的悲剧不是个案，指导过他的菲洛特桑也是不幸的，他在社会上奋斗之后，只能郁郁寡欢，沦落平庸。社会对下层青年的崛起设置的重重障碍，结果是消磨了发展的活力，充斥更多的虚伪风气。

除了是优秀的小说家，哈代还是杰出的诗人。他在小说创作中遭到当时社会的舆论攻击，愤然集中大部分精力写诗歌，成绩斐然。他创作的诗剧《列王》，被认为是可以和《浮士德》相媲美的巨著。哈代说自己写作《列王》的目的是，以主人公拿破仑和其他帝王将相的故事，反映民族间的冲突和时代的变迁。

第七章
20世纪的西方文学

20世纪的西方文学开启了现实主义和现代主义交相辉映的新阶段。现代主义文学起源于波德莱尔和陀思妥耶夫斯基的文学开拓。与浪漫主义文学和现实主义文学不同，现代主义文学是工业时代资本主义垄断统治背景下对现代社会危机与灾难的精神反映，突出危难性、象征化和荒诞感。相比较而言，现代主义文学与浪漫主义文学都突出主观意识，但浪漫主义文学抒发的是人的主观能动性，具有英雄主义的战斗精神，而现代主义文学表现的是人的主观无力感，展示出现代社会对人的压制与戕害。现代主义与现实主义都是自我对实存的精神反映，但现实主义的实存是精神对客观现实的映照，通过写实对社会规律进行再现，而现代主义的实存是思想意志与情绪体验的征候，通过象征对精神规律进行表现。但现代主义与现实主义都对现行社会体制进行了反思与反击，并将人内心对外在世界的反应进行了更深入的描摹。

第一节 托马斯·曼

托马斯·曼（1875—1955），1875年出生在德国北部卢卑克的一个大商人家庭，他的童年和少年时期生活是比较富裕的，父亲是粮食商，兼任该城的参议员，有较高的社会地位。在1891年，托马斯·曼十六岁的时候，父亲去世，商号倒闭，家道中落。1893年托马斯·曼中学毕业后到慕尼黑一家保险公司当见习生，次年参与讽刺性杂志《西木卜利齐西木斯》的编辑工作。托马斯·曼的第一部中篇小说《堕落》(1894)在自然主义杂志《社会》上发表后获得好评。从此，托马斯·曼决定专攻文学，开始在大学旁听历史、经济和文学艺术课程，阅读席勒、尼采、托尔斯泰等人的作品。1895年至1897年，托马斯·曼与其兄长、后来的德国现实主义文学家亨利希·曼一起旅居意大利，开始自己的职业创作生涯，出版了第一部小说集《矮个先生弗里德曼》(1898)。回国后，托马斯·曼继续从事杂志的编辑工作与长篇小说创作工作。1901年，长篇巨著《布登勃洛克一家》问世，给托马斯·曼带来很大声誉，并确立了他在德国文坛上的重要地位，此后他作品迭出，最为著名的是《魔山》。

托马斯·曼的家乡卢卑克，是德国北部地区著名的商业港口城市，在德意志统一前，它一直就是北欧的经济重镇。在没有一个强大的国家政权做后盾的情况下，北欧部分城市的商人建立了自己的组织——汉萨同盟，规定同盟内部不许相互恶意压价，一致对外。"汉萨"在日耳曼语中的意思是"连队""行会"或"会馆"。汉萨同盟不仅是北欧商人组织，而且还有自己的雇佣军，卢卑克是汉萨同盟的核心城市。然而，普鲁士靠军事力量和外交手腕统一了德意志，从此德意志的自由资本主义向垄断资本主义转变，而托马斯·曼就是生活在这一时期。原来落后的中德、南德邦国由于有了国家政权的支持，也能和比较强的北德邦国竞争，可原先比较富裕的北德地区，面对着后起之秀的猛烈挑战，像卢卑克这样的商业港口城市也失去了竞争优势。由于与俄国、波兰、北欧等国家竞争，北德的经济实力不再一枝独秀，北德的商人必须参与到更为严酷的优胜劣汰竞争中，托马斯·曼的父亲就在竞争中失利。托马斯·曼对家族在时代中的起伏深有感受，他看到不止一个家族走向没落，而新兴的家族又在重复这个过程。这不能不让人反思，为什么明知道从事某件事最后将以悲剧结尾，人们还趋之若鹜地加入这个悲剧的循环中呢？实际上，这是托马斯·曼写作的核心问题。

《布登勃洛克一家》是托马斯·曼追寻答案的结晶，这部小说的副标题叫"一个家庭的没落"。在书中，托马斯·曼以德国自由资本主义走向垄断资本主义为历史背景，讲述了一个旧式资产阶级家庭在精神道德和经济上的没落，通过刻画人与人之间赤裸裸的金钱关系，揭示了弱肉强食的资本主义生存法则。小说以卢卑克为背景，以托马斯·曼家族衰亡的历史作为小说的主要脉络，他的母亲为他提供了家族的历史资料。

《布登勃洛克一家》的主要人物有五位：老一辈的老约翰，创立了庞大的家业；第二代的小约翰，辛辛苦苦守护家业；第三代的托马斯，想重振家族往日的荣光，虽然小有所成，却最终无法力挽狂澜；第四代的汉诺性格懦弱，体弱多病，年纪轻轻就患病而死。汉诺一死，布登勃洛克家族绝后，四代人积累的财富到此烟消云散。这四个人是小说的线索，一代人有一代人的故事。还有一个人物是安东妮，她属于布登勃洛克家族的第三代人，虽为女性，但也为家族贡献了一切，最终却落得个悲惨的境地。她还起到承前启后的作用，是家族衰亡的见证人。布登勃洛克家族的宿敌是哈根施特罗姆家族。在跟哈根施特罗姆家族的竞争中，布登勃洛克家族走向失败，直至灭亡。书中的老约翰·布登勃洛克出场时，已经约七十岁，他性格爽朗，讲究实际，充满自信，精力旺盛，是个走南闯北、敢说敢干、胸有谋略、富有冒险精神的奋斗者形象。老约翰在拿破仑对普鲁士发动战争时，靠为普鲁士军队供应军粮挣得第一桶金，从此发达起来，很快就将家族的粮食贸易扩大到俄国、瑞典、英国、荷兰等数个国家。他在码头建设了储粮的仓库，拥有蒸汽机驱动的船队，家族公司规模宏大，把握着卢卑克城的政治经济命脉，由此奠定了家族的发展基础。从经营方式上可以看出，老约翰·布登勃洛克体现了德国的市民阶层在经济上升阶段外向、开放和进取的品格。由于握有强大的社会资源，布登勃洛克家购买了一座高雅华贵、富丽堂皇的大宅，这就是孟街大宅。

但是，老约翰的经营方式也存在巨大的隐患，他作为买卖粮食的中间商，从粮食种植者那里低买，向粮食需求者高卖，既不是粮食种植者，也不是销售终端，只是地主阶层的买家，而他的上家是金融资本家。可见，这种经营方式投资风险巨大，一旦支付给粮食种植者的预付款无法收回，生意就将遭受重创。因此，布登勃洛克家族存在一朝败亡的风险。

布登勃洛克家族有老约翰在似乎还稳如泰山，社会名流通过和布登勃洛克家族的成员接触，向这个家族表明忠心，也从中分取利益。从内部来看，布登勃洛克家族安静祥和、井然有序，但家族内部事务都与利益联系在一起，家族成员的行为牵动着所有人的利益得失。因此家族成员的教育无不与经济有关，连老约翰与孙子孙女嬉戏时，也跟他们玩粮食买卖的游戏，追逐商业利益成为家族唯一的精神寄托。家族的经营史被老约翰用一个镶金边的笔记本记录下来，所有家族成员的言行都和做买卖有关系，他们认为经商是人生最有意义的工作，人的生命价值只能由商业来体现，控制了商业就能万年长存，但实际上是商业万年长存地控制着他们。如果布登勃洛克家族在经济上的隐患是投资风险，那么心灵的异化就是这个大家族的精神危机。

家族对商业的崇尚和对利益的执迷，直接影响着第二代的小约翰，他摒弃了一切，没有情感、没有艺术、没有浪漫，只求金钱。老约翰有两个儿子，他们同父异母。小约翰遵从父命，为了家族利益和门当户对的女孩结婚，他的哥哥高特霍尔德没有这么做，被老约翰赶走。在高特霍尔德索取属于自己的那一份财产时，小约翰表面上对老约翰说这个哥哥如何不容易，也是老约翰的骨肉云云，然后话锋一转，要求老约翰从大局着眼，为公司发展考虑，不能分散家族财力，这就暴露了他的自私本质，亲情在他眼里一文不值。

小约翰除了排挤高特霍尔德，在子女婚姻问题上也只顾及金钱和利益。他的儿子托马斯和女儿安东妮都谨遵父命，抛弃了个人的幸福，与自己不爱的人结合，为家族带来丰厚的物质回报。儿女的生活不过是父辈生活的翻版，小约翰把自己的成长路线作为培养下一代的原则，按照自己和父亲的样子塑造他的子女，让全家人都成了经济动物。物极必反，对利益的过度追逐，让小约翰失去了父亲当年的冒险精神和进取品格，他接手公司后改变了父亲当年的强劲扩张策略，奉行小心翼翼的经营策略，既不寻求银行贷款，又反对儿子托马斯提出的改变公司单纯靠粮食投机来经营的合理建议，在经营上谨小慎微，犹豫不前。

经济基础决定上层建筑。小约翰兼任市参议员，他的政治态度也十分落伍守旧，在整个欧洲日趋民主化的时代，他顽固地坚持等级观念。法国爆发的1848年革命已经影响到德意志地区，但小约翰仍视革命运动为洪水猛兽。他在生意上的竞争对手哈根施特罗姆家族，现在正由亨利希·哈根施特罗姆掌权。面对大势所趋，亨利希提倡公民的普遍选举权，尽管这只是他为讨好选民喊的口号，但这个口号符合民众民主参政的要求。可是小约翰却极力反对普通民众有权参与政治选举，坚持只有财富的占有者才能享有和实施选举权。这不再是上升时期资产阶级的观念，而是倒退回了封建贵族等级制的主张。从根本上说，这种行为是为维护自身利益，拒绝一切社会协商，抵制社会进步。得道多助，失道寡助，布登勃洛克家族原地踏步，优势渐失。

这时候需要继任者实现家族中兴，重新掌握竞争主动权。小约翰有四个子女：托马斯、克拉拉、安东妮和克里斯蒂安。后三个人，在幼年时就被认为不是合格人选，他们不是有自由精神，就是桀骜不驯，不能踏踏实实地做生意，唯独托马斯还在幼小的时候就被认为是做"商人"的材料。经过悉心培养，成年后的托马斯越发显露出经商才能。在小约翰死后，他便挑起全家的担子。面对家族由盛转衰的形势，托马斯用进取精神和圆滑手腕，使公司多年来的声誉得以发扬。他对社会事业和市政建设也表现出很高的热情，因而成了市长的得力助手，并在竞选议员时击败了劲敌哈根施特罗姆家族。然而，布登勃洛克家族这一代虽然有兄弟姐妹四人，但唯有托马斯一人从商。其他人都是纨绔子弟和娇贵小姐，既没有经商能力，也没有其他爱好特长，目光短浅，性格浮躁。安东妮最有代表性，她爱慕虚荣，贪图享乐，缺少真才实学，两次婚姻都是为了家族的利益，家庭生活毫无幸福可言。布登勃洛克家族外有强敌威胁，内无贤达持家，在托马斯死后，布登勃洛克家族处于急剧衰败中。在一个日渐衰落的家族中成长，汉诺作为唯一的男性继承人，被赋予了太多的责任和重担，加上娇生惯养，汉诺在精神和身体上承受着巨大的压力，与其说他是得急病一命呜呼，还不如说他死在振兴无望的家族事业中。汉诺的死是布登勃洛克家族消亡的标志，由于家族绝后，布登勃洛克家族的资产都被施特罗姆家族收入囊中。

托马斯·曼刻画了德国自由资本主义向垄断资本主义过渡时期的社会风貌，用一个家族的没落史阐明了这一进程的基本特征。人追逐经济利益，不惜押上生活中的一切资源，放弃了所有人生乐趣，泯灭了良心和情感，殚精竭虑只为金钱利益。人成了金钱的傀儡、人格化的资本、商业社会的奴隶，这样的"生物"已经失去了精神、灵性和活力，必将走向失败、沉沦和毁灭。布登勃洛克家族的没落史就印证了这一过程。由人的毁灭可以看到，在垄断资本主义时代，人的悲剧性不可避免，垄断资本主义的意识形态加剧了专制制度和经济剥削的残酷程度，垄断资本主义的社会生活方式让人丧失了反抗性、独立性和判断力。《布登勃洛克一家》遵从严格的现实主义原则，从生活中汲取素材，描绘人物的生存状态，推动情节发展。具体来说，托马斯·曼在创作中着重强调了"笑—苦—死"的隐秘关联。

笑在小说中起着重要作用，有布登勃洛克家族鼎盛时期自负的笑，有老约翰享受天伦之乐时欣慰的笑，有家族成员骄傲自满的笑，有谄媚者讨赏成功的窃笑，也有来自哈根施特罗姆家族压抑妒忌的假笑。不仅如此，笑还揭示了阶级的关系，只有掌握了政治特权和经济资源的资产阶级才有权笑，这笑是嘲笑其他阶级的贫弱。无产者是要受到嘲笑的：他们一张嘴就是土话，在德国不会说高地德语即德国普通话，是要遭人歧视的；他们的受教育程度让他们看不出眉眼高低，常闹笑话。比如，在汉诺洗礼的现场，人们都在献上祝福，一个身份低微的客人不自觉地谈起了坟墓和棺材，惹人嘲笑，又让人厌烦。

苦与笑相连，揭示了笑的本质。作品中，布登勃洛克家族成员的笑，几乎没有幸福的笑，这些笑是建立在阶级特权之上的笑。所以，笑的人自私、自大、虚伪、冷酷，他们越是笑就越说明他们不幸福，越说明他们已经被金钱掏空了灵魂。布登勃洛克家族在笑的同时尝尽了无数苦楚，焦虑、恐惧、空虚、麻木，他们不是"笑一笑，十年少"，而是"笑一笑，苦更苦"。

笑与苦的背后隐藏的是死亡，死如影随形，直至家族毁灭。布登勃洛克家族最先撒手人寰的人是老约翰的妻子，而老约翰对此只是不停地唠叨："奇怪啊！奇怪啊！"这既是悲痛欲绝，也是因为面对变故不知所措。面对结发妻子故去，老约翰无法像正常人那样释怀而哭，他已经丧失了表达情感的能力。到了老约翰的死，则凸显出小约翰和同父异母的哥哥高特霍尔德的紧张关系。在亡父面前，两个人仍然只顾分家产，毫无哀痛之意，整个葬礼在兄弟俩的钩心斗角中进行。小约翰的死期突至，是对布登勃洛克家族的沉重打击，家族毫无准备，这预示着家族衰亡的拐点也必将突然而至。小约翰的妻子之死，作者着墨较多，她先是死前挣扎，再到在痛苦中哀呼"我来了，我来了"，最后于昏昏然中死去。托马斯的死也是猝死，扑倒在街头。在他出殡当天，家族举行了隆重的葬礼，极为奢华，社会各界沉痛吊唁，花圈多得摆不下。托马斯的遗体安卧在宽大明亮的屋子正中，穿着白缎衣服，盖着白缎寿布，笼罩在晚香玉、紫罗兰等混合的醉人浓香里。但是，结合他死前的家族经营状况，他的葬礼不只是一个生命的消亡，而是显赫一时的家族即将被埋葬的信号。从托马斯之死，到最后一代的汉诺之死，隔的时间不长，一是汉诺只有十五岁，未成年就夭折；二是因果相承，顶梁柱倒塌，家族轰然坍塌已是板上钉钉的事，毫无悬念，顺理成章。布登勃洛克家族几代人之死，组合成这个家族彻底衰败的过程。

从笑到苦，从苦到死，从虚假的繁华到家族的终结，充斥着无尽的不幸。从老约翰到汉诺，布登勃洛克家族的没落不断地重复着一个模式：一代人死，下一代人继续钻进没有尽头的苦难中直到死去，接着是又一代人跟进，类似西西弗斯的劳而无功，这是作家对人生悲剧命运的刻意表现。回到小说的标题，"布登"（buden），在德语中是"低洼、曲折、断裂"的意思，而"勃洛克"（brook）是"沼泽地"的意思，一个叫坑坑洼洼沼泽地的家族命运可想而知。由此，《布登勃洛克一家》被赞誉为"德国市民阶层的心灵史"。

从1903年到1914年，托马斯·曼发表了一批中篇小说，代表作有《特里斯坦》《托尼奥·克勒格尔》《死于威尼斯》等。《特里斯坦》脱胎于古代凯尔特人的传说《特里斯坦和伊索尔德》，英雄特里斯坦屡立战功，因而为国王马克迎娶公主伊索尔德，但是他却和伊索尔德误饮了能让人相互爱慕的药水陷入热恋。马克知道后大怒，把特里斯坦流放远方致其生命垂危。伊索尔德闻讯后历尽千难万险，来到奄奄一息的爱人面前，看着他停止了呼吸，最后伊索尔德也哀痛而死。托马斯·曼把古代英雄传说改写了，主人公是一位作家，爱上了一个商人的妻子，三个人物正好对应的是特里斯坦、马克王和伊索尔德。但是小说中的作家却没有传说故事中的勇气，只敢写信嘲讽商人，一旦见到商人就落荒而逃，商人对他耍横，他就立即退缩。相比之下，商人虽然经商的经验丰富，但对艺术一窍不通，是个只知道赚钱的粗俗之辈。商人的妻子有艺术潜质，精通音乐，却嫁给一个与艺术绝缘的人，隐喻的是艺术向庸俗生活低头。在托马斯·曼看来，现代人处于现实与理想分裂的状态，与古代的艺术和传统渐行渐远。《死于威尼斯》也表达了类似的主题。一位大作家去意大利威尼斯旅游，邂逅并爱上了一个小男孩，但是两个人走散，最终男孩的尸体被人在海滨找到。在当时，同性恋还受到社会的全面围剿，托马斯·曼在作品中表现同性之爱和爷孙恋，意在表现社会现实和本能诉求的矛盾。

以上两篇小说可以被归纳为"艺术家小说"。所谓的艺术家小说，是托马斯·曼以艺术家为主人公创作的系列小说。托马斯·曼的艺术家小说不是想揭示人内心的阴暗，而是探讨人的需求难以实现的原因。在《布登勃洛克一家》之后，托马斯·曼通过艺术家小说从正面肯定人生、热爱生活、倡导人性，使其进一步具备了社会责任感。

1914年，第一次世界大战爆发，托马斯·曼和哥哥亨利希·曼各自写了文章，表达了不同的态度。亨利希·曼写的文章是《论左拉》，借纪念左拉狠批德国皇帝威廉二世发动战争的行径。托马斯·曼写的文章是《一个不问政治者的看法》，认为要捍卫德意志文化，就必须以战争为手段；精神文化间的竞争最后要靠暴力来解决。两篇文章意见相左，托马斯·曼和哥哥吵得不可开交。亨利希·曼有"帝国三部曲"，揭露德国军国主义的危害，他同时也是位政论家，发表时政文章，抨击德国时弊。托马斯·曼虽然思想上一时被军国主义迷惑，但军国主义的邪恶和虚伪暴露得越来越多，在战争中军人和平民的伤亡极为惨重，大量城镇被摧毁，造成了严重的灾难，国家濒临崩溃。托马斯·曼痛心疾首，为自己的错误后悔不已，向哥哥承认了错误，从此走上反战、反法西斯的道路。

1930年，意大利法西斯和德国纳粹党蠢蠢欲动，托马斯·曼毫不犹豫地发表演讲，给予法西斯主义迎头痛击。托马斯·曼还写了一部有寓言性质的小说《马里奥和魔术师》，魔术师比喻法西斯，他能让人陷入睡眠，干出平常不敢干的事。一个叫马里奥的人被催眠，干了不少可笑的事，等他醒来知道了自己梦中的行径，愤怒之下杀死了魔术师。这部小说预言纳粹党的阴谋终究会败露，因此遭到德意法西斯势力的嫉恨。1933年，托马斯·曼还在慕尼黑大学纪念德国大音乐家瓦格纳的大会上发表演讲，说瓦格纳是个了不起的有人性的音乐天才。这和大会早就定好的主题思想背道而驰。纳粹党执政后，知识界噤若寒蝉，连海德格尔这样的大哲学家都屈从于纳粹党的淫威。托马斯·曼与纳粹党进行了不懈的斗争，因而遭到驱逐，流亡瑞士。他的书在德国烧书运动中上了黑名单，其中就包括他的代表作《魔山》。

《魔山》的情节并不复杂，出身富有资产者家庭的青年汉斯·卡斯托普在大学毕业后离开家乡汉堡，来到瑞士阿尔卑斯山脉中的一所肺病疗养院，探望在那里养病的表兄约阿希姆·齐姆逊。瑞士是山地国家，官方语言是德语，属于德意志文化圈。瑞士原本也在神圣罗马帝国境内，但在普鲁士统一德意志前已经独立很多年了，而且山地居民品性顽强，不易屈服。瑞士当时人口不过六百万，却能征集近三百万的军队，所以二战中希特勒就打消了侵略瑞士的念头。汉斯本想在疗养院休养一段时间就离开，但疗养院里的许多怪人吸引了他。这些怪人是来自世界各国的病人，他们代表着不同的民族、文化传统和政治观念，而且都是有钱又有闲的中产阶级。由此故事正式展开。疗养院里的这群病人与众不同，让整个达沃斯山区都有了令人着魔的魅力。他们虽然没有经济压力，但却与世隔绝，沉溺声色，精神空虚，把自身的疾病当成一种高雅的状态，沉浸在病患中，期待死神降临。所谓的疗养院其实是"不会使患病的人恢复健康，却能让健康的人染上疾病"的地方，因此不断有年纪轻轻的疗养者不治身亡。原本治病救人的疗养院和风景宜人的达沃斯山区，始终笼罩着病态和死亡的气息。除了等死的病人，疗养院里还游荡着一群幽灵，最著名的两个幽灵是叔本华和尼采，幽灵可以附着在活人身上，发挥影响。疗养院的领导人一位是院长贝伦斯大夫，他是德国皇帝的宫廷顾问；另一位是院长助理克洛可夫斯基博士。两个人的绰号分别是"拉达曼提斯"和"米诺斯"。托马斯·曼这样设置是有用意的，在古希腊神话中，宙斯变成一头牛勾引美女欧罗巴，得逞之后，欧罗巴生了三个儿子——米诺斯、拉达曼提斯和萨耳珀冬。拉达曼提斯成了克里特岛的国王，但被哥哥米诺斯推翻，他们俩死后成了冥界的判官，但冥界的最高领导是冥王哈迪斯。这样来看，贝伦斯院长和院长助理克洛可夫斯基就不是魔山真正的主宰，真正的主宰是死神，贝伦斯和克洛可夫斯基是死神的代表。总之，从众多病人，到游荡的幽灵，再到冥界判官，直到死神，魔山的核心内涵是死亡。那么，如何才能死亡呢？只有两个办法：患疾病和自杀。汉斯的表哥得了肺病，而汉斯上山后不久也得了类似的病，所以只能留在疗养院，看着病人们不断死去。所以，疾病是魔山之所以"魔"的起点。

　　托马斯·曼认为，一方面现代人都患上了各种各样的疾病，最后必将走向精神生命的终结；但另一方面"病人"是社会的常态。人能认识到自己的病态，才能有机会感悟人生、感知真理。这就是托马斯·曼的疾病美学。在疗养院里，所有人都有病，他们逃避现实，自绝于社会，魔山成为与社会对立的世界。这就是托马斯·曼创造的二元世界形态：魔山和人间。魔山和人间总是相反的。这里死神是最高的神，而不是什么上帝或政治领袖；人们以病和死为生活宗旨，而不是活下去，展现的是与生存本能正相反的求死本能；人们讨论的话题既抽象浓缩，又脱离现实生活。因此，魔山象征与社会生活不同甚至脱离现实社会的知识分子的独立王国和虚无世界。可现实是残酷的，汉斯在1907年上山，七年后下山，正好赶上第一次世界大战，战争的炮火终于震醒了他，在所谓"爱国主义"的感召下，他奔赴战场。小说最后写汉斯参加了一次战役，冒着炮火向对方阵地冲锋，最后消失在硝烟中，生死未知。

　　总体来看，如果托马斯·曼的《布登勃洛克一家》是一个家族的没落，那么《魔山》反映了现代人精神的衰亡。作为社会精英的艺术家或知识分子，身患疾病、幽灵附体、被死神统治,没了精气神,成了苟延残喘、空发议论、精神空虚、彷徨焦虑的病人。从这一点来看,托马斯·曼和德国文学家奥斯瓦尔德·斯宾格勒的《西方的没落》在描绘西方文明的困境上有异曲同工之妙。而走下魔山的汉斯也没有发现新社会,反而最后生死未卜。也许托马斯·曼用《魔山》质问的,恰恰就是社会和个人的出路到底在哪里。

第二节　劳伦斯

英国作家大卫·赫伯特·劳伦斯(1885—1930),是不可多得的天才小说家。他出生在一个贫穷的矿工家庭。他的父亲脾气暴躁,没有文化,还有酗酒的恶习,倒是他的母亲性情温柔,又有知识,为他的成长付出了辛劳。劳伦斯有个哥哥,但很早就去世了,所以劳伦斯的母亲就把所有的爱都给了劳伦斯。这样的家庭环境对劳伦斯有很大的影响,直接关系到他的写作、择偶和处事原则。劳伦斯原来和一个青梅竹马的女孩订了婚,但1912年当他遇到自己导师的年轻妻子弗丽达时,他认为是见到了"终生一遇"的女人。几周之后两个人就私奔到欧洲大陆,开始了浪迹天涯的生活。可是到了1914年,第一次世界大战爆发,国外不再安全,同时因思乡心切,两个人又回到英国。但是因为弗丽达有德国血统,英国政府怀疑劳伦斯和弗丽达是德国间谍,竟然派人监视他们,这种屈辱让本来就对社会怀有不满的劳伦斯更加愤怒。两个人只好隐居乡村。

1915年9月,劳伦斯出版小说《虹》,书里有映射批评布尔战争的内容。在布尔战争之前很长一段时间,英国和德国的矛盾就很尖锐,两国在非洲大陆展开殖民竞争,重新划分势力范围。战争爆发后,德国在物资和国际舆论上一边倒地支持布尔人。所以直到第一次世界大战总爆发时,英德矛盾不断升温。劳伦斯在第一次世界大战中映射英国,遭到英国政府惩罚,已经印刷出版的作品全被销毁,相关的出版社也受到牵连,劳伦斯险些被扔进监狱。于是,劳伦斯又和妻子弗丽达出国,遇到了英国著名作家赫胥黎,双方一拍即合,想到美国佛罗里达州建立了一个乌托邦小社会,但没有成功。自此,劳伦斯通过写作赚取稿费,与妻子满世界为家，先后到过斯里兰卡、澳大利亚和墨西哥等国，他们一心要找到一个没有被现代资本主义工业文明污染的地方。但是彼时资本主义已在全球范围内确立了自己的统治地位，劳伦斯只能将内心的不满、幻想、回忆、痛苦和思考都浇灌进作品中，因此，这段海外漂泊时期是劳伦斯创作的高峰期。但积劳成疾，十五年的奋笔疾书毁掉了他的身体，1930年劳伦斯因为肺炎引发脏器功能衰竭，在法国去世，当时他还不到四十五岁。虽然劳伦斯英年早逝，但留下了十部长篇小说、七部中篇小说、六十篇短篇小说、十卷诗集、四卷游记、一卷美国古典文学评论集和八部剧本。劳伦斯的小说有两个鲜明的特点：性爱意识和自传风格。

劳伦斯早期的成长条件，让他更关注现实问题。从小说形式来看，劳伦斯的小说中现实主义成分较多。劳伦斯的人生经历让他的小说创作主题主要集中在社会批判和心理探索两个方面，社会批判是以心理探索为基本方式，心理探索又以社会批判为最终目的。他谴责工业资本主义和机器文明带给人生活和精神的危害，描绘出在工业化逐渐成为主宰一切的社会力量之际，人们在精神上、道德上和相互关系上的种种异化，反映了在英国社会转型时期中产阶级、小资产阶级和工人阶级的生活实况。

劳伦斯的第一部小说《白孔雀》(1911)，以英格兰中部农村为背景展开故事情节。出身农户的青年兰蒂和乔治产生爱情，但兰蒂又觉得仅仅有爱情是不够的，于是选择了与一个富家子弟结婚。而这个富家子弟头脑空虚，他们的婚姻生活并不幸福。乔治在痛苦中消沉下去，借酒浇愁。这部作品说明了一个核心问题，就是人们违背了自己的淳朴本质，也就失去了获取幸福的权利，会带来终生的不幸，造成这种结果的终极原因是拜金主义社会的罪恶。这些观念只是借人物的言行有所提及，但未充分展开，可是已经初步反映出劳伦斯后来作品的主题。

劳伦斯的第二部小说叫《逾矩的罪人》(1912)，写一位音乐教师不堪家庭沉闷和无聊，与自己的女学生跑到海边度过两周蜜月般的生活，回家后受到妻子和儿女的冷落与嘲弄，遂对生活感到绝望而悬梁自尽。表面上，主人公悲剧的原因是出轨，但是他出轨也是由家庭的不幸造成的，而家庭的不幸又是社会发展动荡造成的。这部小说写的是普通家庭中两性关系的紧张冲突所带来的不幸，强调人们在社会的大背景下违背了自然本性生活，根本目的还是批判社会。

两部早期作品虽然没有多高的成就，但充分显示了劳伦斯写小说的才华，尤其是擅长描写社会和个人心态的变化。此后他的小说顺着这两部早期作品的思路展开，勾勒出自然本性和现代文明的对立，以及这种对立给人造成的痛苦。

劳伦斯在1913年出版的《儿子与情人》让他扬名立万，这是一部自传色彩浓郁的小说。在作品中，儿子是母亲的儿子，又是母亲的情人，这种人心灵的失衡正是整个社会失衡的真实写照。可以说，由于劳伦斯第一次把社会批判和心理探索结合起来，开始形成自己鲜明的个性和独特的风格，所以这部作品一向被评论界视为劳伦斯创作生涯的里程碑。《儿子与情人》以19世纪中叶劳伦斯的家乡诺丁汉郡为背景，描绘了矿工沃特·莫雷尔一家的遭遇，尤其是主人公保罗的成长经历，真实而生动地反映了当时的社会状况。小说中的煤矿工人莫雷尔终日在黑暗、潮湿的坑道里工作，每时每刻都冒着生命危险。工作上的巨大危险，对应着家庭生活的不幸，莫雷尔与妻子没有共同语言，日渐粗暴蛮横，靠酗酒寻求解脱。莫雷尔常把怒气和怨恨撒在妻儿身上。他的妻子葛楚在这种恶劣的环境中维持着困窘的家庭生活，残酷的现实粉碎了她少女时代的美梦，她把全部的爱和希望倾注在两个儿子身上。长子威廉为了改变自己的地位拼命挣钱，结果劳累致死，之后小儿子保罗就成了母亲唯一的感情寄托。葛楚以对儿子的爱来填补丈夫造成的感情真空，畸形的母子恋造成了保罗心理和感情的不健康发展，影响了他的恋爱观。

在小说中，以保罗为中心形成了一幅人物异化图。保罗在畸形的情感氛围中长大，他的言行都是为了赢得母亲的赞许和认可，却没有正常的社会交往。他自觉地扮演着一家之主的角色，代替了父亲在家里的地位。保罗从儿子变成了情人，表面上他拥有征服的力量，但实际上他只能征服他的母亲，这种变态的爱是对真正的爱的篡夺。保罗的母亲也从母亲变成情人，她对保罗与其他女性的交往充满嫉妒，当保罗与米丽安产生恋情时，她竟对儿子说："难道就没有人跟你说话了吗……哦，我懂了，我老了，所以应该靠边站，跟你没有关系了。你只要我服侍你……此外你就只有米丽安了。"这完全是情人吃醋的话。儿子和母亲，从亲情和血缘关系发展成恋情，甚至乱伦关系，这是社会所不容的，但这被社会所不容的关系却也是社会造成的。保罗的父亲莫雷尔的工作是冒着生命危险的，而保罗的哥哥也是累死的，这些都是没有地位、没有前途的人为改变现状而进行的抗争，保罗和母亲进一步成了在精神上和肉体上异化的象征。在宗教观念熏陶中长大的米丽安也不正常，她对性有一种天然的恐惧和羞耻感，认为男女之间的感情应该只是精神和灵魂的，而不能涉及肉体。因此，她一边对保罗充满爱意，一边拒斥着两个人的肉体接触，希望保罗"对崇高事物的愿望"能战胜"对低下事物的愿望"，即使他们后来真在一起时，米丽安竟然还用宗教观念来解释，认为这是她为了心爱的人做出的自我牺牲。米丽安是个不正常的女性，是宗教的牺牲品，她本身的意义就是当一个献给神的祭品，但结果是成了一个情感分裂的人。在劳伦斯看来，社会就是由异化的人组成的，所以，社会也是萎靡不振的。这部小说是劳伦斯叩响文坛的代表作，完整地表现了他的艺术追求和创作思想。劳伦斯认为，现代文明是人类的死敌，成为人堕落的象征，拯救人类的希望在于建立良好的人际关系，婚姻和家庭是人际关系的基础，而男女的性爱又是人际关系的根基，也是人自然天性的流露。因此，劳伦斯将性爱作为衡量人能否超越困境的标准，这影响到他以后的小说创作。写完《儿子与情人》，劳伦斯在精神上得到一次大解脱，在现实主义创作手法上也日臻完善，《儿子与情人》使劳伦斯成为一名在情感和思想上都比较成熟的小说家。

劳伦斯的《虹》通过自耕农布兰文一家三代人的恋爱婚姻故事，描写了在19世纪中叶以来大工业吞食小农经济的过程中产生的社会变化和个人的内心矛盾。布兰文一家三代人各有特点，隐喻了从传统到现代的社会发展过程。第一代人是汤姆和莉迪娅，他们组成的是老一辈平平常常的人家，按照传统结合，生活平淡无奇，顺其自然。第二代人威尔与安娜充满了信仰分歧、性格冲突和争夺支配地位的斗争。第三代人是厄秀拉，这个名字来自拉丁文，指褐色头发的女孩子，也指无所畏惧的奇女子。在小说中，厄秀拉不甘心过平庸的生活，她先是当了小学教师，但不久她就发现学校不过是滥施体罚的"监狱"。后来她上了大学，但一年后她发现高等学府不过是旧货铺，充斥着庸俗的商业运作，现金交易渗透了教育制度，按照证书的等级明码标价，大学就是为资本家制造工具的工厂。工作和求学上进的路被堵死了，她想从恋人那里得到安慰，可是她的男友安东一心只想为大英帝国卖命，满脑子都是不切实际的念头，实际上是狂热的民族主义和拜金主义作祟，根本没空理解厄秀拉，最终导致他们在热恋了一段时间后分手。在困惑失望中，有一天厄秀拉突然看见天空中挂着一道彩虹。

"虹"成为全书最关键的意象。一个灰心丧气、郁郁寡欢的人看到彩虹会想到什么呢？彩虹在西方文化中象征着希望和好运，在彩虹尽头能得到金子和好运气。然而，彩虹本身也只是幻影，不是一种实实在在的东西。这么看，厄秀拉看到彩虹，既是作者仍对她寄予改变生活困境的希望，也有"希望渺茫、难以成功"之意。在《虹》的结尾处，劳伦斯对厄秀拉的奋斗历程进行了这样的总结，也更像是一种祝福："将把根扎在一个新生的日子，她赤裸的身体将躺在新的天空下、新的空气中。"

与人物命运相渗透的是故事发生的背景——水乡田野、乡村树丛被工业侵占，运河、铁路、煤矿等相继出现，破坏了古老乡村的宁静，紧接着是粉尘污浊、河流污染和噪声污染，在灰暗的矿区，劳作的人们变得呆滞麻木。背景更加凸显了厄秀拉的困境。厄秀拉不是完满无缺的人，事实上，劳伦斯既没有写完满的人，也没有创造十恶不赦的坏人，他被评论家称为"人类情感荒原的爱的牧师"。在他眼中，人类都是现代文明的受害者，都是需要拯救的羔羊。

《恋爱中的女人》可以看作《虹》的续篇，发展了《虹》的思考，通过描写两对男女的爱情纠葛，探讨在工业社会中建立人与人之间自然和谐关系的可能。两位女性中的一位也叫厄秀拉，她是一位中学教师，并且爱上了志同道合的学校督察员伯金，她的妹妹、同校的工艺教师戈珍则对年轻英俊的矿主杰拉尔德一见钟情。两对恋人经历了一系列观念上的冲突和感情上的波折，最后走向不同的结局：厄秀拉与伯金终于在尊重各自性格和创造力的基础上结合；杰拉尔德却与戈珍分手，杰拉尔德绝望地冻死在阿尔卑斯山的深谷中，戈珍悲痛欲绝。小说用对比的手法揭示了由于爱情观念的差异所导致的不同结局：志同道合者可以相互拯救，貌合神离者则各下地狱。

在《查泰莱夫人的情人》中，劳伦斯塑造了矿工的后代梅勒斯，他做过小军官，有阶级意识，现在是查泰莱先生的林场护林员，负责管理林地。梅勒斯不是毛头小子，而是个身体结实、眼界开阔的成熟男性，对女人极具吸引力。更重要的是，他没有遭到现代文明的摧残，有健全的性爱能力。女主人公康妮·查泰莱在丈夫查泰莱失去男性能力后，与梅勒斯偷情，享受性爱的愉悦。劳伦斯把查泰莱当成一个符号来设置，象征着工业社会中没有人性的人，他既是现代文明的产物，也是现代文明的牺牲品，他在第一次世界大战中失去了男人的能力，成为一个废物。劳伦斯把性当成人性中的重要组成部分，性正常是一个人有人性、有潜力、有希望的最重要标准，性不正常就失去了成为一个正常人的前提。康妮就处于这种两难的抉择境地：要么她服从当时英国的道德观，不再做一个正常的女人，要么她为自己的人性和梅勒斯在一起。小说最后，康妮和梅勒斯奔向自由，这象征着性与爱的完满和谐，既不是禁欲，也不是纵欲，而是在人的自然本性上的升华和默契。这是对当时英国社会流行的虚伪道德观的批判。

第三节 海明威

欧内斯特·米勒尔·海明威（1899—1961），美国作家、记者，被认为是20世纪最著名的小说家之一。父母对海明威的教育都起到了积极作用，父亲一方传给他体魄和竞技能力，母亲一方提供给他对文学艺术特殊的敏感体验，接受诗、画、音乐三位一体式的陶冶。在成名之前，海明威做过记者，并参加了救护队，在意大利战场上身负重伤，终生未能治愈。战后欧洲货币普遍严重贬值，海明威长期旅居巴黎，得到了许多已成名的作家的支持和帮助，这些人都是当时文学批评界和小说创作界的领袖人物。斯泰因欣赏他诗中的抒情性，建议他往诗歌方向发展；而威尔逊发现了他散文中的独特气质，认为他最好继续写小说。

海明威遵循了威尔逊的建议，他的处女作《三个短篇小说和十首诗》和《在我们的时代》问世后，有人赞扬它们是现实主义的，有人则认为它们是自然主义的，"比照相机还精确"。菲茨杰拉德帮他修改了第一部长篇小说《太阳照常升起》，使他一举成名。可见，海明威的成功，不像莫泊桑那样基本只受惠于一个精神导师，海明威后面几乎站着整个英美小说界和评论界的一流知识分子。而且，海明威的个性也被人们津津乐道，最常见的评论就是"硬汉"，这不仅是因为海明威从小接受了竞技锻炼，还因为他成年后的不凡经历和作品中的人物形象，他的小说中有不少人物的硬汉气质直接来自他自己。进一步来说，海明威已经不只代表他个人，他已经成为美国文学、美国文化和美国精神的符号之一。海明威是现代最有传奇色彩的作家，他亲身参加了三次大规模战争：第一次世界大战、西班牙内战和第二次世界大战。在第一次世界大战中他是救护队的成员，虽然没有直接上战场冲锋陷阵，但在执行抢救任务中身负重伤。当时海明威正在抢救一个意大利士兵，在奥匈帝国军队的枪林弹雨中自己多处负伤，但还是咬紧牙关将战友扛回战壕。刚进入战壕，海明威就昏厥过去，左腿被弹片击中，右腿膝盖被机枪子弹打中，手腕和后背也多处受伤。当时海明威还有四天满十九岁，护士说他是个被打坏的玩具娃娃。在西班牙内战中他是国际纵队的一员干将，而在第二次世界大战中他是美国海军的编外间谍，负责监视日本和德国海军的动向。此外，他在前线的一次交通事故中头部负伤，缝了五十七针；再加上他在非洲旅行冒险时遭遇车祸和飞行事故，又接连十几次受伤。海明威一生都在从事危险的行动，出生入死，命悬一线，伤痕累累。

　　海明威为人处世放荡不羁，前后娶了四位妻子，最著名的是第三位妻子玛莎·盖尔霍恩。盖尔霍恩是美国著名的新闻记者和作家，早年嫁给一位公爵，后来成为科幻小说家威尔斯的情人，在美国旅行时结识海明威，两个人走到一起，度过了十一年时光。她亲身采访的战争比海明威参与的还多，不仅有一战、二战、西班牙内战，还有苏联和芬兰之间的芬兰战争、法美越之间的越南战争等，同时她也有不少优秀的小说问世，是海明威最好的贤内助，也是激励他事业发展的"竞争对手"。

　　海明威创作过不少小说，短篇小说的代表作品是《白象似的群山》《乞力马扎罗的雪》等。长篇小说《有钱的和没钱的》，讲述了一个叫哈雷的穷白人，因走投无路成为不法之徒的故事。他杀人越货、贩卖人口，最后在枪战中死掉。另外一部比较有名的长篇小说《过河入林》，讲述了主人公参加过两次世界大战，身患绝症，内心空虚，去意大利旅行并邂逅了爱人的故事，小说表现了对人类未来的关注，表现了作者自己的迷惘情绪。由于海明威切身体会过战争的残酷性，所以他的创作主题和素材选择都与战争有关，并在反战主题和人道主义之上结晶出勇敢坚强地面对生与死的硬汉形象，最终导向存在主义哲学。海明威作品的张力在于，他让人物在迷惘和坚强的两极中闯荡，最后走向新境界，越到最后，海明威作品中的硬汉们越能超越原有的自我，同时也越发孤独，这也是作家本人心态的写照。

1926年，海明威出版了第一部长篇小说《太阳照常升起》，因为斯泰因的题词"你们都是迷惘的一代"，迷惘的一代因此得名，而这部小说也成为迷惘一代的代表作。《太阳照常升起》主要讲述一位在战争中因脊柱受伤而丧失了性功能的美国青年雅各布·巴恩斯的故事。巴恩斯在战争结束后成为一名记者，在巴黎遇到英国女子艾什莉。艾什莉的前夫在战争中不幸遇难，再婚后并不幸福，家庭正濒临解体。艾什莉认为自己的生活原本是幸福的，却因为战争毁掉了一切，所以她才会在情感上不断地搜寻，希望能够找到精神的寄托和归宿。艾什莉和巴恩斯同为天涯沦落人，走到了一起。但他们只是有情无性，感情并不稳定。后来，两人和朋友去西班牙看斗牛表演，艾什莉爱上了年轻俊朗的斗牛士罗梅罗，但由于双方年龄相差悬殊，最终以分手告终，艾什莉和巴恩斯再聚首。在小说的结尾，巴恩斯和艾什莉相互依偎在一起，尽管两人心心相印，但是他们心里都清楚，他们无法真正结合。

《太阳照常升起》表面类似反战小说，小说中男女主人公的对话流露出对双方所受伤害的痛惜和哀怨，巴恩斯在艾什莉等待亲吻时明确告诉她说"我有病"，而艾什莉却回答"是的，我们都有病"。这其实是这部小说的"文眼"，宣告了小说的主题——在一个病态的时代，受到伤害的人在看待命运时的迷惘和不确定。这种心态并不是物质贫乏造成的，而是由于他们受到战争的摧残，并引发了对西方文明和未来生活的强烈质疑。

《太阳照常升起》表现了人物对生活方式的选择，凸显了人物的命运轨迹。

小说的背景是法国和西班牙，这是两种不同的生活场景：一方面是巴黎大都市的奢华和浪荡，另一方面是马德里的喧嚣和山区的朴质。面对这两种生活环境，人应该选择在繁华中沉浮、醉生梦死、忘却烦恼，还是在人流中把握生命的跃动，从传统仪式里获取生与死的真谛。巴恩斯和艾什莉从巴黎来到西班牙旅行，在斗牛表演的血腥中受到震撼，危险刺激的斗牛活动时刻与死神迎面相对，这极大地激发了人的生存意识。这让巴恩斯认识到，斗牛士的勇敢不断昭示着人类发展的真谛，这就是太阳照常升起的地方，此书书名由此而来。在罗梅罗等斗牛士的激励下，巴恩斯和艾什莉打碎了不切实际的幻想，并找回了生活的勇气，他们以不同的方式激发了自身的潜能：艾什莉爱上了斗牛士罗梅罗，这是她内心中积极的举动，而不应苛责为出轨，大胆积极的爱慕是一个人正常心态的表现，这和劳伦斯提倡的观点是一致的。

在理智地结束了姐弟恋之后，艾什莉回到了巴恩斯身边，这表明她已经治愈了战争对人本性的伤害。而巴恩斯却对罗梅罗妒忌愤恨，这也是一种本性恢复的表现，因为他看到健康正常的罗梅罗有性爱的能力，不仅是对自身生命力衰弱的照射，更是完全地跌入由于失去性功能带来痛苦的深渊中。换句话说，罗梅罗能做的，就是巴恩斯没办法做到的，他以前的痛苦和不祥预感都在此应验成真，但这并没有让巴恩斯自毁，而是让他看到了以前醉生梦死的生活既贫乏无力，又荒唐空虚，无法弥补自身伤痛。这其实是一个迷惘者的触底反弹，对生活和未来有了新的认识。但是巴黎和马德里的生活似乎都不完全适合巴恩斯和艾什莉，因为大城市和传统文明都不是人生活的单一寄托。他们在物质享受和血腥表演之外，又复归到一起，人的问题要靠人的感情纽带来解决，即使不能实现灵与肉的完全结合。这种结尾比较悲凉，体现了海明威对迷惘一代的反思。

海明威在创作中提出了著名的冰山原则。所谓冰山原则，是以冰山露出水面上的八分之一部分凸显水下的部分，起到以小衬大、举重若轻的作用。在《太阳照常升起》中，斗牛场面非常血腥，海明威像莫泊桑那样写出全貌后在细节上精准地点到为止，他用最惊心动魄的一句话"牛角将马儿的肠子都挑了出来"将斗牛的血腥刻画到极致。这种手法是海明威在巴黎游历中学到的技巧，既产生摄人心魄的效果，又没有陷入血腥的描写不能自拔而偏离主题，这一特点在他以后的小说中比比皆是。海明威的小说以战争为背景，而他真正关注的是战争中个人的命运。因此，海明威的作品从根本上看不是战争小说，而是人类命运小说。

1929年，海明威的第二部长篇小说《永别了，武器》出版，比《太阳照常升起》取得了更辉煌的成就。这部小说不再像《太阳照常升起》那样以回忆写战争，而是直接描写战争的残酷，在揭露战争让人们受到身心创伤的同时，揭露发动战争的利益集团的虚伪和无耻。《永别了，武器》的英文是 A Farewell to Arms，来自英国16世纪诗人乔治·皮尔的一首诗歌名，诗歌讲述了女王的冠军武士亨利·李爵士因年老力衰而从决斗场上引退的故事。但是海明威的这部小说是对这首诗歌主题的反用，不是在表现功成名就、光荣引退，继而歌颂战争和决斗，而是要表现厌战、反战和迷茫。小说题目可以翻译成"永别了，武器"，也可理解为"永别了，怀抱"。这是一语双关，前者是对远离战争的憧憬，后者是对永失我爱的痛惜。题目透露出这部小说的两个主题：反战和爱情。

小说的主要内容是：在第一次世界大战中美国青年军官亨利，在意大利前线的战火中负伤，与英国护士凯瑟琳相识相爱，两人对战争感到厌倦，对前途迷茫，相约战后开始新生活。不久凯瑟琳怀孕，而亨利也伤愈归队，但在一次撤退的途中，他被误认为是德军间谍而被意大利军队逮捕。他在被枪毙之前跳水逃跑，到米兰找到凯瑟琳，又一起逃到中立国瑞士。正当他们以为躲开了战争的威胁过上安宁生活的时候，凯瑟琳不幸死于难产，悲痛欲绝的亨利万念俱灰，在病房中枯坐一段时间后，他孤单地消失在悲愁的雨中。亨利在爱上凯瑟琳之前，已经被战争折磨得麻木不仁了。亨利受到的伤害不仅在肉体上，还在心灵上，因绝望而精神颓废、苟延残喘，象征着现代人精神世界的荒芜和虚弱。亨利面对的困境其实是人的绝境，生不如死，国家的当权者将无数生灵推入火坑，人道主义荡然无存。

亨利遇到凯瑟琳，本想和凯瑟琳逢场作戏，但被凯瑟琳的真挚打动，两人对现状的迷茫和恐惧更拉近了彼此的距离。爱在本质上来说是一种情感认同和精神需要，能祛除玩世不恭和恐惧焦虑，尤其在战争造成的绝境中，爱帮助人恢复心灵的平衡和良知。亨利和凯瑟琳把爱情作为逃离现实的途径，但是小说最后的突转却令人始料不及，凯瑟琳死于难产，这不仅击碎了亨利最后的寄托和希望，而且象征着爱情被战争击败，真情被社会断送，一对青年男女历经了磨难，最终还是阴阳两隔。海明威没有在小说结尾进行任何对战争的抨击，也没有直接写伤感的情景，而是极为简洁地写亨利默默无语，走进病房见了凯瑟琳最后一面，然后在雨中走向栖身的旅馆。这一哀婉动人的结尾，将所有愤懑不满、哀伤心痛都凝聚在一系列无声的动作中，体现了冰山原则的真髓。

在《永别了，武器》中，亨利最终孤苦伶仃，表明海明威走向了存在主义。这一直影响着他以后的创作。存在主义从非理性哲学出发，认为世界是无意义的，人是孤立无援的，人的存在是以非理性为主。萨特的存在主义其实是生存主义，教人如何在困境面前认识自我，实现生存价值。海德格尔思辨式的存在主义是要恢复人的生命意义，使人不再受到工具理性的控制，获得充分丰盈的生命活力。尽管人所面对的人生和宇宙是无意义的，也没有任何先验的规定性，但人可以通过某种非自我的方式，实现自身的价值，展现个性和自由的状态。存在主义为 20 世纪的文学发展提供了强大的理论外援，也是人对世界新的认识方式和话语范式，许多欧美作家在创作中都或多或少地表现出存在主义倾向。文学借鉴存在主义的关键在于，人对生活处境的认识既有超脱的欲望和方向，却又达不到超越的目的和结果，而在这种张力中，文学突出表现人的内心矛盾和行动意志。《永别了，武器》就是最典型的例子。

《丧钟为谁而鸣》不完全是一部史实性地记述西班牙内战的战争小说，海明威对这场战争对个人精神的冲击尤其关注，并希望寻找到解决信仰危机的救赎之路。《丧钟为谁而鸣》承接了《永别了，武器》的反战主题，但是，战争暴力威胁的已经不是个体的生存，而是要摧毁整个民族的未来，所以，小说主人公罗伯特·乔丹就成为解救自身和解放苦难民族相结合的双重拯救者。然而，这种拯救不是在讨论战争中谁是正义一方中进行的，海明威没有单纯地抨击法西斯势力，而是从个人主义的角度，更多地记录法西斯势力长枪党和西班牙共和国双方普通士兵的言行和内心，以此表达对战争的痛恨。比如，小说中描写了革命者用连枷处决法西斯分子的场景，其中一个叫堂·吉列尔莫的法西斯分子，原本只是为了生计所迫加入法西斯阵营，而且革命者手中的连枷也是从他的农具店里抢来的。但面对堂·吉列尔莫的哀求，所有人都希望能将他"体面地干掉"，最后堂·吉列尔莫在暴民和醉鬼的嘲笑声中被杀死。海明威表现了原本正直的革命被疯狂的血腥嗜杀取代的情景，革命者身上的正义光环变成兽性复仇，而被杀者身上体现出的人性反倒令人同情惋惜。

海明威不是想污蔑革命或偏袒法西斯势力，而是试图说明战争暴力和社会动荡对人性的双重伤害，无论哪一派占据优势，都会无情杀戮对方，毫不留情。革命不是屠杀，而是对生命意义的复兴、张扬和革新，但革命的暴力和反革命暴力都在以不同方式破坏这一目标。在这两种暴力之下，人已经变成了杀人不眨眼的恶魔。因此在《丧钟为谁而鸣》中，突出了人们良心的煎熬，比如老游击队员安塞尔莫就因杀过人而心怀愧疚，对于敌方的士兵，他"留心看了他们一整天，他们跟我们一样是人……分隔我们的只是那些命令罢了。这些人不是法西斯分子，我是这样称呼他们的，但他们不是，他们像我们一样是穷人"。法西斯阵营中也有类似的反思，弗朗哥军队的中尉贝仑多在命令割下死亡的游击队员的头颅后，扪心自问："还有什么事比战争更坏呢？"海明威重点体现的是革命者和法西斯阵营中的反思者，代表人类内心的善，它超越了阶级和暴力，这不是没有政治原则的表现，而恰恰是真正的政治原则的体现，也就是对善良的维护和对社会正义的捍卫。在这一原则下，空洞泛化的英雄形象和一味作恶的坏人都是不可信的。因此，安塞尔莫和贝仑多的内心所想，表现了人物形象的丰满性，体现了海明威对战争中人的生命意义的追问：面对战争，热爱和平的人们应该怎么行动？对这一问题的探索成为这部小说在思想上的升华。

小说主人公罗伯特·乔丹是来自美国的自由战士，他具有反抗极权专制的使命感，这是对硬汉形象的进一步深化。为了表现乔丹的使命感，小说从头到尾没有在西班牙共和国和弗朗哥政权的斗争上多费笔墨，而是细致地描写了罗伯特·乔丹率领游击队执行炸桥任务，并通过主要人物的回溯叙述触发回忆文本。小说的文本时间虽然只有三天——1937年5月底的一个星期六下午到下个星期二的上午，却显得非常厚重。小说在弱化了敌我斗争描写的同时，强化了乔丹的内心矛盾和行动，这体现在以下三个板块：

一是游击队领导权的争夺。游击队长是斗牛士出身的巴勃罗，他原本是个英勇的战士，对法西斯分子采取血腥镇压的手段。但随着战争的持续，面对武器精良的法西斯军队的不断进逼，巴勃罗逐渐丧失了斗争意志。他担心乔丹在自己活动的区域炸桥会引来敌军的围剿，所以对乔丹非常抵触。游击队的内斗成为全书的另一个线索，也是乔丹不得不面对的困境。巴勃罗先是公开反对炸桥，后来又恐吓游击队员接受任务都会死，并威胁说不带领大家沿正确的路线撤退，最后还毁掉了乔丹用于炸桥的起爆器。多亏有巴勃罗的妻子比拉尔力挽狂澜，坚定地支持乔丹，再加上大多数游击队员对革命事业忠心耿耿，乔丹才逐渐掌控了局势。领导权最终归于乔丹，这是爱情和炸桥任务展开的基础。

二是乔丹和玛利亚的爱情。玛利亚的亲人被法西斯分子杀死，她也惨遭轮暴，身心受到极大的伤害，在游击队炸火车时，她从囚禁她的车厢逃脱，参加了游击队。玛利亚见到乔丹后，两人一见钟情。乔丹和玛利亚相约离开敌占区，去共和国开始新生活。应该说，乔丹的出现为玛利亚带来了爱情和新生，玛利亚对乔丹来讲也是驱散死亡阴影的希望和完成炸桥任务的动力。

三是执行炸毁大桥的任务。作为这部小说的核心内容，炸桥任务困难重重。其一，必须把握时间窗口。乔丹必须在西班牙共和国对法西斯军队发起进攻时炸桥，不能早也不能晚。炸早了，敌人会修好桥；炸晚了，敌人的装甲部队会通过桥，对进攻的共和国军队发起致命反击。但乔丹并不知道共和国军队发起进攻的确切时间，只能大致估计。其二，游击队势单力孤。乔丹和游击队必须先压制住桥两头的哨兵，并且要防止敌人从公路驰援，而游击队在装备和人数上处于绝对弱势，就算是对付守桥的十三个哨兵，游击队也只勉强能凑上十来个人。其三，行动过程意外频发。巴勃罗的暗中破坏、转移时缺少马匹、法西斯军队的追击围剿，让原本就实力薄弱的游击队在人数和装备上不断损耗，进一步增加了完成任务的困难。时间窗口要准确无误，完成任务却要靠不断减少的游击队员的配合，敌人又异常强大，可以说，乔丹面对的是一个不可能完成的任务。但是，最终他和游击队员们克服艰难险阻，成功炸桥。这依靠的是乔丹和游击队员们的意志品质。乔丹是有勇有谋的硬汉，和他相似的是游击队的女领袖比拉尔、老向导安塞尔莫和另一支游击队的队长聋子。乔丹和他们相互配合，英勇奋战，共同完成了任务。比拉尔是巴勃罗的妻子，曾坚定地支持巴勃罗闹革命，两人成为革命夫妻，但当巴勃罗斗志消沉后，比拉尔果断地罢免了巴勃罗对游击队的领导权，指挥队员配合乔丹进行侦查和阻击任务。尽管比拉尔长相凶狠，却心地善良、心思细腻，成全了乔丹和玛利亚的好事；虽然她人到中年，却斗志昂扬、冲锋陷阵，实在是个了不起的女性。老向导安塞尔莫护送不少同志通过敌占区，潜入敌后进行破坏任务，他一直是乔丹可靠的助手，随乔丹出生入死，在巴勃罗对乔丹挑衅时，他都第一时间站在乔丹一边，最后为掩护乔丹献出了生命。聋子为引开追剿的法西斯骑兵，毅然率领队友爬上山顶阻击追兵，吸引敌人火力，最后惨死在敌机的轰炸中。

可以说，这些鲜活的游击队员形象是乔丹意志品格的不同侧面，他们本身就是硬汉，也补充着乔丹的硬汉形象。乔丹的性格特征在此之上更为生动感人，最后凝结成一种使命感。在小说中，使命感不仅支撑着比拉尔、安塞尔莫和聋子等人的行动，更是乔丹灵魂中最深沉的力量。正是因为具有捍卫正义的使命感，乔丹才能理智地处理他和巴勃罗的矛盾纠纷，而没有陷入一场私人权力斗争。所以，领导权、爱情和任务，是以主人公的使命感为真正轴心旋转的。可以说，海明威为他塑造的硬汉形象增添了新的内涵：个体超越困境的方式，是在大时代下为正义事业完成自己的使命。这部小说的题目 For Whom the Bell Tolls，出自英国新古典主义文学时期的玄学派诗人约翰·多恩（1572—1631）的诗，海明威把它作为小说开头的题词，诗中这样写道：

谁都不是一座岛屿，自成一体；

每个人都是欧洲大陆的一小块，那本土的一部分；

如果一块泥巴被海浪冲掉，欧洲就小了一点，

如果一座海岬，

如果你朋友或你自己的庄园被冲掉，也是如此；

任何人的死亡使我有所缺损，因为我与人类难解难分；

所以千万不必去打听丧钟为谁而鸣；

丧钟为你而鸣。

丧钟到底为谁而鸣？其一，丧钟是为法西斯分子而鸣。在乔丹和游击队员这样的战士面前，法西斯分子必败。其二，丧钟为共和国而鸣。乔丹和游击队员的斗争并没有挽救共和国，他们的牺牲其实是共和国方面指挥失误造成的，他们要炸毁的大桥已经没有了原先计划中的价值，但乔丹还是执行了命令。他们的死是不必要的，忠勇的壮士白白死去，共和国必然要被敲响丧钟。其三，从小说的题词和海明威对西班牙战争的态度来看，题词中"任何人的死亡使我有所缺损，因为我与人类难解难分"，这和海明威痛惜于人类生命被战争暴力剥夺的情感是一致的。他认为战争摧毁了所有人，不是在肉体上，就是在精神上。因此丧钟的鸣响是向人类文化遭受的摧残致以惋惜之感，是向战争中死去与活下去的人们致以哀悼之情，尤其是对那些有使命感、致力于维护人类尊严的人们。丧钟是人类的丧钟，也是警示人类危机的警钟，更是纪念英雄的长鸣钟。

《老人与海》是海明威的长篇小说《过河入林》没有受到好评后的发力之作，也是为海明威赢得诺贝尔文学奖的主力作品。小说情节比较简单，老渔民桑迪亚哥八十四天没有捕到鱼，受到人们的嘲笑，他再次出海，在战胜惊涛骇浪后终于捕获了一条马林鱼。但闻到血腥味的鲨鱼蜂拥而至，老人为捍卫劳动成果与群鲨拼死搏斗，筋疲力尽，马林鱼还是被鲨鱼分食。老人回到海滨，面对马林鱼的硕大骨架，在失望中昏昏睡去，但在梦中他梦见了狮子。一方面，海明威自己直言创作时并没有考虑太多所谓的哲学意味，很直接从容地写作了这部小说；另一方面，桑迪亚哥的形象和故事是取自真实人物和真实事件，但原型不止一个。从写作手法来看，《老人与海》也基本是现实主义式的。尽管《老人与海》的构思和创作比较单纯，但是这部小说的影响是巨大的，《老人与海》将小说与哲学意境完美地结合在一起。《老人与海》在延续了《永别了，武器》《丧钟为谁而鸣》等小说的生命体验后，用具有象征意蕴的情节将作品提升到存在主义哲学的高度。

第一，老人所面对的大海，象征着变幻莫测、危机重重的人类世界。这样的背景设置，其实是海明威对战争暴力主题的深化，大海是暴力抽象无形的形态，这种抽象无形的形态就是一切戕害人肉体与心灵的东西的集合。一辈子以打鱼为生的老渔民桑迪亚哥，在同行的嘲笑中，在连续捕鱼失败后，又一次出海打鱼，可谓是前途多舛，而他用破面粉袋做成的船帆像一面失败的旗帜，预示着此行充满不测。大海杀机四伏，这里不仅有惊涛骇浪，还有成群残暴嗜血的鲨鱼。在海明威眼中，人和变幻不定、鲨群出没的大海是对立统一的关系，虽然人在与大海的搏斗中毫无胜算，只能迎接被击败的宿命。但是，也正是因为与大海搏斗，人才定位了自身——人在荒诞无规律、凶猛暴力的社会中实现自身的价值。

第二，老人桑迪亚哥象征着人类的生命意志。海明威之所以用一个老人做核心意象，原因在于：其一，意在体现人类历史的沧桑久远，人类生存意义的源远流长；其二，意在表现人类力量的衰竭，在对抗大海的过程中处于绝对弱势地位，突显出人类社会的危机；其三，意在说明人类社会的分化瓦解，老人桑迪亚哥不仅生活贫困，而且成为被边缘化的异类，这代表人类失去了团结，只能渐渐走向灭亡。然而，老人作为一位敢于向大海挑战的英雄，在根本上代表了人类社会中的精英，在生命意志的支撑下，他必须证明自己的价值，所以他用第八十五天出海捕鱼的实际行动表明，即使人类的远大理想永无实现之日，社会发展可能也面临重重阻力甚至会倒退，但只有绝不言弃、大胆行动，才会有希望超越自身。从这一点出发，《老人与海》继承和发展了文艺复兴以来欧美文学的人学精神传统。

老人桑迪亚哥的信念其实是海明威对自己多年生活与创作经验的总结，他传奇的一生看到了太多的战乱与灾难，滋养他成长的西方文明也让他看到了无数的灾祸与毁灭。所以，在《老人与海》中，他将思绪涌向抽象的存在主义哲学境界，在黑暗与荒诞中寻找光明与价值，重塑人的内涵。在这样的思想基调下，老人桑迪亚哥的行动——出海、捕鱼、斗鲨、归家，环环相扣，象征人类精神发展的史诗。在海明威看来，人之所以为人，不仅在于会思考，更在于能行动。桑迪亚哥最崇高的特质不是本能、爱情和使命感，而是行动。行动包含了人的本能、爱情和使命感，是这三者的具体化和深化，也是个体摆脱社会体制控制的唯一出路。小说结尾表现出人的解放没有完成时，这是现代、当代以及未来很长时间内，文学作品的统一形式，体现了人对绝对性的质疑，也是人类追求解放的方式。如果从老人、马林鱼和鲨鱼共性的角度来看，他们都在历经磨难后获得某种永恒性的结局。

第四节　艾略特

　　托马斯·斯特尔那斯·艾略特（1888—1965），英国诗人、剧作家和文学批评家，现代派诗歌运动领袖。艾略特出生于美国密苏里州的圣路易斯城，是家中最小的孩子。艾略特家的祖先是英国萨默塞特郡东考克人，家族渊源可以追溯到威廉征服时代，在17世纪末，艾略特的先人举家迁往美国。艾略特家教好，受到过良好的教育。祖父威廉是位牧师，传教勤奋，还曾创立过一所大学。艾略特的父亲亨利没有从事宗教和教育工作，而是做了个砖瓦制造商。母亲夏洛特是位教师，会写诗，她在求学和文学创作上遭受挫折，所以全力培养小儿子，对艾略特影响大于其父亲，比如她引导艾略特读麦考莱的《英国史》。

　　艾略特对声音和气味敏感，从小身体就不太好，而且还得了疝气病。童年的艾略特沉静、内向，受家人呵护，是个全面发展的富家子弟。童年的幸福成了艾略特一生的回忆，也是他回归传统的情感基础。少年艾略特对语文修辞学很擅长，初中时编杂志，学习成绩优秀，文学天赋初步显露。在少年时期，艾略特对许多诗人非常欣赏，如吉卜林、爱伦·坡、奥马尔·哈雅姆、埃德温·阿诺德爵士、拜伦。中学毕业后，艾略特进入哈佛大学，学习刻苦，涉猎极广，对多国语言、文学、历史非常精通，并初次接触了波德莱尔。由于受波德莱尔的影响，艾略特对象征主义和反讽手法很感兴趣，而对浪漫主义的文学传统表现出厌烦，他更希望从反讽和批判的角度反映现实。

　　1911年，艾略特从巴黎返回哈佛大学，继续攻读哲学专业博士研究生，倾心于佛学，对涅槃、寂灭、寡欲、超脱非常感兴趣。1914年，艾略特申请了哈佛大学的奖学金后又踏上欧洲的土地，并赶上了第一次世界大战，也认识了一生中的两位重要人物：诗歌创作上的挚友、大诗人埃兹拉·庞德和精神敏感、体弱多病、未来使他身心俱疲的妻子维芬。庞德热情古怪，艾略特冷淡内敛。庞德的诗歌创作要求求新求变，只对文学创作同路人才有热情，处理不好人际关系。而艾略特虽然对所有人都彬彬有礼，甚至有些冷漠，但却态度温和。维芬·海德-伍德，出身于中上层资产阶级，表面上是个快乐、有活力、漂亮的女子，比艾略特大半岁。她在艾略特眼里象征着无忧无虑，相对于沉静内敛的艾略特，两个人有互补性。但维芬神经敏感，直到结婚后，艾略特才知道维芬的精神病史，两个人都尽量维系婚姻，但维芬一生也没有给艾略特带来他想要的那种激情。

1916年，艾略特因拒绝回国放弃了博士学位，于1917年进入一家银行工作，他利用自己会多国语言的才能，负责翻译国外金融情报，经济上有了一定的保障，但忙碌的银行工作也占用了他的创作时间和精力。在同一年，他的诗集《普鲁弗洛克》出版，评论界反响平平，多有负面评价。有的评论者刻薄地说，这部诗集仅仅是诗行，而非诗，只是有趣，没有美。虽然艾略特也不断发表一些小诗，但工作占据了他的大部分业余时间。为了贴补家用，他做了兼职教师，还担任杂志《个人主义者》的兼职编辑。在经济压力下，艾略特的生活是缺少人理解的。同一时期，他的父亲病亡，妻子旧病连着新病。在经济压力与家庭变故的打击下，他自己也病倒了。

1920年，艾略特去法国疗养，由庞德引荐结识了詹姆斯·乔伊斯，但乔伊斯对初次见面的艾略特态度冷淡，不太愿意和他多交流。可随着交往的不断深入，两个人的关系也在向前递进。乔伊斯甚至还将尚未出版的《尤利西斯》手稿邮寄给艾略特，以帮助他编辑审核书稿内容。

第一次世界大战以后，英国经历了极为短暂的经济繁荣期，但很快就结束了。经济困难期开始，失业人口猛增到两百万人，整个社会弥漫着一种失落和绝望的气息。在严峻的人环境之下，艾略特总结了自己的创作原则，即简化、强化、秩序和集中。在不断的创造和思考中，艾略特崇尚某种由模式和秩序捍卫的"真理世界"，从而使自己有信心和能力面对人的原罪。他进而认为即便人天生向恶，或有严重的局限性，但人的精神仍然有得救的可能。人需要秩序的指引，以使精神得到保护。从文学角度来看，模式和秩序捍卫的这个真理世界，就是艾略特用诗歌意象建构起来的象征世界。对模式和秩序的崇尚，必然让艾略特远离卢梭式的自我表现主义,那么,他的情感表达就不可能是纯个性化的恣意漫流。当然这不是反对拜伦、雪莱等传统浪漫主义,而是对庸俗和滥情的抵制。模式和秩序是艾略特将布拉德雷的"绝对真理"转换成自己的象征世界的结果,但模式和秩序需要一个决定性的力量作为支撑,他把信仰作为最终的基础。艾略特意图用诗歌来抵抗外部世界的控制,实现个人意志的独立。象征通过模式,经过秩序,最终指向信仰。反过来说,信仰支撑秩序的建立,秩序通过模式传导给意象,组合成象征界。

1920年底至1921年初,艾略特开始写作诗歌《他用多种声音朗诵刑事案件》,即后来被誉为"二十世纪最有影响力诗作"的《荒原》。庞德也参与了修改,而且竭尽全力,将艾略特写完的诗歌删掉了一半之多,留下了今天我们看到的四百余行。

1927年,艾略特加入英国国籍。此后,维芬精神错乱,1932年两人分居。艾略特从此心境自由了许多,所以创作上也没有受到太大影响,而且他还借《荒原》的声誉获得了哈佛大学教授的职位,讲授文学艺术,他的文学批评更多引入了宗教和道德的维度。在这期间,艾略特皈依了天主教,还进行戏剧创作,像《岩石》《大教堂谋杀案》《合家团圆》《鸡尾酒会》都获得了成功。创作于第二次世界大战期间的一系列有宗教倾向的诗歌,代表了艾略特晚年文学的最高成就,最有影响力的是《燃烧的诺顿》《东考克》《干赛尔维其斯》《小吉丁》,这四首诗歌从宗教的角度探讨时间、自然、欲望等主题,追寻人类的精神家园。这四首诗歌后来被集中在一起命名为《四个四重奏》。1948年11月,艾略特获得诺贝尔文学奖,并获荣誉勋章。1957年1月,艾略特和他的秘书瓦莱丽·弗莱彻成婚,此时,艾略特六十八岁,瓦莱丽三十岁。尽管因长期的劳累和病痛,古稀之年的艾略特身体情况非常糟糕,但在瓦莱丽的照顾下,他活到了七十七岁。

艾略特的《荒原》分为五个部分,共434行。从艾略特当初写作的动机来看,是要将生活如同刑事案件一样真实地展现出来。随着创作的深入,在原有的思想基础上,《荒原》进一步深入西方文化的核心,展现出死亡与复生的主题。而在大主题之下,又分成两个母题:社会与个人。

从社会角度来讲，《荒原》指向了整个人类的精神状态，即萎靡不振、信仰缺失，诗人似乎在为人指出救赎的道路；从个体角度来讲，这首诗是诗人自身心绪的反映，彷徨、苦闷、孤独、焦虑，展现了他生活的困境，并思索解脱的途径。这两个母题是相互联系的，诗歌必定从个人心境出发，进入社会集体心理大环境，然后再反照个体，如此反复，进而囊括不同的个体和不同的时代。艾略特遭受的经济压力、苦闷和挫折，周而复始的生活模式带来的乏味和孤独，与整个社会的状态是一致的，所以《荒原》的内涵和主题引发了人们的共鸣。而它又不是单纯地发议论，在形式上有了突破创新，内容和形式完美结合，相互促进升华。个体和社会这两个维度，在解读分析中都是必不可少的。

艾略特在《荒原》的卷首引用了《萨蒂利孔》，这不是随意之举，而是借鉴了《萨蒂利孔》的写作模式和结构。《萨蒂利孔》中有拼贴、色情和讽刺，是三条相互缠绕的线索。艾略特要借此模式达到三个写作目的：其一，《荒原》也要呈现出和《萨蒂利孔》一样的表层文本。其二，《荒原》在表层文本之下，同样存在内在文本，但不局限于讽刺。其三，《荒原》同样要表现广阔的社会生活画卷，但不仅有现实领域，还要投向更神秘的精神领域。艾略特在吸收了乔伊斯《尤利西斯》创作优点的基础上，用神话构建了一个新的象征世界，以反映客观现实世界。从《萨蒂利孔》现存的残本来看，女先知西比尔是个奇丑无比，却聪明绝顶的女人，她有预言未来的能力，并得到太阳神阿波罗的赏赐，永生不死。但是永生不死不等于她能永葆青春，西比尔活了很久，老态龙钟、萎缩干枯，虽然苟延残喘，可就是摆脱不了永生的折磨。艾略特引用《萨蒂利孔》中的这个人物，旨在说明人的生存状况，找不到生活下去的依据就是生活的绝境，生命反而成了负担，死亡倒成了解脱。老年的西比尔代表了失去活力的整个人类社会，这和海明威《老人与海》用老人象征人类很相似。因此，在卷首语中，身陷囚笼的西比尔告诉人们，她的愿望就是只求一死，得到解脱。死亡与复生的主题随即展开，卷首语引出了《荒原》的第一章——"死者的葬礼"。

第一章表现了这首长诗的重要特征：非个性化。这是艾略特的突出贡献，尽管非个性化不是艾略特的首创，但《荒原》把诗的非个性化向前推进了一大步。

非个性化，指作品中不显露诗人主观的自我意识。在以往的诗歌界，有广泛影响力的浪漫派诗歌突出主观自我，但非个性化的诗歌坚决杜绝个体自我直接出现，诗歌中没有鲜明的"我"在直抒胸臆，而是用多声部营造众声喧哗的状态。这样，诗人的自我成为多声部的一部分，整首诗歌既是诗人创造的多声部，也是多声部对诗人个体精神世界的展现，这其实是用表面上的非个性化表现一种更高超的个性化。当然，个性的引退，很可能要通过制造情节的方式达到成功，因此，诗歌中就会出现戏剧化效果，否则，单纯地罗列非个性化的意象将造成意义的晦涩和诗意的匮乏。这一章，共有 7 个人说话。第 1 行到第 7 行，是某个荒原人说的话；第 8 行到第 18 行，是玛丽说的话；第 19 行到第 30 行，是上帝说的话；第 31 行到第 34 行，是水手唱的歌谣；第 35 行到第 42 行，是风信子女郎说的话；第 43 行到第 59 行，是女相命者的故事；第 60 行到第 76 行，是一个退伍士兵说的话。7 个人说话，既是诗人心绪的写照，也是人生活的不同侧面，多人故事，多重声音。

　　诗歌开篇提及了"4 月"，这是模仿杰弗里·乔叟的《坎特伯雷故事集》的开头，展现了一个欣欣向荣的场景，预示着旅途上的故事要一个接一个展开。但是，艾略特在《荒原》中并没有展现出积极乐观的基调，反而说四月是最残忍的，预示某种不祥的事情。进一步来看，艾略特是引用耶稣被钉死在十字架上的典故。耶稣死前是犹太教的传统节日逾越节，也就是犹太人的新年，通常在公历 4 月。传说是上帝为了杀死迫害犹太人的埃及人，事先启示犹太人把羔羊的血涂在门上，就可以避免被上帝误杀。逾越的意思就是度过紧张危机的时刻，迎来平安幸福。耶稣就是在逾越节前夜被抓捕，然后被钉死的。所以，艾略特在诗歌的开头将 4 月说成是最残忍的，揭示了作品的主题，同时也奠定了诗歌的情感基调。

　　这一章中还提到斯坦伯吉西和郝夫加登。斯坦伯吉西（Starnbergersee）是一处湖水的名字，郝夫加登是一处花园，都在慕尼黑附近，艾略特曾经游览过。玛丽是指玛丽·瓦莱赛（1858—1940），她是德意志南部邦国巴伐利亚的国王路德维希二世的妹妹，路德维希二世的姑妈就是著名的奥匈帝国皇后茜茜公主。路德维希二世在巴伐利亚很有人缘，虽然参加了普奥战争和普法战争，但避免了重大损失，而且修建了地标性的建筑——新天鹅堡，还资助过大音乐家瓦格纳，被人称为"童话国王"。但他在宫廷政变中被囚禁，最后被人溺死在水中，可当时的水深只是齐腰而已。这是《荒原》中第一次以水的意象暗示了死亡。

所谓的人子，出自《旧约·以西结书》，人子指的是上帝的先知以西结，他在以色列人被掳到巴比伦之后，充当上帝的代言人，预言以色列民族的命运，并要求他们一心侍奉上帝，以得到上帝的宽恕。总结《圣经》等基督教典籍，能获得"人子"这一称号的，只有耶稣和以西结，耶稣在《圣经》中有八十多次被称为"人子"，而以西结则有九十余次，可见以西结地位之重要。但是在《荒原》中，以西结什么都没法预测，说不出，也猜不着，面对现代的人类世界，他早已失去了当初的力量，隐喻上帝和先知放弃了罪恶的人类。

"乱石""干石头""红岩石"都出自《旧约·以西结书》，说的是人害怕遭到上帝的惩罚，藏到石头后面。岩石能为人类遮挡风雨，带来保护。但为什么是红石，这里存疑。这是《荒原》连续三次以岩石意象暗示生存。

"你早晨的影子，跟在你后面走，也不像你黄昏的影子，起来迎你。"这一句出自英雄悲剧《菲拉斯特》，表现菲拉斯特的孤独和彷徨，但是艾略特通过改写，将菲拉斯特的个人陈述扩展到人类，表现出人类的孤独彷徨。

第31行到第34行的歌词，出自瓦格纳1856年的歌剧《特里斯坦和伊索尔德》。这段歌词是特里斯坦护送伊索尔德时，船工唱的一段歌，表现伊索尔德已经离开了家乡，奔向陌生的土地。

"荒凉而空虚是那大海。"这句诗再次回到《特里斯坦和伊索尔德》，当时特里斯坦因为爱上了伊索尔德，在争斗中被打成重伤，回到自己的住处，等待伊索尔德前来。他希望看到伊索尔德乘的船，但他的仆人却报告说，没有船来，就说了这一句："荒凉而空虚是那大海。"

女相命者索索斯垂丝（Sosostris）的名字，来自她算命时总是说"so so"这样模棱两可、莫名其妙的话，"so so"成了她的口头禅，所以有了这么个名字。但是Sosostris在希腊语中也有"救世主"的意思。此外，也有学者指出，艾略特塑造了这样一个人物，也和他的朋友赫胥黎的作品有关。当时他们讨论过文学创作，赫胥黎有本小说叫《铭黄》，其中有个吉卜赛算命女人叫塞索斯垂丝（Sesostris），所以，索索斯垂丝也许是艾略特从赫胥黎那里得来的灵感。纸牌，在诗歌里指算命用的塔罗牌。艾略特曾用塔罗牌给自己算过命，但是"淹死的腓尼基水手"这张牌，塔罗牌里没有。

"那些明珠曾经是他的眼睛。看！"这是引用了莎士比亚的传奇剧《暴风雨》里的一句唱词。《暴风雨》中的主人公米兰公爵普洛斯彼洛，被弟弟安东尼奥驱逐，后来他运用魔法掀翻了安东尼奥和国王阿隆佐的船，让他们漂到自己所在的岛屿，然后当着国王的面揭穿了安东尼奥的阴谋，自己也恢复了爵位。但戏剧一开始，众人落水，都不知道对方死活。国王阿隆佐的儿子费迪南王子以为父王已经溺水而死，所以悲痛欲绝。精灵唱出了一段歌词来安慰他："那些明珠曾经是他的眼睛。看！"这是在赞美费迪南王子的父亲阿隆佐。这句诗和前面玛丽的哥哥路德维希二世之死遥相呼应，两者又同为后面更多的在水中的死亡做铺垫。需要注意的是，这是第二次以水的意象暗示死亡。

"这是美女贝拉磨娜，岩石的女人。"这句中文普遍翻译得有问题，因为"贝拉磨娜"不是人名，是意大利语"美丽的女子"的意思，指的是 La Gioconda，翻译过来就是吉奥康达女士，据说她可能就是达·芬奇名作《蒙娜丽莎》中女人像的原型。美丽的女子指的是她。但为什么又说吉奥康达女士是岩石的女人呢？这是因为当时有文人说她比座位下的岩石年龄还要老，曾经死过无数次，是个吸血鬼，能潜入深海中，还常和东方来的商人做交易。这里面明显有侮辱的意思，虽然艾略特不喜欢这种神秘化的评价，但还是引用了这个典故。不过，岩石仍然有生存和生命的内涵，正是岩石象征吉奥康达的长寿，所以这是诗歌中第四次以岩石意象暗示了生存。塔罗牌里有一张牌，是一个人外加三根手杖和一个轮盘，但独眼商人和这些东西在一起，则是艾略特的想象，牌里没有这样的图形。

"不真实的城"指伦敦金融区，艾略特曾在这里的银行工作过很长时间。但是，说"不真实的城"则是借用了波德莱尔的诗歌《七个老头子》："这拥挤的城，充满了迷梦的城，鬼魂在大白天也抓过路的人！""我没有想到死亡毁灭了这么多。叹息，隔一会短短的嘘出来。"这两句改编自但丁的《神曲·地狱篇》，原诗是:"这样长的,一队人,我没有想到,死亡竟毁了这么多的人。""根据听到的声音判断,这里没有其他痛苦的表现,只有叹息,使永恒的空气颤抖。"比较而言,但丁描绘地狱是为影射现实,而艾略特描绘现实是暗示地狱。但丁描写的是自己在地狱中的巡游见闻,许多被打入地狱的灵魂想得到上帝的宽恕,叹息、哀求、哭号,但徒劳无功,上帝毫无回应。艾略特把这种描写改编进自己的诗歌中,写的却是伦敦,其目的不言自明,人间就是地狱。所以,有后面的"流上小山,流下威廉王大街,直到圣玛丽·乌尔诺教堂"的话,这些场景是城市地点,也构建着地狱环境。

《荒原》的第一章每一个小节和每一个说话的声音,无不与死亡有关。艾略特在整个第一章营造了忧郁、困惑和神秘的气氛,而且用色彩斑斓的典故编织成故事碎片,虽然不连贯,但都指向死亡。这不仅是艾略特内心的焦灼抑郁形成的死亡气息,同时也是对整个社会失去活力的体悟和展现。

第二章的标题,英文是 A GAME OF CHESS,查良铮翻译成"一局棋戏",赵萝蕤的译本叫"对弈"。这个标题来自托马斯·弥尔顿(1580—1627)的戏剧 A GAME OF CHESS(1624),在这出戏剧中,意大利佛罗伦萨的公爵爱上了一个叫比安格的漂亮女子,但她已经嫁为人妇,所以公爵的朋友利维亚叫上比安格的婆婆去下棋,给公爵创造机会,让他从阳台上爬进比安格的房间,两个人终于勾搭成奸。这部剧是借用意大利的风俗剧,来讽刺当时英国和西班牙的政治联姻,也就是詹姆士一世的儿子查理娶了西班牙公主,这场婚姻纯粹是国家利益的交换。所以,本剧演了九次就被禁演了。棋局的意象在《荒原》中不止出现一次,在后面的第 137 行中还有。

第一节是个"故事套故事"的结构,有两个故事。第一个故事从第 77 行到第 91 行,写的是埃及艳后克利奥帕特拉,这是艾略特从莎士比亚的戏剧《安东尼和克利奥帕特拉》中变形而来的,原来的句子是:"她所坐的游艇,像发亮的宝座,在水上放光。"然后,艾略特从此处展开联想,想象克利奥帕特拉的奢华。

从第 92 到第 97 行的灵感,来自古罗马诗人维吉尔的十二卷史诗《埃涅阿斯纪》。《埃涅阿斯纪》中有"点亮的灯从镶板的金房顶上挂下来,火把的烈焰征服了黑夜"。这和艾略特的"梁间""屋顶镶板"是一致的。通过描述克利奥帕特拉的奢华引出第二个故事——菲罗美的故事，来自奥维德的《变形记》。

在第 103 行有"唧格、唧格"的拟声词，在第 203 行到第 206 行也有回响，这都是模仿菲罗美变成的夜莺的叫声，而"昏王""脏耳朵""特鲁"都是指特柔斯。

在第二节描写的是一对夫妇夜间的对话。妻子的话打了引号，丈夫的话是在心里说的，所以没有打引号。两个人没有相互理解，交流很不顺畅，可谓同床异梦，象征着现代社会人们的情感隔膜和内心空虚。艾略特在这一部分描写得非常细致。比如，在第 118 行，有"'那是什么声音？'是门洞下的风。"这一句来自约翰·韦伯斯特的一部戏剧《魔鬼的诉讼》。其中有个情节是，一个叫康塔里诺的人被人刺伤，两个医生给他做手术，可是当医生出去的时候，康塔里诺又被一个恶徒刺伤，两个医生回来一看，以为他已经死掉了，但康塔里诺突然呻吟开了，一个医生问："那是门洞下的风吗？"

第 121 行到第 123 行中的"你什么也不知道？什么也没看见？什么也不记得？"这虽然是这一节中妻子对丈夫的质问，但却呼应上一章中第 21 行和第 39、40 行，也就是以西结和风信子女郎的话。前后一致，表现了现代人的困惑，不仅丧失了对世界的认知能力，也丧失了对自己内心的表述能力。第三节写的是丽儿和另外一个人（"我"）的对话。对话的内容是丽儿的丈夫艾伯特退伍回家前，说起丽儿的生活。艾伯特退伍的事，可以和第一章的最后一节，也就是第 60 到第 76 节相呼应。丽儿的原型，由艾略特的第二任妻子证实，就是艾略特家的女仆艾伦。这一节的最后，第 170 节到第 172 节，道别的话，是艾略特从莎士比亚的戏剧《哈姆莱特》中的奥菲利娅引来的，当时奥菲利娅知道父亲被哈姆莱特杀死，自己也被哈姆莱特抛弃，伤心欲绝，最后溺水而死。她死前有段道别的台词，就是这段话。

第三章的标题是"火的说教"，赵萝蕤的翻译是"火诫"，似乎更好更简洁。在《荒原》中，第三章最长，是整部诗歌的主体部分。标题出自乔达摩·悉达多对僧众的训诫，佛教有"四大"，即"地水火风"，指这四种元素是天地万物的基础，进而有了四大皆空的概念。四大皆空是指世间万物都由这四种元素构成。空，就是一切，就是全有，是拥有一切又不留恋一切，即色即是空。所以，四大皆空要求人达到从表象到内在，进而超越世间万物的目的。然而，若想达到拥有一切又不留恋、最终超越一切的境界，只有通过火才能达到，所以火对佛家具有独特的意义，只有火能净化一切，使人最终脱离苦海，因此，佛家僧众死后都是火化，以免自身的孽障无法消除。火的净化，能保证佛法在火中永生，精神在火中涅槃。艾略特研究过东方佛学，他正是看到了佛教对火的崇尚，认同火对人类社会的净化意义，才以"火"命名第三章，这是要为现代社会和自身找到一条精神救赎之路。应该注意的是，这是《荒原》中第一次出现火的意象。

艾略特在诗歌中频繁地借用其他作品中的意象或情节。在这一节中，主人公是泰晤士河的仙女，她的所见所闻都有其他作品的影子。第176节写泰晤士河，这是改编自英国大诗人斯宾塞的《结婚序曲》。第182行，"在莱芒湖边我坐下来哭泣"，是借用了《旧约·诗篇》中的一段，当时希伯来人被掳到巴比伦，成了巴比伦之囚，人们坐在河边的陌生土地上哭泣，艾略特借用这个历史典故后，却描绘起泰晤士河岸脏乱差的情景，让人读后产生强烈的对比：前者是为信仰和故国伤心地痛哭，后者则是一片污浊之地，毫无留恋之感，此地虽是诗人的祖国，却不是他心灵的故乡。泰晤士河的情节中又出现了水，与腐败、混乱、痛苦相连，这是第三次以水的意象暗示了死亡。第185行，"我背后的冷风中"，是艾略特借用和改写英国玄学派诗人安德鲁·马维尔（1621—1678）的《致羞怯的情人》中的句子。

在第二小节开始，又回到了《暴风雨》里费迪南悲痛丁遭遇海难的父王的情节，这时他身边的精灵唱着歌曲安慰他，他也用歌曲回答。这是第四次以水的意象暗示了死亡。"然而在我的背后我不时地听见"又出现了"背后"，和第185行一样，出处相同。后面第197行的"汽车和喇叭的声音"，来自英国剧作家约翰·戴伊的12幕剧《蜜蜂议会》，这部剧讽刺了当时的政坛斗争。第198行的斯温尼，出自艾略特早期的两首诗歌：《力士斯温尼》和《流莺歌声中的斯温尼》。在前一部作品中，斯温尼在妓院里拿出剃刀刮胡子，但被人当成来找茬的坏蛋；

在后一部作品中，斯温尼又在妓院里被妓女们戏弄，他还有个没有明说的主子，就是第198行中的鲍特太太。这一行说斯温尼来见鲍特太太，却借用了古希腊神话中的故事：月亮女神、山林女神和狩猎女神阿尔忒弥斯在林中的湖水里沐浴，路过此地的猎人阿克特翁看到了她的裸体，阿尔忒弥斯将他变成一只鹿，阿克特翁带的那几只猎犬认不出主人，将变成鹿的阿尔特翁撕咬成碎片。艾略特将斯温尼比作阿克特翁，把鲍特太太比作阿尔忒弥斯，只不过不再是猎人和女神之间的传说，而成了嫖客和老鸨的交易。

在第四节中，第207行的"不真实的城"和第208行的"棕黄色的雾"，与全诗第60行和第61行对伦敦的描述相呼应。然后，诗中出现了对历史事件的直接映射：第209行的"尤金迪尼先生，斯莫纳的商人"，其中"尤金迪尼"在希腊语中是"优雅、高贵"的意思，"斯莫纳"一般现在翻译成"士麦那"，是土耳其的城市伊兹密尔以前的称呼。第一次世界大战，奥斯曼土耳其帝国支持德国和奥匈帝国，是同盟国的主要成员。战争结束后，奥斯曼土耳其帝国瓦解，丧失了大部分领土，只保留亚洲小亚细亚等地区和欧洲的一小部分，许多受到它压迫的小国都独立了，而原先最受它控制和欺凌的希腊还不依不饶，继续进攻土耳其，大有除之而后快之意。在1921年，希腊军队围攻土耳其首都君士坦丁堡，但在土耳其将军奥斯塔法·凯末尔的率领下，土耳其军队打败入侵的希腊军队，并收复了部分领土，其中就包括士麦那，并在这里进行了大屠杀，据说有三万多名基督教徒死于土耳其军队之手。艾略特把这一事件写进了《荒原》，作为人类相互残杀的证据，这与使用迦太基和罗马等典故的目的是一致的。

第五节出现了一个重要的人物形象——双性人提瑞西士。提瑞西士的故事出自奥维德的《变形记》，天神朱庇特和朱诺，也就是希腊神话中的天神宙斯和天后赫拉，讨论男人和女人做爱时谁获得的快感多，朱庇特认为女性的快感多，朱诺则观点相反，争论不下，就去问提瑞西士。提瑞西士原本是男人，一次他看到两条巨蟒在交尾，就用手杖打了它们，于是就被变成了女人。当了七年女人，提瑞西士又看到那两条巨蟒，又用手杖打它们，结果又变回了男人。于是，他男人、女人的生活都经历过。因此，朱庇特和朱诺都认为提瑞西士是最有发言权的。提瑞西士认为，做爱时女性获得的快感多，朱庇特赢得了争论。朱诺很恼火，就将提瑞西士的眼睛弄瞎，但朱庇特可怜他，又赐予他通晓古往、预知未来的能力。提瑞西士其实是索索斯垂丝之后诗中塑造的第二位相命者。

再往前推，在希腊神话中，提瑞西士的事迹比《变形记》中的记录早得多，也更全面：提瑞西士的传说出现在《俄狄浦斯王》中，俄狄浦斯弑父娶母后生下了两个儿子厄忒俄克勒斯和波吕尼刻斯、两个女儿安提戈涅和伊斯墨涅。但不久，俄狄浦斯统治的底比斯（又译为忒拜）一片荒芜，庄稼不再生长，大地失去了生机，这是《荒原》灵感的来源之一。最后，提瑞西士向前来请教的俄狄浦斯说明了灾难的根本原因。后面第245行和第246行中，说提瑞西士在底比斯城墙下坐过、在死人群中走过，这都和俄狄浦斯的故事有关。这样，艾略特将提瑞西士作为连接《俄狄浦斯王》和自己作品的桥梁，因此，《荒原》情节的发生背景、人类社会的活力丧失就和遥远的古希腊遥相呼应，具有了历史的沧桑感。

第221行，"把水手从海上带回家"，是从公元前7世纪古希腊诗人萨福诗歌中借用来的，也有人认为是出自但丁的《神曲·炼狱篇》。这是第五次以水的意象暗示了死亡。这一节还写了许多现代社会的意象，比如女打字员、男办事员、晒干的内衣、沙发、丝绒帽，以此体现平庸感，和提瑞西士代表的古希腊相互衬托。这就是古今对比，是用古代深厚的文化积淀与现代社会肤浅的生活进行对比，突出各自的特质。这种对比，一直在这章延续。古今对比，是古必胜今，还是今必胜古？这种争论，从文艺复兴、思想启蒙时代就开始了，这不仅是个人对传统和现代的态度问题，而且关系到阶级立场和社会批判。从维护传统文化的角度来看，古必胜今的观点就暗示着，以前统治者的统治具有合法性，当下的社会现状是不合理的，因而要遭受批判和否定。所以，从艾略特在《荒原》中流露出的情绪和观念来看，他对传统文化的留恋和赞美，是建立在批判现实的乏味、庸俗、无聊、模式化之上的。

第257行，"这音乐在水上从我的身边流过"，这句又是引用《暴风雨》中费迪南的话。从第258行开始，由泰晤士河仙女诉说伦敦及英国城市景物，与第179行相呼应，这是艾略特对瓦格纳的歌剧《尼伯龙根的指环》中莱茵河仙女的借鉴改造。但是，泰晤士河在仙女眼中，既没有从水上流过的音乐，也没有河底的珍宝，只有鱼贩子、嘈杂的喧声、漂浮的大木、电车和负满尘土的树。这是第六次以水的意象暗示了死亡。第 293 行、296 行和 300 行中，分别有以下名词：海倍里、瑞曲蒙、克尤、摩尔门和马尔门。海倍里、瑞曲蒙、克尤，是伦敦的地名。第 293 行、294 行的格式，是艾略特从但丁的《神曲·炼狱篇》中借用来的，原句是："记着我是比亚；西艾纳生了我，毁我的是玛雷玛。"摩尔门是伦敦的贫民区，而马尔门是英国的海滨区，沙滩上的沙子细腻干净，适合海水浴。最后，在诗歌的第 307 行中，又有"于是我来到迦太基"的句子，赵萝蕤认为，这是从奥古斯丁的《忏悔录》借用来的，原句是："我来到迦太基，一大锅不圣洁的爱在我耳边吟唱。"

在第三章"火的说教"中，罗列了许多古代典故和现代社会的生活场景，通过两者的对比表现了艾略特对现实的厌恶，这当然有对他个人生活不如意的发泄，但也有对社会总体状况的反感和愤懑。无论是现实的平庸和混乱，还是作家内心的情绪，都是需要祛除的，所以到这章最后，艾略特祈求拯救，这就是"烧呵烧呵烧呵烧呵，主呵，救我出来，主呵，救我，烧呵"。可以说，这是在传统文化无法拯救现实苦难后的哀鸣。

第四章的标题是"水里的死亡"。这一章很短，只有一节，与庞德的删节有关，艾略特用它作为复生前对死亡的总结。"水里的死亡"又重复了第一章第 55 行索索斯垂丝的话，"小心死在水里"。这是第七次以水的意象暗示了死亡。扶里巴斯（Phlebas），这个名字来自拉丁语 flebilis，是"悲伤、哭泣"的意思，而整个这一节，是艾略特转引自他自己的诗歌《在饭店内》中的一段。《在饭店里》这首诗的主要内容是一个老人对自己往昔的回忆。他原来与一个女孩青梅竹马，但因为犯了事逃到外地，从此一对情侣只能以分手告终，现在成了一个颓废无能的老者。腓尼基文明是和希腊、罗马同时期的北非文明。腓尼基是古希腊语"绛红色衣服"的意思，据说腓尼基人从海底采蚌，制成绛红色的颜料卖给希腊，因此得名。腓尼基在古代是像古希腊一样的一系列城邦的总称，分布在地中海东部和南部，迦太基是腓尼基城邦中最强大的城市国家，相当于雅典在希腊城邦中的地位。强大的腓尼基不仅善于经商，而且还在美索不达米亚文明的基础上创造了22个腓尼基字母，这就是英语26个字母的来源。迦太基被罗马共和国灭掉后，腓尼基文明就不断衰落，这个民族消失在历史中。

由此可见，无论是《荒原》的第四章，还是《在饭店里》，这两首诗都写到腓尼基，是用古文明的消逝作为背景，暗示人所遭遇的问题。前者写人失去了青春，后者写人失去了爱情，而青春和爱情的丧失都是人活力与精神的衰落，也就是人灵魂的死亡。腓尼基的灭亡，腓尼基水手的死亡，现代人精神的沦落，都是相通的。腓尼基灭于罗马，水手葬身海底，都和海战或海运相关，都与水有关。《荒原》中各个相关段落，水和女性一直与人的生命对立，人的生命总是消融在水中。而水和火是相对立的，人一次次在水中死亡，各种情形，不一而足，最终要向另一个极端转化，那就是诗人希望在火中得救、复生，并得到救赎和复活。

第五章"雷霆的话"揭示死亡后复生的可能。花园指耶稣被捕的客西马尼庄园，而在岩石间受难是指耶稣在客西马尼庄园悲哀地向上帝祈祷，他已经知道自己要为人类而死，而上帝的旨意也像种子一样出现在庄园的石头间，所以有岩石间的说法。这是耶稣祈祷后，上帝显灵。这些意象均出自《圣经》。在第一章第20，24，25，49行中，有乱石、岩石、红石的意象，是指人们在巨石下躲避危险。巨石在古代的中东地区起到防御风沙、夜间宿营的作用。岩石和水都有象征意义，如果水与死亡相关，那么岩石不仅有生存和生命的内涵，在这里还进一步引申为避难所。这是第五次以岩石意象暗示了生存。

从第五章第二节开始到第五节为止，艾略特以亚瑟王传说中圣杯骑士帕西瓦尔的故事为基础，刻画了一位寻找圣杯的骑士形象，这几节诗歌是骑士寻杯过程中的见闻和所想。

在第二节中，并列出现了岩石和水的意象，第八次以水的意象暗示了死亡，同时也是第六次以岩石意象暗示了生存。但水和岩石共同出现，辩证地看岩石和水的作用，形成新的意义，表达诗人对超越现实、救赎人类的理解。具体有四种情况：第一种，先是如果有岩石而没有水，那么结果就是"人在这里不能站，不能躺，不能坐"，避难所成了困住人的牢笼，人充其量是一种忙碌的动物。因为没有死亡，人类生命的价值就会在漫长的时间中贬值，直至归零，这又回到了卷首语中的西比尔蜷缩在笼中只求一死的故事，只有向死而生的生活，才能创造出存在的意义。第二种，如果有水没有岩石，在缺少避难所的前提下，人精神活力的衰落成了必然。第三种，有岩石，也有水，就是人类既有避难所，又有了死亡的终点，那么，人类的生命就在从容中度过，死亡并不可怕，不过是"山石间的清潭"，顺理成章、顺其自然，人祥和平安地走完人生。第四种，只有水流石上的声音，明明知道有水也有岩石，但却没有看到，结果未知，但艾略特在展现出这种状况后，给人以不安和困惑的感觉。

在第三节，紧跟上一节不安和困惑的感觉，诗歌中描写第三个人的影子总出现在两个人之间，让这两个人出现了幻觉。叙述者不知道有没有这第三个人，也不知道那个人是男是女，这有以下可能：第一，这似乎在呼应提瑞西士的雌雄同体。第二，有可能是艾略特受了当时南极探险队的传说启发。当时南极探险队员在南极洲进行考察勘测，由于时常筋疲力尽，所以队员点名时总是点错人，点多或点少了人数司空见惯。第三，"第三者"也可能指耶稣，因为他活着时候的肉身和死去的尸体是"两个人"，而"第三者"就是他复活后的新身，神没有刻意地区分男女，除非确有必要。如果"第三者"是耶稣的推测成立，那么这之后，有"慈母悲伤的低诉"的句子，就是耶稣的母亲玛利亚在为失去儿子而悲痛欲绝。第四，"高空中响着什么声音，好似慈母悲伤的低诉"这句诗歌，是艾略特映射十月革命的暴力带给人们的痛苦，以及对德意志帝国和奥匈帝国在一战中覆灭的惋惜。

在这一节的第370行中，出现了许多城市的名字，通过罗列从古至今的名城，艾略特为它们都安上了"不真实"的标签，这呼应了诗歌第60行的描写。这些城市各具代表性：耶路撒冷是犹太教、伊斯兰教、基督教的圣城，是人类首屈一指的信仰中心。所以，耶路撒冷是信仰之首。雅典是西方文明的发祥地，孕育了欧洲古典文化。所以，雅典是文明之源。在克利奥帕特拉时代，埃及的亚历山大城有世界上最大的图书馆，珍藏了从古至今的大量文化典籍，可以说是人类文明记录的百科全书。所以，亚历山大是知识之城。维也纳是近代以来音乐家、画家、舞蹈大师、剧作家和文学家汇聚的城市。所以，维也纳无愧为艺术之都。英国伦敦近代以来一直是世界金融大本营，掌控着全世界的贸易流通。所以，伦敦是金融中心。但是，这些人类世界的名城正处于衰落中，人类的名城隐喻着索多玛和蛾摩拉，人类文明走向毁灭，也就是诗中所说的在"空中崩毁"，都是"倒下的楼阁"，人类留下的只是"莽莽的平原"和"干裂的土地"。因此可以说，《荒原》的情感基调与威尔斯的《时间机器》或戈尔丁的《蝇王》非常类似。

在第四节有比较恐怖的意象：拉直黑发的女人、长着婴儿脸的蝙蝠、倒挂在半空中的钟楼。拉直黑发的女人象征膨胀的欲望。而无论是男人还是女人欲望的膨胀，结果都是男人精疲力竭、萎靡不振，女性占据了主动，这又是《荒原》把女性作为对立面的证据。那么，写拉直黑发的女人，就在暗示女人获得了主动权。由此来看，下面的蝙蝠长了婴儿的脸，并且头朝下，还有倒挂的钟楼，都是对秩序被颠倒的刻画。

在第六节中，圣杯武士退场，某位荒原人聆听雷霆启示。这是《荒原》全诗的要义所在，蕴含了艾略特对人类命运的理解和预见。恒河干枯，这又是第九次以水的意象暗示了死亡。喜马万是喜马拉雅山脉中的一座山峰，在印度语中是"冰雪覆盖"的意思。从字面讲，确实是雷说话，但也可以翻译成"雷声响起了"。到此为止，艾略特通过水、岩石、火，营造了死亡、生存和净化三个核心意象，让人类在经历了死亡的威胁和求生的庇护之后，以火迎来了救赎的希望，最后展现了救赎的真正内涵，这神秘的信息是通过雷霆来传递的。应注意的是，雷霆不是救赎的发出者，充其量只是救赎的携带者，或者叫救赎的传递者，发出雷霆的是最高的神明。

许多评论者误以为艾略特研究过佛教，就认为是佛发出雷霆，要解救人类；还有人从西方基督教义化出发，说是上帝发出了雷声。艾略特研究过佛学，但不是仅仅局限在此，他通过佛学研究佛教文化，进而研究印度教文化，他在《荒原》中，最终把救赎的希望引向了印度教文化。在诗歌中，雷霆响起，一共响了三次，这是梵天在向人间的圣哲教导宇宙的奥秘。

艾略特的目的在于，为人的救赎指出明确的原则，那就是遵守自律、给予、同情的生存法则。所以，艾略特后来皈依天主教，正是看到了这种神人合一的可能性。我们没法推测，是印度教文化启发了艾略特改信天主教，还是他已经有天主教三位一体的观念，转而更深刻地理解了印度教。但是可以说，艾略特在《荒原》的最后，用印度教的神话传说，也隐喻了天主教的三位一体。

全诗最后一节和第一章第一节中前七行相对应，前七行是某位荒原人的诉说，结合诗歌的结尾，即第 424 行到第 434 行，意境一致，前后呼应，合起来是叙述鱼王的故事。鱼王的故事来自魏士登女士的人类学名著《从仪式到传奇》，讲述了鱼王因丧失了生殖能力，他的王国也随之一片荒芜，没有温暖，没有阳光，更没有水。这似乎象征着人类失去了情感、信仰和死亡，处于生不如死的境地，和西比尔的境况相同。只有让一位英雄寻找到圣杯，并带给鱼王，鱼王才能身体复原，王国才能恢复生机。

必须注意的是，《荒原》的研究者经常会将鱼王的故事进行过分解读。有人误以为《荒原》是因为无雨水而干旱荒芜，但诗中的水、海、湖出现次数非常多，只是在诗歌最后鱼王的故事中，才出现了干枯的荒野。有的研究者只看到最后的故事情节，以为这就是艾略特整部诗的主要意象，片面地把这首诗作为鱼王传说的复述，把鱼王的传说作为《荒原》的主体，还把荒原完全当成了荒凉原野。实际上，这首诗只有一小部分是用鱼王面对的荒凉原野作为意象，其他大部分是用各种典故做意象，所有意象组合在一起形成了一种广义的"大荒原"图景，不仅指人类社会和精神的荒芜，更是对人失去信仰的批判。人的意识之所以如同荒漠、荒野、荒原，没有生机，是由于道德伦理和信仰的缺失，这就使人被世界所抛弃。

艾略特用其他传说典故来和鱼王的故事进行平行对比，填充了鱼王的内涵。《荒原》整部诗歌表面上怪诞繁杂，时空重叠，但统一在死亡和复生这个鲜明的主题下，意象由具有特定内涵的文化典故组成，将以往作品和自己的作品融会贯通，生成新的意义体系，真正做到了古今交融，其意无穷，聚合成一部反思西方文明的史诗长卷，以戏剧性凸显非个性化的诗歌风格，在词义不断转换创新的意义矩阵中，将个人的心境和西方历史文化完美地结合在一起，同时批判了文学创作方法的成见和作品形式上的固化，体现出划时代的创作自由和独特的艺术气质，为后世创作提供巨大的借鉴意义。